NOCTURNE

DU MÊME AUTEUR
CHEZ POCKET

DÉVIANCES
PSYCHO
FUNÉRAILLES
7
CÉRÉMONIE
NOCTURNE

RICHARD MONTANARI

NOCTURNE

Traduit de l'anglais (États-Unis)
par Marion Tissot

CHERCHE MIDI

Titre original :
THE ECHO MAN

MIXTE
Papier issu de sources responsables
FSC® C003309

Pocket, une marque d'Univers Poche, est un éditeur qui s'engage pour la préservation de son environnement et qui utilise du papier fabriqué à partir de bois provenant de forêts gérées de manière responsable.

ISBN : 978-2-266-23562-4

L'HOMME
Et tout me semble mauvais jusqu'à ce que,
Privé de sommeil, je me sois couché pour mourir.

L'ÉCHO
Sois couché pour mourir.

William Butler Yeats, « L'homme et l'écho[1] »

1. Traduction de Jean-Yves Masson in *Derniers poèmes*, de W. B. Yeats, Verdier, collection « Verdier poche », Paris, 1994.

Prologue

À chaque lumière correspond une ombre. À chaque son, un silence.

Dès l'instant où il prit l'appel, l'inspecteur Kevin Francis Byrne eut le pressentiment que cette nuit changerait sa vie à jamais, qu'il partait pour un endroit marqué par un mal profond, ne laissant que les ténèbres dans son sillage.

« Prêt ? »

Byrne jeta un coup d'œil à Jimmy. L'inspecteur Jimmy Purify, assis côté passager de la vieille Ford de service cabossée, n'avait que quelques années de plus que Byrne, mais une profonde sagesse se lisait dans son regard, une expérience durement gagnée qui transcendait le temps passé au travail pour n'en retenir que le bénéfice. Les deux hommes se connaissaient depuis longtemps, mais faisaient équipe pour la première fois.

« Prêt », répondit Byrne.

Il ne l'était pas.

Ils descendirent de voiture et se dirigèrent vers l'entrée de la demeure tentaculaire et bien entretenue de Chestnut Hill. Ici, dans ce secteur huppé du nord-ouest de la ville, un quartier bâti à une époque où Philadelphie talonnait Londres pour le titre de première ville anglophone du monde, l'histoire était présente à chaque coin de rue.

Le premier agent arrivé sur les lieux, un bleu du nom de Timothy Meehan, attendait dans le vestibule au milieu d'un amas de manteaux, d'écharpes et de chapeaux parfumés par le temps, à peine protégé du vent d'automne froid qui balayait le parc.

Byrne se trouvait encore à sa place quelques années plus tôt et n'avait pas oublié le mélange d'envie, de soulagement et d'admiration qu'il ressentait à l'arrivée des inspecteurs. Les chances étaient maigres pour que Meehan remplisse un jour le devoir que Byrne s'apprêtait à accomplir. Il n'était pas donné à tout le monde de rester sur le front, en particulier dans une ville comme Philly, et la plupart des agents de police, les plus malins en tout cas, passaient à autre chose.

Byrne signa le registre de scène de crime et pénétra dans la chaleur du hall, s'imprégnant des images, des bruits, des odeurs. Il n'entrerait plus jamais dans cet endroit pour la première fois, ne respirerait plus jamais un air aussi rouge de sauvagerie. En regardant dans la cuisine, il découvrit une salle d'exécution éclaboussée de sang, des fresques écarlates sur les galets blancs du carrelage, la chair de la victime éparpillée sur le sol.

Pendant que Jimmy appelait le médecin légiste et la police scientifique, Byrne traversa le hall. L'agent posté à l'entrée du couloir était un vétéran, un homme de 50 ans, un homme heureux de vivre sans ambition. À cet instant, Byrne l'envia. Le policier lui indiqua la pièce de l'autre côté du couloir d'un signe du menton.

Et c'est alors que Kevin Byrne entendit la musique.

Elle était assise sur une chaise à l'autre bout de la pièce. Les murs étaient recouverts de soie vert sapin ; le sol d'un tapis persan grenat d'un goût exquis. Le mobilier était robuste, de style Queen Anne. L'air sentait le jasmin et le cuir.

Byrne savait que la pièce avait été inspectée, ce qui ne l'empêcha pas d'en examiner chaque centimètre carré. Dans un coin, se trouvait une vitrine ancienne aux portes en verre biseauté, ses étagères garnies de petites figurines en porcelaine. Dans un autre coin, un violoncelle était posé contre un mur. La lueur d'une bougie chatoyait sur sa surface dorée.

La femme était mince et élégante. Elle approchait de la trentaine. Elle avait des yeux aux doux accents cuivrés, des cheveux auburn lustrés qui lui arrivaient aux épaules. Elle portait une longue robe de soirée noire, des chaussures à talons et à brides, des perles. Son maquillage était un peu criard – ou encore théâtral, selon les avis –, mais flattait ses traits délicats, sa peau diaphane.

Lorsque Byrne entra pour de bon dans la pièce, elle tourna la tête vers lui comme si elle l'avait attendu, comme s'il pouvait être invité pour Thanksgiving, un vague cousin emprunté fraîchement débarqué d'Allentown ou d'Ashtabula. Mais il n'était ni l'un ni l'autre. Il venait l'arrêter.

« Vous entendez ? » demanda-t-elle.

Sa voix avait quelque chose d'adolescent dans sa hauteur et son timbre.

Byrne avisa le boîtier de CD en plastique placé sur un petit chevalet en bois au-dessus de la luxueuse stéréo. Chopin : *Nocturne en sol majeur*. Puis il examina le violoncelle d'un peu plus près. Du sang frais maculait les cordes et les touches ainsi que l'archet abandonné par terre. Elle avait joué. Après.

« Écoutez, dit-elle en fermant les yeux. Les notes bleues. »

Byrne écouta. Il n'avait jamais oublié cette mélodie, qui lui avait pansé le cœur en même temps qu'elle le lui avait brisé.

Quelques instants plus tard, la musique s'arrêta. Byrne attendit que la dernière note s'évanouisse pour parler.

« Madame, je vais maintenant vous demander de vous lever. »

Quand la femme ouvrit les yeux, il sentit un léger tressaillement dans sa poitrine. Au cours de ses années d'exercice dans les rues de Philadelphie, il avait croisé toutes sortes de criminels : des vendeurs de drogue sans âme, des escrocs mielleux, des virtuoses du cambriolage, des gamins défoncés en virée dans des voitures volées.

Mais jamais il n'avait rencontré une personne aussi détachée du crime qu'elle venait de commettre. Dans ses yeux marron clair, Byrne vit des démons gambader d'ombre en ombre.

La femme se leva, se tourna de profil, mit ses deux mains derrière son dos. Byrne sortit ses menottes, les passa à ses poignets blancs et les ferma dans un clic.

Elle se tourna vers lui. Ils étaient désormais face à face, à quelques centimètres à peine, étrangers non seulement l'un à l'autre, mais aussi à ce cérémonial sinistre et à tout ce qui allait suivre.

« J'ai peur », dit-elle.

Byrne avait envie de lui dire qu'il comprenait. Il avait envie de lui dire que nous connaissions tous des moments de colère, des moments où les murs de l'équilibre mental vacillent et se fissurent. Il avait envie de lui dire qu'elle paierait pour son crime, sans doute jusqu'à la fin de sa vie – peut-être même de sa vie –, mais que, tant qu'elle serait sous sa responsabilité, elle serait traitée avec dignité et respect.

Il n'en fit rien.

« Je suis l'inspecteur Kevin Byrne, se contenta-t-il de déclarer. Ça va aller. »

C'était le 1er novembre 1990.

Depuis, rien ne va plus.

Première partie

Allegro

1

DIMANCHE 24 OCTOBRE

Vous entendez ?

Écoutez bien. Là, derrière le brouhaha de la rue, derrière le bourdonnement incessant de l'homme et de la machine, vous entendrez le bruit du massacre, les cris des paysans à l'instant qui précède leur mort, la supplication d'un empereur l'épée sous la gorge.

Vous entendez ?

Entrez en Terre sainte, où la folie a gorgé le sol de sang, et vous entendrez. Nankin, Thessalonique, Varsovie.

Si vous écoutez bien, vous réaliserez qu'il est toujours là, que ni les prières, ni la loi, ni le temps ne l'ont complètement fait taire. L'histoire du monde et ses annales du crime forment la lente et sépulcrale musique des morts.

Là.

Vous entendez ?

Moi, je l'entends. Je suis celui qui marche dans l'ombre, à l'écoute de la nuit. Je suis celui qui se cache dans les pièces où le meurtre est commis, des pièces qui ne connaîtront plus jamais le silence, chacun de leurs recoins à jamais habité par des fantômes chuchotant. J'entends des ongles qui grattent des murs de granit, du sang qui goutte sur du carrelage fissuré, le sifflement de l'air aspiré à l'intérieur d'une blessure mortelle à la poitrine. Il arrive parfois que cela devienne trop lourd, trop fort, et que je doive ouvrir les vannes.

Je suis l'Homme aux échos.

J'entends tout.

Ce matin, je me lève tôt, je me douche, je prends mon petit déjeuner chez moi. Je sors dans la rue. C'est une magnifique journée d'automne. Le ciel est clair et d'un bleu cristallin, l'air exhale une odeur ténue de feuilles mortes en décomposition.

Tandis que je longe Pine Street, je sens le poids des trois instruments de mort au bas de mon dos. J'étudie le regard des passants, du moins ceux qui daignent me regarder. De temps à autre, je m'arrête, tends l'oreille, recueille les bruits du passé. À Philadelphie, la Mort s'est attardée dans tant de lieux. Je collectionne ses bruits fantomatiques comme d'autres collectionnent les œuvres d'art, les souvenirs de guerre ou les maîtresses.

À l'instar de tant de gens qui ont persévéré dans leur art au fil des siècles, mon travail est passé largement inaperçu. Cela ne va pas tarder à changer. Ce sera mon œuvre maîtresse, celle à l'aune de laquelle toutes les autres seront jugées. Elle a déjà commencé.

Je remonte mon col et continue le long du trottoir.

Zig et zig et zig.

Je parcours les rues bondées avec des cliquetis de squelette blanc.

Il est à peine plus de 8 heures lorsque j'arrive sur Fitler Square, où m'attend la faune habituelle – les cyclistes, les joggeurs, les sans-abri qui se sont traînés jusqu'ici depuis une ruelle voisine. Certaines de ces créatures sans logis ne passeront pas l'hiver. J'entendrai bientôt leur dernier soupir.

Je me tiens près de la sculpture de bélier complètement à l'extrémité de la place, aux aguets. Quelques minutes plus tard, je les ai repérées. Une mère et sa fille.

C'est exactement ce qu'il me faut.

Je traverse la place, m'assieds sur un banc, sors mon journal, le plie en deux, puis en quatre. Les instruments de mort dans mon dos me gênent. Je change de position à la faveur d'une accumulation de bruits : les battements d'ailes et les roucoulements des pigeons qui s'attroupent autour d'un homme qui mange un bagel, le klaxon malpoli d'un taxi, les basses tonitruantes d'une stéréo. En consultant ma montre, je m'aperçois que le temps presse. Bientôt, des cris empliront mon esprit et m'empêcheront de faire le nécessaire.

Je jette un coup d'œil à la mère et à son bébé, accroche le regard de la première, souris.

« Bonjour, dis-je.

— Bonjour », répond-elle en me rendant mon sourire.

Le bébé est allongé dans une poussette de jogging onéreuse avec capote de pluie et panier à provisions.

Je me lève, traverse l'allée, regarde dans le landau. C'est une fille, vêtue d'une grenouillère en pilou rose et d'un chapeau assorti, emmaillotée dans une couverture blanche comme neige. Des étoiles en plastique aux couleurs vives se balancent au-dessus de sa tête.

« Et comment s'appelle cette petite starlette ? je m'enquiers.

— Ashley, répond la maman, radieuse.

— Ashley. Elle est magnifique.

— Merci. »

Je prends garde à ne pas trop m'approcher. Pas encore.

« Quel âge a-t-elle ?

— 4 mois.

— Le bel âge, dis-je avec un clin d'œil. C'est à peu près à cette époque que j'ai dû commencer à décliner. »

La femme rit.

C'est gagné.

Je jette un œil vers la poussette. Le bébé me fait des sourires. Je vois tant de choses sur son visage angélique. Mais je ne fonctionne pas à la vue. Le monde est plein à craquer de belles images, de panoramas à couper le souffle, tous largement oubliés lorsque le suivant se présente au regard. J'ai contemplé le Taj Mahal, l'abbaye de Westminster, le Grand Canyon. Un jour, j'ai passé tout un après-midi devant Guernica, *de Picasso. Toutes ces images merveilleuses ont sombré dans les coins sombres de ma mémoire en un laps de temps relativement court. Alors que je me rappelle avec une précision délicieuse la première fois où j'ai entendu quelqu'un crier de douleur, le glapissement d'un chien écrasé par une voiture, le dernier râle d'un jeune agent de police se vidant de son sang à même la chaleur d'un trottoir.*

« Elle fait déjà ses nuits ?

— Pas complètement.

— Ma fille les a faites à 2 mois. On n'a jamais eu le moindre souci avec elle.

— Vous avez de la chance. »

Je plonge lentement ma main dans la poche droite de ma veste, la referme, extirpe l'objet dont j'ai besoin de ma poche. La mère se trouve à moins de deux mètres sur ma gauche. Elle ne voit pas ce que je tiens.

Le bébé donne des coups de pied, repoussant sa couverture au fond du landau. J'attends. S'il y a bien une qualité que je possède, c'est la patience. J'ai besoin que la petite soit tranquille et immobile. Elle se calme très vite, parcourant le ciel de ses yeux bleus éclatants.

J'avance la main droite vers elle, doucement pour ne pas affoler la mère, et place mon index dans sa paume gauche. Elle referme son poing minuscule autour de mon doigt et émet un gargouillis. Puis, comme je l'avais espéré, elle se met à gazouiller.

Tous les autres bruits cessent. À cet instant, il n'y a que le bébé et ce répit sacré qui rompt avec la cacophonie de mes journées.

J'appuie sur la touche « Enregistrer », garde le micro près de la bouche de la petite pendant quelques secondes, recueillant les sons, immortalisant un moment qui sinon serait perdu en une seconde.

Le temps ralentit, s'allonge, comme une coda traînante.

Je retire ma main. Je ne veux pas rester trop longtemps, susciter la moindre inquiétude chez la mère. Une longue journée m'attend et je ne peux pas me permettre de me laisser dévoyer.

« Elle a vos yeux », dis-je.

C'est faux, c'est évident. Mais aucune mère ne refuse jamais ce genre de compliment.

« Merci. »

Je lève les yeux vers le ciel, vers les immeubles qui bordent Fitler Square. C'est l'heure.

« Eh bien, ce fut un plaisir.

— Pour moi aussi, répond la femme. Passez une bonne journée.

— Merci. Ça ne devrait pas être trop difficile. »

Je tends la main vers la minuscule menotte du bébé et la lui serre avec douceur.

« Ravi de t'avoir rencontrée, petite Ashley. »

Mère et fille gloussent.

Je suis hors de danger.

Quelques instants plus tard, alors que je marche sur la 23e Rue en direction de Delancey, je sors le magnétophone numérique, branche la minifiche des écouteurs, écoute l'enregistrement. Bonne qualité, un minimum de bruit de fond. La voix du bébé est délicate et claire.

Tandis que je me glisse dans le fourgon et me mets en route pour le sud de Philadelphie, je repense à ce matin, à la façon dont tout prend forme.

L'harmonie et la mélodie cohabitent en moi, côte à côte, tels de violents orages sur un rivage baigné de soleil.

J'ai fixé le commencement de la vie.

Je vais maintenant en enregistrer la fin.

2

« Je m'appelle Paulette et je suis alcoolique.
— Bonjour, Paulette. »

Elle considéra l'assemblée devant elle. Il y avait plus de monde que la semaine précédente. Le groupe du Second Verset avait quasiment doublé depuis qu'elle avait assisté à sa première réunion, presque un mois plus tôt. Avant de pousser la porte de l'Église méthodiste unie de la Trinité, elle avait participé à trois réunions dans trois endroits différents – Philly Nord, Ouest et Sud. Mais, comme elle l'avait vite compris, la plupart des gens qui fréquentent les AA avec assiduité trouvent un groupe qui leur convient et s'y tiennent.

Une vingtaine d'individus étaient assis en rond, hommes et femmes, jeunes et vieux, nerveux et calmes représentés en proportions égales. Le doyen était un septuagénaire en fauteuil roulant ; la plus jeune, une femme d'une vingtaine d'années. C'était aussi un groupe métissé – noir, blanc, hispanique, asiatique. L'addiction frappait sans préjugés, sans distinction de sexe ou d'âge. L'affluence indiquait que les fêtes approchaient à grands pas, et s'il y avait une chose qui ravivait le manque d'estime de soi, le ressentiment et la colère, c'étaient bien les fêtes.

Comme d'habitude, le café était ignoble.

« Certains d'entre vous m'ont sûrement déjà vue ici, se lança-t-elle en essayant d'affecter un ton léger et plein d'entrain. Non mais, n'importe quoi ! Pourquoi vous m'auriez remarquée ? Peut-être que c'est l'ego, hein ? Peut-être que je suis la seule à croire que je déchire. Peut-être que c'est ça le problème. Bref, c'est la première fois que j'ai vraiment le cran de parler. Alors voilà, je suis à vous. Du moins pour un moment. Petits veinards. »

À mesure qu'elle racontait son histoire, elle scrutait les visages en face d'elle. Un gamin d'environ 25 ans était installé sur sa droite – des yeux bleus à tomber, un jean déchiré, un T-shirt multicolore Ed Hardy, des biceps dignes d'intérêt. Elle le surprit plus d'une fois en train de la déshabiller du regard. Il était peut-être alcoolique, mais il était surtout en chasse. À côté de lui était assise une femme d'une cinquantaine d'années au visage et au cou parcheminés de veines retraçant plusieurs décennies de consommation excessive. Elle tournait et retournait un téléphone portable entre ses mains moites, tout en marquant du pied un tempo depuis longtemps évanoui. Quelques chaises plus loin se tenait une blonde menue et athlétique vêtue d'un sweat-shirt vert de Temple University. Le poids du monde ne lui pesait pas plus qu'un flocon de neige. À côté d'elle siégeait Nestor, le responsable du groupe. Nestor avait ouvert la réunion avec sa propre histoire, brève et triste, avant de demander si quelqu'un d'autre avait envie de faire part de son expérience.

Je m'appelle Paulette.

Lorsqu'elle eut terminé son récit, tout le monde applaudit poliment. Après quoi, d'autres gens se levèrent, prirent la parole, pleurèrent. Nouveaux applaudissements.

Quand toutes leurs histoires furent épuisées, chaque émotion exprimée, Nestor écarta les bras.

« Remercions et faisons une prière. »

Ils se donnèrent la main, récitèrent une courte prière, et la réunion prit fin.

« Ce n'est pas aussi simple que ça en a l'air, n'est-ce pas ? »

Elle se retourna. C'était Regard-qui-tue. Il était à peine passé midi et ils se tenaient devant les portes de l'église, encadrés par deux persistants marron rachitiques que le changement de saison éprouvait déjà.

« Je n'en sais rien, répondit-elle. L'exercice ne m'a jamais semblé particulièrement facile. »

Regard-qui-tue rigola. Il avait enfilé un blouson en cuir couleur cognac. Des lunettes de soleil Serengeti pendaient à l'encolure de son T-shirt. Il portait des bottines noires à semelles épaisses.

« Ouais, j'imagine que tu as raison. »

Il joignit les mains devant lui, se balançant légèrement sur ses talons. La pose du chic type relax.

« Ma première fois remonte à loin, poursuivit-il avant de lui tendre la main. Tu t'appelles Paulette, c'est ça ?

— Et je suis alcoolique. »

Regard-qui-tue rit de nouveau.

« Moi aussi. Je suis Danny.

— Ravie de te connaître, Danny. »

Ils échangèrent une poignée de main.

« Une chose que je peux te dire, reprit-il sans y avoir été invité, ça devient plus facile avec le temps.

— L'abstinence ?

— Si seulement c'était ça. Non, la prise de parole. Une fois qu'on est à l'aise avec le groupe, on a moins de mal à raconter ses histoires.

— *Ses* histoires ? s'écria-t-elle. Au pluriel ? Je pensais en avoir fait le tour.

— On n'en a jamais fait le tour. C'est un long processus.

— Long comment ?

— Tu as remarqué le gars en chemise de bûcheron rouge ? »

Danny faisait référence au vieil homme en fauteuil, le septuagénaire.

« Eh bien, quoi ?

— Trente-six ans qu'il assiste aux réunions.

— *Bon sang*. Il n'a rien bu depuis trente-six ans ?

— C'est ce qu'il prétend.

— Et il est toujours tenté ?

— À ce qu'il dit. »

Danny regarda sa montre, une chronographe Fossil surdimensionnée. Le geste avait l'air un poil moins calculé et travaillé qu'il ne l'était sans doute en réalité.

« Tu sais quoi ? J'ai deux heures devant moi avant d'aller travailler. Je t'invite à prendre un café ? »

Elle lui lança un regard soupçonneux de circonstance.

« Je ne sais pas si c'est une bonne idée. »

Danny leva les mains en l'air.

« Ça ne t'engage à rien. Juste un café.

— Arrosé ? sourit-elle.

— Sacrée coquine, va.

— Allez, rit-elle. C'est parti. »

Ils optèrent pour une adresse sur Germantown Avenue, s'installèrent à une table près de la fenêtre, discutèrent de tout et de rien – cinéma, mode, économie. Elle prit une salade de fruits. Lui, un café et un cheeseburger. Ni l'un ni l'autre n'entreraient au guide Zagat.

Après une quinzaine de minutes, elle sortit son iPhone, effleura l'écran. Mais au lieu de composer un numéro, d'envoyer un texto ou un e-mail, d'ajouter une entrée dans ses contacts ou de noter un rendez-vous dans iCal, elle prit Regard-qui-tue en photo, non sans avoir veillé plus tôt dans la matinée à désactiver le déclic de la prise de vue. Quand elle eut terminé, elle prit un air faussement ennuyé, fixant l'écran de son téléphone comme si quelque chose n'allait pas. Mais tout allait bien. La photographie, que le jeune homme ne pouvait pas voir, était parfaite.

« Un souci ? s'inquiéta-t-il.

— Non, répondit-elle en secouant la tête. C'est juste que je n'arrive jamais à avoir de réseau dans le coin.

— Tu capteras peut-être mieux dehors », suggéra Danny.

Il se leva et enfila son blouson.

« Tu veux tenter le coup ? »

Elle appuya sur une autre touche, attendit que la barre de progression termine sa course avant de répondre.

« D'accord.

— C'est parti. La note est pour moi. »

Ils descendirent la rue sans un mot, flânant devant les vitrines.

« Tu ne voulais pas téléphoner ? » demanda Danny.

Elle secoua la tête.

« En fait, non. C'est ma mère. Elle va encore m'engueuler et me répéter que je suis une ratée. Ça peut attendre.

— Il semblerait qu'on ait de la famille en commun. La même génitrice, même.

— Je me disais justement que ta tête ne m'était pas inconnue. »

Danny regarda autour de lui.

« Au fait, où est-ce que tu es garée ?

— Par là.

— Tu veux que je te raccompagne ? »

Elle s'arrêta.

« Oh, non, pas ça !

— Quoi ?

— Ne me dis pas que tu es un gentleman ? » l'accusa-t-elle sur un ton aguicheur.

Danny leva la main droite, trois doigts en l'air façon boy-scout.

« Parole d'honneur.

— Mais bien sûr », rit-elle.

Ils tournèrent dans une ruelle sombre en direction du parking. Ils n'avaient pas fait trois pas qu'elle vit étinceler le revolver.

Danny la plaqua contre le mur en brique d'un puissant mouvement de l'avant-bras et approcha son visage tout près du sien.

« Tu vois cette Sebring rouge ? murmura-t-il en indiquant la Chrysler garée près de l'extrémité de la ruelle. Voilà ce qu'on va faire. On va aller jusque là-bas et tu vas monter dans cette voiture. Si tu branches, si tu l'ouvres, je jure devant Dieu que je t'explose la tête. Tu entends ce que je te dis ?

— Oui.

— Tu ne me crois pas ? »

Elle fit signe que si.

« Je veux te l'entendre dire. Répète : "Je comprends, Danny."

— Je comprends, Danny.

— Bien. Bien. Paulette. »

Il s'écarta tout en gardant une main sur elle.

« Tu sais quoi ? Tu as de beaux nichons. Tu as beau les planquer sous ce truc informe, j'ai l'œil. Sans compter que tu es une putain d'ivrogne. Tu sais à quel point c'est un plus ? »

Elle se contenta de le dévisager.

« Moi, en revanche, je n'ai jamais rien bu de ma vie. J'ai juste un faible pour les femmes fragiles. Depuis toujours. »

Il fit courir sa main gauche le long de sa hanche, son autre main toujours sur la crosse de l'arme à feu.

« Je crois qu'on va le faire juste ici, annonça-t-il avec un sourire. Qu'est-ce que tu en dis ?

— Tu ne me feras pas de mal ?

— Non, dit-il. Mais avoue, Paulette. Il y a quelque chose d'excitant à le faire en public. En particulier avec un parfait étranger. »

Il baissa sa braguette.

« Mais c'est pour ça que tu bois, n'est-ce pas ? Parce que tu te détestes ? Parce que tu es une traînée ? »

À défaut de savoir s'il s'agissait vraiment d'une question, elle garda le silence et le laissa poursuivre.

« Évidemment que c'est ça. Et tu sais quoi ? Je parie que tu as passé toute ta vie à picoler et à te faire sauter par des tonnes de mecs dans des ruelles. Je me trompe ? »

Cette fois, c'était sans conteste une question. En voyant qu'elle ne répondait pas, il prit le revolver à sa ceinture et le lui colla entre les jambes. Sans ménagement.

« Réponds… à la putain… de question.
— C'est vrai. »

Il fit glisser le canon de haut en bas, augmentant encore la pression.

« Dis-le.
— Je me suis fait sauter par des tonnes de mecs dans des ruelles.
— Et tu aimais ça.
— Et j'aimais ça.
— Parce que tu es une sale petite putain.
— Parce que je suis une sale petite putain.
— C'est bien ce que je pensais. »

Il remit l'arme à sa place.

« Tu sais, l'autre fille ? Elle m'a donné du fil à retordre. Il n'était pas nécessaire qu'elle meure.
— L'autre fille ?
— La rousse. La grosse. Marcy quelque chose, les journaux l'ont appelée. Elle sentait la pute au rabais. D'ailleurs, c'est ce qu'elle était. »

Il se pencha, renifla ses cheveux.

« Tu sens bon, observa-t-il. Tu ne sens pas la pute au rabais. »

Une ombre rampa lentement sur le sol avant de se fixer à leurs pieds. Danny s'en rendit compte, fit volte-face.

À quelques pas derrière lui se tenait la blonde menue présente à la réunion des AA, la fille au sweat-shirt à capuche vert de Temple University. Elle pointait un Glock 17 sur sa poitrine.

« Je m'appelle Nicci, fit la blonde. Et je suis agent de police.
— Bonjour, Nicci ! » claironna Jessica Balzano.

Pendant les trois semaines qui venaient de s'écouler, Jessica avait été en mission d'infiltration sous le nom de Paulette. Pas de nom de famille. Juste Paulette. Elle avait rapidement appris que personne aux AA n'avait de nom de famille.

Derrière l'inspecteur Nicolette Malone, se tenaient deux autres inspecteurs ainsi qu'un policier aguerri appelé Stan Keegan. Deux voitures de patrouille barraient chaque extrémité de la ruelle. Danny regarda Jessica, les mains tremblantes.

« Tu es flic ? »

Jessica recula, dégaina son arme, la braqua sur son agresseur.

« Mettez vos mains derrière la tête, doigts entrelacés. »

Danny hésita, ses yeux allant de droite à gauche.

« Immédiatement. »

Il se figea.

« Comme vous voudrez, l'avertit Jessica. Mais si vous ne vous exécutez pas, vous mourrez ici même. En T-shirt Ed Hardy, excusez du peu. La braguette ouverte. À vous de voir. »

Le suspect, dont le vrai nom était Lucas Anthony Thompson, sembla prendre conscience de ses deux options. Soit il quittait cette ruelle menotté, soit il la quittait sur un brancard. En un instant, il perdit tout semblant d'aplomb. Ses épaules s'affaissèrent et il obtempéra.

Jessica avait assisté à des centaines de scènes comme celles-ci. Et elles n'avaient jamais manqué de lui faire chaud au cœur.

Je t'ai attrapé.

Nicci Malone fit un pas en avant, retira l'arme de la ceinture du suspect, la tendit à l'agent Keegan, qui la plaça dans un sachet comme preuve. Nicci balaya les jambes du suspect, qui s'étala de tout son long.

L'instant d'après, elle lui plantait son genou au milieu du dos et le menottait.

« Je n'arrive pas à croire que tu sois aussi con », railla-t-elle.

Jessica rengaina son arme, s'approcha de Thompson. L'attrapant chacune par un bras, les deux femmes le relevèrent sans ménagement.

« Vous êtes en état d'arrestation pour le meurtre de Marcia Jane Kimmelman », déclara Jessica.

Elle lui lut ses droits, avant de lui demander s'il les comprenait.

Il acquiesça d'un hochement de tête, encore tout hébété.

« Vous devez répondre à voix haute, insista-t-elle. Vous devez dire "oui".

— Oui.

— En fait, je veux vous entendre dire : "Oui, vénéré inspecteur Balzano, je comprends." »

Thompson ne dit rien. Il était encore un peu sous le choc.

Tant pis, songea Jessica. *Ça valait le coup d'essayer*. Elle plongea la main dans sa poche, en sortit le petit magnétophone numérique. Elle revint en arrière, appuya sur « Lecture ».

Tu sais, l'autre fille ? Elle m'a donné du fil à retordre. Il n'était pas nécessaire qu'elle meure.

Jessica éteignit l'appareil. Thompson laissa tomber sa tête sur sa poitrine.

Ils avaient largement de quoi l'inculper. Un témoin oculaire, un échantillon d'ADN exploitable, l'analyse balistique. Cet enregistrement était la cerise sur le gâteau. Le bureau du procureur adorait les enregistrements. Ceux-ci pouvaient faire toute la différence.

Tandis que des officiers en uniforme emmenaient

Thompson, Stan Keegan s'appuya contre le mur en brique, les bras croisés sur son torse de caisse claire, un sourire digne du chat du Cheshire en travers du visage.

« Qu'est-ce qu'il y a de si drôle ? demanda Jessica.

— Vous deux, répondit-il en désignant Nicci du menton. J'essaie de savoir laquelle est Batman et laquelle est Robin.

— Batman ? Tu rêves, pauvre mortel, rétorqua Jessica. Je suis Wonder Woman.

— Et moi Hulkette », renchérit Nicci.

Les deux femmes cognèrent leurs poings l'un contre l'autre.

Un jeune homme discutait avec un officier en uniforme près de la voiture de patrouille. Il était grand, brun, dégingandé. Il émanait de lui une énergie pleine de nervosité. Il tenait à la main une caméra numérique visiblement coûteuse. Jessica ne tarda pas à se rappeler qui il était et ce qu'il fabriquait là.

La note de service qu'elle avait reçue la semaine précédente lui était complètement sortie de la tête. Un étudiant de Penn State réalisait un documentaire sur la brigade criminelle sur le modèle de : « un jour dans la vie d'untel », et le saint des saints avait donné l'ordre de coopérer. La note stipulait que le réalisateur serait présent pendant une semaine.

En voyant Jessica approcher, le jeune homme se lissa les cheveux de sa main libre et se redressa un peu.

« Bonjour, dit-il. Je suis David Albrecht.

— Jessica Balzano. »

Ils se serrèrent la main. David Albrecht portait un crucifix en or autour du cou ainsi qu'un T-shirt à manches longues des Nittany Lions. Il était rasé de près, exception faite de quelques poils blond platine clairsemés sous la lèvre inférieure. Sans cette barbichette, son visage aurait passé pour celui d'une femme.

« Je vous ai tout de suite reconnue, dit-il en lui secouant le bras avec un peu trop d'enthousiasme.

— Ah, oui ? s'étonna Jessica en retirant sa main avant de la perdre. Et comment ça se fait ? »

Albrecht sourit.

« J'ai mené ma petite enquête. Vous étiez dans ce reportage publié dans le *Philadelphia Magazine*, il y a quelques années. Le papier portait sur cette "nouvelle lignée" de femmes inspecteurs. Vous vous rappelez ? »

Jessica s'en souvenait parfaitement. L'idée de voir sa vie privée étalée par le menu dans la presse lui plaisait moyennement. Les officiers de police, en particulier les inspecteurs, n'avaient pas besoin de cette publicité pour servir de cibles aux détraqués. Mais, malgré ses réticences, elle n'avait pas eu le choix.

« Je me rappelle, répondit-elle.

— Et j'ai suivi de près l'affaire du tueur au rosaire.

— Je vois.

— Évidemment, j'étais encore au lycée à l'époque. Tout le monde dans l'établissement catholique que je fréquentais était subjugué par cette histoire. »

Au lycée, songea Jessica. *Ce gamin était encore au lycée.* Elle avait l'impression que c'était hier.

« À propos, ajouta-t-il, cette photo de vous en première page était vraiment réussie. Très Lara Croft. Pour beaucoup de gars de mon âge, vous étiez un peu comme une pin-up.

— Alors comme ça, embraya Jessica dans l'espoir de changer de sujet, vous tournez un film.

— On va essayer. Un long métrage n'a rien à voir

avec un court. Jusqu'ici, j'ai surtout fait des webisodes. »

Jessica ne savait pas ce qu'était un webisode.

« Faites un tour sur mon site et jetez-y un œil, fit Albrecht. Cela devrait vous plaire. »

Il lui tendit une carte sur laquelle figuraient son nom et une URL.

Par politesse, Jessica prit la peine de la parcourir des yeux avant de l'empocher.

« Eh bien, j'ai été heureuse de vous rencontrer, David. Si vous avez besoin de quoi que ce soit, n'hésitez pas, proposa-t-elle sans bien sûr en penser un mot. J'ai du travail qui m'attend », s'excusa-t-elle en pointant le doigt vers le fourgon de police qui venait d'arriver.

Albrecht leva une main.

« Pas de souci. Je voulais juste me présenter. »

Il se lissa de nouveau les cheveux.

« Vous ne remarquerez même pas ma présence. Je promets de ne pas traîner dans vos pattes. Je suis une petite souris. »

Une petite souris, releva Jessica. *C'est ce qu'on verra.*

Deux heures plus tard, la paperasse remplie, les rapports pliés et le suspect livré au commissariat général à l'angle de la 8e Rue et de Race Street – communément appelé la Rotonde –, l'équipe se retrouva au Hot Potato Café, sur Girard Avenue.

Outre Jessica et Nicci Malone, étaient présents un inspecteur chevronné, Nick Palladino, ainsi qu'un nouvel arrivé à la brigade, Dennis Stansfield. Âgé d'une petite quarantaine, Stansfield se prenait pour une bénédiction pour la gent féminine. Il portait des costumes déstockés qui n'étaient jamais vraiment à sa taille, embaumait l'eau de Cologne et, parmi ses nombreuses manies, il semblait perpétuellement sur le départ, comme s'il avait toujours rendez-vous quelque part, mieux à faire que de parler à ses interlocuteurs.

Il avait intégré la brigade quelques mois plus tôt et ne s'était toujours pas fait un seul ami. Personne ne voulait travailler avec lui. Son manque d'égard pour les autres l'expliquait en partie. Ses méthodes approximatives et sa capacité surnaturelle à transformer n'importe quel témoin en huître expliquaient le reste.

Jessica et Nicci siégeaient d'un côté de la table, Stansfield et Nick Palladino de l'autre.

Nick Palladino – que tout le monde surnommait Dino – était un gars du sud de Philly qui avait un don pour repérer les escrocs et les voleurs, deux catégories de criminels dont Philadelphie n'était jamais à court. La police représentait toute sa vie.

Il leur restait encore à tous quelques heures de service, aussi se contentaient-ils pour l'instant de café et de Coca. Ils levèrent leurs verres à leur journée.

Lucas Anthony Thompson, anciennement domicilié au 26 Port Richmond, désormais pensionnaire à l'hôtel de la criminelle, était accusé de meurtre aggravé et d'agression sexuelle sur la personne d'une jeune femme appelée Marcia Jane Kimmelman. Selon les témoins, Thompson et Kimmelman s'étaient rencontrés à une réunion des AA à Philly Ouest mais, faute de nom de famille, personne aux AA ne savait qui était Thompson. La police disposait d'une description sommaire et c'était à peu près tout.

Le corps de Marcia avait été retrouvé sur un terrain vague de Baltimore Avenue, près de la 47e Rue. Elle avait été violée avant de recevoir une balle de calibre .38

dans la tête. Trois mois plus tard, Thompson s'en était pris à une autre jeune femme après une réunion à Kingsessing, mais la victime, une certaine Bonnie Silvera, secrétaire chez Comcast, avait survécu. L'ADN retrouvé dans le sperme de son violeur correspondait à celui du tueur de Marcia Kimmelman. Silvera fournit une description extrêmement détaillée à la police, et ainsi commença une mission d'infiltration qui impliqua au plus fort de l'action une douzaine d'inspecteurs, lesquels furent amenés à enquêter dans plus de six districts.

« Alors, comment vous l'avez identifié ? » s'enquit Dino.

Nicci s'en remit à Jessica.

« Demandez au cerveau de l'opération.

— L'unité audiovisuelle nous a donné un coup de pouce, reconnut Jessica. Pendant que Thompson et moi étions assis dans ce café, j'en ai profité pour le prendre en photo avec mon portable. J'ai aussitôt envoyé sa photo à Nicci, qui se trouvait avec Bonnie Silvera et deux uniformes dans une fourgonnette garée dans la rue d'à côté. Nicci a reçu la photo quelques secondes plus tard, l'a montrée à Bonnie. Bonnie a identifié Thompson et Nicci m'a confirmé par texto qu'on entrait en piste.

— Et c'était votre idée ? »

Jessica souffla sur ses ongles avant de les frotter sur son chemisier d'un geste théâtral.

« Grand Dieu, mais vous êtes une femme dangereuse ! se récria Dino.

— Allez dire ça à qui veut l'entendre.

— C'est à votre mari que je devrais le dire.

— Comme s'il n'était pas déjà au courant. À l'heure qu'il est, il repeint la barrière derrière la maison. Il se fera un plaisir de me faire couler un bain moussant un peu plus tard dans la soirée. »

L'inspecteur Dennis Stansfield, se sentant peut-être mis à l'écart, s'immisça dans la conversation.

« Vous savez quoi ? J'ai lu dans une étude récente qu'une femme américaine s'enquille en moyenne quarante-deux kilomètres six de bite au cours de sa vie. »

S'il y avait une chose que Jessica détestait, c'était qu'un flic trouve le moyen de raconter une blague salace suite à une histoire de viol. Pire, suite à une histoire de viol doublée de meurtre. Le viol n'avait rien à voir avec le sexe. Le viol n'était qu'une question de violence et de pouvoir.

Stansfield jeta un coup d'œil en direction de Jessica. De toute évidence, elle était censée endosser le rôle de l'inspectrice rougissante, mal à l'aise en sa présence, le rôle de la fille embarrassée par ses blagues douteuses. Mais pour qui la prenait-il ? Jessica était un pur produit du sud de Philly, elle avait grandi parmi des policiers. Elle n'avait pas 5 ans qu'elle jurait déjà comme un docker. Elle avait même appris à aimer le goût du savon.

« Quarante-deux kilomètres, hein ? demanda Jessica.

— Quarante-deux virgule *six* », précisa Stansfield.

Jessica regarda Nicci, puis Dino, avant de reporter son attention sur Stansfield. Dino fixait la table. Il ne savait pas ce que Jessica préparait, mais il pressentait quelque chose.

« Aidez-moi à comprendre un truc, fit Jessica, parée à l'attaque.

— Je vous écoute.

— Est-ce qu'on parle de toutes les pénétrations mises bout à bout, ou de chaque bite prise séparément ? »

Stansfield se mit subitement à rougir un peu.

« À vrai dire, je ne sais pas trop. Je ne crois pas que c'était précisé. »

Rien ne tuait aussi bien une blague salace que la discussion et l'analyse.

« Pas très scientifique, tout ça.

— C'est-à-dire que…

— Si on compte par pénétration, poursuivit Jessica, ça pourrait tenir dans un week-end torride. »

Elle s'appuya contre le dossier de sa chaise, bras croisés.

« Si on compte chaque bite une seule fois… Voyons voir… »

Elle prit Nicci à partie tout en gesticulant en direction de Stansfield.

« Combien de fois vont dix centimètres dans quarante-deux kilomètres ?

— Quarante-deux kilomètres six, corrigea Nicci.

— Vous avez raison, quarante-deux kilomètres six. »

Stansfield était désormais aussi rouge qu'une tomate italienne.

« Dix centimètres ? Euh, ça m'étonnerait, chérie. »

Jessica se retourna vers la femme qui dressait la table d'à côté.

« Hé, Kathy, tu as une règle dans ton bureau ?

— Bien sûr », répondit celle-ci avec un clin d'œil.

Kathy était une des propriétaires du Hot Potato Café. Elle-même de Philly, elle avait entendu toute la conversation et mourait probablement d'envie d'entrer en piste.

« C'est bon, ça va, capitula Stansfield.

— Allons, Dennis, fit Jessica. Déposez-moi ce gros tuyau bouillant sur la table. »

Stansfield avait soudain un rendez-vous urgent. Il regarda sa montre, avala son café d'un trait et prit congé en bredouillant.

Un jour comme celui-ci, Jessica était capable d'ignorer les Cro-Magnon de ce monde. Un meurtrier était sous les verrous, les preuves contre lui pleuvaient, l'arrestation n'avait fait aucune victime civile ou policière, et la rue comptait une arme à feu de moins. Que demander de plus.

Ils se séparèrent vingt minutes plus tard. Jessica regagna sa voiture toute seule. Elle savait l'importance de s'abriter derrière l'orgueil et un air bravache pour faire bonne figure devant ses collègues. Mais la réalité était qu'on l'avait menacée avec un revolver. Elle savait qu'il aurait suffi que le coup parte pour que tout lui soit enlevé en un instant.

Elle se réfugia dans le renfoncement de la porte d'un immeuble et, après avoir vérifié que personne ne l'observait, ferma les yeux tandis qu'une vague de peur déferlait en elle. Elle voyait son mari Vincent, sa fille Sophie, son père Peter. Peter Giovanni et Vincent Balzano étaient tous les deux flics – le premier retraité de longue date – et connaissaient les risques du métier, mais Jessica les imaginait penchés au-dessus de son cercueil à Saint-Paul. Dans sa tête, elle entendait les cornemuses.

Jess, se dit-elle. *Ne prends pas ce chemin. Si tu le prends, tu pourrais ne jamais revenir*.

Après tout, elle était coriace, pas vrai ? Elle appartenait à la police de Philadelphie. Elle était la fille de son père.

Et puis merde, elle était dangereuse, oui ou non ?

Lorsqu'elle arriva à sa voiture, elle tenait fermement sur ses jambes. Elle n'avait pas encore ouvert sa portière qu'elle remarqua quelqu'un de l'autre côté de la rue. C'était David Albrecht. Il la filmait, caméra à l'épaule.

C'est parti, songea Jessica. *La semaine va être longue*.

Elle monta dans sa voiture, démarra. Son portable sonna. En décrochant, son interlocuteur lui confirma ce qu'elle avait toujours soupçonné.

Elle n'était pas la seule femme dangereuse de la famille.

3

J'entends un camion se garer dans l'allée. Quelques instants plus tard, on frappe à la porte. J'ouvre. Devant moi se trouve un homme de 40 ans qui commence tout juste à bedonner. Il porte un coupe-vent rouge, un jean couvert de projections de peinture, une paire de baskets sales aux lacets élimés. Il tient un porte-bloc à la main.

« Monsieur Marcato ? » demande l'homme.

Marcato. Le nom me fait sourire.

« C'est moi. »

Je lui tends la main. Sa peau est rêche, calleuse, tachée. Il empeste la cigarette et la térébenthine.

« Je suis Kenny Beckman, dit-il. On s'est parlé au téléphone.

— Je vous en prie, entrez. »

À l'exception de quelques poubelles en plastique et de vitrines poussiéreuses, l'espace est entièrement vide.

« Purée, qu'est-ce que c'est que cette odeur ?

— Ça vient d'à côté. Les anciens occupants tenaient un magasin de saucisses. Ils ont dû laisser pourrir de la viande. Il faut que je leur en parle.

— Vous feriez bien. Ou vous ne ferez jamais d'affaires avec une puanteur pareille.

— Vous avez raison. »

Je désigne la pièce d'un grand geste de la main.

« Comme vous voyez, il va falloir faire pas mal de travaux.

— Ça, c'est sûr. »

Beckman fait le tour de la pièce, tâte le contreplaqué moisi, passe le doigt sur les rebords de fenêtre tapissés de poussière, braque le faisceau d'une lampe torche sur les plinthes. Il sort un mètre, prend quelques mesures, les note sur son bloc. Je l'observe attentivement, histoire d'évaluer sa rapidité et son agilité.

Environ une minute plus tard : « Les solives du plancher s'affaissent sacrément. »

Il saute sur place pour bien se faire comprendre. Le bois sec grince sous son poids.

« La priorité est d'étayer ce plancher. On ne peut pas faire grand-chose avec un sol qui n'est pas à niveau.

— Tout ce qu'il faudra pour remettre cet endroit en état. »

Beckman parcourt de nouveau la pièce du regard, se préparant peut-être à sa conclusion.

« Il y a du boulot, mais on devrait s'en sortir.

— Parfait. J'aimerais commencer tout de suite.

— Aucun souci.

— Au fait, vous m'avez été chaudement recommandé.

— Ah, ouais ? Et par qui, si je peux me permettre ?

— Je ne me souviens pas exactement. Ça commence à dater.

— À quand ça remonte ?

— 21 mars 2002. »

Kenneth Beckman se raidit à l'évocation de la date. Il recule d'un pas, jette un regard furtif vers la porte.

« Excusez-moi ? 2002, vous dites ?

— Oui.

— Mars 2002 ?

— Oui. »

Nouveau regard vers la porte.

« C'est impossible.

— Et pourquoi ça ?

— Pour commencer, je n'étais même pas à mon compte à l'époque.

— Je peux vous expliquer, dis-je. Laissez-moi vous montrer un truc. »

J'indique à Beckman le chemin du couloir obscur qui mène à la pièce située à l'arrière du rez-de-chaussée. Il hésite, sentant peut-être quelque chose de l'ordre d'une anomalie, comme une radio incapable de capter un signal. Mais qu'importe s'il lui faut travailler pour un excentrique qui s'exprime par énigmes, il a clairement besoin de ce chantier.

Une fois arrivé à l'autre bout du couloir, je pousse la porte. L'odeur est beaucoup plus forte ici.

« Nom de Dieu ! » s'écrie Beckman en sursautant.

Il plonge la main dans sa poche arrière, en sort un mouchoir sale, s'en couvre la bouche.

« Qu'est-ce que c'est que ce bordel ? »

La petite pièce carrée est immaculée. Deux tables en acier, toutes deux rivées au sol, trônent en son centre. D'importantes sommes ont été consacrées à l'insonorisation des murs d'un noir profond ; les dalles acoustiques du plafond ont été achetées par correspondance à une entreprise suisse spécialisée dans l'équipement des meilleurs studios d'enregistrement du monde. Au-dessus des tables pend un micro. Le sol est laqué en rouge pour des raisons pratiques. Une bonde se trouve sous les tables.

Une silhouette repose sur l'une d'elles, recouverte jusqu'au cou d'une bâche en plastique blanche.

Lorsque Beckman voit le corps et comprend de quoi il s'agit, ses genoux lui font défaut.

Je me tourne vers le mur, décroche une photo découpée dans un journal, la seule forme de décoration dans la pièce.

« Elle était jolie, dis-je. Pas belle, rien à voir avec une beauté à la Grace Kelly, mais jolie, au-delà de la vulgarité de tout ce vernis. »

Je brandis la photo.

« Vous n'êtes pas d'accord avec moi ? »

Dans la lumière sans pitié des néons, la peur déforme son visage.

« Racontez-moi ce qui s'est passé, l'invité-je. Vous ne pensez pas qu'il est temps ? »

Beckman fait marche arrière, agitant l'index.

« Vous êtes dingue. Complètement givré. Je me barre. »

Il se retourne et attrape la poignée de la porte. Fermée. Il tire, pousse, tire, pousse. La frénésie va crescendo, *en vain.*

« Ouvrez cette saloperie de porte ! »

Plutôt que de lui obéir, je m'avance et retire la bâche qui masque la silhouette sur la table. Le corps a commencé à se décomposer, les yeux sont maintenant enfoncés dans leurs orbites, la peau a pris une teinte jaunâtre rappelant le maïs trop mûr. On reconnaît encore une forme humaine, quoique émaciée et en putréfaction. Les mains sont grises et fripées, les doigts raidis dans une attitude de supplication. L'odeur douceâtre ne me provoque aucun haut-le-cœur. En fait, je commence à éprouver un certain désir à la perspective de la respirer.

Je tire l'index gauche du cadavre en arrière, découvrant un petit tatouage de cygne. Je regarde Kenneth Beckman et m'exclame du mieux que je peux dans mon mauvais italien :

« Benvenuto al carnevale ! »

Bienvenue au carnaval.

Beckman titube jusqu'au mur, horrifié par ce qu'il voit, par la nouvelle bouffée d'air putride. Il essaie de parler, mais les mots se coincent dans sa gorge.

Je lève le taser et le lui applique sur le côté de la poitrine. Un éclair bleu jaillit. L'homme s'écroule sur le sol, plié en deux.

La pièce reste un moment silencieuse.

Aussi silencieuse qu'un ventre.

Je retire les trois instruments de mort de leurs étuis, les dispose sur la table aux côtés de la tondeuse à cheveux de qualité professionnelle. J'ouvre l'armoire secrète cachée derrière une porte actionnée par un loquet à pression, dévoilant le matériel d'enregistrement. À la vue du noir mat des six composants dénués de poussière et d'électricité statique, j'éprouve une sensation quasi sexuelle. La chaleur émanant des composants – je respecte un temps de chauffe d'au moins une heure avant chaque séance – m'inonde d'une fine pellicule de transpiration. À moins que ce ne soit l'impatience.

Beckman est enchaîné à la table, un morceau d'adhésif sur la bouche. Sa tête est maintenue en place par une pince neurochirurgicale, un outil de précision utilisé pour implanter des électrodes sous stéréotaxie, une opération demandant une parfaite immobilisation du patient. Voilà un an que j'ai commandé cet équipement à une société allemande, réglant par mandat international, passant par toute une série de réexpéditeurs pour recevoir la marchandise.

J'enfile une blouse de chirurgien, déplie le rasoir droit. Du bout de mon index gauche, j'explore le front lisse de Beckman. Il pousse un hurlement étouffé par son bâillon.

Il va bientôt pouvoir s'exprimer librement.

D'une main ferme, sans me presser, je procède à la première incision en travers du front, juste sous la naissance des cheveux. Je regarde la peau s'ouvrir lentement, la chair rose apparaître en dessous. La pince chirurgicale joue son rôle à merveille. L'homme ne peut absolument pas bouger la tête. J'appuie sur une pédale pour lancer l'enregistrement, puis lui retire l'adhésif.

Il avale une grande goulée d'air, une bave rosée lui coule à la commissure des lèvres. Il s'est sectionné le bout de la langue.

Il se met à crier.

Je contrôle les niveaux d'enregistrement, procède à quelques ajustements. Beckman continue de hurler, le sang ruisselant maintenant des deux côtés de son visage sur l'inox brillant de la table avant de goutter sur la laque sèche du sol.

Quelques minutes plus tard, je lui tamponne le front et nettoie la coupure avec une compresse d'alcool. Puis je m'attelle à son oreille droite. Une fois terminé, je sors un mètre à ruban, prends une mesure en partant de la première incision, marque l'endroit au feutre rouge, puis m'empare du second instrument de mort et le place à la lumière. La pointe en carbone luit d'un bleu sombre.

Une dernière vérification des niveaux d'enregistrement, et je m'attaque à mon avant-dernière tâche. Len-

tement, méticuleusement – largo, *pourrait-on dire –, je m'exécute, sachant qu'à quelques mètres seulement, de l'autre côté du mur, la ville de Philadelphie continue de vivre, sans se douter de la symphonie en train de naître à l'intérieur de ce bâtiment quelconque.*

Mais, après tout, les plus grandes œuvres d'art ne naissent-elles pas dans les environnements les plus humbles ?

Zig et zig et zag.

Je suis la Mort en cadence.

Lorsque la perceuse atteint son nombre maximum de tours à la minute et que la mèche aussi tranchante qu'un rasoir s'approche de la peau recouvrant l'os frontal juste au-dessus de l'œil droit, les cris de Kenneth Arnold Beckman atteignent un volume majestueux, une deuxième octave. Peu importe si la voix est fausse, il sera toujours possible d'y remédier plus tard. Dans l'immédiat, il est inutile de se presser. Vraiment inutile.

Pour tout dire, nous avons la journée devant nous.

4

Assise au bout du long canapé, Sophie Balzano semblait encore plus petite que d'habitude.

Jessica s'adressa d'abord à une secrétaire à l'accueil, avant de pénétrer dans le bureau principal où elle s'entretint avec l'une des professeurs de catéchisme de Sophie. Elle en ressortit peu de temps après et vint s'asseoir à côté de sa fille. Cette dernière ne leva pas les yeux de ses chaussures.

« Tu me racontes ce qui s'est passé ? » demanda Jessica.

Sophie haussa les épaules, tourna son regard vers la fenêtre. Ses cheveux longs étaient maintenus en arrière par une barrette en forme d'œil de chat. À 7 ans, elle était un peu moins grande que ses camarades mais compensait en rapidité et en intelligence. Jessica mesurait un mètre soixante-treize, taille qu'elle avait atteinte pendant l'été entre la sixième et la cinquième. Elle se demandait si la même chose arriverait à sa fille.

« Ma puce ? Tu dois m'expliquer ce qui s'est passé. On va arranger ça, mais j'ai besoin de savoir. Ta maîtresse dit que tu t'es battue ? C'est vrai ? »

Sophie acquiesça d'un hochement de tête.

« Tu vas bien ? »

Sophie hocha à nouveau la tête, mais cette fois un peu plus lentement.

« Ça va.

— On en discutera dans la voiture ?

— D'accord. »

Tandis qu'elles quittaient l'école, Jessica remarqua des enfants qui chuchotaient entre eux. Apparemment, les bagarres suscitaient toujours des ragots dans les cours de récréation.

Elles sortirent du parking, prirent Academy Road. Lorsqu'elles tournèrent sur Grant Avenue et que des travaux bloquèrent la circulation, Jessica en profita pour demander :

« Tu peux me dire pourquoi tu t'es battue ?

— C'était à cause de Brendan Hurley.

— Brendan Hurley ?

— Oui. »

Brendan Hurley était dans la classe de Sophie. Maigrichon, discret et binoclard, il était l'archétype du souffre-douleur s'il en était. En dehors de ça, Jessica ne savait pas grand-chose de lui. Si ce n'est qu'à la Saint-Valentin il avait offert une carte à Sophie. Une grande carte à paillettes.

« Qu'est-ce qu'il a, Brendan Hurley ? insista Jessica.

— Je sais pas. Je crois qu'il est… »

Les voitures se remirent à avancer. Jessica quitta le boulevard pour rejoindre Torresdale Avenue.

« Eh bien quoi, mon cœur ? Tu crois que Brendan est quoi ? »

Sophie regarda par la vitre avant de se tourner vers sa mère.

« Je crois qu'il est O-M-O. »

Génial, pensa Jessica. Elle était préparée à beaucoup de choses. La discussion sur le partage, la discussion sur la couleur de peau et la classe sociale, la discussion sur l'argent et même la discussion sur la religion. Mais Jessica était lamentablement dépourvue face à la question de la préférence sexuelle. Le fait que sa fille ait épelé l'adjectif au lieu de le prononcer – signe que, à ses yeux et à ceux de ses camarades, il appartenait à cette catégorie de termes à bannir – était révélateur. « Je vois » fut tout ce qui lui vint à l'esprit. Elle décida que la faute d'orthographe de sa fille attendrait.

« Qu'est-ce qui te fait dire ça ? » demanda-t-elle.

Sophie tira sur sa jupe. La situation n'était visiblement pas évidente pour elle.

« Il court comme une fille, expliqua-t-elle. Et il lance comme une fille.

— OK.

— Mais moi aussi, je cours comme une fille, non ?

— Effectivement.

— Alors, ce n'est pas grave.

— Non, ce n'est absolument pas grave. »

Arrivée devant chez elle, Jessica coupa le moteur. Elle se rendit compte qu'elle n'avait aucune idée de ce que Sophie savait de l'orientation sexuelle. La seule évocation des mots « orientation sexuelle » associés à sa petite fille la faisait complètement paniquer.

« Alors, qu'est-ce qui s'est passé ? demanda-t-elle.

— Une fille a dit du mal de Brendan.

— C'est qui cette fille ?

— Monica. Monica Quagliata.

— Elle est dans ta classe ?

— Non. Elle est en CE2. En taille, elle est plutôt grande. »

Consciemment ou non, Sophie serra les poings.

« Qu'est-ce que tu lui as dit ?

— Je lui ai demandé d'arrêter de dire du mal de

Brendan. Alors, elle m'a poussée et elle m'a traitée de poufiasse. »

La petite ordure, fulmina Jessica en son for intérieur. Elle espérait que Sophie lui avait rabattu le caquet.

« Et comment tu as réagi ?

— Je l'ai poussée et elle est tombée. Tout le monde a rigolé.

— Brendan aussi ?

— Non, répondit Sophie. Brendan a peur de Monica Quagliata. Tout le monde a peur de Monica Quagliata.

— Mais pas toi. »

Sophie jeta un coup d'œil dehors. Il s'était mis à pleuvoir. Elle passa son doigt sur la vitre embuée avant de se retourner vers sa mère.

« Non, confirma-t-elle. Pas moi. »

Oui, pensa Jessica. *Ma petite dure à cuire.*

« Je veux que tu m'écoutes attentivement, dit-elle. Tu es d'accord, ma puce ?

— C'est encore une de nos discussions ? » demanda Sophie en se redressant sur son siège.

Jessica faillit éclater de rire. Elle se reprit à la dernière seconde.

« J'imagine que oui.

— D'accord.

— Je veux que tu gardes toujours à l'esprit qu'on ne se bat qu'en dernier recours, OK ? Si tu dois te défendre, fonce. Chaque fois que c'est nécessaire. Mais il arrive aussi qu'on doive protéger des gens incapables de se protéger tout seuls. Tu comprends ? »

Sophie hocha la tête sans pour autant sembler convaincue.

« Mais toi, maman ? Avant, tu te battais tout le temps. »

Et zut, pesta intérieurement Jessica. *La logique d'une enfant de 7 ans.*

Après la naissance de Sophie, Jessica avait découvert la boxe comme moyen de perdre du poids. De fil en aiguille, elle y avait pris goût, tant et si bien qu'elle avait participé à quelques combats amateurs avant de se laisser persuader par son grand-oncle Vittorio de passer pro. Même si cette époque était probablement révolue – à moins qu'il existât un circuit senior pour les boxeuses approchant 35 ans –, elle s'était mise à fréquenter Joe Hand's Gym en prévision d'une série de combats amicaux destinés à lever des fonds pour la fédération sportive de la police.

Mais maintenant qu'il lui échoyait d'expliquer la différence entre la bagarre et la boxe à sa fille, son entraînement ne s'avérait d'aucune utilité.

Soudain, Jessica aperçut une ombre dans son rétroviseur.

Vincent ramenait une pizza de Santucci's. Avec ses yeux caramel, ses longs cils bruns et sa silhouette musclée, il continuait de lui donner des palpitations. Du moins les jours où elle n'avait pas envie de le tuer. Il arborait parfois un style costume-cravate, rasé de près, cheveux en arrière. Le reste du temps, il était plutôt débraillé. Exactement comme là. Jessica avait, et avait toujours eu, un faible pour la version débraillée. Force était de l'admettre. L'inspecteur Vincent Balzano faisait un sacré beau gosse pour un homme marié.

« Mon cœur ? fit Jessica.

— Oui, maman ?

— Tu sais, ce dont on parlait ? La différence entre la boxe et la bagarre ?

— Oui, quoi ? »

Jessica tapota la main de sa fille.

« Demande à ton père. »

Ils avaient vécu dans le nord-est de Philadelphie, dans le quartier de Lexington Park, à quelques rues seulement de Roosevelt Boulevard, pendant plus de cinq ans. Les bons jours, le trajet jusqu'à la Rotonde prenait quarante-cinq minutes à Jessica. Les mauvais – les plus fréquents –, encore davantage. Mais tout cela était sur le point de changer.

Vincent et elle venaient de signer l'acte de vente d'une maison mitoyenne de trois étages dans le sud de Philly, une maison typique de Philadelphie appartenant à de vieux amis. C'était ainsi que les biens changeaient de main dans le voisinage. Rare était celui qui avait le temps de faire l'objet d'une petite annonce.

Ils vivraient désormais dans l'ombre de leur nouvelle église, le Sacré-Cœur-de-Jésus, où Sophie commencerait l'école. Nouveaux amis, nouveaux professeurs. Jessica se demandait comment sa petite fille accueillerait ce changement.

Le père de Jessica, Peter Giovanni, l'un des policiers les plus décorés de l'histoire de la police de la ville, habitait toujours la maison du sud de Philadelphie où Jessica avait grandi – à l'angle de la 6e Rue et de Catharine Street. Il était toujours débordant d'énergie et de vitalité, très impliqué dans sa communauté, mais il ne rajeunissait pas, et le trajet pour voir son unique petite-fille allait finir par lui peser. Pour cette raison, et pour tout un tas d'autres, les Balzano retournaient vivre à Philly Sud.

Pendant que sa fille dormait à poings fermés et que son mari était tranquillement installé au sous-sol avec ses frères, Jessica se tenait en haut de l'escalier étroit qui menait au grenier.

C'était comme si ces boîtes, ces petites pièces exiguës et anguleuses, contenaient toute sa vie. Photographies, souvenirs, prix, certificats de naissance et de décès, diplômes.

Elle ramassa un coffret-cadeau Strawbridge's blanc entouré d'un morceau de laine verte. C'était la laine avec laquelle sa mère avait l'habitude de lui attacher les cheveux à l'automne, lorsque le soleil estival avait donné des reflets roux à sa chevelure brune.

Jessica fit coulisser le brin de laine, ouvrit la boîte : un miroir de poche en fausse nacre, un petit porte-monnaie en cuir, un tas de Polaroid. Même si le décès de sa mère remontait à plus de vingt-cinq ans, elle sentit l'étreinte familière de la tristesse, du chagrin et de la perte. Elle remit le cordon en place, posa la boîte près de l'escalier, embrassa une dernière fois la pièce du regard.

Elle était flic depuis longtemps, elle avait à peu près tout vu. Il y avait peu de choses devant lesquelles elle perdait ses moyens.

Mais celle-là en faisait partie.

Ils retournaient vivre en ville.

5

« Putain de ville, jura l'homme. D'abord, ma voiture se fait emplâtrer, puis on me l'embarque, puis je passe deux heures à la fourrière à poireauter au milieu d'un ramassis de voyous dégueulasses, et comme si ça ne suffisait pas, ils m'envoient sur la 9e Rue au croisement avec Filbert Street. Et là, ces connards me demandent trois cent quatre-vingt-dix dollars d'amende. Trois cent quatre-vingt-dix dollars. »

L'homme reposa son verre avec fracas et fit descendre le bourbon avec une rasade de bière.

« Putain de ville. Putain de fourrière. Une bande de nazis, voilà ce que c'est. Putain de racket. »

L'inspecteur Kevin Byrne jeta un œil à sa montre. 23 h 45. Sa ville se réveillait. Le type à côté de lui s'était réveillé à son troisième Jim Beam. L'homme égrenait la liste de ses malheurs, depuis sa femme (grosse, braillarde, fainéante), ses deux fils *(idem* pour la fainéantise, rien sur la corpulence), sa voiture (une Prism qui méritait peut-être de rester au clou), pour finir sur sa croisade contre les services de la fourrière de Philadelphie. Les SFP comptent peu de fans. Et pourtant, sans eux, la ville serait un vrai capharnaüm.

Byrne était installé au bar d'une taverne de Kensington, un boui-boui appelé Le Puits, à l'angle de deux rues. L'endroit était à moitié plein. Kool and the Gang passait sur le juke-box ; un résumé des résultats sportifs de la journée était diffusé sur ESPN, au-dessus du bar.

Byrne enfonça ses écouteurs dans ses oreilles pour faire barrage à la victime de la *Guerre du stationnement*, consulta l'écran de son iPod, se reporta à la fin de sa playlist de blues. Un morceau des Commodores s'élevait maintenant du juke-box, mais dans la tête de Byrne, on était en 1957, et Muddy Waters descendait vers la Louisiane et racontait quelque chose au sujet d'une main magique.

Byrne salua le barman d'un signe de tête. Le barman l'imita. Byrne n'avait jamais mis les pieds dans cette taverne auparavant, mais le serveur était un pro, tout comme lui.

Byrne avait grandi dans le sud de Philadelphie, dans un quartier à la mauvaise réputation qu'il ne quitterait jamais. Il avait connu les meilleures heures de la ville comme les pires. Allez, peut-être pas les meilleures. Après tout, Philly était la ville où l'on avait signé la déclaration d'indépendance, la ville où les pères fondateurs s'étaient réunis pour discuter des règles qui régissaient aujourd'hui encore la vie des citoyens américains, du moins dans une certaine mesure.

Cela dit, les Phillies avaient remporté les « World Series » en 2008 et, aux yeux d'un supporter comme Byrne, cela valait tous les vieux bouts de papier décolorés.

Au cours de ses années dans la police, Byrne avait enquêté sur des milliers de délits, travaillé sur des centaines d'homicides. Il avait passé près de la moitié de son existence parmi les morts, les éclopés, les laissés-pour-compte.

Qu'est-ce qu'avait écrit Thomas de Quincey, déjà ?

En effet, pour peu qu'un homme se laisse aller à l'assassinat, il en viendra bientôt à boire et à enfreindre le sabbat, et de là il tombera dans l'impolitesse et la nonchalance[1].

Kevin Byrne avait un mot pour ça.

Glissement.

Pour lui, le glissement, c'était l'acceptation de comportements que les générations précédentes auraient été incapables d'envisager, d'habitudes qui étaient lentement devenues la norme, un nivellement par le bas à partir duquel un nouveau cycle s'instaurerait, poursuivant inéluctablement une course descendante.

Ces derniers temps, il pensait de façon obsessionnelle aux innocents à qui l'on n'avait pas rendu justice.

Il pensait à la vie brève et insignifiante de Kitty Jo Morris, 3 ans, brûlée vive par le petit ami de sa mère, un homme qui ne supportait pas la manie qu'avait la petite de quitter le salon avec la télécommande ; à Bonita Alvarez, pas tout à fait 11 ans, poussée du toit d'un immeuble de deux étages du nord de Philly pour avoir caché les Rice Krispies de sa sœur aînée dans le placard à balais ; à Max Pearlman, 18 mois, laissé toute une nuit dans une voiture pendant que son père fumait du crack sous le pont George-Platt.

Aucun gros titre. Aucun état des lieux de la famille américaine dans un reportage digne de ce nom. Juste un peu moins de place dans les cimetières. Juste un glissement de plus.

Maintenant, dans la tête de Byrne, on était en 1970.

1. Traduction de Pierre Leyris in *De l'assassinat considéré comme un des beaux-arts*, de Thomas de Quincey, Gallimard, collection « L'imaginaire », Paris, 1995.

La légende du blues Willie Dixon se défendait à cor et à cri d'être superstitieux. Kevin Byrne était comme lui. Il en avait trop vu pour croire à autre chose qu'au bien et au mal.

Et le mal rôde, songeait Byrne tandis qu'il observait l'homme assis en face de lui, un homme qui avait le sang d'au moins deux personnes sur les mains, un meurtrier du nom de Eduardo Robles.

Eduardo Robles et sa petite amie se promenaient dans une rue de Fishtown par un chaud après-midi de 2007, lorsqu'une voiture passa lentement à leur hauteur. Il était environ 13 h 30, au dire de Robles, et les fenêtres des immeubles alentour vibrèrent sous l'effet des basses d'un morceau de rap monté à plein volume. Quelqu'un pointa une arme par la vitre et fit feu. La petite amie de Robles, une adolescente de 17 ans appelée Lina Laskaris, reçut trois balles.

Robles appela les secours et fut interrogé par un agent de patrouille sur les lieux de l'accident. À son arrivée au poste, un inspecteur divisionnaire jugea que le jeune homme était suspect, lui passa les menottes et le colla dans une cellule de détention provisoire.

Byrne fut averti à 23 heures. Lorsque Robles arriva à la Rotonde – près de dix heures après les faits –, Byrne lui retira ses menottes et l'installa dans une des salles d'interrogatoire. Robles dit qu'il avait faim et soif. Byrne envoya quelqu'un lui acheter un sandwich et un Mountain Dew avant de l'interroger.

Commença alors un long bras de fer.

À 3 heures du matin, Robles s'allongea et avoua qu'il avait tué Lina Laskaris. Byrne l'arrêta pour meurtre à 3 h 06 et lui lut ses droits.

L'ennui était que, selon la loi, la police avait six

heures pour déterminer si une personne était témoin ou suspect.

Trois jours plus tard, le jury d'accusation émit un classement sans suite pour non-respect des procédures, considérant, à juste titre, que l'arrestation avait commencé dès le moment où Robles avait été menotté par erreur au commissariat. À compter de cet instant, Robles était passé de témoin à suspect et le compte à rebours avait commencé.

Cinq jours après avoir abattu sa petite amie de sang-froid, Eduardo Robles était un homme libre, grâce à l'incompétence crasse d'un inspecteur divisionnaire qui, incroyable mais vrai, fort d'obscures relations haut placées, avait récemment été récompensé pour sa nullité par un poste à la brigade criminelle assorti d'une augmentation.

Cet homme s'appelait Dennis Stansfield.

Robles retourna à sa vie de magouilles et, moins de quelques mois plus tard, se retrouva impliqué dans le meurtre d'un dénommé Samuel Reese, employé de nuit dans une épicerie hispanique de Chinatown. La police pensait que Robles avait tiré sur Reese à deux reprises, pris le CD de surveillance dans l'arrière-boutique, avant de filer avec soixante dollars et une bouteille de liquide de frein.

L'accusation reposait sur un faisceau de conjectures – aucun élément balistique, aucune preuve matérielle, aucun témoignage solide –, rien qui fasse le poids devant un tribunal. En termes platement juridiques, que dalle.

Byrne venait de passer deux jours à monter un dossier contre Robles, et les choses se présentaient mal. L'arme du crime restait introuvable, et même si Byrne avait interrogé trois personnes qui pouvaient témoigner que Robles se trouvait dans l'épicerie, aucune ne voulait faire de déclaration à la police, du moins pas à titre officiel. Byrne avait vu la peur dans leurs yeux. Mais il savait aussi que parler à un flic au coin d'une rue, chez soi ou même sur son lieu de travail, était une chose. Parler à un procureur, sous serment, en était une autre. N'importe qui était à même de comprendre que commettre un parjure devant un jury d'accusation était passible d'une peine d'emprisonnement de cinq mois et vingt-neuf jours. Et cela valait pour chaque mensonge.

Byrne avait rendez-vous, dans la matinée, avec l'assistant du procureur du district chargé de l'affaire, Michael Drummond. S'ils parvenaient à réunir quatre témoignages incriminant Robles, ils pourraient peut-être prétendre à un mandat de perquisition, trouveraient peut-être un élément qui ferait boule de neige, et les preuves pleuvraient.

Ou peut-être que l'affaire n'irait pas aussi loin. Peut-être qu'il arriverait quelque chose à Robles.

Comment savoir dans une ville comme Philadelphie ?

La police avait-elle une part de responsabilité dans la mort de Samuel Reese ? Dans ce cas précis, oui. Robles n'aurait jamais dû se retrouver dans la rue.

Glissement.

Le jour où Robles avait été arrêté, Byrne avait rendu visite à la grand-mère de Lina Laskaris. Anna Laskaris était une immigrée grecque d'un peu plus de 70 ans. Elle avait élevé Lina. Byrne avait informé la vieille femme que l'homme responsable de la mort de sa petite-fille serait jugé. Il se rappelait les larmes de cette femme, ses bras autour de lui, l'odeur de cannelle dans ses cheveux. Elle était en train de préparer un *pantespani*.

Par-dessus tout, il se rappelait qu'Anna Laskaris lui avait fait confiance et qu'il n'avait pas été à la hauteur.

Byrne aperçut son propre reflet dans le miroir crasseux accroché au-dessus du comptoir. Il portait une casquette de base-ball et les lunettes que sa vue lui imposait depuis quelque temps. Si Robles n'avait pas été soûl, il l'aurait peut-être reconnu. Mais aussi près fût-il de Byrne, il n'en discernait sans doute qu'une image floue, comme tout le monde dans le bar. L'endroit n'avait rien d'un rade chic du centre-ville. Il attirait les gros buveurs, les gros durs.

À minuit et demi, Robles quitta les lieux, rejoignit sa voiture en titubant et s'engagea sur Frankford Avenue. Quand il arriva à la hauteur de York Street, il prit vers l'est et poursuivit sur quelques pâtés de maisons avant de se garer.

Depuis l'autre côté de la rue, Byrne l'observa. Robles descendit de son véhicule, s'arrêta deux fois pour adresser la parole à des passants. Il cherchait à acheter. Moins de quelques minutes plus tard, un homme l'accosta.

Robles et lui s'engouffrèrent dans une ruelle, le pas un peu hésitant. L'instant d'après, Byrne vit une lumière vive illuminer le mur en brique sale de la ruelle. Robles se fumait une pipe de crack.

Byrne sortit de sa voiture, regarda des deux côtés de la rue. Déserte. Il n'y avait qu'eux. Philadelphie sombrait une fois de plus dans le sommeil, sauf pour ceux qui se mouvaient en silence sous le couvert de la nuit.

Byrne se coula dans l'ombre. Une mélodie depuis longtemps oubliée s'élevait de quelque part. Du tréfonds de sa mémoire peut-être.

On aurait dit un requiem.

6

Lundi 25 octobre

Son jogging matinal à Pennypack Park était devenu un rituel auquel Jessica allait avoir du mal à renoncer. Les personnes qu'elle croisait sur son parcours ne faisaient pas seulement partie du paysage : elles faisaient partie de sa vie.

Il y avait cette vieille dame qui promenait ses quatre Jack Russell tous les matins, toujours parfaitement mise avec son petit chapeau tambourin sixties, ses chiens possédant une garde-robe plus fournie et variée que celle de Jessica. Il y avait le groupe de taï-chi qui, par tous les temps, exécutait ses exercices sur le terrain de base-ball près de Holme Avenue. Puis venaient ses deux copains, les deux Russes, des demi-frères tous les deux prénommés Ivan. À bientôt 70 ans, ils affichaient une forme épatante, une pilosité effarante, ainsi qu'un goût prononcé pour leurs maillots de bain Speedo vert fluo. Pour des demi-frères, ils se ressemblaient comme deux gouttes d'eau. Jessica était parfois incapable de les distinguer. Mais ça n'avait pas d'importance. Quand elle rencontrait l'un d'eux, un « Bonjour, Ivan » suffisait. Elle récoltait toujours un sourire.

Quand Vincent, Sophie et elle emménageraient à Philly Sud, elle trouverait évidemment d'autres endroits pour faire son jogging, mais il lui faudrait du temps avant de courir à nouveau l'esprit libre. Ici, sur ce parcours où elle avait usé ses semelles, elle pouvait mettre de l'ordre dans ses idées. C'était ce qui lui manquerait le plus.

Dans le virage, puis dans le raidillon, elle songea à Marcia Kimmelman, à ce qu'elle avait subi. Elle revoyait la surprise dans le regard de Lucas Anthony Thompson quand il avait compris que c'en était fini pour lui, quand les menottes s'étaient refermées sur ses poignets et qu'on l'avait relevé, le visage, les vêtements crépis de terre et de gravier. Elle devait l'admettre, le côté terre et gravier lui plaisait beaucoup, depuis toujours. La boue, encore plus.

Forte de cette image apaisante, elle tourna à l'angle de sa rue et aperçut quelqu'un planté devant chez elle. Un homme en costume sombre. C'était Dennis Stansfield.

Jessica laissa son appréhension se muer en agacement. Qu'est-ce que cet abruti venait fabriquer chez elle ?

Elle ralentit et parcourut les trente derniers mètres en marchant, reprenant son souffle. À mesure qu'elle approchait, Stansfield semblait réaliser qu'il n'était pas le bienvenu.

« Inspecteur », fit Jessica, soudain consciente de sa tenue.

Elle portait un bas de jogging ample, une brassière de sport sous un débardeur moulant. Elle avait noué son sweat-shirt à capuche autour de sa taille lorsqu'elle s'était mise à transpirer. Elle vit le regard de Stansfield passer chaque partie de son anatomie en revue avant de trouver le chemin de ses yeux. Jessica finit de reprendre son souffle sans se presser, planta son regard dans celui de Stansfield. Il détourna les yeux le premier.

« Bonjour », dit-il.

Jessica était libre de remettre son sweat et d'en remonter la fermeture à glissière, mais autant avouer à Stansfield qu'elle avait un problème. Or elle n'avait aucun problème. Pas le moindre.

« Qu'est-ce qui se passe ? » demanda-t-elle, les mains sur les hanches.

Stansfield lui fit de nouveau face, s'efforçant du mieux qu'il pouvait de la regarder dans les yeux.

« Le patron a dit que l'inspecteur Burns ne serait peut-être pas de retour aujourd'hui. Alors, si vous êtes d'accord…

— Byrne, rectifia Jessica. Il s'appelle Kevin Byrne. »

De deux choses l'une. Soit il lui cherchait des noises, soit il était vraiment aussi crétin qu'il en avait l'air. C'était du cinquante-cinquante. Non pas que Kevin fût Superman, mais il avait une certaine réputation dans la brigade, pour ne pas dire dans tous les services de police de la ville. Jessica et lui avaient travaillé sur des affaires médiatiques ces dernières années, et, à moins d'être un bleu, tout le monde connaissait Byrne au moins de nom. Sans compter qu'il était justement en train de récupérer les erreurs de Stansfield, ce qui avait difficilement pu échapper à l'intéressé.

« Byrne, se reprit-il. Désolé. Le patron a dit qu'il en aurait peut-être pour toute la journée avec le jury d'accusation et qu'on devait faire équipe en attendant, expliqua-t-il en dansant d'un pied sur l'autre. Enfin, si ça vous va. »

Jessica avait beau chercher dans ses souvenirs, c'était la première fois qu'on lui demandait son avis sur le sujet.

« Vous avez la fiche de notification ? » demanda-t-elle.

Pendant que Stansfield plongeait la main dans la poche de sa veste et en sortait le formulaire, Jessica jeta un coup d'œil en direction de la maison. Elle aperçut une silhouette derrière la fenêtre de la chambre à coucher, vit les rideaux s'écarter de quelques centimètres. C'était Vincent. Jessica était agent de police et n'allait jamais courir sans une arme – elle portait en l'occurrence une petite merveille de Browning 25 au creux des reins –, mais il suffisait qu'elle adresse la parole à un inconnu devant chez elle pour que les antennes de Vincent se dressent. Les meurtres de policiers avaient considérablement augmenté ces dernières années, et ni Vincent ni Jessica ne baissaient jamais leur garde.

Jessica hocha presque imperceptiblement la tête et le rideau se ferma quelques secondes plus tard. Elle reporta son attention sur Stansfield.

« Les ordres sont les ordres, inspecteur, déclara-t-elle. Faisons équipe. »

Le sourire idiot, contrit, de Stansfield trahissait sa déception face au manque d'enthousiasme de sa partenaire.

« Content de vous l'entendre dire, rétorqua-t-il. Parce que nous avons du travail. »

Nous, pensa Jessica. Ô joie. Elle savait qu'elle était en première ligne sur la grande roue. La grande roue était le tableau de service des inspecteurs de l'équipe. Quand un inspecteur récupérait une affaire, il rejoignait le bas de la liste et, pendant qu'il enquêtait, remontait imperceptiblement vers les premiers rangs. Une fois revenu en tête de liste, peu importe le nombre de dossiers qu'il avait sur les bras, il héritait d'une nouvelle affaire. Rares étaient les jours où un inspecteur classait un dossier avant qu'un nouveau cadavre se présente.

« Très bien. Laissez-moi le temps de prendre une douche. Je suis prête dans dix minutes. »

Deux choses transparurent immédiatement sur le visage de Stansfield. D'une part, l'image d'elle sous la douche. D'autre part, le fait qu'elle ne l'avait pas invité à entrer.

La scène de crime se trouvait à l'extrémité nord de Pennsport, un quartier ouvrier bordé à l'ouest par Passyunk Square, à l'est par la rivière Delaware, au nord par Queen Village, au sud par Whitman.

Pennsport, qui comptait parmi les secteurs les plus anciens de la ville, n'avait montré aucun empressement à lancer de nouvelles constructions, de sorte que certains bâtiments dataient de 1815. Il n'était pas rare de trouver une rangée de maisons mitoyennes neuves coincées entre des structures construites du temps où Madison était président des États-Unis.

Lorsque Jessica et Stansfield arrivèrent sur la scène – une boutique condamnée près du croisement de la 5e Rue et de Federal Street –, une voiture de patrouille barrait la chaussée. Federal Street et la 5e Rue étaient à sens unique, et deux policiers en uniforme redirigeaient le trafic à chaque extrémité du pâté de maisons. La police scientifique n'étant pas encore sur place, il n'y avait aucun ruban jaune pour délimiter le périmètre. Des restrictions budgétaires avaient contraint la ville à limiter les embauches, à remettre à plus tard l'achat de matériel, et il arrivait désormais qu'il se passe deux heures ou plus avant que le personnel clé n'arrive sur une scène de crime.

Mais si l'équipe scientifique manquait à l'appel, David Albrecht, lui, était bien présent, caméra au poing.

« Bonjour ! » s'égosilla-t-il depuis l'autre côté de la rue.

Super, se réjouit Jessica. *Encore un qui est du matin.* Son mari et sa fille étaient du matin. Tout le monde autour d'elle était du matin. Sauf Byrne. C'était l'une des raisons pour lesquelles ils travaillaient si bien ensemble. Un jour normal, leurs échanges se limitaient à des grognements jusqu'à midi.

Jessica fit signe à Albrecht, qui s'empressa de braquer sa caméra sur elle pour immortaliser son geste. Elle se tourna ensuite vers Dennis Stansfield. Ce dernier, voyant qu'il était filmé, boutonnait sa veste, rentrait le ventre et essayait d'adopter un air de dignité.

Ils signèrent le registre. L'agent en uniforme les orienta vers le bout de la ruelle.

« Dedans ou dehors ? demanda Jessica.

— Dedans, répondit-il. Mais tout juste. »

La scène se situait au niveau de l'entrée de service d'un ancien magasin de chaussures indépendant appelé All Soles. À l'arrière de la boutique, un escalier extérieur permettait d'accéder au sous-sol, lequel avait sans doute servi à stocker les marchandises au fil des années et des propriétaires. La petite arrière-cour était jonchée de restes de fast-food, de pneus abandonnés, le genre de détritus que les gens ne vont pas se fatiguer à aller jeter dans la poubelle située à trois mètres.

Les deux inspecteurs s'arrêtèrent en haut des marches. Au moment où Jessica prit note de demander à l'unité scientifique de chercher des empreintes sur la rambarde métallique, Stansfield s'appuya dessus, façon macho, brandissant son insigne doré à la face du personnel qui s'approchait d'eux.

« Hum, inspecteur ? » fit Jessica, l'index pointé vers sa main.

Stansfield tourna la tête et, prenant soudain conscience que son geste pouvait éventuellement nuire à l'intégrité du site, retira sa main aussi vite que s'il avait agrippé un tisonnier chauffé à blanc.

Jessica reporta son attention vers l'entrée de la scène de crime.

À l'étude, aucune des quatre marches ne comportait de trace de sang. La porte était entrebâillée. Elle descendit l'escalier et poussa le battant avec précaution, Stansfield sur ses talons. Dans l'immédiat, son eau de Cologne lui donnait la nausée. Mais son odeur serait bientôt la bienvenue.

« Nom de Dieu », lâcha Stansfield.

La victime, un homme blanc d'âge indéterminé – une indétermination due au fait que son visage était en partie dissimulé –, gisait au beau milieu de la petite remise poussiéreuse parmi les cartons, les seaux en plastique, les palettes en bois. Jessica repéra tout de suite les marques violacées autour des poignets et des chevilles. Il avait visiblement été attaché. Il n'y avait aucune trace de sang, aucun signe de lutte.

Mais deux choses la firent tomber en arrêt. Premièrement, la victime avait le front et les yeux recouverts d'une bande de papier blanc. Le papier mesurait une douzaine de centimètres de large et faisait tout le tour de sa tête. Au sommet de la bande se détachait un trait marron, une ligne horizontale qui ressemblait à du sang coagulé. En dessous se trouvait une autre tache, qui dessinait un ovale presque parfait d'environ trois centimètres. Les deux extrémités de la bande de papier se superposaient sur le côté gauche du crâne. Un cachet de cire rouge semblait les maintenir en place. Le côté droit comportait une autre tache de sang en forme de huit.

Mais ce n'était pas tout.

La victime était complètement nue. Elle semblait avoir été rasée de la tête aux pieds. Pubis, torse, bras, jambes – plus un poil. Les égratignures et les abrasions à la surface de l'épiderme indiquaient un rasage violent, agressif, qui devait remonter tout au plus à vingt-quatre heures. Les poils n'avaient pas encore commencé à repousser.

La vision de ce corps glabre était si grotesque qu'il fallut à Jessica un moment pour se reprendre. Elle avait vu beaucoup de choses. Mais rien de comparable. Les humiliations étaient légion dans les affaires d'homicide, mais il y avait dans cette nudité un ultime avilissement qui résonnait comme un message adressé par le tueur à la face du monde, un communiqué annonçant que l'histoire ne s'arrêtait pas à l'humiliation infligée par une mort violente. En général, on ne se contentait pas de mourir dans ce monde. On vous y *retrouvait* mort.

Par instinct plus que par sens du devoir, Jessica prit les devants. Elle vivait dans un univers masculin où plus vite on marquait son territoire, mieux ça valait. Il y avait longtemps qu'elle portait le mot *garce* comme un insigne, un emblème aussi brillant que sa plaque.

Stansfield se racla la gorge.

« Je… euh… je vais commencer l'enquête de voisinage », balbutia-t-il avant de filer aussitôt.

Il y avait, au sein de la criminelle, des inspecteurs à qui l'*idée* d'être inspecteur plaisait beaucoup

– le cachet, le salaire, le prestige de compter parmi les élus –, mais que les scènes de crime rebutaient. Stansfield était visiblement de ceux-là. *À la bonne heure*, se dit Jessica.

Elle s'accroupit près de la victime, plaça deux doigts sur son cou. Elle ne trouva aucun pouls. Puis, elle examina la face antérieure du corps à la recherche d'une plaie d'entrée ou de sortie. Ni lésion ni sang.

Des voix lui parvinrent de l'extérieur. Lorsqu'elle leva la tête, Tom Weyrich descendait l'escalier, son matériel à la main, son photographe à sa suite. Weyrich travaillait comme enquêteur pour le bureau du légiste depuis près de vingt ans.

« Bien le bonjour à vous, Tom. »

Âgé d'un peu plus de 50 ans, Weyrich avait un humour pince-sans-rire et une réputation d'enquêteur consciencieux et exigeant. Quand Jessica l'avait rencontré cinq ans auparavant, il présentait encore comme un homme au style classique à la mise impeccable. Sa moustache était désormais taillée n'importe comment, ses yeux rouges et fatigués. Jessica savait que sa femme était décédée récemment suite à un long combat contre le cancer. Tom avait été très affecté. Ces jours-ci, il semblait au bout du rouleau. Son pantalon était repassé, mais Jessica constata qu'il avait probablement dormi avec sa chemise.

« Un remplacement à Torresdale m'est tombé dessus, expliqua-t-il, se passant les mains sur le visage comme pour en effacer l'épuisement. J'y étais encore il y a deux heures.

— Pas de repos pour les braves.

— Il n'y a que les braves qui peuvent nous le dire. »

Il s'aventura plus avant dans la pièce et aperçut le corps.

« Seigneur. »

Un petit bruit de course se fit entendre sous les détritus et les cartons déchiquetés.

« Assommez-moi de deux bons coups sur la tête quand vous voulez, ajouta-t-il. Si on m'avait dit que j'en viendrais à regretter la grande époque du crack.

— C'est sûr, acquiesça Jessica. C'était le bon vieux temps. »

En voyant Weyrich rentrer sa cravate dans sa chemise, boutonner sa veste, enfiler une paire de gants et se mettre au travail, Jessica se demanda combien de fois il en était passé par là, combien de fois il avait posé ses mains sur la peau glacée des morts. Elle se demanda à quoi ressemblaient ses nuits désormais, seul dans son lit, et se fit la réflexion que personne autant que lui n'avait besoin de sentir la chaleur des vivants. Quand elle s'était séparée de Vincent quelques années plus tôt, c'était ce qui lui avait le plus manqué. Le contact intime et quotidien avec la chaleur d'un autre être humain.

Jessica alla attendre dehors. David Albrecht était toujours là, de l'autre côté de la rue, à filmer le bâtiment de l'extérieur. Sa nouvelle camionnette rutilante était garée derrière lui, le nom de son site Internet peint sur l'aile. Et en dessous, ce que Jessica supposa être le titre de son long métrage.

Bientôt sur vos écrans : Zone 5292.

Astucieux, songea-t-elle. De toute évidence, une référence à la zone 51, une région au sud du Nevada qui occupait une place de choix dans les théories complotistes. Quant au nombre 5292, il désignait un cadavre dans le jargon de la police de Philadelphie.

Tom Weyrich émergea du sous-sol un quart d'heure plus tard.

« Au vu de mon immense savoir, commença-t-il, je dirais que nous avons affaire à un mort.

— Je savais que j'aurais dû fréquenter une meilleure école, répliqua-t-elle. Cause du décès ?

— Je ne peux pas vous donner la moindre piste tant qu'on ne lui aura pas enlevé son bandage.

— Vous êtes d'attaque ?

— Toujours. »

Ils redescendirent dans la remise. Jessica enfila une paire de gants en latex. Ils s'agenouillèrent de part et d'autre du corps.

La bande de papier était maintenue en place par une petite boule de cire bordeaux. Jessica savait qu'elle devrait faire extrêmement attention si elle ne voulait pas l'endommager.

Elle sortit son couteau de son fourreau – un Gerber denté de dix centimètres qu'elle portait à la cheville dès que sa tenue le lui permettait – et glissa la lame sous la cire durcie et brillante. Elle crut d'abord qu'elle allait se fendre, mais la chance joua en sa faveur et l'échantillon se détacha d'un seul tenant. Une fois le cachet à l'abri dans un sachet, Weyrich maintint l'autre côté de la bande en place pendant que Jessica ôtait son masque à la victime.

Son visage offrait un spectacle monstrueux.

La rigidité avait disparu et la peau commençait à se relâcher, mais Jessica lui donnait à peine 40 ans.

La partie supérieure du front présentait une lacération unique de dix ou douze centimètres sur sa largeur. L'incision semblait peu profonde et n'atteignait pas l'os, séparant simplement la peau en une ligne pourpre. Elle devait avoir été pratiquée à l'aide d'un rasoir ou d'un couteau très acéré.

Juste au-dessus de l'œil droit se trouvait une petite

plaie ronde du diamètre d'un pique à glace ou d'une aiguille à tricoter, elle aussi peu profonde. Aucune des deux blessures ne semblait avoir causé la mort. L'oreille droite était mutilée et présentait des coupures sur tout son contour, jusqu'au lobe qui avait disparu.

Une boursouflure rouge au niveau du cou laissait penser à une mort par strangulation.

« Vous croyez que c'est ce qui l'a tué ? demanda Jessica, même si elle savait que seule une autopsie pouvait déterminer avec certitude la cause du décès.

— Difficile à dire, répondit Weyrich. Mais, vu la pétéchie au niveau de la sclère, on ne risque pas grand-chose à parier là-dessus.

— Récapitulons, fit Jessica. On l'a poignardé, écharpé, étranglé. Beau triplé.

— Et rien ne nous dit qu'il n'a pas été empoisonné en prime. »

Jessica passa la petite pièce au crible, retournant chaque carton et chaque palette à la recherche de vêtements ou de papiers qui auraient pu les renseigner sur l'identité de la victime. Sans succès.

En ressortant quelques minutes plus tard, elle aperçut l'inspecteur Joshua Bontrager qui traversait Federal Street en accrochant son insigne à la poche de sa veste.

Josh Bontrager était à la criminelle depuis quelques années seulement, mais il possédait déjà les qualités d'un bon enquêteur. Josh était unique par bien des aspects, le plus remarquable de tous étant sans doute qu'il avait grandi au sein d'une communauté amish. Il avait quitté la campagne pour rejoindre la police de Philadelphie, où il avait fait ses armes dans diverses brigades avant d'être transféré à la criminelle pour une affaire spéciale. Josh avait environ 35 ans, les cheveux blonds comme les blés, une énergie et une agilité insoupçonnables au premier abord. Ce n'était pas sa connaissance de la rue – c'est tout juste si celles qu'il avait connues dans son enfance étaient goudronnées – qui faisait sa force, ni un quelconque esprit scientifique, mais sa gentillesse innée, une affabilité qui désarmait jusqu'aux criminels les plus endurcis.

Aux yeux de certains, Josh Bontrager était un culterreux qui n'avait pas sa place dans l'une des divisions d'élite urbaines les plus respectées du pays. Mais Jessica savait qu'il ne fallait pas le sous-estimer, surtout si l'on avait quelque chose à cacher.

Bontrager traversa l'allée pour rejoindre Jessica.

« Alors ? demanda-t-il à voix basse. C'est comment de travailler avec Stansfield ?

— Eh bien, abstraction faite de son racisme, de son sexisme, de son homophobie et de son amour-propre complètement démesuré, c'est l'éclate. »

Bontrager rit.

« C'est si terrible que ça ?

— Naan. Là, ce sont seulement les points positifs.

— Pourquoi personne ne l'apprécie ? »

Jessica lui résuma l'affaire Robles, sans oublier le cafouillage de Stansfield qui, en pratique, avait conduit à la mort de Samuel Reese.

« Difficile de croire qu'il n'ait pas réfléchi davantage, commenta Bontrager.

— Je ne vous le fais pas dire.

— Et on a la certitude que c'est ce Robles qui a tué ce type ?

— Ouais, répondit Jessica. Kevin passe devant le jury d'accusation aujourd'hui. »

Bontrager hocha la tête.

« Si je comprends bien, Stansfield récolte une promotion et une augmentation pour avoir tout fait foirer.

— Les voies des grands pontes sont impénétrables. »

Bontrager enfonça ses mains dans ses poches, se balançant d'avant en arrière.

« En tout cas, d'ici le retour de Kevin, si vous cherchez un autre partenaire la prochaine fois que vous êtes en haut de la grande roue, faites-moi signe.

— Merci, Josh. Je n'hésiterai pas. »

Elle brandit une pochette cartonnée.

« Vous voulez bien me servir de secrétaire ?

— Sans problème. »

Il lui prit la pochette, en sortit un formulaire, le coinça sous la pince d'un porte-bloc. Le formulaire, un document standard utilisé dans la police, comportait quatre vues du corps humain – antérieure, postérieure, latérales – ainsi qu'un espace destiné à accueillir une description sommaire de la scène de crime. Ce document figurerait en première page et serait le plus consulté dans le dossier dédié à l'enquête.

Les deux inspecteurs pénétrèrent dans la pièce. Josh Bontrager écrivait pendant que Jessica parlait.

« La victime est un homme de type caucasien ayant entre 30 et 45 ans. Le front présente une incision horizontale et une plaie vraisemblablement perforante au-dessus de l'œil droit. La victime a eu l'oreille droite mutilée. Il lui manque une portion du lobe. On distingue une marque de ligature à la base du cou. »

Bontrager remplissait le formulaire, plaçant les points correspondants sur le schéma.

« La victime est nue. Le corps semble avoir été rasé de la tête aux pieds il y a peu. On observe des bleus au niveau des chevilles et des poignets, ce qui indique que la victime a sans doute été attachée. »

Jessica continua de décrire la scène, son chemin

désormais lié à jamais à celui de cet homme mort, un homme mort qui n'avait pas de nom.

Vingt minutes plus tard, Josh Bontrager reparti à la Rotonde et Dennis Stansfield toujours à son enquête de voisinage, Jessica s'arrêta en haut de l'escalier pour balayer le paysage à cent quatre-vingts degrés. Juste derrière le magasin s'étendait un terrain vague. Des piles de béton, de brique et de bois, témoignaient de la démolition récente de deux immeubles à cet endroit. Il n'y avait aucune barrière de ce côté-ci. Sur la droite, s'élevait une rangée de maisons mitoyennes. Sur la gauche, le mur aveugle d'une sorte de hangar commercial. La vue depuis la rue était en partie obstruée par les montagnes de gravats. Si quelqu'un avait vu quelque chose, c'était depuis une fenêtre à l'arrière des maisons ou depuis le terrain vague.

L'agent arrivé le premier sur les lieux était posté à l'entrée de l'allée. Entre autres responsabilités, il lui incombait de faire signer le registre de scène de crime à toute personne entrant ou sortant du site. Jessica s'approcha de lui.

« Qui a trouvé le corps ? demanda-t-elle.

— On n'en sait rien. Un appel anonyme reçu vers 6 heures du matin par les secours. »

Anonyme, pensa Jessica. Un million et demi d'habitants dans cette ville et ils étaient tous anonymes. Jusqu'au jour où il s'agissait d'un des leurs.

7

Il se réveilla, les idées embrumées, encore sous l'emprise hypnotique d'un sommeil agité. Alors que la lumière du jour perçait déjà entre les stores, Kevin Byrne avait rêvé qu'il se tenait dans le box des accusés d'une salle d'audience caverneuse éclairée par une mer de bougies votives. Il ne voyait pas les membres du jury, mais il savait qui ils étaient. Ils étaient les victimes silencieuses. Et ils étaient plus de douze. Il y en avait des milliers, chacun une bougie à la main.

Byrne sortit de son lit, se dirigea vers la cuisine en titubant, s'aspergea le visage d'eau froide. Il avait dormi quatre heures ; trois la nuit précédente. Au cours des derniers mois, son insomnie s'était aggravée, s'ancrant dans son quotidien au point qu'il ne pouvait plus imaginer vivre autrement. Il avait cependant rendez-vous – sur ordre du médecin et contre son gré – avec un neurologue de la clinique du sommeil de l'université de Pennsylvanie.

Il prit une longue douche chaude qui le débarrassa des miasmes de la nuit précédente. Il se sécha, s'habilla, sortit une chemise propre du sac du pressing. Il passa un nouveau costume, sa cravate préférée, s'assit à la petite table de sa cuisine, sirota son café. Il parcourut le questionnaire de la clinique du sommeil. Cent soixante questions toutes aussi inquisitrices les unes que les autres.

Question 87 : Est-ce que vous ronflez ?

Si seulement j'arrivais à convaincre quelqu'un de dormir avec moi, peut-être que je connaîtrais la réponse, pensa-t-il.

C'est alors que Byrne se rappela sa petite expérience. La nuit précédente, vers 2 heures du matin, réalisant qu'il ne trouverait pas le sommeil, il avait exhumé son petit magnétophone numérique Sony.

Il s'était recouché, avait avalé deux Ambien, avait allumé l'appareil, éteint la lumière et fermé les yeux. Quatre heures plus tard, il s'était réveillé.

Et, maintenant, son expérience allait lui livrer ses résultats. Il se resservit du café, écouta l'enregistrement depuis le début. Il commençait par des froissements, le magnétophone qu'il installait. Puis il distingua le déclic de l'interrupteur, d'autres froissements, un choc contre la table de nuit qui le fit sursauter. Il baissa le volume. Les cinq minutes suivantes s'écoulèrent sans qu'il perçoive autre chose qu'un léger crépitement et le passage occasionnel d'une voiture.

Byrne écouta un moment cette respiration régulière qui semblait se ralentir. Puis il entendit le premier ronflement. On aurait dit un moteur qui pétaradait. Ou alors un rottweiler à cran.

Super, se dit-il. Donc, il ronflait. Pas en permanence, non, mais un quart d'heure environ après le début de l'enregistrement, il se remettait à ronfler bruyamment pendant quelques minutes puis s'arrêtait avant de reprendre de plus belle. Il fixa le magnétophone, interdit.

Mais qu'est-ce que je fous ?

La réponse ? Il était assis dans sa petite salle à manger, la tête dans le cirage, à s'écouter dormir.

Bon sang ! C'était d'un ennui.

Il appuya sur « Avance rapide », revenant en arrière chaque fois qu'il entendait quelque chose.

Byrne était sur le point de couper court à l'expérience, lorsqu'un bruit sortant de l'ordinaire attira son attention. Il pressa « Pause », puis « Lecture ».

« Sous tes yeux », résonna sa voix dans le magnétophone.

Quoi ?

Retour en arrière.

« Sous tes yeux. »

Il poursuivit son écoute. Il y eut bientôt un autre bruit, celui de l'interrupteur, suivi de sa voix, parfaitement distincte : *« 2 h 52. »*

Venaient ensuite le bruit de la lampe qu'on éteignait, d'autres froissements, puis le silence jusqu'à la fin de l'enregistrement. Bien qu'il n'en gardât aucun souvenir, il avait dû se réveiller, allumer la lumière, consulter le réveil, lire l'heure à haute voix et se rendormir.

Le hic, c'est qu'il n'avait pas de réveil dans sa chambre. Et il laissait toujours sa montre et son téléphone portable sur la commode.

Alors, comment avait-il deviné quelle heure il était ?

Byrne réécouta la séquence depuis le début, une dernière fois, pour s'assurer qu'il n'avait pas tout imaginé. Mais non.

2 h 52.

Sous tes yeux.

Tandis que Byrne attendait au parc, un souvenir d'un autre moment passé dans cet endroit lui revint. Sa fille Colleen avait 4 ans, elle essayait désespérément de faire voler un cerf-volant. Elle courait de long en large, ses cheveux blonds au vent, les bras en l'air, s'emmêlant constamment dans le fil. Elle tapait du pied, le poing brandi vers le ciel, et se dépêtrait avant de recommencer, encore et encore. Jamais elle n'était venue lui demander de l'aide. Pas une fois.

Il lui semblait que c'était hier. Mais non. Colleen, qui était sourde de naissance à cause d'une malformation appelée dysplasie de Mondini, rentrait à l'université Gallaudet, la meilleure université du pays pour les étudiants sourds et malentendants en premier cycle.

Elle partait le jour même à Washington DC pour passer la nuit sur le campus avec son amie Lauren, officiellement pour repérer les lieux et les résidences universitaires, officieusement pour repérer la vie nocturne et les garçons. Byrne savait que les frais de scolarité étaient extrêmement élevés, mais il épargnait depuis des années et Colleen bénéficiait d'une bourse partielle.

Il aurait préféré que sa fille étudie plus près de Philadelphie, mais il y avait une éternité qu'il n'arrivait plus à la faire changer d'avis quand elle avait une idée en tête.

Il n'avait jamais rencontré Lauren, mais Colleen savait bien s'entourer. Il espérait qu'elle avait la tête sur les épaules et qu'il ne recevrait pas un coup de fil de la police de Washington l'informant qu'on avait retrouvé sa fille et son amie dans une beuverie de fraternité étudiante qui avait dégénéré.

Byrne sentit quelqu'un approcher sur sa droite. Lorsqu'il tourna la tête, il vit Colleen en train de traverser la place en tailleur bleu marine. Elle ne ressemblait pas à une étudiante, elle ressemblait à une femme d'affaires. Avait-il manqué quelque chose ? Avait-il passé les quatre dernières années à dormir ?

Elle était d'une beauté à couper le souffle, mais quelque chose clochait. Elle tenait la main d'un type d'au moins 30 ans. Et non seulement ils se tenaient la main, mais ils avaient cette façon d'entrelacer leurs poignets et de marcher hanche contre hanche qui n'échappa pas à Byrne.

De plus près, il constata que le gamin était plus jeune qu'il ne l'avait cru. Il avait peut-être 22 ans, ce qui restait beaucoup trop vieux à son goût.

Malheureusement, dans ce domaine, les goûts de Kevin n'avaient pas droit de cité.

Colleen lâcha la main du garçon et embrassa son père sur la joue. Elle portait du parfum. C'était de pire en pire.

« Papa, je te présente mon ami Laurent », dit-elle en langue des signes.

Évidemment, pensa Byrne. Ce n'était pas Lauren. Ce n'était même pas une fille. C'était *Laurent*. Sa fille allait passer la nuit à Washington avec un homme.

« Comment allez-vous ? » demanda Byrne sans se soucier de la réponse.

Le gamin lui serra la main. Bonne poigne, pas trop ferme. Byrne envisagea de le plaquer au sol et de lui passer les menottes pour avoir osé toucher à Colleen Byrne devant lui, pour avoir osé voir une femme en sa fille unique. Mais il mit momentanément son instinct de côté.

« Je vais bien, monsieur. Je suis ravi de vous rencontrer. »

Non seulement Laurent était un homme, mais en plus il avait un accent.

« Vous êtes français ? demanda Byrne.

— Québécois. »

Pas loin, pensa Byrne. Sa fille se faisait conter fleurette par un étranger.

Ils parlèrent de choses et d'autres pendant un moment, le genre de choses dont parlent les jeunes garçons qui essaient d'impressionner le père de leur copine sans mettre la copine dans l'embarras. Dans le souvenir de Byrne, l'opération s'apparentait à un numéro d'équilibriste. Compte tenu de la difficulté de parler au père en traduisant simultanément à la fille en langue des signes, il jugea que le gamin se débrouillait plutôt bien.

Lorsqu'ils eurent épuisé les banalités, Laurent déclara :

« Je sais que vous avez des choses à vous raconter. Je vous laisse entre vous. »

Il s'éloigna de quelques mètres. Byrne vit les épaules du jeune homme se détendre, entendit un profond soupir de soulagement.

Il comprenait. Ce gamin n'était peut-être pas un si mauvais bougre, après tout.

Colleen interrogea son père du regard, les sourcils arqués. *Comment tu le trouves ?*

Il fit un vague signe de la main, sourit. *Comme ci, comme ça.*

Sa fille lui donna une tape dans le bras.

Byrne plongea sa main dans sa poche, tendit à Colleen le chèque discrètement glissé dans une petite enveloppe. Colleen le fit immédiatement disparaître dans son sac.

« Merci, papa. Deux semaines, maxi. »

Byrne balaya ses mots d'un nouveau geste de la main.

« Combien de fois je t'ai dit de ne pas me rembourser ?

— Et tu le rediras. »

Byrne regarda Laurent, puis Colleen.

« Je peux te poser une question ? » demanda-t-il.

Il avait appris à signer quand Colleen avait environ 7 ans. Vu le piètre élève qu'il avait été, il s'y était mis avec une facilité surprenante. À mesure que Colleen avait grandi et que leur communication était devenue en grande partie non verbale, reposant sur le langage du corps et les expressions du visage, il avait arrêté les cours. Il se défendait, mais il était parfaitement incapable de suivre une conversation enflammée entre deux sourds.

« Vas-y, je t'écoute.

— Tu es amoureuse de lui ? »

Colleen lui jeta son fameux regard. Le même regard que sa mère. Celui qui signifiait : *Tu viens de rencontrer un mur et, si tu caresses l'idée, le rêve ou même le simple espoir de le franchir, tu as intérêt à te munir d'une échelle, d'une corde et d'un grappin.*

Elle lui toucha la joue et la lutte prit fin.

« Je suis amoureuse de *toi* », signa-t-elle.

Comment faisait-elle ça ? Sa mère lui avait jeté le même sort vingt ans plus tôt. Dans l'exercice de ses fonctions, il avait été blessé par balle à deux occasions. Les répercussions de ces deux incidents n'étaient rien en comparaison d'un simple regard de son ex-femme ou de sa fille.

« Pourquoi tu ne me poses pas la question qui te démange ? signa-t-elle.

— Je ne vois pas de quoi tu parles », rétorqua Byrne avec son air le plus perplexe.

Elle leva les yeux au ciel.

« Tant pis, je vais quand même y répondre. »

Byrne haussa les épaules. *Si ça pouvait lui faire plaisir.*

« Oui, papa, nous faisons chambre à part. C'est bon ? La tante de Laurent possède une grande maison à Stanton Park avec des millions de chambres d'amis disponibles. Je dormirai dans l'une d'elles. Enfermée à double tour, des chiens de garde au pied du lit. Mon honneur et ma vertu resteront intacts. »

Byrne sourit.

Le monde venait soudain de redevenir un endroit merveilleux.

Il s'arrêta au Starbucks de Walnut Street. Il était en train de payer quand son portable vibra au fond de sa poche. En consultant l'écran, il découvrit un SMS de Michael Drummond, l'assistant du procureur à la tête du jury d'accusation d'Eduardo Robles.

Où êtes-vous ?

Byrne indiqua à Drummond où il se trouvait. Il reçut une réponse en moins de quelques secondes.

Retrouvez-moi au Marathon.

Dix minutes plus tard, Byrne se tenait devant le restaurant à l'angle de la 18e Rue et de Walnut Street. En regardant autour de lui, il vit Drummond arriver, le portable vissé à l'oreille. Michael Drummond était un trentenaire élégant, svelte et athlétique. Il avait tout de l'archétype de l'avocat de la défense et pourtant il avait passé près de dix ans au service du bureau du procureur. Cela n'allait pas tarder à changer. Après avoir été courtisé pendant des années par tous les cabinets les plus influents de la ville, il sautait enfin le pas. Une fête de départ en son honneur était prévue quelques jours plus tard à Finnigan's Wake, l'occasion pour Drummond d'annoncer lequel de ces cabinets cotés il avait choisi.

« Maître, fit Byrne en lui serrant la main.

— Bonjour, inspecteur.

— Comment allez-vous ? »

Drummond sourit avant de répondre.

« Vous vous souvenez de la scène du tigre dans *Gladiator* ?

— Oui.

— Eh bien, ma journée ressemble un peu à ça.

— Je ne suis qu'un pauvre flicaillon, s'excusa Byrne. Il va falloir que vous m'expliquiez. »

Drummond jeta un regard par-dessus l'épaule de l'inspecteur, puis par-dessus sa propre épaule, avant de lâcher :

« Eddie Robles a disparu. »

Byrne le fixa avec une expression la plus neutre possible.

« C'est un fait ?

— Je ne m'intéresse qu'aux faits, répliqua Drummond. J'ai appelé chez sa mère ce matin, qui m'a dit que Robles n'était pas rentré de la nuit. Son lit n'était même pas défait.

— Ce type a deux morts sur les bras et il vit encore chez sa mère ?

— Ça a un petit côté Norman Bates, maintenant que vous le dites.

— On n'a pas vraiment besoin de lui pour l'inculper, si ? »

La question était purement rhétorique. Pour reprendre les mots du juge Sol Wachtler, le procureur pouvait inculper un sandwich au jambon si ça lui chantait. Qu'importe si le sandwich était absent.

« Non, fit Drummond. Mais le jury entend une autre affaire aujourd'hui. Le triple homicide du Fontana. »

Le Fontana était une résidence de luxe dans le quartier de Northern Liberties. Le complexe avait rouvert récemment après un chantier de rénovation de plus de quatre ans qui avait coûté cent millions de dollars. Une triple exécution en règle avait eu lieu dans l'un des appartements. Une des trois victimes n'était autre qu'une jeune fille de bonne famille menant une double vie impliquant strip-tease, trafic de drogue et rendez-vous galants avec des célébrités de la scène sportive locale. On pouvait difficilement demander plus sensationnel, ce qui signifiait que l'histoire avait fait le tour de la ville en quelques heures.

Jusqu'à présent, sept suspects se trouvaient en garde à vue. Les confessions n'allaient pas tarder à pleuvoir à la Rotonde. Ce qui signifiait que les joueurs des Sixers, des Eagles, des Phillies et des Flyers devaient commencer à serrer les fesses.

Byrne savait qu'il devait jouer le jeu et il n'était pas plus mauvais qu'un autre à ça. Voire même meilleur.

« J'ai passé un temps fou sur cette affaire, dit-il.

— Je sais, Kevin. Je suis désolé. L'affaire Fontana passe avant tout le reste. Vous connaissez la musique. Les gens oublient, les gens disparaissent, les gens s'évaporent comme par enchantement. Surtout dans les affaires d'homicide liées à la drogue. »

Byrne comprenait parfaitement. Une affaire aussi atroce et sanglante que celle du Fontana déchaînait les passions.

« À quand cela reporte l'audition ? » demanda-t-il.

Drummond consulta son BlackBerry.

« Le jury se prononcera sur le dossier Robles à sa

prochaine séance dans trois jours, répondit-il. Je vous le promets. »

Cela n'avait peut-être pas d'importance. Byrne savait que Philadelphie avait sa manière à elle de régler ses problèmes.

« Merci de m'avoir accordé de votre temps, Michael.

— Je vous en prie. Vous venez à ma petite fête ?

— Je ne manquerais ça pour rien au monde. »

Ils échangèrent une nouvelle poignée de main.

« Ne vous inquiétez pas, Kevin. Considérez Eddie Robles comme de l'histoire ancienne. »

Byrne ne releva pas.

« Tenez-moi au courant », dit-il, impassible.

Byrne envisagea de prendre la direction de la Rotonde. Mais on ne l'y attendait pas avant un moment et il avait besoin de réfléchir. Il roula jusqu'à York Street, se gara en face de la ruelle dans laquelle s'était enfoncé Eduardo Robles.

Eddie Robles a disparu.

Byrne descendit de voiture, regarda des deux côtés de la rue. À un demi-pâté de maisons, il trouva ce qu'il cherchait. Il n'y avait pas prêté attention auparavant.

Au-dessus de sa tête, surplombant le trottoir, indifférente au spectacle qui s'offrait à elle, trônait une caméra de police.

8

La brigade criminelle, qui comptait quatre-vingt-dix inspecteurs travaillant vingt-quatre heures sur vingt-quatre, sept jours sur sept, était un modèle de capharnaüm organisé. Le rez-de-chaussée abritait un labyrinthe tortueux de pièces en demi-cercle où installer des tables, des armoires de classement, des ordinateurs relevait du véritable défi. Non pas que quelqu'un ait jamais accordé une seconde de réflexion à la notion de décoration.

Cependant, un système existait et il fonctionnait. La criminelle de Philly affichait le taux de résolution le plus élevé du pays, toutes brigades criminelles confondues.

La plupart des inspecteurs étaient partis déjeuner ou en mission quand Jessica leva le nez de son bureau et vit Dana Westbrook traverser la pièce.

Le sergent Westbrook supervisait les équipes de jour maintenant que Ike Buchanan avait pris sa retraite. Fille d'un ancien inspecteur, Westbrook avait grandi à Kensington et frisait la cinquantaine. Son passé de marine l'avait amenée à participer à l'opération Tempête du désert.

Au premier abord, Dana Westbrook n'était pas un

personnage des plus intimidant. Avec sa coupe au carré grisonnante et son mètre soixante-deux, tout le monde lui mangeait la soupe sur la tête. Mais elle était en excellente forme physique, continuait de suivre l'entraînement réservé aux marines quatre fois par semaine et pouvait battre à la course n'importe quelle femme policier deux fois plus jeune qu'elle, ainsi que bon nombre de confrères masculins.

Dans cet univers qui restait l'apanage du sexe fort, sa formation militaire s'avérait utile.

Comme dans tous les services de police, et de fait dans toutes les organisations paramilitaires, une hiérarchie existait. Du préfet à la recrue, en passant par le préfet adjoint, l'inspecteur général, le capitaine, le lieutenant, le sergent, l'inspecteur, et enfin l'agent, l'institution était soumise à des règles extrêmement strictes. Et la merde, comme il est coutume de dire dans l'armée, ne remonte pas la pente.

Dès le premier jour, Dana s'en prit plein la gueule.

Lorsqu'un appel arrivait pendant la journée – entre 8 heures et 16 heures –, l'inspecteur de garde prenait le message avant de le porter au superviseur. Il incombait alors à celui-ci d'amorcer et de coordonner l'enquête dans ses premières heures. Le gros de la tâche consistait à dire à des hommes – certains en poste depuis plus de vingt ans, leurs habitudes avec chacun, sinon au moins leur rythme – où aller, à qui parler, à quelle heure revenir. Ce qui impliquait de juger leur travail sur le terrain, voire de leur passer un savon à l'occasion.

Pour les inspecteurs mâles de la criminelle, qui se prenaient pour des élus, se voir donner des ordres n'était déjà pas facile. Alors, quand ces ordres émanaient d'une femme, autant dire que la pilule coinçait.

Westbrook s'assit à côté de Jessica, ouvrit un nouveau dossier, appuya sur son stylo rétractable. Jessica passa en revue les détails élémentaires, à commencer par l'appel anonyme reçu par les secours. Westbrook prit note.

« Des traces d'effraction ? demanda-t-elle.

— Difficile à dire. Ce n'est certainement pas la première fois que quelqu'un s'introduit à l'intérieur, mais il n'y avait pas de bris de verre sur le chambranle.

— Les véhicules stationnés dans les parages ? »

Pour la première fois, Jessica remarqua que, hormis ses boucles discrètes, Dana Westbrook avait quatre piercings vides à l'oreille droite.

« Des agents relèvent toutes les plaques d'immatriculation dans un rayon de deux pâtés de maisons en vérifiant si leurs propriétaires sont sous le coup de mandats d'arrêt. *Idem* sur le parking de l'école. Sans succès jusqu'ici. »

Westbrook hocha la tête, nota. Jessica reprit :

« Je me disais qu'on pourrait aussi jeter un œil aux rushes de notre Martin Scorsese en herbe. J'ai vu Albrecht filmer les badauds depuis l'autre côté de la rue.

— Bonne idée. »

Il arrivait que les criminels, notamment les meurtriers, reviennent sur les lieux du crime. Les policiers gardaient toujours à l'esprit qu'une foule aux abords d'une scène de crime, ou à un enterrement, pouvait contenir la personne qu'ils cherchaient.

« À propos, ce gamin, à quoi a-t-il accès ?

— Cela doit rester raisonnable. Il n'entre pas chez le légiste, évidemment. Ni à l'hôpital.

— Et vous pouvez me rappeler ce qui lui vaut d'être parmi nous ?

— C'est le fils du cousin de la femme du préfet adjoint. Ou quelque chose comme ça. Disons qu'il est pistonné. Le préfet adjoint est diplômé de Penn State, au cas où vous l'ignoreriez.

— Est-ce qu'Albrecht a le droit de filmer sur une scène de crime ?

— Eh bien, d'après ce que je sais, la hiérarchie visionnera le film au premier montage et validera sa version finale. Si quoi que ce soit compromet une enquête en cours ou porte atteinte à la mémoire de la victime ou à sa famille, vous pouvez être sûre que cela ne sortira pas de ces bureaux.

— Alors, on peut le débarquer si besoin ?

— Absolument, acquiesça Westbrook. Veillez seulement à ce que Kevin ne s'en charge pas alors que vous roulez à tombeau ouvert sur l'autoroute. »

Jessica sourit. Il n'avait pas fallu longtemps au nouveau sergent pour se mettre au diapason.

« Je tâcherai de m'en souvenir.

— Tenez-moi au courant, conclut Dana Westbrook en se levant.

— Entendu, patron. »

Tant qu'ils ne connaissaient pas l'identité de la victime, ils en étaient réduits à attendre. Dans ce genre d'affaire, plus vite ils avaient un nom, plus vite ils savaient où la victime habitait, travaillait, étudiait, jouait. Autrement dit, plus vite ils pouvaient recueillir des témoignages. Une fois son identité établie, on entrait son nom dans différentes bases de données, à savoir celle du Centre national de ressources criminelles et, dans sa version locale, celle du Centre de ressources criminelles de Philadelphie.

Les empreintes digitales de chaque victime étaient relevées dès son arrivée à la morgue, mais dans l'attente du résultat, la seule chose à faire était d'interroger les riverains, analyser les données médico-légales et croiser les doigts. Si les empreintes ne figuraient nulle part, leur seul espoir était que quelqu'un apprenne la nouvelle au plus vite et appelle à la recherche d'un mari, d'un frère, d'un fils.

Lorsqu'elle aurait bouclé son rapport préliminaire, Jessica retournerait sur la scène de crime. Les équipes du matin n'allaient pas tarder à rentrer chez elles. Elles auraient peut-être du nouveau.

Elle nota qu'il fallait qu'elle demande à Kevin de contacter un inspecteur du commissariat sud qui comptait parmi ses amis. Plus ils étaient nombreux à ouvrir l'œil mieux c'était, surtout à ce stade de l'enquête. Et les inspecteurs divisionnaires connaissaient leur terrain et leurs criminels mieux que personne.

Elle n'eut pas le temps de s'exécuter qu'elle sentit une présence dans son dos. Elle se retourna. Dennis Stansfield se tenait derrière elle. Il était aussi tenace qu'un virus impossible à éradiquer.

« Je peux vous aider, inspecteur ? » demanda Jessica.

Stansfield pointa un doigt en direction du carnet posé sur son bureau.

« Je ne voulais pas regarder par-dessus votre épaule.

— Et pourtant, vous l'avez fait.

— Des rumeurs circulent à son sujet.

— Au sujet de qui ?

— L'inspecteur Byrne. »

Jessica ferma le dossier devant elle puis son carnet. Elle pivota sur sa chaise, se leva. Il était hors de question qu'elle reste assise pour s'adresser à ce type.

« Quel genre de rumeurs ? »

Stansfield regarda autour de lui avant de baisser la voix. « Eh bien, il n'aurait plus le cœur à ça.

— Ah bon ?

— Ouais. Et on raconte aussi qu'il pourrait bientôt raccrocher. Il ne serait plus le flic qu'il était.

— Intéressant, fit Jessica avec un hochement de tête.

— Je ne fais que répéter ce que j'ai entendu. De la bouche de plusieurs personnes.

— Vous savez quoi, Dennis ? Vous n'avez peut-être pas tort.

— Ah, oui ? s'étonna Stansfield.

— Ouais. Vous m'autorisez à le lui répéter ? Je suis certaine qu'il sera ravi de l'apprendre, puisque tout le monde est déjà au courant.

— Je préférerais que ça reste entre nous. Tout ce que je dis, c'est seulement…

— Alors, pourquoi ne lui dites-vous pas en face ?

— Comment ça ?

— L'inspecteur Byrne est juste derrière vous. »

Stansfield se retourna et se retrouva nez à nez avec Byrne, qui culminait à plus de dix centimètres au-dessus de lui. L'espace d'un instant, il fut sur le point de lui tendre la main. L'espace d'un instant, Byrne fut sur le point de le passer par la fenêtre. Puis, tous les deux semblèrent se raviser.

« Inspecteur », fut tout ce que Stansfield parvint à articuler.

Byrne le fixa jusqu'à ce qu'il se passionne soudain pour l'heure. Il jeta un œil à sa montre, puis à Jessica.

« Je vais continuer les recherches concernant le propriétaire du bâtiment, déclara-t-il. Je suis joignable si vous avez besoin de moi.

— C'est ça, fit Jessica quand il se fut éloigné. Compte là-dessus. »

Elle se tourna vers Byrne.

« Vous en avez fini avec le jury d'accusation ? »

Byrne fit signe que non.

« L'audience est reportée. Ils entendent l'affaire Fontana aujourd'hui.

— Est-ce que Drummond vous a donné une date ?

— La semaine prochaine si tout va bien.

— Mince. »

Plus cela traînait en longueur, et plus le risque d'amnésie était grand du côté des témoins.

Byrne désigna Stansfield en train de quitter la pièce.

« Quand est-ce qu'il est passé de jour ?

— Aujourd'hui. Le patron nous a mis ensemble ce matin. Une affaire m'est tombée dessus. »

Jessica briefa Byrne sur ce qu'ils avaient trouvé. Les photographies de la scène de crime n'étaient pas encore revenues du labo, mais Jessica avait pris quelques clichés avec son portable. Bien qu'aucun règlement ne l'en empêchât, elle mettait un point d'honneur à ne pas imprimer les images des scènes de crime qu'elle prenait avec son propre appareil. Des photographies personnelles avaient vite fait de se mêler aux prises de vue officielles et ce genre d'erreur faisait les choux gras des avocats de la défense. Photoshop avait tout chamboulé.

Byrne examina longuement les photos, passant de l'une à l'autre en naviguant sur l'écran.

« On sait qui c'est ?

— Non. Le corps est toujours sur place.

— Des témoins ?

— Personne. J'y retourne dans une minute. »

Byrne leva la tête. David Albrecht visionnait ses rushes sur l'écran de sa caméra, installé à un bureau.

« Qui est-ce ? »

Jessica expliqua la raison de la présence de l'étudiant à la Rotonde.

« Super, fit Byrne. Exactement ce qu'il nous faut. »

Il prit connaissance de la fiche d'intervention, mémorisant dans les grandes lignes les blessures infligées à la victime, la position du corps.

« Vous voulez un peu de compagnie ?

— Je conduis.

— Laissez-moi juste récupérer mes affaires. »

Ils s'arrêtèrent à la voiture de Byrne garée sur le parking arrière. En fait de voiture, il s'agissait d'un monospace Kia Sedona que Jessica n'avait jamais vu.

« C'est nouveau ?

— Un prêt de mon cousin Patrick. Colleen doit bientôt déménager et on essaie de limiter les coûts. Je mets une partie de ses affaires au garde-meuble ce week-end.

— Elle vous plaît ?

— Et comment ! Les Kia sont de vrais aspirateurs à minettes. Pas plus tard que l'autre jour, j'ai croisé une bande de pom-pom girls qui m'ont montré leurs fesses. »

Byrne ouvrit la portière côté passager, se pencha à l'intérieur, attrapa des affaires sur le siège arrière. Lorsqu'il se retourna, un élégant sac de coursier en cuir pendait à son épaule.

« Oh, mon Dieu, s'écria Jessica, passé la surprise initiale.

— Quoi ?

— Ne bougez pas. »

Elle sortit son portable et fit mine de composer un numéro interminable.

« Allô, l'enfer ? » dit-elle, un doigt en l'air.

Byrne secoua la tête.

« Bonjour, poursuivit Jessica. J'appelais pour connaître la température actuelle. Combien ? Moins vingt ? On annonce des tempêtes de neige ?

— Très drôle, fit Byrne. Laissez-moi m'installer à une table pour que je profite du spectacle. »

Jessica referma son téléphone, tout sourire. Elle s'appuya contre le monospace, bras croisés.

« Incroyable. Kevin Byrne avec un sac à main. Il faut *trop* que j'en parle sur mon blog.

— C'est une sacoche.

— Ah.

— Et c'est une Tumi. C'est un gage de qualité.

— Aucun doute. Moi aussi, mon sac à main est un Tumi.

— Ce n'est pas un sac à main. C'est une...

— Une sacoche, répéta Jessica.

— Et sachez que je ne veux pas entendre les mots *métro* et *sexuel* dans la même phrase. Compris ?

— Promis, jura Jessica, les doigts croisés derrière son dos. Alors dites-moi. Qu'est-ce qui vous a décidé à sauter le pas ? »

Byrne se pencha vers elle.

« Ça devient de plus en plus dur de sortir de chez soi sans emmener toute la panoplie. Les clés, le téléphone portable, le pager, les lunettes de soleil, les lunettes de vue, l'iPod...

— Attendez. Vous avez un iPod ?

— Bien sûr. Pourquoi je n'aurais pas d'iPod ?

— Dans la mesure où vous achetez encore des vinyles, je pensais seulement qu'il vous faudrait encore quelques années avant de franchir le cap de la cassette. Et pourquoi pas, un jour, du compact disc.

— J'achète des vinyles parce que c'est collector. Surtout le vieux blues.

— Je comprends.

— Vous vous souvenez de vos premières années à patrouiller dans la rue, où tout ce que vous n'accrochiez pas à votre ceinture, vous le glissiez dans la poche de votre chemise ?

— Je m'en souviens. Mais permettez-moi de vous signaler qu'il y a encore moins de place dans cette poche chez les femmes que chez les hommes.

— Je suis inspecteur. Vous pensez que ça m'a échappé ? »

Il recula de quelques pas, dévoilant d'un geste de la main son nouveau costume, un deux-boutons gris anthracite qui, Jessica devait l'avouer, lui allait plutôt bien.

« Réfléchissez une seconde, dit-il. Si je mets tout ce bazar dans mes poches, c'en est fini de sa coupe.

— Sa coupe ? s'étouffa Jessica en portant la main à la crosse de son arme. Cette fois, ça suffit. Qui êtes-vous et qu'avez-vous fait à mon coéquipier ? »

Byrne éclata de rire.

« Maintenant que vous vous promenez avec un sac, poursuivit Jessica, vous avez intérêt à ne jamais oublier une des premières leçons qu'on nous a enseignées à l'académie.

— Je suis peut-être vieux comme Hérode, mais je crois me souvenir d'être passé par cette académie.

— En effet. Mais quand je dis “nous”, c'est “nous, les femmes”. »

Byrne resta silencieux, se préparant au pire.

« Ne jamais transporter son arme dans son sac à main. »

Voilà qu'elle remettait ça. Byrne leva les yeux au ciel, avant de les poser sur Jessica.

« Vous n'allez pas me lâcher de sitôt, hein ?

— Oh, non. »

L'équipe scientifique était toujours à l'œuvre sur la scène de crime de Federal Street, où l'on avait tendu un ruban jaune à chaque extrémité de l'allée. Comme d'habitude, un attroupement s'était formé pour assister aux opérations. Jessica était toujours stupéfaite de constater que personne n'avait jamais rien vu, entendu ou remarqué, mais qu'il suffisait qu'une enquête démarre pour que tout le monde accoure au spectacle, relevé de toute obligation scolaire ou professionnelle pour jouer les commères.

En tournant à l'angle de la rue, Jessica et Byrne tombèrent sur une réunion au sommet. Parmi les personnes présentes figurait Michael Drummond, l'assistant du procureur du district.

« Maître, fit Byrne.

— Deux fois dans la même journée, répliqua Drummond. Ça va jaser. »

Puis, il se tourna vers Jessica.

« Content de vous voir, Jess.

— C'est toujours un plaisir. Qu'est-ce qui vous amène ici ?

— Ordre du saint des saints. Nouveau procureur, nouvelles directives. Peu importe si j'ai une audience dans une heure, tout ce qui a lieu aux abords d'une école passe en priorité. Mon patron veut suivre l'affaire depuis le début. Il aboie, j'accours.

— Je vois.

— Vous me mettez en copie de tous vos mails ?

— Sans problème. »

Sur quoi, Drummond s'éloigna et se posta de l'autre côté de la rue. Jessica savait pourquoi. Si un procureur se tenait au plus près de l'action, il pouvait devenir témoin à tout moment, et par conséquent, être appelé à témoigner dans sa propre affaire, ce qui suffisait à la lui retirer.

Jessica regarda Byrne se diriger vers l'entrée de la ruelle, et parler au policier en uniforme. Ce dernier hocha la tête en direction des deux bâtiments situés à l'arrière. Byrne sortit son carnet, commença à prendre des notes.

Jessica avait déjà assisté à une scène similaire.

La mort était passée par là et Kevin Byrne était dans son élément.

9

Byrne longea l'allée, les sens en éveil, son adrénaline montant en flèche. Le moins qu'on puisse dire, c'est que c'était curieux. Qu'importe son état de fatigue – ce jour-là, sur une échelle de un à dix, il aurait décroché un sept, « sur les rotules » –, il suffisait qu'il arrive sur une scène de crime pour que la sensation s'évanouisse. Les scènes de crime étaient le crack des inspecteurs. Addictives, euphorisantes, réparatrices, à terme épuisantes. Il n'existait rien de comparable. Le meilleur des repas, le vin le plus fin et même le sexe ne pouvaient pas rivaliser.

Allez, pensa Byrne. *Peut-être le sexe.*

Il s'imprégna de l'atmosphère qui régnait aux abords du bâtiment où le corps avait été découvert. L'air était saturé par une odeur de fruits pourris qui s'échappait d'une poubelle et l'arôme caractéristique de la mort qui montait du magasin de chaussures.

Il descendit l'escalier, ouvrit la porte. La puanteur, à la limite du supportable, ne le frappa pas immédiatement. À la place, il fut assailli par un sentiment, l'impression d'avoir pénétré l'esprit d'un tueur, d'être brusquement devenu un intrus au royaume de la folie.

Il existe une alliance, un équilibre, un accord.

Byrne s'arrêta, guettant la suite. Rien. Pour l'instant.

En plus de son rendez-vous à la clinique du sommeil, Byrne passerait bientôt son IRM annuelle. Il passait une IRM tous les ans depuis qu'une balle avait failli lui coûter la vie cinq ans plus tôt. Il connaissait tout le département de radiologie de l'hôpital, et l'ambiance était toujours bon enfant quand il avait rendez-vous. Mais personne n'oubliait pourquoi il était là. On ne pouvait, ni aujourd'hui ni demain, écarter la possibilité d'une tumeur au cerveau. Byrne avait épluché tous les ouvrages décrivant les signes et les symptômes – pertes de conscience, hallucinations auditives, à l'occasion perceptions olfactives inexplicables.

Des années avant l'incident, il avait appréhendé un suspect dans un bar situé sous le pont Walt-Whitman. Au terme d'une course-poursuite, au corps à corps avec le suspect, Byrne avait plongé dans les eaux glacées de la rivière Delaware. En ressortant son corps de l'eau, on l'avait déclaré mort. Plus d'une minute plus tard, il était revenu à lui.

Les visions n'avaient pas tardé à se manifester. Il ne s'agissait pas d'apparitions en fanfare. Le crime ne lui apparaissait pas en Technicolor et THX audio quand il débarquait sur une scène de crime et fermait les yeux. C'était plutôt une impression. Il arrivait qu'elle relève autant du domaine du sentiment que de la sensation, mais le plus souvent, il percevait surtout quelque chose de la victime, de l'auteur. Une pensée, un rêve, un désir, une habitude.

Byrne avait participé à des thérapies de groupe diverses et variées, allant même jusqu'à essayer une thérapie dont le but était de le ramener au moment où il avait basculé dans le fleuve afin qu'il redevienne l'homme qu'il avait été. Byrne savait maintenant que c'était impossible.

Avec les années, les visions s'étaient espacées, tout comme les migraines qui les accompagnaient. Ces derniers temps, elles étaient de plus en plus rares.

Byrne n'avait pas souffert de véritable migraine depuis longtemps, ni même d'un mal de tête qui s'en approchât. Mais il savait que quelque chose se passait à l'intérieur de son corps. Au cours des mois précédents, il l'avait senti plusieurs fois… ce n'était pas une douleur, mais plutôt une présence, une grosseur assortie d'un léger trouble de la vision. Et cette sensation était accompagnée des visions intérieures les plus claires qu'il avait jamais eues, désormais doublées de sons. Puis, parfois, une absence.

Il ne savait toujours pas s'il devait ou non mentionner ces détails à son médecin. Ce genre de révélations n'aboutissaient souvent qu'à des examens supplémentaires.

Il pénétra dans la pièce où gisait un homme mort. Le cœur de Byrne s'emballa, accélérant à l'idée qu'un tueur s'était tenu au même endroit moins de vingt-quatre heures plus tôt, qu'il avait respiré le même air.

Juste au moment où il allait se mettre au travail, une tiédeur emplit son crâne. Il s'agrippa une seconde au chambranle, le temps de surmonter la crise. La chaleur s'accompagna de la conscience de…

... quelque chose qui se consume depuis des années, un sentiment de perte et de désir, une passion obscure qui restera à jamais inassouvie, une histoire d'amour à écrire, impossible à écrire, la soif de laisser une trace...

Byrne s'agenouilla, enfila un gant en latex, puis

changea immédiatement d'avis. Il ôta le gant. Il avait besoin du contact de la chair. Un dialogue s'établissait entre la peau des morts et ses sens. Un supérieur ou un membre du bureau du légiste auraient sûrement objecté. Mais cela n'avait pas d'importance. Dans l'immédiat, il était seul avec le défunt, seul avec ce qui s'était passé dans cette pièce, seul avec la rage qui avait conduit quelqu'un à ôter la vie.

Seul avec lui-même.

Kevin Byrne avança la main et posa un doigt sur les lèvres de l'homme mort. Il ferma les yeux, écouta, et l'homme se mit à parler.

10

Jessica et Byrne passèrent l'heure suivante à arpenter le voisinage, chacun de son côté. Ils en apprirent un rayon sur les épouses volages, les propriétaires paresseux, les voitures mal garées, d'hypothétiques cartels internationaux de la drogue, les invasions extraterrestres, les voitures mal garées deuxième et – un incontournable – les conspirations gouvernementales. En d'autres termes, rien.

À 15 heures, Jessica et Byrne se retrouvèrent à l'angle de la 5e Rue et de Federal Street pour comparer leurs notes.

« Jess. »

Byrne pointait le doigt vers un point derrière elle. En se retournant, elle aperçut deux personnes installées sur un terrain vague coincé entre deux maisons mitoyennes d'un autre âge. Ils étaient observés.

Jessica et Byrne longèrent Federal Street sur un demi-pâté de maisons. David Albrecht, qui revenait tout juste d'une virée sur les toits des environs pour tourner quelques images en hauteur, les suivait à distance.

Deux hommes âgés étaient assis sur des chaises de camping face au terrain de base-ball, des formulaires de paris hippiques et l'*Inquirer* du jour ouvert à la rubrique sport posés sur les genoux. Ils allaient sur leurs 80 ans et leurs chaises étaient placées de telle sorte qu'ils pouvaient discuter tout en gardant un œil sur la rue. Jessica avait la nette impression que peu de choses leur échappaient.

Un des deux compères portait au moins trois gilets, tous d'un bordeaux différent. L'autre arborait un chapeau de pêche avec un écusson sur lequel était écrit *Kiss me, I'm Italian*, un écusson tellement vieux que la plupart des lettres étaient élimées et invisibles. D'un peu plus près, on lisait plutôt *Kiss It*. Jessica se demanda si ce n'était pas fait exprès. Elle leur montra son insigne et se présenta.

Quand les deux hommes comprirent qu'ils avaient affaire à des policiers, ils se redressèrent un peu sur leurs chaises.

« Vous êtes ici tous les jours ? s'enquit Jessica.

— Matin et soir, répondit Triple Gilet. Qu'il pleuve ou qu'il vente. Sauf que, quand il pleut, on s'installe plutôt là-bas, précisa-t-il en désignant une vieille devanture protégée par un auvent métallique.

— Et en hiver, on se retrouve à Mulroney's », ajouta Chapeau de pêche.

Mulroney's était une taverne de l'autre côté du terrain de sport, une institution qui datait du gouvernement Reagan.

Jessica demanda aux deux hommes ce qu'ils avaient vu la veille. Après un bref passage en revue des événements de la journée – le camion d'un livreur du *Philadelphia Inquirer* avait crevé, une espèce d'idiot avait failli se faire écraser sur Federal Street alors qu'il hurlait sur sa femme ou sa copine au téléphone, un chien leur avait volé un de leur sac déjeuner sous une chaise –, ils en vinrent à ce qu'ils avaient vu aux abords de la scène de crime.

Rien du tout.

« Vous n'avez vu personne de suspect, personne que vous n'aviez jamais vu dans le coin ? demanda Byrne.

— Non, fit Triple Gilet. Ici, les seuls bonshommes louches, c'est nous. »

Jessica coucha ces maigres informations sur son carnet.

« Vous autres êtes arrivés de bonne heure ce matin, observa Triple Gilet.

— On était de corvée de donuts juste à côté. C'était sur le chemin. »

Triple Gilet sourit. Elle lui plaisait.

« Pas comme la dernière fois, lança Chapeau de pêche.

— Pardon ? fit Jessica en jetant un coup d'œil à Byrne. La dernière fois ?

— Ben, ouais. La dernière fois. L'autre cadavre qu'on a retrouvé dans le magasin de chaussures, lança Chapeau de pêche, comme si l'affaire avait fait le tour du monde.

— Ce n'est pas la première fois qu'on trouve un corps ici ? s'étonna Jessica.

— Ça, non. Cet endroit est pire qu'un abattoir. »

Jessica lança un nouveau regard à Byrne. Cette affaire s'annonçait de mieux en mieux. Ou de pire en pire.

« À quand ça remonte, au juste ?

— 2002, répondit Chapeau de pêche. Printemps 2002.

— Mais non, protesta Triple Gilet. C'était en 2004. »

Chapeau de pêche regarda l'autre homme comme s'il venait de dire que le pape était une femme.

« 2004 ? T'as bu ou quoi ? C'était en 2002. Le 21 mars. Le petit-fils de Mickey Quindlen s'est cassé le bras au terrain de jeux. Mon beau-frère rentrait de Cinnaminson quand il a défoncé notre façade avec sa putain de tire. »

Il se tourna vers Jessica.

« Excusez mon langage.

— Nous parlons le même, le rassura-t-elle.

— Les flics en uniforme ont débarqué vers midi. Les costards-cravates pas avant minuit. J'imagine que je peux vous confier ça sans risque. »

Triple Gilet hocha la tête en signe d'acquiescement.

« Vous êtes un ancien flic ? demanda Jessica.

— Un flic, moi ? Non. J'ai travaillé sur les docks. Quarante et un ans. Mais j'aime bien la série *New York, police judiciaire*. Le type avec les grandes dents utilise souvent ces expressions.

— Il est mort, l'informa Triple Gilet.

— Il est mort ? répéta son ami en le regardant d'un air incrédule. Depuis quand ?

— Ça fait un bail.

— En tout cas, il est pas mort dans la série.

— Non. Pas dans la série. Seulement dans la réalité.

— Mince alors.

— Ouais. »

Un silence respectueux tomba sur le groupe.

Quelques instants plus tard, Chapeau de pêche désigna son acolyte d'un geste du pouce.

« Lui aussi, il était docker. À l'époque, on était partout. Absolument partout. D'Oregon Avenue à South Street, Front Street, la 3e Rue. C'est pas comme maintenant. Maintenant, j'ai un avocat en face de chez moi. Ce quartier, c'est plus ce que c'était. »

Jessica prit quelques notes supplémentaires. Pendant ce temps, Triple Gilet dévisageait Byrne.

« Votre tête ne m'est pas inconnue, finit-il par lâcher. Vous avez été docker ?

— Moi, non, mais mon père, oui. Pendant trente-cinq ans. »

Triple Gilet claqua des doigts.

« Paddy Byrne », s'exclama-t-il.

Byrne acquiesça.

« Vous êtes son portrait craché. Tu as connu Paddy ? » demanda-t-il à son ami.

Chapeau de pêche fit signe que non.

« Ce type était une légende sur la jetée 96. Comment il va ?

— Il va bien, merci.

— Comment ça se fait que vous n'ayez pas suivi son exemple ? Un boulot honnête, cela ne vous tentait pas ?

— Les docks sont trop dangereux pour moi. Et je préfère les criminels de plus haut rang. »

Triple Gilet gloussa.

« Aucun doute. Vous êtes bien le fils de Paddy.

— Qu'est-ce que vous pouvez me dire d'autre sur cette victime ? » demanda Jessica, désireuse de remettre la conversation sur les rails.

Les deux hommes haussèrent les épaules de concert.

« À part que c'était une femme, pas grand-chose, fit Chapeau de pêche. L'endroit est resté bouclé pendant des années. Le propriétaire n'y entrait même plus. Il avait peur des fantômes, qu'il disait. Il l'a vendu à un gars de Pittsburgh, qui l'a vendu à son tour. »

Jessica parcourut les environs du regard.

« On est dans quel quartier ici ?

— Il y en a qui disent Queen Village, mais ce sont des ignares.

— Et vous, qu'est-ce que vous dites ?

— Pennsport. Parce qu'on est à Pennsport. On est au sud de Washington Street, nom d'une pipe.

— Est-ce que des inspecteurs vous avaient interrogés à l'époque ? demanda Jessica.

— Seulement moi, répondit Triple Gilet.

— Vous vous souvenez de leurs noms ? »

Le vieux fit signe que non.

« Il se rappelle même pas les prénoms de ses enfants, se moqua Chapeau de pêche. Et il n'en a que quatre.

— Vous connaissiez la victime ?

— Non. Par contre, j'ai entendu dire que c'était un canon. Un vrai gâchis. »

L'information serait assez facile à trouver, mais probablement pas pertinente. Jessica remercia les deux hommes, prit leurs coordonnées – nom, adresse, numéro de téléphone – et leur donna à chacun une carte de visite en leur demandant de l'appeler s'ils pensaient à autre chose.

« Revenez quand vous voulez, dit Chapeau de pêche. On a toujours du temps pour les jolies jeunes filles. »

Jessica sourit. *Jolies jeunes filles*. Elle reviendrait sans faute.

De retour à la Rotonde, Jessica et Byrne collationnèrent les témoignages qu'ils avaient recueillis, puis les rangèrent dans le dossier. En attendant le rapport préliminaire du médecin légiste et d'éventuels retours du labo, ils se concentrèrent sur d'autres sujets urgents.

Chacun avait une affaire en cours. Toutes les deux étaient au point mort, et il n'existait rien de pire pour un inspecteur que de sentir une enquête lui échapper. Pendant que Byrne tentait de joindre les quatre témoins essentiels pour l'instruction de l'affaire Eduardo Robles, histoire de ne pas laisser retomber le soufflé, Jessica cherchait des adresses afin de contacter les témoins d'une autre affaire.

Deux semaines plus tôt, la police avait retrouvé un pistolet sur une scène de crime. L'arme appartenait à Patricia Lentz, une droguée et prostituée notoire.

Lentz habitait sur la 19e Rue Nord, près de Cecil B. Moore Avenue. En arrivant sur les lieux, Jessica et Byrne avaient trouvé la porte ouverte, la télévision à plein volume, une casserole brûlant sur le feu. Le rez-de-chaussée était une mer de fumée irrespirable, un ramassis de matelas sales, de meubles cassés, de tubes de crack et de bouteilles d'alcool vides.

En découvrant Patricia Lentz inanimée sous une pile de linge au sous-sol, Jessica avait d'abord cru qu'elle ne détecterait pas de pouls. Mais la femme venait tout juste de perdre connaissance et, une fois ranimée par les secours, son arrestation se déroula sans incident.

Il restait encore à fouiller les lieux. Jessica connaissait bien ces maisons mitoyennes et savait que deux autres pièces se trouvaient à l'étage. Pendant que Byrne remettait la femme à peine cohérente aux policiers chargés de l'emmener à la Rotonde, Jessica gravit l'escalier pour continuer son exploration. Elle passa en revue une première petite chambre et la salle de bains. La seconde chambre comportait une penderie. Elle ouvrit prudemment la porte.

Jessica se figea. À ses pieds, à demi caché par un sac plastique plein à craquer d'ordures en décomposition, était tapi un petit garçon. 2 ans maximum. Un petit garçon aux cheveux noirs vêtu d'une couche et d'un T-shirt en loques. Il avait dû se glisser sous la poubelle pour avoir chaud.

Elle se pencha en avant et le prit dans ses bras. Il tremblait de peur, misérable dans sa couche sale. Des plaques rouges recouvraient ses bras et ses jambes.

« Tout va bien, bonhomme, dit Jessica. Tout va bien. »

Elle s'apprêtait à sortir de la maison, quand elle tomba sur une pile de courrier posé sur une table de jeu pliante. Factures impayées, prospectus pour des pizzerias et des restaurants chinois à emporter, avis de coupures d'eau et d'électricité. À côté, figurait une photo d'un nourrisson allongé sur un drap taché. Jessica reconnaissait ce regard. C'était le petit garçon qu'elle tenait dans ses bras. Elle retourna la photo. *Carlos, 3 mois*.

Ainsi, il s'appelait Carlos.

Jessica ramena l'enfant à la Rotonde en attendant l'arrivée des services sociaux. Elle s'était arrêtée en route pour acheter des couches, des lingettes, de la crème hydratante, du talc. La dernière fois qu'elle avait changé Sophie remontait à loin, mais c'était comme le vélo, elle n'avait pas oublié.

Peigné, propre comme un sou neuf, Carlos était installé à un bureau au sommet d'une pile d'annuaires, sanglé à sa chaise avec une ceinture de munitions vide. Quelqu'un avait déniché un sweat-shirt pour enfant des Philadelphia Eagles. Il était un peu trop grand pour lui, mais ils avaient retroussé les manches en les fixant avec du Scotch.

La mère du garçonnet, Patricia Lentz, était accusée d'assassinat. Le dossier à charge était béton. L'accusation détenait l'arme du crime, l'analyse balistique était formelle. Lentz ne réapparaîtrait pas de sitôt.

Carlos avait le temps de devenir père à son tour d'ici sa sortie.

« On a du nouveau concernant Carlos ? » demanda Byrne.

La question ramena Jessica à l'instant présent et à la nouvelle affaire qui les préoccupait. Elle s'accorda une seconde. Dans l'enceinte de cette pièce, la dernière chose à faire, y compris devant votre coéquipier qui vous connaissait mieux que personne, était de montrer la moindre émotion, hormis la colère.

« Non, répondit-elle. La tante est toujours introuvable. On raconte qu'elle serait encore plus camée que sa sœur. »

Jessica savait que ce n'était pas un secret, surtout pas pour Kevin Byrne. Vincent et elle essayaient de concevoir un deuxième enfant depuis deux ans. Sophie avait 7 ans, et plus ils laissaient le temps passer… Bref, tous les livres s'accordaient à dire qu'un écart d'âge important entre frères et sœurs était à éviter à tout prix. La simple idée d'entreprendre la tâche monumentale d'adopter Carlos relevait, bien sûr, du ridicule. Du moins la journée. La nuit, en revanche, quand Jessica, allongée dans son lit, n'arrivait pas à dormir, tout semblait possible. Jusqu'à ce que le soleil se lève et qu'elle comprenne que cela n'arriverait jamais.

« Comment va-t-il ? demanda Byrne.

— Bien, j'imagine. »

Jessica n'en avait en vérité aucune idée, mais c'était la seule réponse qu'elle pouvait lui faire.

« Si vous voulez, on peut passer aux services sociaux pour prendre de ses nouvelles ? »

Plus vite Jessica tournerait la page et mieux ça vaudrait. Mais elle savait déjà ce qu'elle allait répondre.

« Pourquoi pas. Ce serait bien. »

Nicci Malone passa la tête par la porte de la salle commune sans leur laisser le temps de poursuivre.

« Kevin, un appel pour vous. »

Byrne traversa la pièce, appuya sur une touche, prit le combiné. Quelques instants plus tard, il sortait un carnet, écrivait quelque chose, donnait un coup de poing dans le vide. Il s'agissait visiblement d'une bonne nouvelle. Jessica en avait besoin.

Byrne raccrocha, attrapa sa veste.

« C'était l'unité criminalistique. »

L'unité criminalistique analysait les empreintes latentes.

« Ils ont quelque chose ? demanda Jessica.

— Oui. Notre homme rasé a un nom. Kenneth Arnold Beckman. »

11

Le domicile des Beckman, une maison mitoyenne pelée et décharnée construite après guerre, se trouvait à Nicetown sur West Tioga Street. Nicetown était un quartier ouvrier qui se remettait progressivement de trois décennies d'un lent déclin qui avait connu son apogée avec le départ de la société Tastykake en 2007. Trump Entertainment avait soi-disant envisagé de construire un casino sur Hunting Park Avenue, mais le projet n'avait jamais vu le jour. Le seul pari engagé ces jours-ci à Nicetown était celui que résidents et commerçants faisaient en décidant de ne pas vendre.

Avant de quitter la Rotonde, Jessica demanda à Josh Bontrager de vérifier si Kenneth Arnold Beckman avait un casier et de l'appeler s'il trouvait quoi que ce soit.

Quand Jessica et Byrne se garèrent devant la maison des Beckman près de Schuyler Street, il se mit à pleuvoir. Le vent redoubla et des feuilles mouillées s'amassèrent à leurs pieds lorsqu'ils parvinrent en haut du perron.

Jessica sonna trois fois avant de remarquer le fil électrique qui pendait au bas de la plaque rouillée. La sonnette ne fonctionnait pas. Il suffisait d'un coup d'œil au porche décrépi, avec ses piliers de travers et ses briques en mal de mortier, pour comprendre pourquoi. Elle frappa, doucement pour commencer. Puis plus fort. Enfin, ils entendirent tourner les verrous. Il y en avait trois.

La femme qui leur ouvrit avait la quarantaine bien tassée. Ses cheveux platine étaient grillés à force de permanentes, son maquillage semblait avoir été appliqué à l'aide d'un essuie-tout. Elle portait un pantacourt noir et des baskets roses usées. Une cigarette allumée pendait au coin de sa bouche.

Elle reluqua Byrne de haut en bas, se contentant d'un rapide coup d'œil à Jessica.

« Vous êtes Mme Beckman ? demanda Byrne.

— Eh bien, ça dépend de deux choses, pas vrai ?

— À savoir ?

— Qui vous êtes et pourquoi vous venez me faire chier. »

Charmant, pensa Jessica.

Byrne sortit son badge, le montra à la femme. Elle le fixa bien plus longtemps que nécessaire. Jessica supposa qu'il s'agissait d'une tentative de sa part d'asseoir son pouvoir. Ce que cette femme ne savait pas, c'était qu'un glacier pouvait fondre avant que Byrne perde patience. Elle se tourna vers Jessica en haussant un sourcil peinturluré. Jessica porta la main à sa poche, sortit son propre badge. La femme renifla avant de reporter son attention sur Byrne.

« Voilà qui répond à une de mes questions, fit-elle.

— Peut-on entrer ? » demanda Byrne.

La femme cligna plusieurs fois des yeux comme si on s'était adressé à elle dans une langue étrangère.

« Vous m'entendez ? demanda-t-elle.

— Pardon ?

— Vous entendez ma voix ?
— Oui.
— Parfait. Et moi, j'entends la vôtre. Donc, on peut rester ici pour discuter. »

Jessica sentit que Byrne montait au créneau. Il sortit son carnet, tourna quelques pages.

« Quel est votre prénom, madame ? »

Silence.

« Sharon.
— Kenneth Arnold Beckman est-il votre mari ?
— Mon mari ? répéta-t-elle en renâclant. On peut le dire comme ça.
— Êtes-vous mariés, madame ? »

La femme tira une longue bouffée sur sa cigarette. Jessica remarqua que la nicotine lui tachait les doigts jusqu'à la première articulation. Elle expira la fumée et sa réponse avec :

« À peine.
— Quand l'avez-vous vu pour la dernière fois ?
— Pourquoi ?
— Dans l'immédiat, j'ai besoin que vous me répondiez. Je vous explique pourquoi dans un instant. »

Une autre bouffée de cigarette. Au rythme où elle répondait, se disait Jessica, Sharon Beckman aurait fumé un paquet et demi d'ici la fin des questions préliminaires.

« Hier après-midi.
— Vers quelle heure ? »

Nouveau soupir.

« Vers 15 heures.
— Où ça ?
— C'était à Vegas. Je suis danseuse au MGM Grand. »

Byrne ne cilla pas, la femme non plus. Après quoi, elle leva les yeux au ciel.

« C'était ici même. Sous ce porche. Je crois qu'il a dit un truc comme "Va nettoyer la cuisine, espèce de putain de feignasse". Un vrai morceau d'anthologie. »

Le vent redoubla de force, projetant une bruine froide sur le perron. Byrne se décala d'un mètre sur la droite pour s'assurer que Sharon Beckman prenne la pluie en pleine figure.

« Il était seul ?

— Ouais, fit Sharon en reculant d'un pas. Une fois n'est pas coutume.

— Et il n'est pas rentré hier soir ?

— Pourquoi rompre avec la tradition ? » ricana la femme.

Byrne persévéra.

« Est-ce que quelqu'un d'autre vit ici ?

— Seulement mon fils. »

Mon fils, releva Jessica. *Pas notre fils*.

« Quel âge a-t-il ? »

La femme sourit. Ses dents étaient de la même couleur que ses phalanges tachées par le tabac.

« Voyons, monsieur l'agent. À ce compte-là, autant vous donner mon âge. »

En constatant que Byrne restait stoïque, impassible, insensible à ses minauderies, elle reprit son air renfrogné, tira une nouvelle latte sur sa cigarette et dit :

« Il a 19 ans. Je l'ai eu à 6 ans. »

Byrne nota. Puis il lui demanda le nom de son fils. Elle répondit. Jason Crandall.

« Où travaille votre mari ?

— *Hé*. Vous écrivez un putain de livre ou quoi ? Mon autobiographie ?

— Madame, j'essaie seulement de…

— Non. Soit vous me dites pourquoi vous êtes ici, soit on arrête. Je connais mes droits. »

Consciente que l'annonce n'allait pas tarder à tomber, Jessica observa attentivement le visage de la femme. Il y avait beaucoup à apprendre de la réaction d'une personne au meurtre d'un être cher. Ou même d'un être un peu moins cher.

« Madame Beckman, votre mari a été assassiné hier. »

La femme inspira un grand coup, mais ne laissa transparaître aucune autre forme d'émotion. Si ce n'est, peut-être, un léger tremblement qui fit tomber une longue traînée de cendre de cigarette par terre. Elle fixa la rue pendant un moment avant de demander :

« Comment c'est arrivé ? »

La plupart des gens s'écriaient quelque chose comme « Pardon ? » ou « Oh, mon Dieu » ou encore « Non ! ». Rares étaient ceux à demander comment le mort était mort. Cela venait en général plus tard dans la conversation.

« On peut entrer, madame ? demanda Byrne. Le temps commence vraiment à se gâter. »

La nouvelle lui avait ôté de sa détermination et de son animosité. Sans un mot, elle leur ouvrit la porte et les laissa passer.

Ils pénétrèrent dans la maison, laquelle devait mesurer quelque cent quarante mètres carrés répartis sur trois niveaux, ce qui était grand pour Philadelphie. Elle se dégradait à vue d'œil, sa jeunesse loin derrière elle.

Le salon se trouvait à gauche en entrant ; le couloir distribuait une cuisine et un escalier à l'arrière. Les murs étaient d'un bleu dragée fané et triste. Le mobilier était abîmé, dépareillé, déglingué. Un plat Weight Watchers entamé traînait sur une table basse à côté d'un cendrier plein à ras bord. Des poils de chat recouvraient presque chaque surface disponible. L'endroit sentait le pop-corn fait au micro-ondes.

Sharon Beckman ne leur proposa pas de s'asseoir. Jessica aurait décliné l'offre de toute façon.

« Madame, reprit Byrne, nous sommes ici parce que votre mari a été victime d'un homicide. Nous essayons de trouver le coupable pour le traduire en justice.

— Ah, ouais ? Eh bien, regardez-vous dans un putain de miroir, cracha la femme.

— Je comprends votre colère, poursuivit Byrne. Mais si vous pensez à quelque chose qui pourrait nous aider, nous vous en serions extrêmement reconnaissants. »

La femme alluma une deuxième Salem sur son mégot, resta quelques instants avec une cigarette dans chaque main.

« Vous ne voyez personne qui aurait pu en vouloir à votre mari ? demanda Byrne. Personne à qui il devait de l'argent ? Avec qui il avait un différend ? »

La femme prit cinq bonnes secondes pour répondre. Peut-être Sharon Beckman avait-elle quelque chose à cacher.

« Est-ce que j'ai besoin d'un avocat ? demanda-t-elle en écrasant son mégot.

— Avez-vous des choses à vous reprocher, madame Beckman ? » l'interrogea Byrne.

C'était le B.A.BA du jargon policier. Utilisé par les flics du monde entier quand la question de l'avocat se posait.

« Des tonnes », répondit-elle.

Mauvaise réponse, pensa Jessica. Cette femme essayait de jouer à l'ingénue, sans se rendre compte qu'un portrait d'elle prenait forme, où chaque coup de pinceau avait son importance.

« Dans ce cas, je ne peux pas vous répondre, fit Byrne. Si vous éprouvez le besoin d'être épaulée juridiquement, surtout n'hésitez pas à appeler votre avocat. Ce que je peux vous dire, c'est que la police ne vous soupçonne en rien. Vous êtes un témoin, et un témoin important. Tout ce que nous voulons, c'est vous poser quelques questions. Plus vous nous en dites et plus nous aurons de chance de trouver celui qui a fait ça à votre mari. »

Jessica balaya de nouveau la pièce du regard. Aucune photographie des Beckman ne trônait sur le manteau de la cheminée en brique, aucun portrait de mariage au flou artistique dans un cadre doré de mauvaise facture.

« Si vous voulez bien nous accorder encore un moment, poursuivit Byrne, nous en terminons, puis nous vous laissons à vos pensées et à vos arrangements. »

Sharon Beckman se contenta de le regarder fixement. Byrne passa en revue les questions habituelles, lui donna les garanties habituelles. Il conclut en lui demandant une photo de son mari.

Tandis que Sharon Beckman était occupée à chercher une photo dans une boîte en carton au format A4 dans le couloir, la porte d'entrée s'ouvrit.

L'adolescent qui apparut ne faisait pas ses 19 ans. Cheveux blond filasse, dégaine de surfer, visage caché par une capuche, yeux explosés. Il dut sentir que Byrne était flic, car il plongea sa main droite au fond de son short baggy. Une poche à dope.

« Comment ça va ? marmonna l'adolescent.

— Bien, merci, répondit Byrne. C'est toi, Jason ? »

Le gamin leva les yeux, visiblement choqué que Byrne ait pu obtenir une information aussi confidentielle.

« Ouais. »

À peine audible. L'adolescent bascula sur ses talons, comme si ce mouvement allait suffire à accroître la distance qui les séparait. Jessica sentait la marijuana qui imprégnait ses vêtements à trois mètres.

« Kenny est mort », annonça Sharon Beckman en entrant dans le salon avec deux photos qu'elle tendit à Jessica.

Jason fixa sa mère en clignant des yeux. C'était comme si les mots peinaient à monter à son cerveau.

« Mort ?

— Ouais. "Plus en vie", quoi. »

Jessica observa Jason Crandall. Aucune réaction.

Pendant les minutes qui suivirent, Byrne posa à Jason les questions de routine, obtint les réponses attendues. Jason prétendait ne pas avoir vu son beau-père depuis trois jours.

« Encore une fois, toutes nos condoléances », fit Byrne en rangeant son carnet.

Il posa deux cartes de visite sur la table basse encombrée.

« Appelez-nous si vous pensez à quelque chose qui pourrait nous aider. »

Ils marchèrent sur un demi-pâté de maisons, perdus dans leurs pensées, occupés à analyser la retenue de la veuve et du beau-fils Beckman. Le moins qu'on puisse dire, c'était qu'ils n'avaient pas souvent vu cette réaction chez les gens à qui ils apprenaient la mort d'un proche.

La température avait chuté de quelques degrés depuis

leur arrivée chez les Beckman. La pluie continuait de tomber, de plus en plus froide. Pour la première fois de l'année, il allait peut-être neiger.

Sur le parking de la Rotonde, ils aperçurent Josh Bontrager qui montait à bord d'une voiture dans laquelle était déjà installé Dennis Stansfield. En les apercevant, Bontrager referma la portière et s'avança vers eux. Stansfield eut le bon goût de rester à sa place.

« Quoi de neuf, Josh ? demanda Byrne.

— Vous avez annoncé la nouvelle à la famille ?

— On en vient. Qu'est-ce que vous avez trouvé ?

— J'ai rentré Kenneth Beckman dans la base de données. Il en est ressorti deux ou trois choses.

— Comme quoi ?

— La police s'est penchée sur son cas par le passé. »

En d'autres termes, le défunt avait été soupçonné d'un crime.

« Pour quel motif ? demanda Jessica.

— Homicide. »

Jessica sentit son pouls s'emballer.

« Il a été suspecté dans une affaire de meurtre ? À quand ça remonte ?

— 2002.

— Et jusqu'où est allée l'enquête ?

— La police l'a cuisiné, mais j'imagine qu'il ne s'est pas allongé, expliqua Bontrager. L'inspecteur référent a gardé un œil sur lui pendant quelques années, puis l'affaire a été classée. La dernière note consignée au dossier date de 2006.

— Qui était la victime ? »

Bontrager sortit son carnet.

« Une adolescente de 19 ans appelée Antoinette Chan. Décédée des suites de traumatismes multiples.

L'arme du crime était un marteau de coffreur retrouvé sur place. Le meurtrier avait pris soin de nettoyer derrière lui.

— Et quelle était la date exacte ? » demanda Jessica.

Bontrager tourna quelques pages.

« 21 mars 2002. »

Un doigt glacé courut le long de l'échine de Jessica. C'était la date qu'avaient mentionnée les deux vieux zigotos un peu plus tôt. Elle glissa un regard à Byrne, que l'information semblait clouer sur place autant qu'elle.

« Je m'apprêtais à aller aux archives pour prendre connaissance de tout le dossier.

— On s'en occupe, fit Byrne. Renseignez-vous plutôt sur les proches d'Antoinette Chan. Trouvez où ils habitent, qui ils sont. S'ils considèrent que Beckman est responsable, cela vaut peut-être le coup de s'intéresser à eux. »

Josh Bontrager s'installa au volant, démarra, un Dennis Stansfield impassible à ses côtés.

« Qu'est-ce que vous en dites ? » demanda Jessica.

Byrne ne répondit pas immédiatement. L'air absent, il passait son doigt sur la petite cicatrice en V située juste au-dessus de son œil droit, un souvenir laissé par une balle qui l'avait égratigné des années plus tôt. Jessica savait que c'était le signe que la machine s'était mise en branle.

« J'en dis que nous devons consulter ce dossier, répondit-il avant de regarder sa montre. Mais, d'abord, je voudrais m'entretenir à nouveau avec la charmante et talentueuse Mme Beckman. Curieux qu'elle ne nous ait rien dit de cette affaire.

— En effet. Quand je lui ai demandé qui avait pu tuer son mari, elle a répondu : “Regardez-vous dans un putain de miroir." Sur le moment, je n'ai pas compris. Maintenant, c'est clair : elle considère que la police est responsable.

— Comme c'est original. Elle qui semblait si sympathique.

— Une jeune fille bien sous tous rapports, renchérit Jessica. Je vais me renseigner sur elle et son fils. Histoire de vérifier leur emploi du temps en mars 2002.

— Je vous retrouve aux archives. Appelez-moi s'il y a un mandat d'arrêt lancé contre elle. Je me fiche qu'elle vienne de perdre un mari. J'adorerais la coller derrière les barreaux pendant un moment.

— Avouez, le taquina Jessica. Ce qui vous plaît, c'est de passer les menottes aux femmes. »

12

Pendant les dix premières minutes qui suivirent le départ de la police, Sharon Beckman resta debout près de la porte, clouée sur place.

Jason ressortit. Dieu seul sait à quoi il occupait ses journées ces derniers temps. Ce qu'il avait omis de dire à la police, c'était que la dernière fois où il avait vu Kenny, tous les deux en étaient venus aux poings. Les dernières paroles que Jason avait eues pour son beau-père, c'était : « Si tu me touches encore une fois, je te bute. »

Ce n'était pas quelque chose à raconter à la police. Elle savait que Jason était incapable d'une chose pareille, mais eux n'en avaient aucune idée.

La maison était silencieuse.

Kenny était mort.

Sharon savait qu'elle aurait dû ressentir quelque chose, quelque chose comme du chagrin, comme de la tristesse, mais ce n'était pas le cas. Elle n'éprouvait qu'une vague appréhension. Et la certitude de devoir mettre les voiles. Et vite.

Dès l'instant où elle avait rencontré Kenny, elle avait su que tout partirait un jour à vau-l'eau. Ce n'était pas comme si elle s'était leurrée sur son compte, ni sur la vie dans laquelle elle s'embarquait. Elle-même était loin d'être un ange. Quand Kenny était entré dans le collimateur de la police huit ans plus tôt après avoir cambriolé toutes ces maisons, elle avait su que ce jour viendrait.

Lorsqu'elle avait mis le feu à la maison de Lenox Avenue en 2002, détruisant ainsi toutes les preuves, elle savait qu'elle finirait par payer. Elle avait vaguement regretté que tout le pâté de maisons soit parti en fumée, mais après tout, il n'y avait pas eu de blessé. Cela ne l'avait pas empêchée de dormir. Et, de toute façon, ce n'était pas le grand amour entre elle et ses voisins. *Saloperies de bons à rien de camés.*

Elle fit trois fois le tour du salon pour essayer de mettre de l'ordre dans ses idées, essayer d'avoir une pensée rationnelle.

Elle aurait déjà dû être partie depuis longtemps. Quand les flics donnaient suite, c'était le signe indiscutable qu'ils vous avaient dans leur ligne de mire. Les flics en savaient toujours plus qu'ils ne voulaient bien l'avouer. C'était comme quand elle accompagnait son père sur des chantiers quand elle était petite. Lorsqu'il avait terminé une installation chez un client, son père glissait une feuille de papier sous les tuyaux après avoir remis l'eau. Si une seule goutte tombait et humectait le papier, le boulot était mal fait. Alors, il démontait tout et recommençait. S'il y avait la moindre goutte, on pouvait avoir la certitude qu'il y en aurait d'autres.

C'était pareil avec les flics.

Ploc, ploc, ploc.

Et ensuite, ils vous mettaient le grappin dessus.

Kenny avait entreposé toutes les nouvelles marchandises volées dans un garde-meuble de Linden Avenue. Il avait appris dès leur premier coup à ne rien stocker sous son toit. *Ils* avaient appris. Elle ne savait pas au juste ce que le box recelait en ce moment et elle s'en fichait. Moins elle en savait, mieux ça valait.

Quand bien même elle essayait de toutes ses forces de l'oublier, Sharon se rappelait aussi ce que Kenny avait fait à cette fille en 2002. Évidemment, aucun jury n'en tiendrait compte. Kenny et elle s'en étaient tirés une fois, mais maintenant qu'il était mort, c'était sur elle que tout allait retomber. Elle ne se sentait pas la force de traverser cette épreuve toute seule. Elle connaissait une douzaine de personnes au moins qui auraient pu vouloir la peau de Kenny, une douzaine de personnes avec une dent contre lui. Une fois que la police s'en rendrait compte, ils la considéreraient comme un maillon de la chaîne. Ce n'était qu'une question de temps avant qu'ils ne rouvrent le dossier Antoinette Chan. Elle savait le mal que se donnaient les flics pour épingler les auteurs de cambriolages ; ils n'abandonnaient pas tant que le coupable ne croupissait pas en cellule.

Alors un assassin ?

Laisse tomber.

Sharon monta à l'étage en courant. Elle chargerait la voiture à bloc puis partirait chercher Jason. De là, elle récupérerait la clé du cadenas qui se trouvait sur la porte du garde-meuble et la jetterait dans le Delaware. Puis elle et son fils disparaîtraient sans laisser de trace.

Mais disparaître où ? Aller chez sa sœur à Toledo était exclu. C'était le premier endroit où la police viendrait les chercher. Elle avait exactement huit cent vingt-six dollars à son nom. Plus le contenu du bocal à petite monnaie, plus le contenu du réservoir d'essence.

Sharon avait 44 ans. Elle était encore jeune. Elle dégageait encore un truc, peu importe ce qu'elle dégageait au départ. Elle recommencerait de zéro. Rencontrerait un homme avec une vraie situation.

Kenny était mort.

Elle n'eut pas le temps de vider les tiroirs de sa chambre qu'un bruit lui parvint du rez-de-chaussée.

« Jason ? »

Pas de réponse.

Elle tendit l'oreille pendant quelques instants, n'entendit rien. Sûrement les mioches d'à côté, pensa-t-elle. Un jour, ils avaient passé trois heures à lancer un ballon de basket contre un mur mitoyen. Ils ne lui manqueraient pas.

Elle attrapa ses deux valises fatiguées rangées sur l'étagère supérieure de la penderie, commença à y fourrer ses vêtements. Elle ne tarda pas à se rendre compte qu'il lui faudrait de grands sacs-poubelle pour tout emmener.

Elle dévala l'escalier, ses pensées fusant dans tous les sens. Quand elle tourna en direction de la cuisine, elle aperçut l'ombre sur le mur. Elle s'arrêta, fit volteface, le cœur battant.

« Jason, on… »

Mais ce n'était pas Jason.

13

Le bâtiment qui abritait les archives de la police au croisement de la 31e Rue et de Market Street avait jadis servi de bureaux et d'imprimerie au *Evening Bulletin*. Le *Bulletin*, publié de 1847 à 1982, avait été un temps le journal du soir au plus gros tirage des États-Unis.

L'énorme bâtisse à l'architecture insignifiante, avec ses barbelés en accordéon, était désormais aussi bien gardée que Fort Knox. Le gigantesque mur en brique donnant sur le parking, haut de plus de trois étages, comptait en tout et pour tout cinq fenêtres ridicules juste sous le toit. Une douzaine de lampadaires saillaient du mur comme autant de beauprés rouillés.

Jessica signa le registre, franchit la barrière, se gara. Elle avait environ vingt minutes de retard, mais n'avait pas aperçu le monospace de Byrne. Elle décida d'attendre dans sa voiture.

Avant de quitter la Rotonde, elle avait entré Sharon Beckman et Jason Crandall dans les bases de données. L'adolescent avait été inculpé pour détention de stupéfiants un an plus tôt, mais les poursuites avaient été abandonnées moyennant des travaux d'intérêt général.

Sharon Beckman n'avait pas de casier.

Jessica songea à l'avancement de l'enquête. Le corps

mutilé de Beckman était encore un mystère et indiquait quelque chose de profondément ancré dans le cœur du tueur, quelque chose de personnel et d'obscur. Elle repensa à la bandelette de papier enroulée autour de la tête de la victime, à la manière dont l'incision lui barrait le front, à…

Un bruit soudain retentit à quelques centimètres de son oreille gauche, un crépitement qui la fit sursauter. Elle pivota sur son siège, fit instinctivement sauter l'attache de son holster.

Byrne avait toqué à la vitre avec sa bague. Jessica prit son temps, pour baisser sa vitre, sans pitié pour son coéquipier qui attendait sous la bruine.

« C'est comme ça qu'on se prend une balle, observa-t-elle.

— Ça me ferait des vacances. »

Elle ne se pressa pas pour descendre de voiture, une façon de lui montrer qu'elle ne plaisantait pas. Ils entrèrent dans le bâtiment une minute plus tard, se dirigèrent vers les ascenseurs, se secouèrent pour se sécher.

« Vous avez reparlé à Sharon Beckman ? » demanda Jessica.

Byrne fit signe que non.

« Elle n'était pas chez elle. Spicoli non plus. »

Cette référence au personnage de Sean Penn dans *Ça chauffe au lycée Ridgemont* était une allusion à Jason Crandall. L'étendue des références culturelles de Kevin Byrne l'étonnerait toujours.

Les archives contenues dans le vaste sous-sol recensaient des milliers de crimes, certains vieux de deux siècles, la honte d'une ville réduite à l'état de résidus : noms, dates, armes, blessures, témoins. Seule la perte ne figurait nulle part. Il n'y avait aucune trace des larmes d'un père, de la solitude d'un fils, des dimanches désolés d'une grand-mère.

À la place, d'immenses étagères en acier se succédaient, bloc après bloc, hautes de six mètres pour certaines, croulant toutes sous des milliers de cartons, cartons munis d'étiquettes comportant le nom du défunt, le numéro de dossier et l'année.

Ils se partagèrent le dossier Beckman. Byrne lut les dépositions des témoins et les rapports d'autopsie pendant que Jessica parcourait les rapports de police et les notes écrites par l'inspecteur référent.

Une photo d'Antoinette Chan figurait en première page du classeur. C'était une jolie fille, à la peau parfaite et au sourire charmeur. Jessica passa au rapport de police sur Beckman.

Kenneth Arnold Beckman était né en 1970 dans le quartier de Brewerytown, à Philadelphie. À l'époque où Antoinette Chan avait été assassinée, il travaillait comme factotum dans deux immeubles résidentiels de Camden et habitait Lenox Avenue, dans le quartier de Tioga/Nicetown.

À 29 ans, il totalisait cinq arrestations pour effraction, deux condamnations pour possession de marchandises volées.

En 2001, le soir d'Halloween, Beckman emmena son beau-fils de 10 ans, Jason, faire du porte-à-porte sur la 18e Rue Nord entre Westmoreland Street et Venango Street. Beckman accompagna le garçon en haut de chaque perron. Après coup, certains riverains se rappelèrent la fâcheuse manie de Beckman de traîner un peu trop près de la porte, de lorgner avec un peu trop d'intérêt sur l'intérieur de la maison pendant que le petit recevait ses bonbons.

Dans les cinq mois qui suivirent, six cambriolages

se succédèrent dans le quartier, tous en journée, alors que les occupants travaillaient. Chaque fois, les objets dérobés étaient les mêmes : appareils photo, bijoux, argent liquide, lecteurs MP3. Rien qui ne puisse tenir dans une taie d'oreiller.

Deux inspecteurs divisionnaires perspicaces repérèrent ces similitudes et établirent un trombinoscope des personnes habitant dans un rayon de deux kilomètres avec des antécédents de vol par effraction. Une des personnes sur ces photographies était Kenneth Beckman.

Après avoir eu confirmation que Beckman avait fait le tour du quartier le soir d'Halloween, les inspecteurs le placèrent sous surveillance. Moins de quelques jours plus tard, il se rendit chez un prêteur sur gages de Chinatown connu pour pratiquer le recel. Un coup de filet fut monté en l'espace de quarante-huit heures. Un policier devait se faire passer pour un employé, mais Beckman, flairant peut-être le danger, n'y remit jamais les pieds.

À la mi-mars, les deux enquêteurs reçurent un appel d'une jeune femme qu'ils avaient déjà interrogée. Antoinette Chan, la fille d'une famille de victimes, leur raconta qu'en descendant faire une lessive au sous-sol de la maison elle avait remarqué une empreinte de chaussure dans la petite salle d'eau attenante à la chaufferie. Quiconque s'était introduit chez eux était passé par la fenêtre de l'entresol et s'était visiblement arrêté au petit coin. Les policiers en charge de l'enquête initiale avaient omis d'inspecter la salle d'eau.

L'empreinte correspondait à une bottine Frye en pointure 47, exactement le même modèle que portait Beckman sur les photographies prises pendant sa filature.

En rendant visite à Beckman sur son lieu de travail,

les inspecteurs découvrirent que celui-ci avait démissionné.

Lorsqu'ils arrivèrent à son adresse sur Lenox Avenue, mandat de perquisition en main, ils eurent la surprise de trouver deux camions de pompiers et le pâté de maisons – quatre en tout – en flammes. Quelques heures suffirent aux vieilles structures en bois pour être réduites en cendres.

De l'autre côté de la rue, assise sur le trottoir, la cigarette aux lèvres, Sharon Beckman contemplait la scène. Personne n'avait de doute sur l'identité de l'auteur de l'incendie, encore moins sur ses motivations. Malheureusement pour les enquêteurs, ils ne disposaient d'aucune preuve directe. Sharon ne fut ni inculpée ni même entendue en qualité de suspect.

Selon la police, Kenneth Beckman avait enlevé Antoinette Chan plus tard dans la soirée, l'avait emmenée quelque part au sud de Philly et l'avait battue à mort. Quand Beckman avait été appréhendé trois jours plus tard dans un motel d'Allentown et ramené au poste pour y être interrogé, il s'était fermé comme une huître et avait demandé un avocat.

Faute de témoins et d'avoir pu perquisitionner son domicile, l'ensemble des chefs d'inculpation pesant sur Kenneth Arnold Beckman furent abandonnés.

Et, à présent, il était mort.

En ouvrant la chemise qui contenait les clichés de la scène de crime, Jessica sentit son cœur bondir dans sa poitrine.

« Nom de Dieu.

— Quoi ? »

Jessica étala deux des photos sur la table, sortit son iPhone, ouvrit le fichier images, remonta jusqu'à ses photographies les plus récentes. Elle posa le téléphone à côté des tirages papier.

Le doute n'était pas permis.

L'homme dont le cadavre avait été découvert le matin même, Kenneth Arnold Beckman, suspect principal dans une affaire vieille de huit ans – affaire concernant le meurtre d'une jeune femme du nom d'Antoinette Chan –, reposait au même endroit qu'Antoinette Chan sur les photos.

« Le suspect dans une affaire d'homicide non résolue se fait tuer et son corps se retrouve au même endroit que celui de sa victime, résuma Jessica.

— Ouais, opina Byrne.

— *Exactement* au même endroit. *Exactement* dans la même position que la première victime. »

Elle brandit le tirage papier en même temps que son téléphone.

« Kevin, ces photos sont en tout point identiques. La seule différence, c'est que huit ans les séparent.

— Huit ans et des poussières, mais c'est exact. »

Les deux inspecteurs se regardèrent, conscients que cette affaire venait de franchir un seuil critique. Il ne s'agissait plus d'une simple vengeance, d'un acte commis sous l'emprise ardente de la passion.

Jessica examina à nouveau les photos. Une cloche retentit en elle. L'histoire de Philadelphie, comme celle de n'importe quelle grande ville, comptait de nombreuses affaires non classées, de nombreuses victimes de la démence et de la colère à qui justice n'avait jamais été rendue, le mal se répercutant à travers les âges tel un écho.

La Ville de l'amour fraternel avait un héritage tellement lourd ; la honte, la culpabilité, la folie coulaient sous ses rues pavées comme une rivière de sang. En regardant ces photos prises à huit ans d'écart, la chair déchiquetée de deux victimes unies par un lien que ni elle ni son partenaire ne saisissaient encore, l'inspecteur Jessica Balzano se demanda ce qu'ils allaient découvrir de cette histoire.

14

Je glisse dans les ténèbres. J'ai toujours été un être nocturne, échappant au sommeil, rêvant tout éveillé.

Ici, les cris sont calmes et feutrés. C'est un endroit propice au repos et à la réflexion, un endroit où règne un silence glacé. Voilà des années que je me sens ici chez moi.

Je dépose le corps sur le sol. Il s'agit de la troisième note. Cette mesure en compte huit. Harmonie et mélodie. Je surélève la jambe sur la petite stèle. La musique enfle tandis que je saute en l'air et retombe de tout mon poids. L'os craque. Le bruit résonne sur le granit mouillé, sur l'herbe éclairée par la lune. Je prends l'enregistreur, écoute. L'os se brise comme une percussion éclatante.

Je me déplace parmi les morts, tends l'oreille. Les disparus me parlent doucement, études gracieuses et humbles. Mes mouvements gagnent bientôt en fluidité, exaltation de l'instant, danse de mort. La danse macabre[1]. *Je tourne et tourne et tourne encore. Ici, je suis libre.*

1. En français dans le texte. (N.d.T.)

La mort à minuit joue un air de danse,
Zig et zig et zag, sur son violon.

Je tournoie parmi les défunts en pensant aux prochains jours, à ces jours qui précèdent All Hallows Eve, veille de la fête de tous les saints, moment de réjouissance pour tous les disparus de ce monde.

Bientôt, nous danserons ensemble, l'inspecteur et moi. Nous danserons et, dans cette étreinte, nous réaliserons que nous partageons un même cœur, un même esprit, telles deux âmes meurtries s'abreuvant à une coupe de sang ternie.

Deuxième partie

Scherzo

15

Mardi 26 octobre

À la vue du sol de la salle de bains, Lucinda Doucette pensa : *Je vis dans un monde de porcs*.

Le Jardin, un hôtel de trois cents chambres situé près de la 17e Rue et de Sansom Street en plein cœur de Center City, était un édifice monolithique gris doté de soixante-dix balcons aux balustrades anguleuses en fer forgé noir, un modèle de modernité à l'européenne à la lisière du nouveau quartier considéré comme français. Placé sous la houlette d'une multinationale belge en charge de biens à Paris, Monaco et Londres, Le Jardin, entièrement rénové en 2005, pourvoyait aux besoins, avec ses boiseries en acajou, ses portes en verre poli et ses équipements de luxe à la française, de l'homme d'affaires et du voyageur exigeants.

En plus des chambres standard, l'hôtel comptait six suites à l'avant-dernier étage, toutes avec vue sur la ville, ainsi qu'une suite présidentielle à l'étage supérieur qui jouissait d'une vue imprenable sur le fleuve Delaware et au-delà.

Pour Lucinda Doucette, de même que pour tous les gens de ménage dans l'hôtellerie, la vue était loin d'être imprenable, quoique parfois tout aussi pittoresque dans son genre.

Comme tous les hôtels, Le Jardin était tributaire de ses « étoiles » – Orbitz, Hotels.com, Expedia, Hotwire, Priceline.

Mais si la direction consultait les commentaires et les suggestions en ligne, seuls deux classements entraient vraiment en ligne de compte : ceux de Mobil et de l'AAA.

Mobil faisait son « marché » tous les deux ou trois ans. L'Association des automobilistes américains, en revanche, distribuait ses « diamants » avec beaucoup plus de parcimonie, pour ne pas dire de pingrerie. Pour cette raison, elle était la plus crainte et la plus respectée de toutes les organisations, et son appréciation signait le succès ou la ruine de n'importe quel établissement. Vous déceviez l'AAA et les affaires s'en ressentaient en quelques mois.

Tout reposait sur le confort, l'accueil, l'hébergement et la propreté.

Le Jardin était à juste titre considéré comme un établissement de luxe, décrochant invariablement quatre étoiles, une reconnaissance sur laquelle le management veillait farouchement.

Lucy Doucette avait commencé à travailler au Jardin à peine plus d'un an auparavant, quelques jours seulement après son dix-huitième anniversaire. Dès son arrivée dans l'équipe, elle avait pris l'habitude de se rendre sur les différents sites de voyage pour lire les critiques des clients, l'avis des usagers, notamment dans le domaine de la propreté. Si son travail avait été mal fait, la responsable du ménage, une femme glaciale et intransigeante nommée Audrey Balcombe, qui, selon les bruits de couloir, détenait un master en communication de l'université d'Avignon et avait fait ses premières armes auprès de Kurt Wachtveitl, l'ancien directeur général du Mandarin Oriental à Bangkok, n'aurait pas manqué de le lui faire remarquer.

Mais il n'empêchait. Lucy était fière de ce qu'elle faisait et voulait avoir des retours, bons ou mauvais, des clients eux-mêmes. Un jour, un visiteur avait décerné une seule étoile au Jardin en matière de propreté sur tripadvisor.com, allant jusqu'à comparer l'hôtel à un vestiaire d'auberge de jeunesse de centre-ville. La plainte de cet usager portait spécifiquement sur la découverte, à son entrée dans les toilettes de sa chambre, d'une chasse d'eau non tirée. Pour Lucy, ce n'était pas les toilettes, mais l'auteur de cet avis, qui avait besoin d'un bon décapage – il n'y avait statistiquement aucune chance pour qu'un tel incident se produise –, ce qui ne l'empêcha pas, pendant les deux semaines qui suivirent, de redoubler de zèle à son étage, le douzième, vérifiant et revérifiant les toilettes avant de laisser la chambre aux prochains occupants.

Le plus souvent, sa conscience professionnelle lui tenait lieu de seule récompense – Dieu sait si le salaire n'en était pas une –, mais il arrivait à de rares occasions que le métier comporte certaines compensations inattendues.

Un client, cinq mois auparavant – un homme âgé, distingué –, lui avait laissé, sous un oreiller, suite à un séjour de six jours, un billet de cent dollars accompagné d'une note. *À la jeune fille au regard inquiet : Bon boulot*.

Au regard inquiet, avait tiqué Lucy. Elle avait porté des lunettes de soleil pendant des semaines pour aller au travail.

Dans l'immédiat, Lucy avait envie d'étrangler le

client de la 1212. En plus du café renversé sur le fauteuil, des taies d'oreillers tachées, des tessons de bouteilles de bière dans la baignoire, du plateau de petit déjeuner renversé, des cheveux qui bouchaient le lavabo et des flacons de shampoing et de démêlant qui avaient trouvé le moyen de finir sous le lit avec quatre caleçons à la propreté plus que douteuse, toutes les serviettes étaient trempées et entassées à même le sol. Et même si elle avait l'habitude, c'était particulièrement immonde. L'une des serviettes contenait ce qui ressemblait à une copieuse quantité de vomi.

Mais quel porc !

Au boulot. Lucy avait encore quatre autres chambres à faire avant sa pause-déjeuner et moins de deux heures pour en venir à bout. La direction savait exactement quand elle commençait une chambre. Si elle mettait plus de quarante minutes, ils le remarquaient.

Un jour ordinaire, chaque femme de ménage avait quatorze chambres à nettoyer. En ne chômant pas – et Lucy, du haut de ses 19 ans, avait de l'énergie à revendre –, il était possible de gagner des « crédits », autrement dit des chambres supplémentaires. Cela lui arrivait souvent. Elle faisait bien son travail. Elle engageait rarement la conversation avec les clients dans les couloirs, se montrait toujours polie et courtoise, et, avec un peu de maquillage, elle faisait un joli brin de jeune femme. Avec ses yeux couleur bleuet, ses cheveux caramel et sa silhouette gracile, elle n'avait aucun mal à entrer dans son uniforme et avait surpris plus d'un client la suivre du regard dans les couloirs de l'hôtel.

Même si le travail n'était pas particulièrement compliqué, il était éprouvant mentalement. La différence entre un hôtel trois étoiles et demie et un hôtel quatre étoiles tenait souvent dans l'attitude et les détails.

Certaines choses étaient totalement indépendantes de la volonté des employés – la qualité du linge de lit et des serviettes, par exemple, la présence ou l'absence de bain de bouche dans la salle de bains, ou encore les services tels que celui de la couverture –, tandis que d'autres relevaient clairement de la compétence des « dames » du ménage.

L'hôtel accueillait un colloque pour trois jours. Un truc au nom français comme *Société Poursuite*, un groupe d'individus étranges qui, si Lucy avait bien compris, s'intéressaient aux meurtres non résolus en guise de passe-temps. Ils avaient réservé un tiers des chambres, dont toutes celles du douzième étage, et arrivaient le jour même.

Tandis qu'elle terminait la chambre 1210, Lucy songea au rendez-vous qui l'attendait à l'heure du déjeuner.

Elle ne comptait plus les prétendus professionnels qu'elle avait consultés au cours des neuf dernières années, les gens qui pensaient savoir ce qui clochait chez elle. Elle avait même participé à un projet pilote de régression thérapeutique à l'hôpital de l'université de Pennsylvanie. Elle n'avait pas d'argent pour payer le traitement, mais trois entretiens avaient convaincu les porteurs du programme de retenir sa candidature. Ça n'avait rien donné. Elle avait passé cinq jours d'affilée avec huit personnes qui, dans l'ensemble, avaient toutes raconté comment, dans des vies antérieures, elles avaient été violées par Attila le Hun, avaient fait du pied à Marie-Antoinette ou avaient roulé des pelles à la tête coupée de Jean le Baptiste. *Berk.* Ils n'avaient pas vraiment compris son problème. Il lui restait encore à trouver quelqu'un qui le ferait.

Elle devait avouer que le programme lui avait permis de faire de belles rencontres. L'homme qui avait ressuscité. La femme qui avait pris un coup sur la tête et avait erré dans toute la ville pendant trois mois sans savoir qui elle était.

Lucy était aussi allée voir un psychologue du comportement – dix fois, précisément. Sa couverture médicale à l'hôtel lui donnait droit à dix consultations par an dans le domaine de la santé psychique, moyennant quoi elle devait s'acquitter de la franchise, qui s'élevait à vingt-cinq dollars. C'était à peine si elle pouvait se le permettre.

Aujourd'hui, si elle avait de la chance, tout cela allait changer. Aujourd'hui, elle allait rencontrer le Tisseur de rêves.

Elle avait trouvé sa carte posée sur son chariot à l'hôtel, sans doute laissée là par un client qui voulait s'en débarrasser. Elle l'avait glissée dans sa poche et l'avait gardée. Une semaine plus tôt, elle avait appelé le numéro sur un coup de tête et s'était brièvement entretenue avec l'homme, qui lui avait expliqué ses méthodes.

Il lui avait dit qu'il aidait les gens à explorer leurs rêves. Il avait prétendu qu'il pouvait faire disparaître ses cauchemars. Elle avait pris rendez-vous, un rendez-vous à midi aujourd'hui.

Lucy lissa le dessus du couvre-lit, passa la pièce en revue. Parfait. Mais si la chambre était prête, elle ne l'était pas.

Elle se dirigea vers la penderie, pénétra à l'intérieur et ferma la porte. Elle s'assit par terre, sortit le bandeau de sa poche, s'en couvrit les yeux et le noua derrière sa tête.

L'obscurité se referma sur elle en silence et Lucy l'accueillit.

Cela faisait neuf ans que cela durait, depuis que le sol avait tremblé sous ses pieds, que le diable lui avait pris la main et que trois jours de sa vie lui avaient été volés.

Tandis que Lucy Doucette était assise dans la penderie, les fantômes de son passé virevoltant autour d'elle, un homme entrait dans le hall de l'hôtel douze étages plus bas.

Comme tant d'autres personnes en route pour Le Jardin ce jour-là, son intérêt portait sur le morbide, les aspects les plus sombres de la nature humaine, les paysages lugubres et terrifiants de l'esprit du sociopathe. Il s'intéressait plus particulièrement aux enlèvements et aux meurtres de jeunes filles, à la psychologie du pédophile.

Il occuperait la chambre 1208. La pièce avait une histoire, une fable sinistre qui n'avait aucun secret pour lui.

La chambre 1208 se trouvait, naturellement, au douzième étage.

L'étage de Lucinda Doucette.

16

À 10 heures tout juste passées, Jessica et Byrne reçurent un appel de la morgue. L'autopsie de Kenneth Beckman était prévue pour 9 heures, mais Tom Weyrich avait laissé un message dans lequel il disait vouloir leur montrer quelque chose avant que le médecin ne commence à ouvrir.

Jessica appela les services sociaux en chemin. La personne au bout du fil l'informa que Carlos avait dormi toute la nuit sans se réveiller – une première en deux semaines – et qu'il était en train de jouer. Jessica raccrocha, rattrapée par ce sentiment de paralysie qui lui murmurait que, si elle ne prenait pas les choses en main, Carlos s'enliserait dans le système. Elle avait voulu parler adoption avec Vincent, mais avec le déménagement en vue et tout le stress que cela induisait, elle n'en avait pas trouvé l'occasion.

Peut-être aborderait-elle la question ce soir, pensa-t-elle. Peut-être attendrirait-elle son mari avec une nuit de sexe débridé et alcoolisée.

La morgue de Philadelphie se trouvait sur University Avenue. Sa fonction était, entre autres, de rechercher et de déterminer la cause du décès dans tous les cas de mort soudaine et violente du comté, notamment les homicides, les suicides, les accidents et les décès liés à la drogue.

La morgue traitait six mille décès par an en moyenne, dont plus de cinquante pour cent requéraient une autopsie. Outre les examens *post mortem*, la morgue était chargée de l'identification des corps, de la rédaction des rapports d'autopsie et de l'envoi d'experts au tribunal, sans oublier le soutien aux familles des victimes.

Pendant que Jessica et Byrne patientaient dans le sas situé à l'entrée des salles d'autopsie, les insectes leur donnaient la sérénade, fonçant droit sur l'énorme lampe rectangulaire à lumière bleue destinée à les attirer. Le bourdonnement continu des bestioles grillant sur la lampe, essentiellement de grosses mouches bleues, était à devenir fou.

Jessica jeta un coup d'œil à l'emploi du temps accroché au mur. Il répertoriait les autopsies pratiquées la semaine précédente.

« Quelque chose m'échappe, Tom, fit-elle en voyant approcher Weyrich. Il y a douze autopsies et seulement onze noms.

— Mieux vaut ne pas savoir, répondit-il.

— L'ennui, c'est que maintenant, je *dois* savoir. C'est ma nature naturellement curieuse, voyez-vous. »

Weyrich se caressa le menton. Jessica remarqua qu'il s'était coupé pas moins de quatre fois en se rasant.

« Vous êtes sûre ?

— Balancez.

— OK. La semaine dernière, Penn State nous a appelés pour nous informer que quelqu'un s'était débarrassé d'un organe sur le perron du bâtiment Tanenbaum. »

Le bâtiment Nicole E. Tanenbaum se trouvait sur

le campus de l'université de Pennsylvanie et abritait, entre autres, la bibliothèque de droit Biddle.

« Un organe ? » répéta Jessica.

Weyrich opina.

« Drôle de monde, hein ?

— Drôle de *ville*.

— Il n'empêche. Nous n'avions pas d'autre choix que de le traiter comme un macchabée lambda. Nous avons effectué notre batterie d'examens standard, l'avons autopsié.

— Je ne comprends toujours pas pourquoi aucun nom n'est indiqué sur la feuille, insista Jessica. Vous n'avez pas réussi à identifier la victime d'après les restes ?

— Oui et non.

— Tom.

— Cet estomac appartenait à une vache. »

Jessica jeta un regard à Byrne. Celui-ci sourit, secoua la tête.

« Juste une question, fit Jessica.

— Je vous écoute.

— Est-ce que ça ne fait pas d'elle une Marguerite ?

— Moquez-vous. Ce boulot a payé Villanova à mes deux mômes. »

Jessica leva les mains en signe de reddition.

« J'ai quelque chose à vous montrer », annonça Weyrich.

Il poussa un chariot au milieu du sas d'accès.

Le corps de Kenneth Arnold Beckman reposait sur une table en inox étincelante, le torse à découvert.

Weyrich orienta la lumière du plafond vers la main droite de la victime. Il enfila un gant, tira délicatement les doigts en arrière.

« Je voulais que vous voyiez ça », dit-il.

Là, sur la pulpe de l'index droit, se détachait un petit dessin d'environ un centimètre sur deux.

« Qu'est-ce que c'est que ça ? demanda Jessica.

— Vous n'allez pas me croire, mais c'est un tatouage.

— Sur son doigt ?

— Sur son doigt, confirma Weyrich. Ils s'en sont aperçus en le lavant pour prendre ses empreintes. »

Jessica s'en voulut de ne pas l'avoir remarqué plus tôt. Elle chaussa ses lunettes, l'examina de plus près. Cela ressemblait à un lion extrêmement stylisé. Les couleurs étaient vives et primaires, les contours épais, l'effet général non sans rappeler un livre de coloriage pour enfants.

« J'ai vu le casier de ce type, observa Jessica. Il ne m'a pas fait l'impression d'un amateur de dessins animés.

— Il faut de tout pour faire un monde, remarqua Weyrich. J'ai prélevé un échantillon et je l'ai envoyé au labo. Ils ne devraient pas tarder à nous renseigner sur la nature de l'encre.

— Vous avez prélevé un échantillon ? s'étonna Jessica. Un échantillon de peau ?

— Ce n'est pas un tatouage traditionnel. Il est éphémère. »

Jessica regarda à nouveau. À l'œil nu et avec un motif aussi petit, elle était incapable de faire la différence.

Weyrich lui tendit une grosse loupe. Jessica étudia à nouveau l'image du lion. L'encre, avec ses couleurs vives, contrastait avec la pâleur exsangue de l'homme mort.

« Il est sec, au moins ?

— Oui, répondit Weyrich. Mais il est récent. Je dirais qu'il n'a pas plus de soixante-douze heures. »

Petite, Jessica avait l'habitude de se rendre dans un bazar discount du sud de Philly pour acheter de petits tatouages éphémères qu'il lui suffisait d'appliquer sur sa peau après les avoir mouillés. Ils disparaissaient après un ou deux passages sous le tuyau d'arrosage ou une seule baignade à la piscine.

« Est-ce qu'il a d'autres tatouages ailleurs ?

— Bizarrement non, répondit Weyrich.

— Pourquoi pensez-vous que cela ait un lien avec sa mort ? »

Weyrich indiqua à Jessica une autre zone sur l'épaule gauche de la victime. Jessica déplaça la loupe et discerna une légère marque à l'endroit indiqué, une tache qui ne devait pas mesurer plus d'un centimètre carré et demi. Elle était du même jaune que le tatouage de lion.

« Selon moi, la personne qui a réalisé le tatouage a laissé cette marque en retournant le corps. », expliqua Weyrich.

Jessica regarda attentivement. Il n'y avait pas de crêtes visibles, ce qui semblait indiquer que le tueur portait des gants.

« Ce qui nous amène aux deux autres œuvres d'art présentes sur le cadavre », poursuivit Weyrich.

Il descendit le drap, révélant une portion de peau juste en dessous de la cage thoracique, à droite du tronc. À cet endroit figuraient deux marques reconnaissables infligées par un taser, deux bleus violacés qui ressemblaient à une morsure de vampire.

« On l'a tasé », nota Jessica.

Weyrich acquiesça. Jessica évalua l'organisation nécessaire à un tel crime. L'incision en travers du front, la plaie perforante, le rasage intégral. Cela excluait un crime perpétré dans le feu de la passion. C'était un acte froid, réfléchi, calculé.

« Et le rasage ? demanda Jessica.

— Je dirais qu'il est antérieur à la mort, effectué sans émollient ni mousse à raser. »

Weyrich pointa le doigt vers plusieurs étendues de peau profondément entaillées.

« J'ai tendance à croire que le tueur a fait ça à la va-vite avec une tondeuse à cheveux, ce qui l'a obligé à appuyer un peu plus qu'avec un rasoir électrique rotatif. Ce qui ne l'a pas empêché d'oublier des poils. »

Jessica prenait des notes. Byrne se contentait d'écouter. C'était leur routine habituelle chez le légiste.

Puis Weyrich fit glisser la loupe jusqu'au front de la victime. Il désigna la lacération horizontale située à la lisière du cuir chevelu. Dans la lumière crue, la plaie ressemblait à une blessure mortelle, comme si le tueur avait voulu enlever à Kenneth Beckman le sommet de son crâne.

« Ça a été fait au rasoir droit ou au scalpel, commenta-t-il. Notre homme a pris soin de ne pas couper trop profondément. On a affaire à un certain degré de maîtrise. Par contre l'incision à l'oreille droite est loin d'être aussi propre. »

Jessica tourna le regard vers l'oreille de la victime. En gelant, elle s'était transformée en une masse marron informe.

« Est-il possible d'en déduire si le tueur est droitier ou gaucher ? demanda-t-elle.

— J'ai bien peur que non. Pas avec cette blessure. S'il est droitier, il y a de grandes chances qu'il ait procédé de gauche à droite. Ce serait le mouvement le plus naturel. Mais seulement à condition d'être à califourchon sur le corps. »

Weyrich se pencha sur le cadavre et fit courir une lame imaginaire sur le front de la victime en partant de la gauche.

« Mais s'il se tenait là… »

Il s'interrompit pour aller se placer au bout de la table, la tête de la victime au niveau de son ventre.

« Il a pu obtenir le même résultat en étant gaucher, mais cette fois-ci en commençant à droite.

— Et la victime était encore en vie à ce moment-là ?

— Oui.

— Comment l'a-t-il maintenue immobile ?

— Excellente question. »

Weyrich montra du doigt quatre endroits où l'on discernait de petits hématomes couleur prune. De chaque côté du front, juste au-dessus des tempes, un cercle d'environ un centimètre et demi de diamètre indiquait une pression localisée. On distinguait également une marque de chaque côté du maxillaire inférieur.

« Sa tête était immobilisée au niveau de ces quatre points.

— Comme dans un étau ? demanda Byrne.

— En un peu plus délicat. Et autrement plus onéreux. Une pince chirurgicale ou un instrument similaire, si vous voulez mon avis. Toute intervention crânienne demande impérativement d'immobiliser le malade. Heureusement pour nous, nous ne sommes pas confrontés à ce genre de problème dans ce service. Nos patients ont tendance à se tenir tranquilles.

— Vous pensez que notre homme peut avoir une formation en médecine ?

— Possible. »

Tandis qu'elle examinait les quatre bleus, Jessica

songeait au cauchemar d'avoir la tête prisonnière d'un tel appareil.

« Où peut-on se procurer un instrument de ce type ?

— C'est relativement spécialisé. Et cher. Je vous communiquerai une liste de fournisseurs de matériel médical. »

Jessica prit note d'exploiter cette piste.

« Une dernière chose », fit Weyrich.

Il pointa le doigt vers la perforation au-dessus de l'œil droit et rendit la loupe à Jessica.

« Qu'est-ce que je suis censée regarder ? demanda-t-elle, l'œil sur la plaie.

— Vous voyez la zone juste à l'extérieur de la perforation ? La coloration ? »

En grand, la plaie n'était pas aussi propre qu'elle en avait l'air, mais ressemblait plutôt à une torsade de chair déchiquetée jaillissant vers l'extérieur telle une éruption de lave. Jessica aperçut un petit trait encerclant la plaie, apparemment de couleur rouge. Un rouge *trop* vif.

« Je suppose que ce n'est pas du sang séché.

— En effet, acquiesça Weyrich. Ce serait beaucoup plus foncé. Le cercle a été tracé au feutre. »

Jessica se tourna vers Byrne, puis de nouveau vers le légiste.

« Au feutre ? » répéta-t-elle, incrédule.

Weyrich opina.

« Vous êtes en train de dire que le tueur a commencé par marquer l'endroit avant de procéder ? »

Weyrich hocha la tête, cachant sa satisfaction.

« J'ai vu bien plus étrange.

— Pourquoi aurait-il fait une chose pareille ? »

Le médecin légiste reprit la loupe, remonta le drap sur le corps.

« Cette question n'est pas de mon ressort, inspecteur. C'est vous le *chef de partie*[1]. Je ne suis que le *commis*[1]. »

David Albrecht les attendait à leur sortie de la morgue. Pour tout un tas de raisons, il n'avait pas été admis à l'intérieur.

« Qu'est-ce que j'ai raté ? demanda-t-il.

— Une bande de macchabées, dit Byrne. J'ai crié "Action", mais pas un seul n'a réagi. »

Comprenant qu'il ne tirerait rien de Kevin Byrne, David Albrecht se tourna vers Jessica.

« Prochaine étape ? demanda-t-il.

— On va boire un café. Vous êtes le bienvenu si vous voulez.

— Merci.

— Ce sera l'occasion de nous filmer en train de lire le menu, de mettre de la crème dans notre café et de nous disputer l'addition », dit Byrne.

Albrecht rit.

« C'est bon, j'ai compris. Je pimenterai l'action en postproduction. »

Byrne sourit, glissa un clin d'œil à Jessica. Le dégel n'était pas pour tout de suite, mais c'était un début. Jessica savait que Byrne n'appréciait pas particulièrement d'être suivi partout par une caméra. Pas plus qu'elle.

Albrecht laissa sa camionnette à la morgue et monta avec les inspecteurs.

« Tout se passe comme vous voulez ? demanda Jessica alors qu'ils longeaient University Avenue.

— Plutôt. J'étais au bureau du procureur ce matin. Je filme le quotidien de deux avocats généraux en

1. En français dans le texte. (N.d.T.)

parallèle du vôtre. Je crois que personne n'a jamais fait ça.

— Vous voulez dire suivre à la fois des inspecteurs de police et des procureurs ? demanda Byrne. Comme dans *New York, police judiciaire* ? »

Albrecht se tut.

« Je suis sûre que vous y apporterez votre patte », intervint Jessica, fusillant Byrne du regard.

Ils s'arrêtèrent dans un café sur Spruce Street. Albrecht, installé à deux box d'écart, les filma effectivement en train de lire le menu. À son deuxième espresso, il posa sa caméra et tira une chaise jusqu'au box.

« Alors, comme ça, nous ne sommes pas vos seules vedettes ? demanda Byrne.

— Eh non, répondit Albrecht en souriant. Je peins un tableau vaste et varié.

— Au fait, j'ai oublié de vous demander, est-ce que vous avez des images des curieux attroupés devant la scène de Federal Street ?

— Ouais. Le résultat rend bien.

— Si cela ne vous ennuie pas, nous aimerions y jeter un coup d'œil. Notre tueur est peut-être venu au spectacle pour se frotter les mains.

— Bien sûr, bien sûr, dit Albrecht en hochant la tête. Je vous en fais une copie sur CD immédiatement.

— Vous nous rendriez un grand service. »

La serveuse apporta trois espressos. Ils étaient tous pour Albrecht. Jessica et Byrne échangèrent un regard.

L'étudiant s'en aperçut et haussa les épaules.

« Vous connaissez le vieil adage : *Le sommeil est le symptôme d'un manque de caféine.* »

Sur quoi, il avala d'un trait le contenu d'une des petites tasses.

« Racontez-nous, le pressa Byrne en tapotant la caméra numérique posée à côté de lui sur la banquette. Comment êtes-vous tombé dans la marmite ? »

Albrecht versa du sucre dans son deuxième espresso.

« Le virus me vient sûrement de mon père. Il m'emmenait souvent au cinéma quand j'étais enfant. C'était une personnalité importante du monde artistique, vous savez. Curieusement, les documentaires m'ont attiré très jeune.

— Vous vous rappelez votre préféré ?

— Je crois que *In the Shadow of the Stars* est le film qui a été le déclic. »

Il interrogea Jessica et Byrne du regard.

« Vous l'avez vu ? »

Jessica lui répondit que non.

« C'est le documentaire sur les choristes de l'opéra ? demanda Byrne.

— Exactement ! s'écria Albrecht avant de regarder autour de lui. Désolé. J'ai peut-être parlé un peu fort.

— Cet endroit en a vu d'autres, sourit Byrne.

— Grâce à ce film, j'ai entrevu – à l'âge mûr de 7 ans – la possibilité de réaliser des films sur les gens normaux. Rien ne m'ennuie plus que la célébrité. Je ne regarde jamais la télévision.

— Ce film semble un peu ardu pour un enfant de 7 ans », remarqua Byrne.

Albrecht descendit un deuxième café, hocha la tête.

« Encore une fois, mon père occupait une place importante dans le monde de l'art. Je crois me souvenir que nous avons vu ce documentaire à l'occasion d'une collecte de fonds. Je n'ai plus jamais été le même après ça. La musique m'a marqué. En particulier, les possibilités qu'offre le travail du son.

— Attendez une minute, l'interrompit Jessica en faisant soudain le rapprochement. Votre père était Jonas Albrecht ?

— Oui. »

Pendant plus de vingt-cinq ans, Jonas Albrecht avait fait figure de force de la nature au sein du monde artistique, économique et politique de Philadelphie – un des directeurs de la prestigieuse société pennsylvanienne. C'était un homme riche qui avait bâti sa fortune grâce à l'immobilier. Il avait créé pléthore d'organisations et était très impliqué dans l'orchestre de Philadelphie jusqu'à ce qu'il trouve la mort dans un vol de voiture en 2003. Jessica était déjà dans la police à l'époque, mais l'accident avait eu lieu avant qu'elle ne rejoigne la brigade criminelle. Elle ne savait pas si l'affaire avait été classée.

« Sa mort a été une tragédie, dit Byrne. Je suis désolé. »

Albrecht hocha la tête.

« Merci. »

Nous sommes la somme de nos expériences, pensa Jessica. David Albrecht n'aurait peut-être pas été en train de faire ce qu'il faisait si son père n'avait pas été frappé par ce terrible drame. Il avait fallu du temps à Jessica pour réaliser que, sans les drames qui avaient jalonné sa propre existence, parmi lesquels la mort de son frère au Koweït, sa vie aurait peut-être pris un autre chemin. Elle se destinait à des études de droit jusqu'à ce jour fatal. Du frère et de la sœur, Michael était celui qui était censé marcher sur les pas de son père et rentrer dans la police. Mais la vie n'en fait qu'à sa tête.

Laissant Byrne et David Albrecht à leur discussion – les documentaires n'étaient pas son fort, il lui avait fallu attendre la moitié de *Spinal Tap* pour se rendre compte qu'elle regardait un faux documentaire parodique –, elle sortit son iPhone et chercha des salons de tatouage à Philadelphie. Elle en appela plusieurs, qui lui répondirent qu'ils ne s'occupaient pas de tatouages éphémères. Le dernier endroit qu'elle contacta, un grand magasin de South Street, lui suggéra de s'adresser à un salon récemment ouvert sur Chestnut Street appelé Ephemera. D'après son interlocutrice, ils pratiquaient le tatouage éphémère et jouissaient d'une bonne réputation.

Ephemera se trouvait au premier étage d'une maison mitoyenne reconvertie en locaux commerciaux. Le rez-de-chaussée était occupé par une épicerie asiatique.

Tandis que David Albrecht filmait l'extérieur du bâtiment, Jessica et Byrne gravirent l'escalier étroit et poussèrent la porte en verre dépoli.

Des dizaines de bougies éclairaient la pièce. Les murs étaient couverts de tentures magenta et or. Il n'y avait aucun meuble, aucun tabouret, seulement des coussins posés à même le sol. L'air embaumait l'encens. Personne ne patientait dans la salle d'attente.

Quelques instants plus tard, une femme indienne d'une quarantaine d'années apparut de derrière un rideau et les salua. Elle avait des traits délicats qui rappelaient ceux d'un elfe et portait un kurti en soie turquoise par-dessus un pantalon noir.

« Je m'appelle Dalaja. Que puis-je faire pour vous ? »

Jessica sortit son insigne, le lui montra. Elle se présenta, ainsi que Byrne.

« Il y a un problème ? s'inquiéta la femme.

— Non, répondit Jessica. Nous voulons seulement vous poser quelques questions si vous avez un moment à nous accorder.

— Mais bien sûr. »

Dalaja leur indiqua les gros coussins disposés devant la fenêtre surplombant Chestnut Street. Jessica et Byrne s'assirent. Quoique *s'asseoir* ne convînt pas vraiment pour décrire le mouvement de Byrne. Avec son gabarit, tout ce qu'il pouvait faire était viser le coussin et s'y laisser tomber.

« Voulez-vous un peu de thé ? demanda la femme une fois qu'ils furent installés.

— Ça va, je vous remercie, dit Jessica.

— Est-ce que j'abuserais de votre hospitalité en vous demandant un masala chai ? »

La femme sourit.

« Pas du tout. Mais cela prendra quelques minutes.

— Aucun souci.

— Un masala chai ? fit Jessica à voix basse quand leur hôte eut disparu dans l'arrière-boutique.

— Eh bien quoi ?

— Je rêve ou vous m'avez caché votre vie secrète ?

— Si je vous en parlais, elle cesserait d'être secrète, non ? »

Jessica parcourut la pièce du regard. Des étagères en verre s'élevaient contre le mur du fond, chacune chargée d'une pile de vêtements aux couleurs vives. Des objets et des bijoux sculptés reposaient sur un autre présentoir en verre. De la musique indienne moderne montait doucement de derrière le rideau.

La femme émergea bientôt de l'arrière-boutique et vint s'asseoir sur un gros coussin en face d'eux. Elle était tellement légère qu'elle ne laissait presque aucune marque sur le tissu. On aurait dit qu'elle lévitait.

« Le thé sera bientôt prêt.

— Merci, répondit. Byrne.

— Pour commencer, si vous le voulez bien, pouvez-vous me décrire votre activité ? demanda Jessica.

— Nous sommes spécialisés dans le mehndi.

— Pouvez-vous me l'épeler ? »

Dalaja s'exécuta, proposant plusieurs orthographes différentes. Jessica les prit toutes en note.

« Je ne crois pas savoir ce dont il s'agit.

— Le mehndi est un ornement corporel pratiqué en Asie du Sud et du Sud-Est, en Afrique du Nord et dans la corne de l'Afrique.

— Ce sont des tatouages éphémères ?

— Pas techniquement. Les tatouages, par définition, sont permanents et s'appliquent sous la peau, tandis que le mehndi est temporaire et reste à la surface de l'épiderme.

— Quel produit utilisez-vous ?

— Les motifs sont réalisés au henné, essentiellement sur les mains et les pieds, où le taux de kératine est le plus élevé.

— Et combien de temps est-ce que cela tient ?

— Cela peut aller de quelques jours à quelques mois, en fonction du henné utilisé et de l'endroit où se trouve le dessin. »

Une jeune Indienne apparut avec une tasse de thé posée sur un plateau en laque noire richement décoré. Elle devait avoir 19 ans et portait une tenue traditionnelle d'Asie du Sud. Elle était d'une beauté époustouflante. Jessica reporta son attention sur ses notes mais, après quelques secondes, remarqua que la jeune fille n'avait pas bougé. En jetant un coup d'œil à Byrne, elle constata que celui-ci fixait la jeune fille, bouche bée, muet, immobile.

« Kevin.

— Pardon, finit-il par articuler tout en prenant la tasse et la soucoupe. Merci. »

La jeune fille sourit et, sans un mot, se retira dans l'arrière-boutique.

Quand elle fut partie, leur hôtesse attrapa un carnet en cuir admirablement relié sur une table à proximité. Elle tendit le livre à Jessica, qui le feuilleta. Les motifs étaient complexes et témoignaient d'une grande maîtrise du dessin. Des pages et des pages d'œuvres d'art se déclinant dans un arc-en-ciel de couleurs.

« Je crains que nous ne cherchions autre chose, fit Jessica. Quelque chose d'un peu moins… travaillé.

— Je vois. »

À cet instant, le parfum du thé – miel et gingembre – parvint aux narines de Jessica, qui regretta d'avoir décliné l'offre de la femme.

« Puis-je vous montrer une photo ? demanda-t-elle.

— Absolument. »

Jessica sortit son iPhone, agrandit la photo du tatouage de lion sur le doigt de Kenneth Beckman.

« Oh, je vois, dit la femme. En effet, c'est totalement différent.

— Vous savez de quoi il s'agit ? »

Dalaja acquiesça.

« C'est tout petit, n'est-ce pas ?

— Oui. Le dessin mesure à peine trois centimètres.

— Ça ressemble à ce qu'on appelle un transfert, une sorte de tatouage éphémère. Relativement bon marché. Mais en termes de qualité… »

Elle avait raison. Par comparaison avec les photographies du carnet en cuir, le tatouage de lion donnait l'impression d'avoir été réalisé au crayon de couleur.

« J'en déduis que vous ne proposez pas ce service et ne vendez pas ce type de produits.

— En effet. Mais je crois pouvoir vous mettre sur la bonne voie.

— Ce serait formidable.

— Si vous voulez bien m'excuser un moment. »

La femme se leva, manifestement sans le moindre effort. Elle disparut derrière le rideau avant de reparaître quelques minutes plus tard avec plusieurs impressions couleur à la main.

« J'imagine que c'est ce que vous cherchez », fit-elle en tendant une feuille à Jessica.

C'était une réplique exacte du tatouage de lion.

« Waouh, s'exclama Jessica. C'est incroyable. »

Dalaja lui passa une deuxième feuille.

« Vous trouverez tout en haut l'adresse du site sur lequel j'ai téléchargé l'image. Il y en a dix autres qui figurent en dessous, mais la première société, World Ink, est la plus importante. Je n'ai trouvé ce motif précis nulle part ailleurs, mais ça ne veut pas dire que quelqu'un d'autre ne le commercialise pas. »

Les deux inspecteurs se levèrent.

« Le *chai* était délicieux, dit Byrne. Merci beaucoup.

— Je vous en prie, répondit la femme. Y a-t-il autre chose que je puisse faire pour vous aider ?

— Je crois que c'est tout pour l'instant.

— Dans ce cas, je vous dis *alvida*. »

Elle pivota sur ses talons et se dirigea vers l'arrière-boutique sans faire le moindre bruit.

De retour à la Rotonde, Jessica se connecta à Internet pour se rendre sur le site de World Ink. Hormis des transferts, la société vendait beaucoup de produits personnalisables comme des calendriers de poche, des coloriages et des cartes à gratter.

Mais c'était leur fonds de tatouages qui intéressait Jessica. Et World Ink en proposait des centaines, voire des milliers de modèles. Anges, voitures, drapeaux, fleurs, sport, voyage, mythes et contes, symboles religieux et tribaux.

À la sixième page du catalogue en ligne, Jessica trouva le dessin du lion. Il appartenait à une série appelée TinyToos et ressemblait trait pour trait à celui qu'elle cherchait. Elle sortit son téléphone portable, cliqua jusqu'à atteindre la photographie du corps de Kenneth Beckman. Le doute n'était pas permis. À moins que Beckman ne se soit appliqué ce tatouage de son vivant – et Jessica n'arrivait pas à le concevoir, cela ne collait pas avec sa personnalité –, quelqu'un s'en était chargé pour lui. Très vraisemblablement la personne qui l'avait étranglé et mutilé.

Byrne avait déjà laissé six messages à Sharon Beckman pour lui demander si son mari avait un tatouage sur l'index.

Jessica composa le numéro de World Ink et, après plusieurs minutes d'*appuyez sur un, appuyez sur cinq, appuyez sur deux*, elle appuya sur *zéro* et finit par avoir un humain en ligne. Elle se présenta et son appel fut rapidement transféré au directeur des ventes par Internet.

Jessica s'en tint au strict minimum. Passé les « euh » et les « ah », l'homme lui annonça qu'il aurait aimé l'aider, mais qu'il lui fallait obtenir l'autorisation de sa hiérarchie et qu'il aurait besoin pour cela d'une demande écrite. Jessica demanda si un fax sur papier à en-tête de la police de Philadelphie ferait l'affaire, ce à quoi il répondit par l'affirmative. Elle griffonna quelques notes supplémentaires et raccrocha. Puis, elle attira l'attention de Byrne et lui fit part de ce qu'elle avait appris.

« Cette société possède les droits de ce dessin, dit-elle en brandissant la photo du tatouage de lion. C'est un original. Ce qui ne signifie pas que notre homme le leur a acheté et ne l'a pas copié – comme me l'a expliqué le type de World Ink, il suffit d'un scanner, de Photoshop et du matériel adéquat. Mais, vu le mode d'application, il y a fort à parier que Kenneth Beckman ne se l'est pas mis tout seul. Même si ça n'a aucun rapport avec l'affaire, quelqu'un d'autre s'en est sûrement chargé pour lui.

— Notre tueur ?

— Possible. Et si c'est lui, il a peut-être passé commande chez World Ink *via* leur site Internet. Je vais leur envoyer un fax pour leur demander une liste des clients ayant acheté ce tatouage.

— Vous pensez qu'il va nous falloir l'appui du bureau du procureur ? demanda Byrne.

— Peut-être.

— Laissez-moi avertir Mike Drummond. »

Pendant que Byrne passait son coup de téléphone, Jessica imprima le tatouage de lion. Des rires lui parvinrent du couloir. En levant la tête, elle vit Nicci Malone – une Nicci Malone transie d'amour en mode écolière en détresse – entrer dans la salle commune aux côtés de l'inspecteur Russell Diaz.

Russell Diaz était à la tête d'une nouvelle escouade tactique au sein de la brigade des enquêtes spéciales. Le poste avait initialement été proposé à Kevin Byrne, mais celui-ci l'avait décliné. La brigade tactique était une équipe d'intervention rapide préposée aux situations exceptionnelles dans les affaires médiatiques.

Après dix ans de déplacements professionnels incessants pour l'antenne locale du FBI, Russell Diaz, de son propre aveu, avait préféré intégrer la police de la ville pour rester auprès de sa famille. Au FBI, il avait travaillé dans le domaine des sciences du comportement et avait été plusieurs fois amené à collaborer avec la brigade criminelle au cours des dernières années.

Parcours professionnel à part, Russell Diaz était un spécimen. Un mètre quatre-vingt-trois environ, taillé dans le marbre, cheveux bruns coupés ras, yeux de rêve, c'était un adepte des T-shirts bleu marine près du corps de la police de Philadelphie qui mettaient ses biceps en valeur. Étrangement, il ne semblait pas remarquer l'effet qu'il faisait aux membres des deux sexes. Ce qui ne faisait qu'ajouter à son charme.

Il prendrait ses fonctions à la tête de la nouvelle unité dès le lendemain.

En apercevant Jessica, Diaz traversa la pièce.

« Bonjour, inspecteur, la salua-t-il avec un sourire. Ça fait longtemps.

— Trop longtemps », renchérit Jessica.

Ils se serrèrent la main. Jessica avait travaillé avec Diaz à l'époque où elle était encore à la brigade automobile. L'équipe d'intervention mixte à laquelle ils appartenaient alors avait démantelé un réseau international qui expédiait des voitures haut de gamme en Amérique du Sud.

« Contente de vous compter parmi nous. Comment va Marta ? »

Marta était la fille de Diaz. Une espèce de prodige de la musique, si Jessica avait bien compris. Le fait que Diaz, divorcé de longue date, l'élève seul le propulsait de charmant à franchement adorable.

« Bien, merci. 14 ans cette année, mais je me demande parfois si elle n'en a pas déjà le double. »

Jessica avisa la liasse de papiers et le livre sous le bras de Diaz.

« Qu'est-ce que vous lisez ? » demanda-t-elle en pointant le doigt vers l'ouvrage.

Diaz le lui tendit. Il s'agissait d'un exemplaire de *L'Enfer*, de Dante.

« Juste un peu de lecture facile », répondit Diaz avec un sourire.

Jessica feuilleta l'ouvrage. C'était tout sauf facile.

« Vous parlez italien ?

— J'y travaille. Marta va faire son année de seconde en Italie et je veux passer pour un type branché aux yeux de ses amis.

— Impressionnant.

— *Che c'è di nuovo ?*

— *Non molto* », répondit Jessica en souriant.

Pour autant qu'elle sache, Diaz lui avait demandé ce qu'il y avait de neuf, ce à quoi elle avait répondu « pas grand-chose ». En dehors des jurons, ses connaissances en italien étaient quasi nulles.

Byrne entra dans la salle commune. Jessica lui fit signe de s'approcher.

« Kevin Byrne, Russell Diaz.

— Heureux de vous rencontrer, dit Diaz. J'ai beaucoup entendu parler de vous.

— Moi de même. »

Ils discutèrent boulot pendant un moment, jusqu'à ce que Diaz jette un coup d'œil à sa montre.

« On m'attend à Arch Street pour boucler deux ou trois dossiers. »

Le bureau local du FBI à Philadelphie se trouvait au 6000 Arch Street. Diaz rassembla ses affaires, dont son exemplaire de *L'Enfer*. Il fourra le tout dans son sac marin, le mit sur son épaule compacte.

« On va prendre un verre plus tard ? »

Dans le dos de Diaz, Nicci hochait la tête comme une de ces figurines à la tête montée sur ressort.

Jessica et Byrne passèrent les heures qui suivirent à dactylographier les témoignages recueillis aux abords de la scène de Federal Street, lesquels se résumaient peu ou prou à *Je ne sais rien, Je n'ai rien entendu, Je n'ai rien vu.*

« Concentrez-vous sur cette société de tatouages, dit Byrne. Je vais voir si je peux m'arranger pour que le labo analyse en urgence le papier qui a servi à enrubanner la tête de Beckman.

— Ça me va », approuva Jessica.

Derrière eux, le téléphone retentit dans la salle commune. Par habitude, Jessica et Byrne tournèrent la tête vers le bureau des affectations, qui se trouvait plus ou moins au centre de la pièce encombrée. Nick Palladino était en haut de la grande roue. Ils le virent attraper un formulaire dans un tiroir, ce qui ne pouvait signifier qu'une chose.

La brigade criminelle était contactée chaque fois qu'une mort suspecte avait lieu. Dans certains cas, il s'avérait finalement qu'il s'agissait d'un accident, dans d'autres, d'un suicide. Mais chaque fois que quelqu'un décédait hors d'un hôpital ou d'un hospice, peu importe où dans le comté de Philadelphie, un seul téléphone sonnait.

Jessica et Byrne se replongèrent dans l'affaire, dans leur conversation. Ou du moins essayèrent.

Quelques minutes plus tard, Jessica vit du coin de l'œil quelqu'un traverser la salle commune. C'était

Nick Palladino. Il se dirigeait droit vers eux, le visage fermé. Le plus souvent, Dino était un type plutôt affable, placide, en tout cas pour un Italien du sud de Philly. Sauf quand il enquêtait sur une affaire. Alors, seul le travail comptait.

« Ne me dites pas que nous avons un autre corps dans cette affaire, dit Jessica. Nous n'avons pas d'autre corps, hein, Dino ?

— Non », répondit Nick Palladino en enfilant sa veste.

Il attrapa un jeu de clés ainsi que deux émetteurs-récepteurs radio sur l'étagère.

« Nous n'avons pas un autre corps, mais nous en avons deux. »

17

Il fallut un peu moins de quatre minutes à Lucy Doucette pour parcourir les six pâtés de maisons. C'était peut-être un record. En chemin, elle avait dépassé deux bus de la SEPTA et évité de justesse un SUV qui avait grillé un feu sur la 18e Rue. Elle slalomait parmi la circulation depuis qu'elle avait 3 ans. Elle ne la ralentissait en rien.

L'adresse correspondait à un bâtiment en brique de deux étages en retrait de Cherry Street. Une petite plaque à côté de la porte indiquait Tours Tillmans. L'immeuble n'avait pas grand-chose d'une tour. Une sortie de climatiseur rouillée pendait dangereusement au-dessus de sa tête ; les marches du perron semblaient pencher de dix degrés vers la droite. Elle regarda au bas de la plaque et lut ENTRÉE DU 106 À L'ARRIÈRE. Elle longea une allée, tourna à l'angle et vit une petite porte peinte en rouge. Elle portait un symbole identique à celui de la carte de visite, une clé dorée aux formes extrêmement stylisées.

Ne voyant ni interphone ni sonnette, elle poussa la porte. Elle s'ouvrit. Devant elle s'étirait un long couloir mal éclairé.

Lucy s'engagea dans le corridor, accueillie par les odeurs caractéristiques des vieux immeubles – bacon frit, chien mouillé, désodorisant fruité, avec relents de couches sales en guise de notes de tête. Il y avait longtemps qu'elle avait développé un sens aiguisé de l'odorat – c'était un précieux atout dans son travail : il arrivait que des choses franchement nauséabondes se tapissent dans les recoins les plus impensables des chambres d'hôtel, et savoir les débusquer et s'en débarrasser, coûte que coûte, était un véritable avantage.

Arrivée au fond du couloir, elle trouva la porte du numéro 106 entrouverte. Elle frappa contre le chambranle et, la force d'une habitude profondément enracinée, faillit crier « Ménage ». Elle se retint de justesse.

« Il y a quelqu'un ? » demanda-t-elle en frappant de nouveau.

Pas de réponse.

Elle prit une profonde inspiration et entra.

La pièce était petite et exiguë, avec de vieux livres en cuir dans les coins qui montaient presque jusqu'au plafond. Au centre trônaient deux fauteuils anciens en tissu de styles différents. Un goût de café bouilli assaillit l'arrière de sa langue.

« Bonjour », dit une voix dans son dos.

Lucy fit volte-face, le cœur battant. Un homme d'une quarantaine ou d'une cinquantaine d'années se tenait derrière elle. Il était de stature moyenne, sec et noueux. Sa chemise blanche, jaunie au col et aux poignets, semblait trop grande pour lui de plusieurs tailles. Sa veste bleu marine était lustrée et élimée, ses souliers poussiéreux. Mais Lucy fut surtout frappée par ses yeux. Aussi noirs et brillants que ceux d'un féroce terrier.

« Bonjour », répondit-elle, sa voix s'envolant dans les aigus.

Elle détestait que son corps lui fasse ce coup-là.

« Je suis Lucy Doucette.

— Je sais. »

Par contraste, la voix de l'homme paraissait douce et pleine d'assurance. Lucy avait le sentiment qu'il n'avait jamais crié de sa vie.

Il prit sa main. Au lieu de la lui serrer, il se contenta de la garder dans la sienne, les yeux rivés sur elle. L'espace d'un moment, le reste de la pièce s'estompa, comme un décor entraperçu à travers un rideau de douche. Son petit gabarit ne laissait pas augurer une poigne aussi puissante.

Il lâcha sa main, laissa retomber son bras le long de son corps.

« Comment dois-je vous appeler ? » demanda Lucy tandis que tout redevenait net autour d'elle.

L'homme eut un demi-sourire qui n'illumina pas complètement ses yeux.

« Je m'appelle Adrian Costa. Vous pouvez m'appeler Adrian ou M. Costa, à vous de voir avec lequel vous vous sentez le plus à l'aise. »

Il lui désigna le fauteuil vert olive. Lucy avisa les accoudoirs poussiéreux. Elle eut envie d'y passer un coup d'aspirateur.

« Dans l'immédiat, je m'en tiendrai à M. Costa, dit-elle. Si vous n'y voyez pas d'inconvénient.

— Comme il vous plaira. »

Lucy s'assit. Le fauteuil était beaucoup plus confortable qu'il n'y paraissait. Il paraissait un peu défoncé, pour tout dire. Lucy avait grandi dans des maisons de location pleines de courants d'air et des appartements au-dessus de tout ce qui se faisait en termes de bowling, de taverne et de restaurant chinois, des endroits où tout était dépareillé, où tout était toujours bancal. Lucy ne savait jamais si c'était le sol qui n'était pas à niveau ou si les meubles avaient des pieds plus courts que d'autres, mais elle se revoyait en train de caler la table avec une ou deux pochettes d'allumettes pour empêcher ses crayons de rouler pendant qu'elle faisait ses devoirs. Elle se rappelait aussi les nombreuses nuits passées à écumer les rues la veille du passage des encombrants, à la recherche d'objets potables que sa mère pourrait utiliser pour meubler leur intérieur ou essayer de vendre ou de troquer contre de la drogue. Elles appelaient ça le lèche-trottoir.

« Que savez-vous de l'hypnose ? » demanda M. Costa.

Lucy n'eut pas à réfléchir longtemps. Elle n'en savait pas grand-chose, si ce n'est ce qu'elle en avait vu dans des films d'épouvante ou les comédies où des personnes hypnotisées couraient partout comme des poulets. Lucy espérait sincèrement qu'elle n'allait pas se retrouver à courir partout comme une poule. Elle fit part de sa crainte à M. Costa.

« Ne vous inquiétez pas », la rassura-t-il.

Il forma une petite pyramide avec ses mains. Lucy remarqua six marques en creux à la base de ses doigts, comme s'il venait d'ôter six bagues.

« Tout ce que je fais, c'est vous donner les capacités qui vous manquent pour atteindre votre but, ajouta-t-il. Avez-vous un but, Lucy Doucette ? Êtes-vous venue me voir avec un objectif ? »

Si seulement vous saviez, monsieur. Elle tenta de répondre sur un ton mesuré et calme.

« Oh, oui.

— Bien. Ici, nous nous concentrons sur des comportements inconscients et évaluons leur influence sur votre vie consciente. Les méthodes que j'utilise sont éprouvées et vérifiées. Elles remontent à l'époque victorienne.

— Pas de poulet, alors ? »

M. Costa secoua la tête.

« Sur scène, les hypnotiseurs cherchent à donner l'impression que le sujet échappe à tout contrôle, expliqua-t-il. Je fais exactement l'inverse. Je veux vous redonner le contrôle. Le contrôle sur votre vie. Et pour cela, je vous aide à vous détendre en profondeur afin de vous permettre d'atteindre un état de suggestibilité, un état dans lequel vous pourrez facilement convoquer vos souvenirs – des événements que vous avez peut-être oubliés – afin de les comprendre et d'avoir prise sur eux.

— D'accord, fit Lucy. Mais il y a quelque chose que j'ai besoin de savoir avant d'aller plus loin. »

Elle espérait ne pas avoir l'air aussi nerveuse qu'elle l'était.

« Si vous le permettez.

— Je vous en prie.

— Combien est-ce que cela va coûter ? »

Ça y est. Elle avait craché le morceau. Elle n'avait pas 6 ans qu'elle avait déjà appris à aller à l'épicerie et à la pharmacie toute seule, à parler aux employés des compagnies du téléphone et de l'électricité, jouant bien souvent de son charme de petite fille pour empêcher une coupure des services.

La bouche de M. Costa se fendit à nouveau imperceptiblement.

« Vous ne me devrez rien dans l'immédiat. Attendons de voir où le chemin nous mène. Alors seulement nous discuterons du droit de péage. »

Lucy ne s'attendait pas à une telle réponse.

« C'est-à-dire, monsieur Costa, j'apprécie votre geste, vraiment. Mais je ne suis pas du genre à aimer les surprises. Je ne l'ai jamais été. Je détesterais m'apercevoir que la note s'élève à des milliers et des milliers de dollars. Ce ne serait juste pour aucun de nous deux. Je ne pourrais pas vous payer et vous seriez furieux. »

Une nouvelle pause.

« Premièrement, je ne me mets jamais en colère. Je n'en ai jamais vu l'utilité. Vous, si ? »

À vrai dire, elle non plus n'en avait jamais vu l'utilité. Ce qui ne l'avait jamais empêchée de monter sur ses grands chevaux.

« Non, j'imagine que non.

— Deuxièmement, c'est seulement au terme de notre troisième et dernière séance, si mes services vous ont donné satisfaction, que vous me paierez le prix qui vous semble juste. »

Son bras balaya la pièce d'un geste ample.

« Comme vous le voyez, je vis simplement. »

Pour la première fois depuis son arrivée, Lucy prêta attention aux murs, aux toiles d'araignées au plafond, à la pellicule de poussière qui recouvrait tout, aux lignes hachurées dans le plâtre. À nouveau, son envie de nettoyer se manifesta presque physiquement. Puis elle examina attentivement les photos fixées au petit bonheur la chance sur les murs. Il y en avait des dizaines et des dizaines, pour beaucoup accrochées dans des cadres au vernis écaillé, certaines de travers derrière des verres fendus et traversés de toiles d'araignées. Toutes semblaient s'articuler autour de sujets similaires – images touristiques de pavillons, de kiosques et de halls d'exposition rococo, petites bourgades aux places prises d'assaut par des vendeurs aux charrettes bariolées, bancs publics arborant des réclames pour des entreprises locales. Un cadre abritait une scène de concert en forme de grosse citrouille. Un autre montrait ce qui ressemblait à une reconstitution grandeur nature de la guerre de Sécession. Un certain nombre de clichés représentaient un M. Costa plus jeune, un violon à la main.

« Vous êtes allé dans tous ces endroits ? demanda Lucy.

— Tout à fait. »

M. Costa se dirigea vers le mur opposé à la fenêtre. Un rideau en velours y occupait quasiment toute la largeur de la pièce. Il passa la main derrière le pan droit de la tenture, attrapa une cordelette dorée effilochée et tira doucement dessus.

Derrière le rideau se cachait une grande guérite mesurant peut-être un mètre quatre-vingts de côté et autant de haut. Elle n'avait pas de fenêtre, contrairement à celles qu'on pouvait voir dans les fêtes foraines ou devant les cinémas, mais une porte découpée grossièrement sur sa devanture, une porte dotée d'une poignée en cristal rouge. Au-dessus était gravé une volute peinte en violet foncé censée représenter une mer de nuages. Derrière un des nuages, une lune des moissons argentée pointait son nez avec juste ce qu'il fallait de paillettes. De chaque côté de la porte, on pouvait lire les mots *Le Tisseur de rêves*, et en travers, au-dessus ce qui ressemblait à un portail circulaire donnant sur le néant, figurait une autre inscription, celle-ci en lettres dorées :

À quoi rêvez-vous ?

« Cool », fit Lucy.

Sa réaction était sincère. Lucy Doucette avait grandi

en province dans une extrême pauvreté. Ses loisirs se résumaient aux distractions qu'offrent les petites villes – foires aux bestiaux, fêtes foraines, parades, festivals, parfois même des veillées si celles-ci se tenaient dans un parc. Tout était bon tant qu'il n'y avait pas de droit d'entrée et que l'atmosphère était colorée, bruyante et joyeuse. La mère de Lucy abandonnait sa fille sur un banc, réapparaissant de temps à autre un peu plus soûle, un peu plus défoncée, avec un hot dog, un chouchou, un churro à la main. Ces friandises étaient bien souvent froides, à moitié mangées, et il fallut des années à Lucy pour comprendre qu'il s'agissait sans doute de restes. Mais cette découverte, bizarrement, ne leur enleva rien de leur saveur, même *a posteriori*. Pour un enfant de 4 ans, il n'y avait rien de meilleur qu'une barbe à papa, qu'importe si c'était celle de quelqu'un d'autre.

M. Costa ferma le rideau, traversa la pièce, s'assit face à Lucy.

« On commence ?

— Allons-y », répondit-elle.

Elle inspira profondément, essaya de décontracter ses épaules. Ce n'était pas facile. Une tension l'habitait depuis qu'elle était petite, et même s'il y avait des jours où Lucy sentait qu'elle s'atténuait, elle ne la quittait jamais complètement. Elle leva la tête vers le Tisseur de rêves, vers ses yeux vifs de petit chien.

« Allons-y.

— Aujourd'hui, pour notre première séance, nous allons remonter à un moment précis de votre vie. Le moment que vous ne semblez pas vous rappeler. D'accord ? »

Lucy sentit ses mains se mettre à trembler. Elle les joignit sur ses cuisses.

« D'accord.

— Mais vous n'allez pas revivre cet événement. Vous n'avez aucune inquiétude à avoir à ce sujet. Vous l'observerez plutôt de l'extérieur.

— Vous voulez dire que je serai spectatrice ?

— Exactement, acquiesça M. Costa. Vous y assisterez d'en haut.

— Comme si je volais ?

— Comme si vous voliez.

— Excellent, dit-elle. Que dois-je faire ?

— Contentez-vous de fermer les yeux et d'écouter le son de ma voix.

— Vous savez, il faut que je vous confie un truc, commença Lucy. En fait, j'allais vous le dire au moment où je suis arrivée.

— De quoi s'agit-il ?

— Je ne pense pas pouvoir être hypnotisée.

— Qu'est-ce qui vous fait dire ça ? »

Lucy haussa les épaules.

« Je n'en sais rien. Je crois que je suis une personne trop exaltée, vous voyez ? Je dors à peine, je suis toujours nerveuse. Est-ce que d'autres gens vous ont déjà dit ça ?

— Bien sûr.

— Je suis persuadée que certaines personnes ne peuvent tout simplement pas… »

M. Costa l'arrêta, un doigt en l'air. Il portait une bague. En réalité, toutes ses bagues avaient réapparu. Toutes les six.

Quand les avait-il remises ?

« Je m'en veux de vous interrompre, mais je crains que nous en ayons terminé pour aujourd'hui. »

Lucy n'était pas sûre de comprendre.

« Que voulez-vous dire ? Vous voulez dire que…

— Oui. »

Elle prit quelques instants pour digérer la nouvelle. Elle avait vraiment été hypnotisée.

Puis elle se leva, attrapa son sac, se dirigea vers la sortie. La tête lui tournait un peu. Elle s'appuya contre l'encadrement de la porte pour reprendre ses esprits. M. Costa fut à ses côtés en un clin d'œil. Il se déplaçait sans le moindre bruit.

« Tout va bien ? demanda-t-il.

— Oui, répondit Lucy. Plus ou moins. »

M. Costa hocha la tête.

« On se voit demain alors ? Midi pile ?

— Entendu », acquiesça Lucy, se sentant finalement plutôt en forme.

Très en forme, même. Comme après une petite sieste.

« J'ai l'impression que vous avez fait des progrès », dit M. Costa.

Fumée de cigare.

« Vraiment ?

— Absolument. »

Il ôta ses lunettes à double foyer, les glissa dans la poche intérieure de sa veste.

« Rien de colossal – je crains que cela n'arrive jamais –, mais vous avez peut-être entrouvert une porte. »

Fumée de cigare et pommes.

« Une porte ? demanda Lucy.

— Une porte sur votre subconscient. Un portail vers ce qui vous est arrivé il y a neuf ans. »

Quand lui avait-elle confié que cela remontait à neuf ans ? Elle n'en avait aucun souvenir.

M. Costa posa une main sur la poignée de la porte.

« Une dernière chose pour aujourd'hui, dit-il. L'hôtel dans lequel vous travaillez met-il des blocs-notes dans les chambres ?

— Des blocs-notes ?

— Des blocs-notes à en-tête. À disposition des clients.

— Oui », répondit Lucy.

Comme si elle n'en avait pas placé des millions – à gauche du bureau à cinq centimètres du bord, le stylo à quarante-cinq degrés au centre.

« Parfait. Pensez à apporter un de ces blocs-notes la prochaine fois. Vous voulez bien ?

— Bien sûr. Je n'y manquerai pas. »

M. Costa ouvrit la porte.

« À demain, ma chère Lucinda. »

En franchissant le seuil, Lucy jeta un coup d'œil à la petite photo accrochée près du chambranle juste au-dessus de l'interrupteur crasseux. Elle l'entraperçut seulement une fraction de seconde, mais cela lui suffit pour voir qu'il s'agissait d'un autre kiosque, une pergola relativement délabrée envahie par le lierre. Ce n'est qu'une fois dans le couloir, la porte refermée derrière elle, qu'elle se rendit compte qu'elle connaissait la maison au deuxième plan, cette ruine au porche de guingois, aux gouttières rouillées et au chemin de briques cassées.

C'était la maison dans laquelle elle avait grandi.

18

On raconte que Mozart était incapable de tenir en place pendant qu'il se faisait coiffer, obligeant l'homme en charge de sa mise capillaire à lui courir après rubans à la main chaque fois qu'il avait une idée et qu'il se précipitait à son clavier.

Je comprends parfaitement. Parfois, lorsque la musique des morts devient trop forte, je ne tiens plus en place, il me faut sortir et me remettre en chasse.

Dans l'immédiat, j'observe et j'attends, je vis au ralenti, mes instruments de mort à portée de main.

Je contemple le terrain devant moi. Le cimetière paraît tellement différent pendant la journée. Pas de goules menaçantes, pas d'apparitions errantes. Rien que les morts. Rien qu'un chœur de voix plaintives demandant des réponses, la vérité, la justice.

Je regarde les gens se traîner avec indifférence tandis que les morts se décomposent sous leurs pieds, âmes écrasées sous le poids du devoir. Nous savons tous pourquoi nous sommes ici.

Là. De l'autre côté.

Vous entendez ?

C'est le coq, un nouveau venu dans la chorale.

Le carnevale *est arrivé en ville.*

19

Le Mont Olive était un vieux cimetière situé dans l'ouest de la ville, la dernière demeure de centaines de victimes de la guerre de Sécession et de citoyens parmi les plus illustres et les plus obscurs de l'histoire de Philadelphie.

Comme d'autres lieux dans la Ville de l'amour fraternel, notamment le Benjamin Franklin Parkway et ses points communs avec les Champs-Élysées, le Mont Olive empruntait son concept de cimetière bucolique à un modèle parisien.

Encadré sur trois côtés par des quartiers résidentiels, le Mont Olive était bordé par Fairmount Park au nord-ouest. Rattaché à la ville au milieu du XIXe siècle, il s'agissait d'un cimetière laïc qui avait compté jusqu'à près de quatre cents hectares. Sa création remontait à une époque où les petits cimetières urbains situés le long des églises et au cœur des îlots entravaient le développement galopant de Philadelphie et, au fil d'un processus qui avait duré des années, un certain nombre de sépultures y avaient été déplacées. Mais le fait que le cimetière fût classé monument historique national et figurât sur le registre des lieux historiques de la ville ne l'avait pas empêché, au fil du temps, de pâtir du vandalisme, de la saleté et du vol. Et dans la mesure où de nombreuses familles de défunts avaient déménagé, certains secteurs avaient sombré dans un profond délabrement.

Jessica et Byrne se tenaient sur Kingsessing Avenue. Deux voitures de patrouille étaient déjà arrivées sur place, ainsi qu'une berline de la criminelle et une fourgonnette de l'unité scientifique.

Une seconde équipe avait déjà été envoyée sur l'autre scène de crime. Le deuxième corps se trouvait sur un parking de Northern Liberties. Nicci Malone dirigerait l'enquête. Dana Westbrook appellerait Jessica et Byrne pour les tenir au courant.

David Albrecht émergea d'un bosquet à l'extrémité nord du cimetière. Il hissa sa caméra sur son épaule, fit des plans du mausolée, du site, des nouveaux arrivants. Après quelques minutes, il s'approcha de Jessica et de Byrne.

« J'aurais dû commencer par vous demander la permission, dit-il. Est-ce que je peux filmer ici ?

— Je n'y vois aucune objection, fit Jessica. Dans la mesure où vous restez à distance le temps que l'équipe scientifique finisse son travail.

— C'est que je ne voudrais pas manquer de respect aux morts.

— Je crois que ça ira. »

Albrecht regarda au loin. Il désigna un petit monument, une modeste stèle en granit gris.

« C'est la tombe de mon père, déclara-t-il en haussant les épaules, peut-être un peu en signe d'excuse. Ça fait longtemps que je n'ai pas mis les pieds ici. Je devrais sans doute aller lui rendre visite. »

Tous les trois se turent. Byrne finit par rompre le silence.

« Nous en avons pour un moment, David. Prenez votre temps.

— OK. Merci. »

Il prit sa caméra à bout de bras, traversa le terrain. Arrivé devant le monument, il se signa, inclina la tête.

Jessica balaya les environs du regard. Dans un coin, s'entretenant avec un homme que Jessica supposa être un employé du cimetière, se tenait Josh Bontrager. Quand son interlocuteur partit, Bontrager aperçut Jessica et Byrne et leur fit signe d'approcher.

« Qu'est-ce qu'on a ? demanda Byrne.

— Adulte de sexe féminin, répondit-il en pointant le doigt par-dessus l'épaule de son collègue. Elle était déjà morte quand on l'a découverte. »

Jessica distinguait une silhouette recouverte d'un drap à une vingtaine de mètres. Un membre de l'unité scientifique montait la garde près du corps. En raison de l'étendue potentielle de la scène de crime, une vaste zone avait été délimitée par un ruban, le drap arrimé au sol avec des pieux.

« Est-ce qu'on sait combien de temps le corps est resté ici ? s'enquit Byrne.

— Pas longtemps, répondit Bontrager en sortant son calepin. Il y a un service prévu plus tard dans la journée, et le type chargé de creuser la tombe a trouvé le corps ce matin à 6 heures. Il dit qu'il est passé à côté de la concession hier en fin d'après-midi et qu'il n'a rien vu. On a dû l'abandonner là entre 16 heures et 6 heures. »

Byrne jeta un coup d'œil au mur d'enceinte.

« Comment on entre ici ?

— Comme dans un moulin, répondit Bontrager en désignant le secteur du cimetière bordé par les deux rues principales. J'ai longé ces deux côtés en arrivant.

Les endroits où les arbres permettent de pénétrer à l'intérieur sans être vu ne manquent pas.

— Est-ce que l'homme qui travaille ici a déplacé ou touché quelque chose ?

— Il affirme que non. Comme vous vous en doutez sûrement, il n'est pas du genre à s'émouvoir à la vue d'un mort. Mais une victime d'homicide, c'est une autre histoire. En découvrant le corps, il dit avoir allumé une cigarette, descendu sa flasque de tequila et appelé son patron.

— Est-ce qu'il a quitté les lieux après le coup de téléphone ?

— Encore une fois, il affirme que non. J'ai tendance à le croire.

— Le corps a été retrouvé à proximité d'une sépulture ? demanda Jessica.

— En plein sur une tombe.

— On connaît l'identité de la victime ?

— Non. Pas pour l'instant. Mais je n'ai pas encore fouillé toute la zone. »

Byrne embrassa à nouveau les environs du regard avant de demander :

« Vous pensez que c'est notre tueur, Josh ?

— Oh, oui, c'est lui. Sans le moindre doute.

— Bon. Allons voir à quoi ressemble un mort dans un cimetière. »

Tous les trois remontèrent une allée étroite envahie par les mauvaises herbes flanquée de pierres tombales datant du milieu du XIXe siècle. Une tombe sur dix environ avait été nettoyée dans une certaine mesure, décorée de fleurs en plastique, et l'herbe avait été taillée autour de la stèle. La plupart étaient honteusement négligées.

Quand ils atteignirent le sommet de la butte, Jessica

jeta un coup d'œil par-dessus son épaule. L'endroit commençait à grouiller de monde. Elle dénombra environ une demi-douzaine de nouveaux arrivants, parmi lesquels des représentants du bureau du procureur. Le fait que le procureur envoie des représentants sur place indiquait que ces meurtres arrivaient en bonne place sur la liste de ses priorités.

Les trois inspecteurs se rassemblèrent autour de la tombe. Josh Bontrager regarda Jessica, puis Byrne. Il s'accroupit près du corps. Jessica hocha la tête.

« Ah, nom de Dieu ! » s'exclama Byrne quand Bontrager retira le drap.

Il avait parlé pour tout le monde.

Comme chez la victime précédente, le corps entre deux âges était nu, complètement rasé. Jessica repéra immédiatement les hématomes autour de ses chevilles. Elle avait été attachée.

La tête de la victime était enveloppée dans une bande de papier blanc identique à celle retrouvée autour de la tête de Kenneth Beckman. Il y avait un sceau de cire rouge. Les traces de sang aussi étaient identiques. Une entaille horizontale sur le front. Au-dessous à gauche figurait une autre tache, de forme circulaire. Du sang dessinait un huit près de l'oreille droite.

Mais, si tels étaient les points communs avec les mutilations infligées à Kenneth Beckman, l'état des deux corps divergeait sur un point. Cette nouvelle victime, allongée sur le flanc derrière la tombe, avait un pied posé sur la stèle. Son autre jambe, la gauche, était pliée en arrière à un angle impossible. Jessica voyait l'os qui saillait de la cuisse.

« Le légiste est passé ? demanda Byrne.

— Pas encore.

— On a pris des photos ? »

Bontrager hocha la tête en désignant l'agent de l'unité scientifique qui fumait une cigarette non loin de là, appuyé contre un arbre.

« Il y a aussi eu une vidéo », précisa-t-il.

Jessica regarda la pierre tombale. La jambe droite de la victime dépassait sur la stèle à moitié recouverte de débris et d'herbes sèches. Le pied reposait précisément au centre.

« Kevin. Donnez-moi un coup de main. »

Les deux inspecteurs enfilèrent chacun une paire de gants en latex. Ils s'agenouillèrent de chaque côté du corps et soulevèrent doucement la jambe droite de la victime, la décalant de quelques centimètres à peine, veillant à ne pas déranger la zone à proximité de la tombe. Ils reposèrent le membre avec précaution. Jessica examina la stèle. Elle datait nettement moins que ses voisines. À en juger par son état, elle devait avoir quelques années au maximum. Elle s'était enfoncée dans le sol suite à un affaissement de terrain, de sorte que les inscriptions étaient désormais couvertes de terre.

Byrne fit signe à l'agent de l'unité scientifique de s'approcher, lequel jeta sa cigarette et vint prendre quelques photographies supplémentaires. Lorsqu'il eut terminé, Byrne sortit un canif et entreprit de gratter la boue. Un motif gravé qui ne disait rien à Jessica commença à se profiler. Cela ne semblait pas être un symbole catholique ou chrétien – des mains jointes en prière, un ange, un crucifix. À mesure qu'ils nettoyaient la surface, Jessica trouvait que le symbole ressemblait de plus en plus à une fleur, une fleur rouge avec de fins pétales.

Lorsque Byrne eut enlevé le reste de boue, il s'avéra

qu'il ne s'agissait en aucun cas d'une fleur, mais d'un caractère chinois. En dessous, à la verticale, se succédaient trois autres idéogrammes, tous rouges.

Après quelques minutes, ils eurent enfin accès à l'information qu'ils cherchaient. La personne enterrée à cet endroit était morte le 21 mars 2002.

Elle s'appelait Antoinette Chan.

Jessica regarda Byrne. Une décharge électrique passa entre eux.

À l'autre bout de la ville, un homme avait été retrouvé mort, la tête enveloppée dans une bande de papier blanc. Un homme nommé Kenneth Beckman. Ici, dans l'ouest de Philadelphie, un deuxième corps était retrouvé à son tour, sa tête également enveloppée dans du papier blanc. Cette victime, anonyme pour l'instant, reposait sur la tombe d'une jeune femme elle aussi assassinée.

Assassinée, pensait-on, par Kenneth Beckman.

« Voyons voir ses mains », proposa Byrne.

Il souleva la main droite de la victime, l'inspecta. Rien. Il contourna le corps, souleva délicatement sa main gauche. Là, sur l'index, se trouvait un petit tatouage. Cette fois, il représentait non pas un lion mais un coq.

Jessica prit quelques photos, les battements de son cœur s'accélérant. Elle jeta un coup d'œil à Byrne. Il affichait une expression qu'elle avait appris à connaître au fil des années, une expression de rage folle à peine contenue.

Byrne s'accroupit près du corps et se mit à défaire le papier qui entourait la tête de la victime.

« Kevin, le légiste est en route. Vous devriez attendre.

— Ouais. Eh bien, je devrais aussi couler des jours

heureux à Cozumel avec les trois sœurs des Corr. Cela fait donc deux choses qui n'arriveront pas. »

Byrne enleva délicatement son bandeau à la victime, détacha avec précaution le sceau de cire avant de le laisser tomber dans un sachet. La première chose que Jessica remarqua lorsque Byrne eut ôté le papier fut que la lacération en travers du front et la plaie perforante se trouvaient presque exactement au même endroit que chez la première victime.

La seconde fut que le cadavre était celui de Sharon Beckman.

20

Les émotions déferlaient en Byrne à une vitesse exponentielle. Il tournait en rond comme un animal.

Il se mit à l'abri derrière un arbre au moment où le sentiment s'empara de lui, inondant son esprit aussi sûrement qu'une brusque montée des eaux après la rupture d'un barrage. S'ensuivit un moment de vertige. Byrne retrouva son équilibre, essaya d'attendre la fin du malaise, d'ignorer que…

... l'homme traverse le cimetière dans l'obscurité... il a de la force... le corps sans vie de Sharon Beckman ne pèse rien pour lui... il n'a pas besoin de chercher la tombe car il sait où elle se trouve. Il connaît ce cimetière, il les connaît tous. Il la dépose par terre, se prépare. Il n'en a pas tout à fait terminé. Il saute à pieds joints et retombe de toutes ses forces, cassant la jambe de la femme morte, avant de la remettre en place car tout ça a un sens pour lui et...

Byrne ouvrit les yeux, reprit ses moyens. Il avait oublié où il était, ce qu'il était en train de faire.

C'était de plus en plus inquiétant.

La scène de crime pullulait de monde. Byrne consulta sa montre. Il s'était seulement écoulé dix secondes. Cela lui avait semblé une heure.

Il retourna sur la tombe. Des informations sur l'autre corps avaient commencé à arriver par bribes. On avait découvert le cadavre dans une benne à l'arrière d'un immeuble situé à l'angle de la 2e Rue et de Poplar Street. Selon le rapport initial, la victime, un homme d'une cinquantaine d'années, avait été retrouvée nue, le front entouré de papier blanc, le corps entièrement rasé.

Trois cadavres en quarante-huit heures. Cette affaire était sur le point d'éclater au grand jour. Elle serait bientôt partout à la TV et dans les journaux, attirerait peut-être même l'attention des médias nationaux. Un sadique se promenait en liberté dans les rues de Philadelphie, un monstre qui étranglait les gens, les rasait et les marquait dans leur chair. Lorsqu'ils avaient découvert le cadavre de Kenneth Beckman, tout le monde avait espéré qu'il s'agissait d'un incident isolé, d'une sorte de vengeance personnelle. Mais non. Cela dépassait largement ce cadre. On dénombrait maintenant trois corps, et tout le monde avait le désagréable pressentiment qu'il y en aurait d'autres.

Byrne s'approcha de Jessica.

« J'ai rendez-vous pour mon IRM. Je dois y aller.

— On s'occupe de tout, dit Jessica. Ne vous en faites pas. »

Byrne n'avait pas envie de partir. Les deux premières heures d'une enquête étaient déterminantes dans une affaire d'homicide. Passé ces premières heures, les souvenirs s'effaçaient, les témoins avaient mieux à faire que s'impliquer, les preuves scientifiques avaient tendance à retourner à la nature. Même si ni Byrne ni Jessica n'étaient en charge de l'enquête, chaque personne présente comptait.

« Kevin, dit Jessica. Filez à votre rendez-vous.

— Je veux d'abord passer sur l'autre scène de crime. La situation nous échappe.

— J'irai. Vous n'êtes pas obligé de… »

Mais Byrne avait déjà tourné les talons.

« Appelez-moi », cria-t-il en agitant son téléphone.

En quittant le cimetière, Byrne aperçut les noms des défunts dans la pierre patinée par le temps, des dates encadrant des vies éphémères, parenthèses de vie et de mort. Par respect, peut-être parce qu'il savait que d'autres fouleraient un jour sa dernière demeure, il fit son possible pour éviter de marcher sur les tombes.

21

Ce n'est d'abord qu'un son étouffé, comme celui d'un animal blessé. Je l'entends à la seconde où je pénètre dans la pièce. Il ne tarde pas à devenir parfaitement audible.

Je ne resterai pas longtemps. J'ai beaucoup à faire. Je ne suis peut-être qu'un humble charron, mais ma marquise attend.

Je ne suis pas seul dans cette pièce. Il y a d'autres personnes présentes. Nous faisons tous partie d'un ensemble, tels les morceaux d'un tout. Elles ont beau me parler, parler entre elles, je ne les entends pas. Je n'entends que ce qui a eu lieu ici il y a des années.

Je me tiens dans l'angle, ferme les yeux. La scène se joue, comme une pièce de théâtre à laquelle on assisterait derrière une vitre en verre dépoli, deux silhouettes à jamais prisonnières d'un sinistre et terrible tableau.

C'est une fillette timide qui n'a pas plus de 11 ans. Ses longs cheveux blonds forment une tresse.

« Qui êtes-vous ? Vous êtes un ami de ma maman ?

— Exactement. Nous sommes de vieux amis.

— Vous ne devriez pas être ici.

— Ne t'inquiète pas. J'aime beaucoup ta robe. Elle est très jolie.

— Merci.

— J'en ai une plus jolie encore. Faite spécialement pour toi.

— Pour moi ?

— Oh, oui. Elle est de ta couleur préférée.

— Bleue ?

— Un très joli bleu.

— Je peux la voir ?

— Plus tard.

— D'où connaissez-vous ma maman ?

— Nous travaillons ensemble.

— Ma maman ne travaille plus.

— Ça ne date pas d'hier. Cela remonte à longtemps.

— D'accord.

— Tu connais l'histoire d'Ève ?

— Ève ?

— Oui. Ève du jardin d'Éden. Ève qui s'est laissé tenter par une pomme ? »

La lame extirpée de son fourreau le craquement du cuir usé le bruit d'un petit cœur battant de peur...

« Je veux que vous sortiez.

— Je ne te ferai aucun mal.

— Je vous demande de vous en aller, monsieur.

— Tu ne veux pas ta jolie nouvelle robe ?

— Non. »

La lame luit dans la lumière vive de l'après-midi...

« Allez-vous-en ou je vais chercher ma sœur. »

La lame virevolte et s'élève haut dans l'espace...

« Ève. »

Les voisins racontent qu'ils ont entendu un cri ce jour-là, une plainte sinistre qui leur a glacé le sang.

Moi aussi, je l'entends.

C'est un son qui trouve son origine un million d'années en arrière, un vent rouge qui traverse les âges, s'infiltrant dans les interstices du monde, une brise qui s'est transformée en un sirocco hurlant, ici, dans l'âme d'un tueur, dans le cœur pourrissant de la chambre 1208.

22

Lucy descendit la 18e Rue dans un état qu'un thérapeute, elle ne savait plus lequel, avait un jour qualifié devant elle de fugue dissociative.

Elle était incapable de se sortir cette photographie de la tête.

Ça ne pouvait pas être sa maison de Melbourne Road. C'était impossible. C'était seulement une photo d'une maisonnette semblable à des millions d'autres. Elles se ressemblaient toutes, en fin de compte. Surtout les plus pourries.

Mais le drapeau, Luce ? Est-ce que toutes ces maisons arboraient ce drapeau loqueteux accroché à un clou rouillé au-dessus du porche, ce fanion débile censé représenter le printemps ? Ce truc qu'il fallait changer tous les trois mois mais que personne ne changeait jamais ? Sa mère et elle les avaient pourtant tous – printemps, été, automne, hiver, les quatre saisons toutes plus dépenaillées les unes que les autres –, mais le printemps n'avait jamais cédé la place.

Qu'est-ce que tu dis de ça, Luce ?

Qu'est-ce que tu dis de ce drapeau ?

Elle n'avait pas de réponse, pas plus qu'elle ne savait ce qui s'était passé pendant les vingt minutes qu'elle ne se rappelait pas. Elle avait certainement dû parler du jour où elle avait disparu. Qu'avait-elle raconté ? Et pourquoi M. Costa ne lui avait-il pas rapporté ce qu'elle avait raconté ? N'était-ce pas pour ça qu'elle l'avait consulté ?

Cela faisait sans doute partie du processus. Et puis, il lui restait encore deux visites.

Depuis l'âge de 6 ou 7 ans, Lucy était un as de la mécanique. Pas forcément avec les voitures, bien qu'elle fût désormais capable d'assurer l'entretien de n'importe quel modèle ou presque – changer l'huile, remplacer les bougies et les courroies, entretenir les freins si cela n'impliquait pas de rectifier les tambours ou les disques. Non, son truc, c'étaient les petits appareils. Il suffisait de lui apporter un lecteur de cassettes en panne, un mini-four à plat, une lampe un peu faiblarde – et beaucoup de ses collègues au Jardin ne s'en privaient pas – et elle l'avait réparé avant la fin du déjeuner.

Elle n'avait suivi aucune formation, n'avait pris aucun cours, ni par correspondance ni d'aucune sorte. C'était une aptitude innée, renforcée par la force de la nécessité.

Quand elle était petite, lors des virées nocturnes au cours desquelles sa mère et elle faisaient les poubelles, il leur arrivait souvent de trouver toutes sortes d'objets mis au rebut – grille-pain, mixeurs, radiocassettes. La mère de Lucy les charriait jusqu'à leur appartement, titubant sous le poids de son butin, avant de les oublier dans un coin. Des semaines plus tard, elle s'en débarrassait et Lucy les sauvait une deuxième fois de la rue. Elle commença par le plus simple, puis finit par progresser.

Sans le savoir, elle pratiquait la rétro-ingénierie.

À 10 ans, Lucy avait pris l'habitude de fréquenter les décharges pour trouver ses propres appareils à réparer. Elle connaissait tous les vendeurs d'occasion des petites villes où elle habitait. À l'âge où la plupart des gamins apprenaient à lire avec *Dick and Jane*, Lucy épluchait les guides techniques *Sam's Photofact*.

En dehors de ses activités de mécanicienne, Lucy profitait de ses excursions dans les magasins pour voler des habits – pulls, sweat-shirts, jupes. Elle renouvelait même une partie de la garde-robe de sa mère. Celle-ci passait son temps à tomber et déchirait ses vêtements. Lucy maîtrisait son sujet. Elle pouvait voler une robe flambant neuve et froisser le tissu juste ce qu'il fallait pour que sa mère ne se doute pas qu'elle portait un habit différent. Sa mère était une femme fière par bien des aspects, et cela brisait le cœur de Lucy de la voir sortir en guenilles.

Ce jour-là, Lucy se retrouva au Macy's, près de l'hôtel de ville. Elle se dirigea vers le rayon enfants, trouva un pull qui semblait être à la bonne taille. Elle en prit deux, se balada avec pendant un moment. Une fois au rayon femmes, elle choisit une robe et entra dans les cabines d'essayage.

À l'intérieur, elle sortit sa petite trousse à outils et, dos aux miroirs – elle connaissait toutes les ficelles –, ôta les antivols de la robe et du pull et les transféra sur le second. Elle glissa les vêtements dans son sac, sortit de la cabine, remit le pull sur le portant, s'attarda un peu pour s'assurer qu'elle n'était pas surveillée, puis quitta le magasin.

De retour au Jardin avec seulement quelques minutes à tuer, Lucy remarqua que les invités du colloque – les membres de la Société Poursuite – s'agitaient dans le hall. Tous ne séjournaient pas au Jardin, naturellement. Il s'agissait d'un colloque qui attirait beaucoup d'autochtones, ainsi que des gens venus en voiture de tous les États voisins pour assister à ces trois journées de séminaires, de conférences et de repas.

Au total, au cours des quelques heures qui allaient suivre, quatre-vingt-dix nouveaux clients se présenteraient à l'accueil. Tous devaient être enregistrés avec rapidité et efficacité, accueillis avec le sourire et une parole agréable, leurs préoccupations considérées avec une attention religieuse, le moindre de leurs besoins devancé et satisfait : les trois jours où ils allaient séjourner à Philadelphie – et plus spécifiquement au Jardin – se devaient d'être une promesse de félicité.

Lucy passa au bureau de prévention des vols pour récupérer sa clé.

« *Une porte sur votre subconscient*, avait dit M. Costa. *Un portail vers ce qui vous est arrivé il y a neuf ans.* »

Lucy termina sa dernière chambre, la 1214, à 15 h 45.

Elle entra dans la penderie, ferma la porte, s'assit. En l'espace de quelques instants, l'obscurité l'enveloppa. Lorsqu'elle ferma les yeux, elle vit la ville de Shanksville, en Pennsylvanie, d'en haut, vit l'école de Cornerstone Road, le lac Stony Creek et l'église de Main Street.

Le Tisseur de rêves lui avait posé des questions, sa voix soyeuse flottait tout autour d'elle comme une brise tiède. Sa propre voix était celle d'une petite fille.

Quel jour sommes-nous, Lucy ?

Mardi.

Sommes-nous le matin, l'après-midi, le soir ?

Le matin. Nous sommes mardi matin.

Quelle heure est-il ?

À peu près 10 heures. Je ne suis pas allée à l'école.

Pourquoi ça ?

Maman est sortie hier soir et elle ne s'est pas réveillée à temps.

Où es-tu ?

Sur le trottoir en face de l'église.

Tu es seule ?

Non. Maman est avec moi. Elle porte son long manteau en cuir. Celui avec le trou au fond de la poche. Elle porte aussi des lunettes de soleil. Elle a demandé une cigarette à une dame et cette dame lui en a donné une.

Et ensuite ?

Il y a eu une grosse explosion. Un bruit énorme. Même le sol a tremblé.

Qu'as-tu fait ?

Je ne me rappelle pas très bien.

Essaie de te souvenir. Est-ce que tu sens une odeur particulière ? Un goût particulier ?

J'ai un goût de milk-shake dans la bouche.

Quel parfum ?

Chocolat. Mais il est chaud. Je n'aime pas le milk-shake chaud.

Et les odeurs ?

Je sens de la fumée, mais ce n'est pas de la fumée normale. Pas comme des feuilles ou des bûches qui brûlent dans une cheminée. Plutôt comme quand les gens mettent le feu à leurs sacs-poubelle en plastique.

Et après ?

Je reste longtemps sans bouger, à regarder le feu et la fumée qui monte haut dans le ciel.

Où se trouve ta maman ?

Juste à côté de moi. Ou peut-être pas.

Comment ça ?

Il y a une personne à côté de moi, mais je ne la regarde pas. Je n'arrive pas à détacher mes yeux de la fumée au-dessus des arbres. Elle forme de jolis dessins dans le ciel.

Quel genre de dessins ?

Au début, on dirait le visage de Jésus. Puis, ça ressemble à des oiseaux.

Et après ?

Je tends la main vers ma mère pour qu'elle m'emmène quelque part. N'importe où sauf ici. J'ai peur.

Est-ce qu'elle prend ta main ?

La personne à côté de moi me donne la main, mais tandis qu'on s'éloigne, je réalise que ça ne peut pas être ma maman.

Et pourquoi ?

La main est trop grande. Et rêche. C'est une main d'homme.

Tu te souviens d'autre chose ?

Oui. On monte dans une voiture. Et il y a une nouvelle odeur. Deux nouvelles odeurs, en fait.

Lesquelles ?

Un autre genre de fumée. Rien à voir avec l'odeur de plastique brûlé. Plutôt une fumée de pipe. Ces pipes que fument les hommes.

Et quoi d'autre ?

Une odeur de pommes. Des pommes Empire. L'ouest de la Pennsylvanie produit beaucoup de pommes. En particulier à l'approche de l'automne.

Tu te souviens d'autre chose ?

Le feu. Le sol qui tremble. La peur.

Et cet homme ? Qu'est-ce qui s'est passé ensuite ?

Je ne sais pas.

À quoi ressemblait-il ? Tu arrives à voir son visage ?

Quand je le regarde, il n'a pas de visage.

Et le feu ? Tu te rappelles ce qui brûlait ? Tu te rappelles ce qui a causé cet incendie ?

Oui. Je m'en souviens, mais je ne l'ai découvert que par la suite.

Et qu'est-ce que c'était ?

C'était le vol 93. Nous étions le 11 septembre 2001, et le vol 93 s'est écrasé juste à côté de Shanksville.

Lucy baissa la tête et regarda ses mains. Elle avait serré les poings tellement fort que huit petits croissants rouges étaient imprimés sur ses paumes. Elle ouvrit lentement les doigts, sortit de la penderie, regarda autour d'elle. Pendant quelques instants délirants, elle ne sut plus dans quelle chambre elle se trouvait. La plupart des gens, même ceux qui travaillaient au Jardin, auraient eu un mal fou à différencier une chambre standard d'une autre, le seul indice à leur disposition, et encore, étant la vue depuis chaque fenêtre. Mais Lucy connaissait chaque pièce du douzième étage. C'était son étage.

Elle lissa son uniforme, pénétra dans la salle de bains, vérifia mentalement qu'elle n'avait rien oublié, puis contrôla le reste de la chambre.

Terminé.

Elle ouvrit la porte, sortit dans le couloir. Deux hommes d'un certain âge approchaient depuis l'ascenseur. Ils appartenaient sans doute à la convention. Ils la saluèrent, lui sourirent. Elle leur retourna leur sourire sans que rien ne se passe en elle.

Lorsqu'elle arriva à la hauteur de l'espace affaires – en réalité une simple niche équipée d'un ordinateur, d'un fax et d'une imprimante –, elle sentit qu'un autre client arrivait du bout du couloir. La règle tacite voulait que, dans les couloirs, les ascenseurs et la plupart des espaces publics, les clients, ainsi que tout le personnel d'accueil, soient prioritaires. Hors de question de se cacher ou d'éviter qui que ce soit, mais un employé qui connaissait un tant soit peu son métier savait s'effacer avec élégance.

Lucy pénétra dans l'alcôve juste au moment où l'homme passa devant la porte de l'espace affaires. Elle l'aperçut à peine, ne fit qu'entrevoir son manteau sombre.

Mais elle n'avait pas eu besoin de le voir. Ce n'est pas à cause de ce qu'elle avait vu que le sol s'ouvrit sous elle. C'était à cause de ce qu'elle avait senti.

Là, sous les odeurs de produits d'entretien et d'air chaud, filtré, perçait une odeur qui étreignit son cœur d'une main glacée, un effluve émanant de l'homme qui venait de passer à côté d'elle.

Une odeur de pommes.

Elle regarda à l'autre bout du couloir et sut immédiatement qu'il sortait d'une chambre. Était-ce la 1208 ? Forcément. Elle venait de nettoyer les deux autres et elles étaient vides.

Lucy se précipita jusqu'à l'ascenseur réservé au personnel, descendit au sous-sol. Elle y abandonna son chariot, puis monta quatre à quatre l'escalier de service qui menait au rez-de-chaussée. En traversant l'espace qui la séparait du hall, elle tenta de se calmer. Elle ne savait pas ce qu'elle ferait si elle se retrouvait face à cet homme, ni même qui elle cherchait.

Elle entra dans le hall par le côté nord. En dehors de trois hommes, dont aucun ne portait, ni sur lui ni à la main, un pardessus foncé, toutes les personnes présentes appartenaient au personnel.

Elle sortit par une porte latérale donnant sur Sansom Street. Le trottoir était noir de monde. Hommes, femmes, enfants, livreurs, chauffeurs de taxi. Elle tourna à l'angle de la rue, regarda devant l'hôtel. Deux portiers sortaient d'une limousine les bagages d'un couple âgé.

Son pouls commença à ralentir. Elle s'accorda une pause, puis remonta la rue pour rejoindre la façade est de l'établissement.

Une odeur de pommes.

Ça devait être son imagination. Réveillée par sa visite chez ce vieux fou. Elle ne découvrirait jamais ce qui s'était passé pendant ces trois jours. Pas entièrement.

Elle tourna à l'angle de la rue et se retrouva derrière l'hôtel.

« Bonjour, Lucy. »

Elle s'arrêta, la gorge nouée, les jambes sur le point de lâcher. Elle connaissait l'homme qui se tenait devant elle. Elle connaissait son visage.

« C'est vous, dit-elle.

— C'est moi. L'inspecteur Byrne. »

23

Jessica passa le début de l'après-midi à entrer des données dans le ViCAP, un logiciel pour l'arrestation des auteurs de crimes violents. Fondé en 1985 par le FBI, le ViCAP répertoriait les crimes violents au niveau national – homicides, agressions sexuelles, disparitions et restes non identifiés. Les informations enregistrées dans la base étaient à la disposition d'un certain nombre d'organisations gouvernementales autorisées dans le monde, et le système permettait aux enquêteurs de comparer leurs éléments de preuve avec d'anciennes affaires afin d'établir des connexions.

Jessica entra les éléments les plus marquants du dossier dans la base, autrement dit le recours systématique au rasage à blanc et au papier pour bander les yeux des victimes.

Elle trouva une affaire similaire datant de 2006, dans le Kentucky, dans laquelle un homme avait rasé le crâne de trois prostituées avant de les poignarder et d'abandonner leurs corps sur les rives de la rivière Cumberland. Mais elles n'avaient eu que la tête et les sourcils rasés – et non le corps entier. En 1988, à Eureka, en Californie, un autre homme avait dessiné des motifs étranges dans les cheveux de quatre victimes. Les enquêteurs avaient compris par la suite, grâce aux aveux du meurtrier, que les motifs correspondaient aux quatre premières lettres d'un soi-disant alphabet extraterrestre.

Les cas d'homicides où les victimes avaient eu les yeux bandés abondaient, s'apparentant pour la plupart à des exécutions. Il y avait également de nombreux exemples de mutilations pratiquées avant ou après la mort. Mais aucun ne coïncidait avec l'affaire qui intéressait Jessica et Byrne.

La base de données ne recensait aucun incident où les trois signatures étaient réunies.

Jessica s'apprêtait à imprimer les éléments dont elle avait besoin quand un chaos indescriptible s'abattit sur la salle commune. Elle s'écarta pour laisser passer une demi-douzaine de membres de la brigade de recherche des fugitifs. Ils traversèrent le couloir en courant, avant de sortir par la porte qui donnait sur l'escalier. Trois hommes en coupe-vent du bureau du marshal les suivaient de peu.

Qu'est-ce que les marshals fabriquaient là ? Le bureau du marshal était responsable, entre autres, de l'arrestation des fugitifs, du convoyage et de la gestion des détenus, et de la protection des témoins.

« Qu'est-ce qui se passe ? demanda Jessica en voyant Dana Westbrook se diriger vers elle depuis l'autre bout de la pièce.

— Un prisonnier s'est échappé.

— En bas ? »

Les sous-sols de la Rotonde abritaient les cellules de garde à vue de la police de Philadelphie. Les détentions provisoires étaient gérées par le bureau du shérif du comté et non par la police.

« À CF », répondit Westbrook en secouant la tête.

Curran-Fromhold était un établissement pénitentiaire situé sur State Road dans le nord-est de Philly. Depuis qu'elle avait intégré la police, Jessica n'avait jamais entendu parler d'une évasion à CF.

« Qu'est-ce qui est arrivé ?

— C'est encore assez flou, mais il semblerait que le prisonnier ait mis la main sur un laissez-passer visiteur et des vêtements civils. La prison dispose d'une vidéo sur laquelle on le voit sortir du parloir comme une fleur. »

La sécurité à CF était stricte, ce qui signifiait probablement que le fuyard avait un complice. Jessica connaissait le topo. Les membres de la brigade de recherche des fugitifs allaient s'allier aux marshals ainsi qu'à la police d'État. Ils ratisseraient les motels, les gares routières et ferroviaires, placeraient la résidence du fuyard et celles de ses associés sous surveillance. Elle savait aussi qu'il y avait toutes les chances pour qu'une tête ou deux tombent à Curran-Fromhold.

« Toute la brigade de recherche des fugitifs est sur le pont, poursuivit Westbrook. Et ainsi que vous avez pu le constater, les marshals sont également de la partie. Ce n'est qu'une question de temps avant qu'ils ne l'attrapent. Quoi qu'il en soit, le capitaine voulait que je vous prévienne. »

Jessica dressa l'oreille.

« Moi ? Pourquoi ?

— Ce prisonnier… Le type qui s'est échappé…

— Eh bien, quoi ?

— C'est votre suspect dans l'affaire des AA. Lucas Anthony Thompson. »

Byrne revint à la Rotonde juste après 15 heures. Jessica avait tenté de l'appeler à deux reprises mais était à chaque fois tombée sur sa messagerie.

« Comment s'est passé ce rendez-vous ? demanda-t-elle.

— Bien. »

Jessica le fixa sans ciller. Byrne savait qu'il ne gagnerait rien à l'ignorer mais essaya pour la forme. Le temps s'étira. Après quelques minutes sous le regard glacial de sa coéquipière, il céda.

« Ils ont réalisé l'IRM. Maintenant, il leur reste à la lire. Ils doivent m'appeler.

— Quand ça ? »

Byrne prit une profonde inspiration, ne voyant pas d'autre solution que de jouer le jeu.

« Peut-être demain, répondit-il.

— Vous me prévenez sans faute dès que vous avez des nouvelles, hein ?

— Oui, maman.

— Et ne m'obligez pas à vous priver de sortie. »

Jessica mit Byrne au courant pour Thompson, ainsi que pour les maigres informations qu'elle avait glanées sur le ViCAP. Puis elle rassembla ses notes, le briefa sur la deuxième victime de la journée. Homme noir, 55 ans environ, identité inconnue. L'enquête de voisinage n'avait rien donné pour l'instant.

« On a pris ses empreintes ? demanda Byrne.

— Son corps est en route pour la morgue. Le patron va mettre Russ Diaz et son équipe sur le coup. Russ a travaillé quatre ans en sciences du comportement, vous savez. J'ai comme l'impression que son expertise va nous être utile.

— Et le mode opératoire ?

— Identique. »

Ils se replongèrent dans les dossiers posés sur le bureau. Trois cadavres. Trois fois, le même MO. Face à un tueur en série, la première chose à faire était d'essayer d'établir un lien entre les victimes, un point commun qui puisse mener à un dénominateur commun – employeur, famille, cercle d'amis – et, à terme, au tueur. Kenneth et Sharon Beckman ne posaient pas de problème, évidemment ; ils étaient liés au meurtre d'Antoinette Chan. Il faudrait voir pour cette nouvelle victime.

« Au fait, je vous ai commandé des crevettes à l'ail, l'informa Jessica. Mais nos morfals de collègues ont tout mangé. Vous savez le sort réservé à la nourriture chinoise sous ce toit. Pire qu'un os dans un chenil.

— J'ai déjeuné à l'hôpital, la remercia Byrne. Mais j'ai amené le dessert. »

Il agita un sac blanc.

Jessica se redressa sur sa chaise. *Un dessert au déjeuner !* Elle fit signe au sac de s'approcher. Byrne le lui tendit.

Jessica ouvrit le sachet et découvrit un beignet aux pommes de la boulangerie qu'elle aimait bien sur la 17e Rue.

« Quel bon vent vous a conduit jusqu'à la 17e Rue ?

— Je devais récupérer un préampli.

— Sachant qu'un préampli sert à…

— Je numérise mes vinyles. Certains sont de vieux 78 tours dont j'essaie de nettoyer le son. »

Jessica sortit le beignet du sac. Elle songea à quel point elle attendait ce moment avec impatience ce moment où elle ne se soucierait plus de son poids, ce moment où elle pourrait se laisser glisser sereinement dans l'âge mûr et l'obésité.

Ou alors le moment où elle retomberait enceinte. Elle préférerait enceinte.

Elle mordit dans le beignet aux pommes. Un morceau de paradis.

« Vous pouvez passer autant d'IRM que vous voulez.

— On va nous demander une déposition, au fait. »

Jessica acquiesça, s'essuya les lèvres. Elle et Byrne avaient vu Sharon Beckman la veille, laquelle avait entre-temps été victime d'un homicide. Ils faisait désormais de la chronologie des événements.

L'appel leur parvint juste après 16 heures. Nicci Malone et Nick Palladino se trouvaient à la morgue avec la troisième victime. Jessica les mit sur haut-parleur.

« On est chez le légiste, dit Nicci. Vous avez demandé à ce que j'appelle ?

— Ouais, répondit Jessica. Vous avez vérifié si la victime avait un tatouage sur les mains ?

— Non. Nous les avons directement mises sous plastique sur la scène de crime. Vous voulez que je regarde ?

— S'il vous plaît. »

La minute qui suivit sembla durer une heure à Jessica et à Byrne. N'ayant rien à dire ni l'un ni l'autre, ils arpentèrent la pièce. Ils entendirent un nouveau bruit de froissement, puis Nicci reprit le combiné.

« Jess ?

— Allô, Nicci. Il y a un tatouage ?

— Il y en a un. Un dessin de cygne. Un minuscule cygne bleu. Il se trouve sur l'index de sa main gauche. »

Quelqu'un se livrait à un carnage dans la ville de Philadelphie et tous les moyens devaient être mis en œuvre pour l'arrêter. Le fait que Kenneth Beckman ait été retrouvé à moins d'un pâté de maisons d'un établissement scolaire avait alerté deux autres agences.

L'école primaire George Washington était déjà placée sous surveillance.

Dans les heures qui allaient suivre, la machinerie inhérente à toute enquête pour homicides multiples se mettrait en branle. Des inspecteurs au repos seraient appelés en renfort, différentes sections du laboratoire scientifique seraient mises en état d'alerte.

« Pouvez-vous prendre une photo du tatouage et me l'envoyer ? demanda Jessica.

— Sans problème. »

Quelques minutes plus tard, Jessica recevait l'image sur son téléphone portable. Elle la compara aux photographies de Kenneth et Sharon Beckman. Le tatouage était dans le même style. Elle se rendit sur le site Internet de World Ink, entra le mot « cygne » dans la boîte de recherche, appuya sur « Entrée ». Une page s'afficha bientôt, lui proposant six motifs de cygne différents. Le troisième correspondait.

Michael Drummond arriva à 17 h 30. L'assistant du procureur avait du nouveau.

« Avant de quitter le bureau, j'ai reçu un appel du département juridique de World Ink, qui, pour ce que j'en sais, se résume peut-être à un avocat travaillant depuis sa voiture. »

Il sortit un fax, en tendit une copie à Jessica.

« Il s'avère que leurs tatouages sont en vente à la carte, avec un minimum de six articles par commande. En effectuant une recherche dans leur base de données, ils ont découvert qu'ils n'avaient vendu qu'un seul assortiment comprenant les deux tatouages retrouvés sur le corps des victimes au cours des douze derniers mois. »

Drummond leur présenta un autre fax.

« Le colis a d'abord été envoyé à une boîte postale à Jersey City, dans le New Jersey. Après quoi, il est parti pour Allentown. »

Cela signifiait que, dans l'immédiat, leur piste la plus prometteuse était sans issue. Obtenir l'identité du détenteur d'une boîte postale équivalait au parcours du combattant. Chaque fois que la police avait affaire à une agence fédérale, il fallait qu'elle s'acquitte d'une paperasse impossible. Il leur faudrait mettre les inspecteurs des postes sur le coup.

Drummond jeta un œil aux notes de Jessica.

« Alors, comme ça, dit-il, il y a eu un troisième meurtre. »

C'était une affirmation, pas une question.

Jessica prit son iPhone, montra à Drummond la photo de la victime ainsi que le gros plan du tatouage. Le procureur inspecta les images avant de consulter sa montre.

« Bon. Je sais que les juges doivent se retrouver pour boire un verre dans une heure. Je les intercepterai entre leur deuxième et leur troisième martini. »

Il rassembla ses papiers.

« En parlant de martinis, vous venez à ma fête, Jess ? »

Jessica avait complètement oublié. Elle espérait que cela ne s'était pas vu sur son visage.

« Bien sûr. J'ai hâte d'y être.

— Je vais harceler les fédéraux. »

Drummond sourit, agita son téléphone en l'air.

« Je vous appelle. »

Dix minutes plus tard, Jessica et Byrne avaient tous les documents imprimés devant eux. Cela ne faisait aucun doute. Les tatouages achetés chez World Ink étaient bien les mêmes que ceux retrouvés sur les victimes.

La mauvaise nouvelle était que, d'après les informations qu'ils venaient de recevoir de Drummond, le lot de tatouages expédié au tueur comprenait cinq autres modèles. Tortue, âne, éléphant, kangourou et poisson.

Huit tatouages au total. L'idée faisait froid dans le dos.

Y allait-il y avoir huit meurtres ?

24

La maison de Lexington Park était presque vide, exception faite de la centaine de cartons empilés au grenier, au fond du couloir, au salon et à la cuisine. Le mobilier avait disparu. Le lustre de la salle à manger, un objet de famille ayant appartenu à la grand-mère de Jessica, avait été soigneusement emballé et emporté, tout comme les verres à pied en cristal ciselé de sa mère.

Près d'une quarantaine de personnes mangeaient des ailes de poulet et des beignets de crabe de Chickie's and Pete's entassées au rez-de-chaussée. Parmi elles figurait le gratin de la police de Philadelphie, du laboratoire criminel et du bureau du procureur. Retours d'ascenseur, services rendus, Jessica avait joué de son charme pendant des semaines. Quant à Vincent, il avait forcé des mains, au propre comme au figuré, pendant des mois.

Au rez-de-chaussée se trouvait également une bonne partie des cousins de Jessica, son père, Peter Giovanni, Colleen Byrne et son ami Laurent, Paddy, le père de Byrne. À peu près tous les gens qu'ils avaient pu ameuter étaient présents.

Byrne arriva avec un peu de retard.

Jessica et Byrne se tenaient en haut de l'escalier du grenier. Devant eux s'étendait une pièce remplie d'une impressionnante collection de cartons.

« Mazette, siffla Byrne.

— Dites-le. Ma tendance à l'accumulation frôle le pathologique.

Byrne regarda autour de lui, haussa les épaules.

« Ça va. J'ai vu pire. Vous vous rappelez cette vieille femme sur Osage Avenue ? La dame aux deux cents chats ?

— Merci. »

Jessica remarqua des cheveux sur l'épaule de Byrne. Elle les balaya d'un geste de la main.

« Vous êtes allé chez le coiffeur ?

— Ouais. J'y suis passé en coup de vent pour une petite coupe d'entretien.

— *Vous y êtes passé en coup de vent ?*

— C'est raté ?

— Non, c'est bien. C'est seulement que je ne passe jamais "en coup de vent" chez le coiffeur. Il me faut quatre à six semaines pour me décider, après quoi je traverse un mois de doutes, de tergiversations, d'évaluations, d'accidents évités de justesse, de rendez-vous annulés à la dernière seconde. C'est un tournant dans mon existence.

— Eh bien, en ce qui me concerne, ce n'est rien d'autre qu'une coupe de cheveux.

— Vous avez la belle vie, vous.

— C'est sûr, rétorqua Byrne. Une vraie partie de rigolade. »

Jessica souleva quelques cartons qui, par bonheur, étaient légers. Au moins avait-elle pris l'habitude, au cours des années précédentes, de noter sur chaque boîte ce qu'elle contenait. DÉCORATIONS POUR LA SAINT-PATRICK, était-il marqué sur celle-ci. Elle ne se souvenait pas d'avoir jamais rien acheté ou décoré à la Saint-Patrick. Mais tout indiquait qu'elle allait quand même les garder, histoire de ne jamais s'en servir. Elle posa le carton au sommet des marches, se retourna.

« Vous permettez que je vous pose une question ? demanda-t-elle.

— Je vous écoute.

— Combien de fois avez-vous déménagé au cours des dix dernières années ? »

Byrne réfléchit quelques instants.

« Quatre, répondit-il. Pourquoi ?

— Comme ça. Je suppose que je me demande juste si vous vous raccrochez toujours à tout un tas de babioles complètement inutiles.

— Non. Je vis avec le strict nécessaire. Je suis un spartiate.

— C'est vrai, j'avais oublié. D'ailleurs, il faut que vous sachiez que j'ai déjà abordé le sujet avec Donna.

— Oh, oh. »

Au cours des années précédentes, Jessica et Donna, l'ex-femme de Byrne, s'étaient liées d'amitié.

« Elle m'a raconté que, quand vous vous êtes mariés et que vous avez emménagé ensemble, la première chose que vous avez emballée était votre veilleuse Roger Ramjet.

— Hé ! C'était une question de sécurité, OK ?

— Mmm, mmm. Vous l'avez toujours ?

— Je ne l'ai plus. J'ai une veilleuse Steve Canyon maintenant. Roger Ramjet, c'est pour les bébés.

— Que diriez-vous d'une partie de Dis-moi-tout ? »

C'était un jeu auquel il leur arrivait parfois de jouer – une sorte d'Action ou Vérité, mais sans l'action.

Quatre-vingt-dix-neuf pour cent du temps, le ton était décontracté. Une fois de temps en temps, il arrivait que cela prenne un tournant plus sérieux. Mais pas ce jour-là.

« D'accord. À vous l'honneur.

— OK. Quel est le vêtement le plus ridicule dont vous n'arrivez pas à vous séparer ? Un vêtement que vous ne mettriez plus jamais, même si votre vie en dépendait, mais que vous ne pouvez pas vous résoudre à jeter.

— Facile.

— Vraiment ?

— Oh, que oui. Un pantalon en velours vert taille 33. Un vrai moule-burnes. »

Jessica faillit pouffer. À la place, elle s'éclaircit la gorge. Une des premières règles du jeu interdisait de rire. « Waouh. » Ce fut tout ce qu'elle trouva à dire.

« Est-ce que ce *waouh* s'applique à feu ma taille 33 ou au velours vert ? »

C'était une question à laquelle il n'y avait pas de bonne réponse. Elle opta pour le velours.

« Pour la petite histoire, je l'ai acheté à New York à mon époque Thin Lizzy. J'aurais tout donné pour devenir Phil Lynott. Vous auriez dû me voir.

— Je paierais cher pour ça, commenta Jessica. Et j'en connais beaucoup à la brigade qui seraient sûrement prêtes à se cotiser.

— À vous. »

Jessica jeta un œil à sa montre.

« Bon sang. Regardez l'heure.

— Jess.

— OK. J'avais 19 ans, j'allais à Temple et j'avais un rencard avec ce type – Richie Randazzo. Il m'avait invitée au mariage de son cousin à Cheltenham, et j'ai économisé trois mois pour me payer cette merveille de petite robe rouge chez Strawbridge's. C'est une taille 4. Je l'ai toujours.

— Quoi ? Vous ne faites pas une taille 4 ?

— Vous êtes l'homme le plus merveilleux ayant jamais vécu sur cette Terre.

— Comme si quelqu'un en doutait, se rengorgea Byrne. Une question tout de même.

— Quoi donc ?

— Vous êtes sortie avec un type qui s'appelait Richie Randazzo ?

— Mis à part le mulet, la Toronado rouillée jusqu'à l'os, le rétro intérieur recouvert de moumoute et le fait qu'il buvait du Southern Comfort et du Vernors, il était plutôt mignon.

— Au moins, je n'ai jamais eu de mulet, moi.

— Attention, j'ai la possibilité de vérifier auprès de Donna. »

Byrne consulta sa montre.

« Regardez l'heure. »

Jessica éclata de rire, le laissa tranquille. Elle resta un moment silencieuse à contempler le grenier. Elle songeait soudain qu'elle ne remettrait plus jamais les pieds dans cette pièce.

« Purée.

— Quoi ?

— Toute ma vie se trouve dans ces boîtes. »

Elle en ouvrit une, en sortit quelques photos. Sur le dessus de la pile figuraient des images du mariage de ses parents.

Du coin de l'œil, Jessica vit Byrne se tourner l'espace d'une seconde, la laissant seule avec ses souvenirs. Jessica rangea les photos.

« Vous m'autorisez à vous poser une dernière question ? demanda-t-elle.

— Allez-y. »

Jessica marqua une pause de quelques secondes. Elle espérait que sa voix ne tremblerait pas. Elle posa la main sur une des boîtes, celle avec le bout de laine verte.

« Imaginons que vous possédiez un objet, une sorte de souvenir, qui vous brise le cœur chaque fois que vous le voyez. Est-ce que vous le garderiez ? Est-ce que vous vous y cramponneriez quand même ? Même en sachant pertinemment que vous souffrirez la prochaine fois que vos yeux se poseront dessus ? »

Byrne savait qu'elle parlait de sa mère.

« Vous vous souvenez bien d'elle ? » demanda-t-il.

Jessica avait 5 ans quand sa mère était morte. Son père ne s'était jamais remarié, n'avait jamais aimé d'autre femme.

« Ouais. Un peu. Mais pas de son visage. Je me rappelle son odeur. Son shampoing, son parfum. Je me souviens, l'été, quand nous allions à Wildwood et qu'elle sentait la crème solaire et les pastilles à la cerise. Et je me souviens de sa voix. Elle chantait toujours en chœur avec la radio. »

Heaven Must Have Sent You. C'était une des chansons préférées de sa mère. Voilà des années que Jessica n'y avait pas pensé.

« Et vous ? demanda Jessica. Vous pensez souvent à votre maman ?

— Assez pour la garder en vie », répondit Byrne en s'appuyant contre un mur.

C'était la pose qu'il affectionnait pour raconter des histoires.

« Quand j'étais gosse et que mon père me passait

un savon, ma mère intervenait toujours. Au sens physique. Elle s'interposait entre nous. Elle ne me trouvait aucune excuse et je finissais toujours par être puni, mais pendant que mon père m'engueulait, elle se tenait entre lui et moi, les mains jointes derrière le dos. Et là, dans ses mains, il y avait toujours une pièce de cinquante cents qui m'était destinée. Mon père ne l'a jamais su. Je devais purger ma peine, mais une fois remis en liberté, j'avais cinquante cents pour m'acheter une glace à l'eau ou un magazine de bandes dessinées. »

Jessica sourit en pensant que quelqu'un – en particulier Paddy Byrne – avait un jour intimidé son coéquipier.

« Elle est morte le jour de mon anniversaire, vous savez », ajouta-t-il.

Jessica n'en savait rien. Il ne le lui avait jamais dit. À cet instant, elle se demanda s'il pouvait y avoir quelque chose de plus triste que ça.

« Je n'étais pas au courant », dit-elle simplement.

Byrne hocha la tête.

« Vous savez comme on remarque toujours son propre anniversaire quand on le voit écrit quelque part ou qu'on l'entend à la radio ou à la télé ?

— Ouais, fit Jessica. On se tourne vers les gens autour de nous pour leur dire : *Hé... c'est mon anniversaire.* »

Byrne sourit.

« J'ai le même réflexe quand je lui rends visite au cimetière. J'ai beau savoir, je marque toujours un temps d'arrêt devant la stèle. Ce ne sera plus jamais mon anniversaire, dit-il en enfonçant ses mains dans ses poches. Tant que je vivrai, cette date restera toujours le jour de sa mort. »

Jessica ne trouva rien à dire. Cela n'avait guère d'importance, car elle n'avait jamais rencontré une personne aussi fine que Kevin Byrne. Il savait toujours quand rebondir.

« Au fait, reprit-il. Votre question. Doit-on garder un objet même si on sait qu'il nous brisera le cœur.

— Eh bien ? »

Byrne plongea une main dans sa poche, en sortit quelque chose. C'était une pièce de cinquante cents. Le regard de Jessica passa de la pièce à son coéquipier. À cet instant, ses yeux brillaient du vert émeraude le plus intense qu'elle ait jamais vu.

« Le chagrin a cette particularité étrange, reprit Byrne. C'est parfois la meilleure chose qui puisse nous arriver. Parfois, il nous rappelle que notre cœur ne s'est pas arrêté de battre. »

Ils restèrent ainsi, sans rien dire, à l'abri de ce grenier plein de courants d'air rempli de souvenirs et d'absences. Le silence fut rompu par un bruit de casse au rez-de-chaussée. Les Irlandais, les Italiens et l'alcool signaient toujours la perte de la céramique. Jessica et Byrne échangèrent un sourire et l'instant prit fin.

« Prête à affronter la grande ville ? demanda-t-il.

— Non. »

Byrne souleva un carton, se dirigea vers l'escalier. Puis il s'arrêta et se retourna.

« Vous savez, pour une fille de Philly Sud, vous avez un peu viré mauviette.

— Il y a une arme dans l'une de ces boîtes », l'avertit Jessica.

Byrne dévala les marches en courant.

25

À 22 heures, le déménagement était terminé.

Ce qui passait pour un volume d'affaires raisonnable dans la maison de Lexington Park remplissait désormais chaque pièce, chaque recoin, chaque placard. S'ils installaient le sofa et deux des chaises de la salle à manger sur le toit, ils parviendraient peut-être à tout faire rentrer de justesse.

Byrne se tenait de l'autre côté de la rue. Deux adolescentes au seuil de l'âge adulte passèrent devant lui. Elles lui rappelèrent Lucy Doucette.

Quand il avait rencontré Lucy dans ce groupe de régression thérapeutique, elle lui avait paru complètement perdue. Il ne savait pas grand-chose de sa vie, mais elle lui en avait suffisamment dit pour qu'il comprenne qu'un événement traumatique de son enfance continuait de la hanter. Il se rappelait ses efforts pendant les séances, son incapacité à se remémorer quoi que ce soit de l'incident. Il ne savait pas si elle avait été abusée ou non. En la croisant par hasard en ville, il s'était souvenu de la promesse qu'il s'était faite de garder un œil sur elle. Il ne l'avait pas tenue.

« Kevin ? » appela une toute petite voix.

Byrne se retourna et vit qu'il s'agissait de la fille

de Jessica, Sophie, emmitouflée sur le trottoir devant le porche. La porte d'entrée était grande ouverte et, d'où il était, Byrne pouvait voir Peter Giovanni appuyé à la rampe d'escalier, un œil sur sa petite-fille. Père un jour, flic toujours.

Byrne traversa la chaussée. Longtemps Jessica avait insisté pour que Sophie l'appelle « monsieur Byrne ». Il avait fallu un peu de patience à Byrne pour corriger ça, mais la leçon avait visiblement fini par rentrer. En se mettant à la hauteur de Sophie, il remarqua qu'elle avait grandi depuis l'année précédente à la même époque.

« Coucou, ma puce.

— Merci de nous avoir aidés.

— Mais je t'en prie. Est-ce que ta nouvelle maison te plaît ?

— Elle est petite. »

Byrne regarda par-dessus l'épaule de la fillette.

« Pas si petite que ça. Je la trouve plutôt sympa, personnellement.

— J'imagine qu'elle est pas mal, fit Sophie en haussant les épaules.

— Sans compter que tu n'as qu'une rue à traverser pour aller à l'école. Tu vas pouvoir faire la grasse matinée.

— Vous ne connaissez pas ma maman », gloussa-t-elle.

Il ne la connaissait que trop bien en vérité. Byrne prit conscience de la bêtise de sa remarque.

Sophie jeta un coup d'œil au bas de la rue. L'imposante structure de l'école paroissiale du Sacré-Cœur se découpait sur le ciel bleu ardoise. La fillette posa son regard sur Byrne.

« Est-ce que vous êtes allé dans une école catholique ?

— Oh, oui », répondit Byrne.

Il faillit lui dire que ses articulations portaient encore les stigmates des coups de règle mais se ravisa.

« Ça vous a plu ? »

Comment répondre à une question pareille ?

« Dans ton école, est-ce qu'il y a un élève qui s'attire toujours des ennuis parce qu'il fait l'andouille ?

— Ouais, répondit Sophie. Il s'appelle Bobby Tomasello.

— Eh bien, dans mon école, cet élève, c'était moi.

— Vous aviez souvent des ennuis ?

— À longueur de temps.

— Est-ce que vos professeurs vous envoyaient au coin ? »

Byrne sourit à l'évocation de ce souvenir.

« Je vais te dire. Sœur Mary Alice a fini par mettre mon bureau au coin. Cela épargnait des allers-retours à tout le monde. Pour tout t'avouer, j'étais installé au coin dans toutes mes salles de classe. »

Le visage de Sophie s'adoucit pour prendre une expression que Byrne avait vue des milliers de fois sur le visage de Jessica, un air de compassion et de compréhension.

« Ce n'est pas grave, Kevin, le consola-t-elle. Vous êtes devenu quelqu'un de bien. »

Ça restait à démontrer, pensa Byrne. Il n'empêche que cela faisait plaisir à entendre, même de la bouche d'une enfant de 7 ans. Surtout de la bouche d'une enfant de 7 ans, peut-être.

« Merci. »

Ils se turent pendant un moment, écoutant les bruits qui leur parvenaient de l'intérieur.

« J'aime bien Colleen, dit Sophie.
— Moi aussi, dit Byrne. Ce n'est pas n'importe qui.
— Elle m'a appris quelque chose.
— Vraiment ? »

Sophie acquiesça. Elle réfléchit quelques instants, sourcils froncés, puis elle serra les poings, tendit un doigt, s'arrêta, réfléchit encore, recommença. Mains à plat, elle frotta ses paumes l'une contre l'autre, entrechoqua ses poings les deux index en l'air et pointa Byrne du doigt.

Cela correspondait à « enchanté », en langue des signes américaine.

« Très bien, la félicita Byrne. Et tu viens de l'apprendre ? »

Sophie hocha la tête.

« Il m'a fallu plusieurs essais.
— Si tu savais le nombre d'essais qu'il m'a fallu, sourit Byrne. Bien plus que plusieurs. »

Quelques minutes plus tard, il déposa un baiser sur le sommet du crâne de Sophie, la regarda retourner à l'intérieur. Quand elle fut rentrée, Byrne resta un moment à observer la famille de Jessica par la fenêtre. Cela faisait longtemps qu'il n'avait pas pris part à une réunion de ce genre.

Il pensa à la démonstration de langue des signes que Sophie venait de lui faire, à sa détermination, à sa ténacité. Il songea combien les vieux dictons étaient les plus justes, comme celui à propos des chiens qui ne font pas des chats.

Byrne remonta la 3e Rue, s'installa dans le monospace. Il avait grandi non loin de là. Il se souvenait d'une épicerie au coin de la rue. Il y achetait ses pistolets à eau et ses bandes dessinées, quémandait une barre chocolatée de temps en temps. Il se souvenait qu'un gamin s'était un jour fait tabasser dans la ruelle à l'arrière du magasin, un gamin soupçonné d'avoir abusé d'une petite fille du quartier. Byrne était assis à l'angle de la rue avec son cousin Patrick quand c'était arrivé. Il se souvenait des hurlements du gosse. C'était la première fois qu'il se trouvait face à une telle violence, la première fois qu'il entendait quelqu'un souffrir autant. Il croyait au fait que, de bien des manières, tous ces sons, tous ces échos sinistres perduraient.

Byrne resta longtemps assis là, sans bouger, faisant seulement passer la pièce de cinquante cents d'un doigt à l'autre, l'esprit voilé par les souvenirs de son ancien quartier.

Une ombre émergea de l'obscurité juste à côté de l'aile gauche. Il se redressa. C'était Jessica. Il descendit la vitre.

« Quoi de neuf ? demanda-t-il. Déjà prête à déménager dans l'autre sens ?

— Vous vous souvenez du papier enroulé autour de la tête des victimes ?

— Eh bien ?

— On connaît la marque. »

26

Le Centre de sciences médico-légales – que tout le monde appelait labo criminel au mépris de son nom officiel – était installé dans une ancienne école, un imposant bâtiment à quelques rues seulement de la Rotonde, au croisement de la 8e Rue et de Poplar Street.

Le sergent Helmut Rohmer régnait en maître sur la section documents. Âgé de 35 ans, Hell Rohmer était un géant mesurant un mètre quatre-vingt-quinze pour cent quinze kilos. En plus de ses goûts musicaux étranges et éclectiques, qui allaient de Iron Maiden à Kitty Wells, il était réputé pour ses T-shirts – noirs sans exception, arborant tous un message différent. Il devait en posséder des centaines. Il commençait à en recevoir par courrier, parfois même de la part de détenus qu'il avait aidé à mettre derrière les barreaux. Ce jour-là, on pouvait lire sur son T-shirt :

PAGAIE PLUS VITE.
J'ENTENDS DES BANJOS.

Ses bras impressionnants étaient cerclés de tatouages de roses et d'autres variantes sur le même thème qui se prolongeaient désormais par des branches de lierre qui lui encerclaient les poignets avant d'aller mourir sur le dos de ses mains. Il était toujours impeccable – jusqu'au bout des ongles qu'il avait étrangement manucurés. Jessica imaginait que cela devait avoir un rapport avec son sens du toucher. Hell Rohmer ne voulait pas que quoi que ce soit interfère avec ses perceptions tactiles. Il avait une approche quasi métaphysique de l'étude médico-légale des documents. C'était l'une des raisons pour lesquelles Byrne et lui se comprenaient si bien.

« Bien le bonsoir, madame et monsieur les limiers, lança-t-il.

— Bien le bonsoir, alchimiste », répliqua Byrne.

Hell sourit.

« Je tiens votre papier, déclara-t-il. Personne ne peut échapper éternellement au Maître de l'intrigue. »

Au mur étaient accrochés six agrandissements du papier trouvé sur les victimes, recto et verso. Les photographies montraient le sang qui avait migré des lacérations horizontales pratiquées sur le front de chacune des victimes, ainsi que le petit point rouge de la plaie perforante. Un trait, un point et le dessin grossier d'un huit à l'endroit où les oreilles étaient mutilées.

« Qu'est-ce que nous avons ? » demanda Jessica.

Hell attrapa un petit carré de papier découpé à l'extrémité d'une des bandes.

« C'est du matos de luxe, expliqua-t-il en caressant la surface légèrement grainée. C'est magnifique, vraiment. Notre gars fait preuve d'un goût exquis. »

Il resta un moment à rêvasser, les yeux un peu perdus dans le vague. Décidément, Hell Rohmer était un sentimental.

« Hell ?

— Désolé. Le papier est fait main, cent pour cent coton, sans acide. Soit une qualité similaire à dix mille marques environ. Je ne dispose pas des équipements *ad hoc* pour effectuer un test de comparaison ici. J'étais donc sur le point de tout envoyer au FBI – qui, comme vous le savez, peut mettre un mois ou deux avant de revenir vers nous –, quand j'ai remarqué quelque chose. »

Helmut plaça un échantillon devant une lumière vive, sans cependant trop l'en approcher.

« Ce fragment appartient au papier prélevé sur la victime de sexe féminin. Si vous regardez ici, vous pouvez apercevoir une petite partie d'un dessin en filigrane. »

Jessica discerna ce qui ressemblait à un morceau d'épaule.

« Est-ce que c'est une espèce de chérubin ? » demanda-t-elle.

Hell secoua la tête.

« Ce filigrane représente la *Vénus de Milo*, expliqua-t-il. Il n'est pas présent sur l'autre échantillon, ce qui laisse penser qu'ils ont été découpés dans une grande feuille. »

Hell produisit une autre photo. Il s'agissait d'un très gros plan de la bordure du papier pris au microscope.

« La fibre est légèrement déchirée, ce qui indique que la découpe a été effectuée à l'aide d'une lame assez grossière. Je penche plutôt pour un massicot qu'un cutter, des ciseaux ou un rasoir. La découpe est régulière de part et d'autre, les fibres recourbées vers le bas. Trop uniforme pour un travail à la main. »

Hell montra l'échantillon du doigt.

« Et contrairement à ce qu'on pourrait croire, ce n'est pas du blanc mais du gris clair feutré. Deux bords à la forme, ce qui laisse présumer que les deux autres le sont aussi. La bande mesure soixante et un centimètres de long, ce qui me fait dire qu'elle a été découpée dans une feuille de soixante et un par soixante-six centimètres, un format relativement standard dans l'imprimerie.

— C'est un papier utilisé dans l'imprimerie ?

— Entre autres. »

Hell reposa l'échantillon pour s'emparer de plusieurs sorties imprimante.

« C'est l'impression en filigrane qui m'a mis sur la voie. Sans ça on aurait dû attendre Washington. »

Il pointa l'index vers une ligne de texte en particulier, surlignée en vert fluo.

« Le fabricant est basé à Milan, en Italie, la marque s'appelle Atriana. Du haut de gamme. Ils fournissent avant tout des imprimeurs, mais ils produisent toutes sortes de papiers à des fins diverses et variées – papier à lettres, toiles, papier vélin, papier de lin. Mais autant dire qu'on a décroché le fin du fin. Une seule feuille de ce papier se vend autour de soixante-dix dollars.

— Waouh.

— Comme vous dites. Et devinez quoi ? Ce sont eux qui fournissent la Banque européenne.

— Pour les billets ?

— Oui, madame. Ils ont deux distributeurs aux USA, expliqua Hell. D'après mes recherches, il n'y a que vingt détaillants à commercialiser ce papier dans tout le pays. En majorité des magasins de fournitures d'art et des papeteries spécialisées. Malheureusement pour nous – pas pour notre tueur –, ce papier est disponible à la vente sur Internet *via* une douzaine de sites.

— Y a-t-il un endroit où l'on puisse se le procurer à Philly ? demanda Jessica.

— Pas à Philly, répondit Hell. En revanche, il y a un magasin à Doylestown », répondit-il avec un sourire en lui tendant une carte de visite.

Jessica nota l'adresse.

« Pas d'applaudissements ? »

Jessica applaudit.

« Merci. Passons maintenant à la cire. »

Un petit récipient en verre fermé par un couvercle reposait sur une table. Le cachet de cire se trouvait à l'intérieur.

« Il s'agit de cire de bougie, pas de cire à cacheter, raison pour laquelle elle a commencé à se désintégrer.

— Quelle est la différence ?

— Si l'on remonte environ cinq siècles en arrière, la cire à cacheter était essentiellement composée de cire d'abeille et d'une matière appelée térébenthine de Venise, qui est un extrait de mélèze. On ne colorait pas la cire à cette époque, mais quand la Renaissance s'est amenée, on a commencé à la teinter avec du vermillon. Vous êtes sûre de vouloir connaître toute l'histoire ?

— Peut-être un de ces jours, dit Jessica. Dans l'immédiat, j'aimerais surtout savoir où notre homme s'est procuré cette cire. Je voudrais qu'on m'apporte une vidéo de lui en train de quitter le magasin et une copie de sa pièce d'identité. Vous avez ça sous la main ?

— Non. D'autant que cet article est en vente dans tous les Rite Aid, Wal-Mart et autres Target du pays. Mais pas dans ce coloris.

— C'est-à-dire ?

— J'allais y venir avant d'être interrompu sans manières. Cet échantillon ne doit pas sa couleur à un vulgaire vermillon du commerce. »

Il fallut une seconde à Jessica pour comprendre ce que Hell Rohmer sous-entendait. Un coup d'œil à Byrne lui indiqua que lui aussi avait saisi. Elle se tourna de nouveau vers Hell.

« Ne me dites pas que…

— J'ai bien peur que si. Le colorant utilisé n'est autre que du sang. Ce type est un mauvais bougre. »

Jessica tourna la tête vers Byrne juste au moment où quelqu'un entra dans le labo et s'arrêta sur le seuil. Hell traversa la pièce, disparut du champ de vision de Jessica. Elle vit dans le reflet d'une des armoires vitrées que la nouvelle arrivée était Irina Kohl. Irina remit un de ses dossiers à Hell, après quoi la minuscule jeune femme se dressa sur la pointe des pieds et embrassa le technicien en plein sur la bouche. Hell se retourna et s'aperçut que Jessica pouvait les voir dans le reflet de l'armoire.

Soudain aussi cramoisis que deux framboises, ils rejoignirent Jessica et Byrne.

« Euh… Vous n'avez rien vu, chuchota Hell à Jessica.

— Vu quoi ? »

Hell lui adressa un clin d'œil.

« Je suis contente que vous soyez venus, se lança Irina. Je pense que nous tenons peut-être une piste concernant l'arme du crime. »

Irina Kohl travaillait au département des armes à feu, qui s'occupait également des traces laissées par divers outils. Âgée de presque 30 ans, c'était le prototype du rat de laboratoire – propre sur elle, rigoureuse dans ses manières et son phrasé, sans doute un peu trop intelligente pour Mensa. Elle portait sous sa blouse une veste de tailleur, une chemise blanche et une cravate en maille couleur lavande.

Irina ouvrit un dossier, en sortit quelques agrandissements.

« Le lien qui a servi à attacher les victimes était un câble tressé en titane. »

Elle désigna un très gros plan des marques de ligature sur les deux premières victimes. Même à l'œil nu le motif était visible. La chair portait la marque de trois brins entrelacés.

« Nous avons trouvé des traces du métal dans la plaie.

— À quoi sert ce genre de câbles ?

— On les utilise à de nombreuses fins. En général, le titane est destiné au matériel médical, aux vis à os et aux appareils dentaires. En plus ou moins grande quantité, il est présent dans tout le champ de la construction aérospatiale, médicale et navale. Il allie une faible densité à une bonne résistance à la corrosion. »

Sur quoi, Irina se saisit d'une photographie agrandie en même temps que de deux lames de microscope.

« En plus du titane, j'ai aussi trouvé des poils dans les plaies des deux premières victimes. Nous ne nous sommes pas encore penchés sur la troisième. »

Elle pointa le doigt vers les deux lames.

« Ceci a été prélevé sur Sharon Beckman et Kenneth Beckman.

— Vous pensez que ces poils appartiennent à notre tueur ? demanda Jessica.

— Non, répondit Irina. Je crains que non. Ces échantillons n'ont rien d'humain. »

Jessica jeta un coup d'œil rapide à Byrne.

« Rien d'humain, vous voulez dire… ?

— Eh bien, ils sont d'origine animale. »

Irina remonta ses épaisses lunettes. Elle plissa le nez, comme importunée par une mauvaise odeur. Jessica supposa que c'était sa façon d'attendre que la conversation reprenne. Elle remarqua également que la jeune femme portait deux nuances de rouge à lèvres différentes. Une sur la lèvre supérieure, une sur la lèvre inférieure.

« Non, mais Jess, sans déconner, se morigéna Jessica. Tu imaginais quoi ? Des poils d'extraterrestre ? »

Irina poursuivit, imperturbable.

« Plus précisément d'animal domestique.

— Sous-entendu chien ou chat ? demanda Jessica.

— Domestique mais pas forcément d'intérieur. Je veux dire vache, mouton, cheval. Vous voyez, poursuivit-elle avec animation, chez les animaux familiers, en termes de pelage, il existe de grandes variations de couleur et de longueur. Cela dit, un grand nombre de ces marqueurs restent très généraux. Si l'on veut faire la différence entre, disons, un chat et un chien ou une vache et une chèvre, il est nécessaire d'avoir la racine. Ce qui, en ce qui nous concerne, n'est malheureusement pas le cas. »

Elle glissa une lame sur la platine d'un microscope, la bloqua sous les ressorts.

« Mais nous n'en sommes encore qu'aux prémices », ajouta-t-elle en adressant un sourire à Hell, qui rayonna.

Puis Irina regarda dans l'oculaire, affina la netteté.

« On le voit clairement ici, dit-elle avant de reculer pour laisser la place à Jessica. Comme vous pouvez l'observer, la texture est assez épaisse, la medulla intacte, le pigment fin et uniformément réparti.

— J'allais dire exactement la même chose à propos de la medulla », s'exclama Jessica.

L'objet qu'elle avait sous les yeux ressemblait à un long tube marron foncé. Elle aurait pu être en train de contempler un Tootsie Roll qu'elle n'aurait pas vu la différence. Hell Rohmer ne quittait pas Irina des yeux, irradiant d'admiration, dégoulinant de fétichisme médico-légal. Jessica et Byrne avaient souvent eu l'occasion de travailler avec ces deux-là. Hell et Irina adoraient planter des inspecteurs et autres enquêteurs scientifiquement démunis devant un microscope. Cela les confortait dans leur position de criminalistes.

« Ce sont les structures ovoïdes qui m'ont mise sur la voie, expliqua Irina.

— C'est toujours un signe, acquiesça Jessica en s'écartant du microscope. Et quelles sont vos conclusions ? Enfin, je ne demande pas ça pour moi. Personnellement, j'ai compris. Mais si vous pouviez en faire profiter mon coéquipier. »

Byrne sourit.

« Disons que ce n'est pas tout à fait mon domaine, dit Irina. Je vais donc envoyer les lames aux personnes compétentes. Nous devrions en savoir plus d'ici demain au plus tard. »

Jessica lui tendit une carte avec son numéro de portable.

« Appelez-moi à la seconde où vous avez les résultats.

— Sans faute, fit Irina. Et notre brindezingue de tueur a intérêt à relever son niveau de jeu.

— Comment ça ? »

Irina sourit. Jessica vit sa main effleurer celle de Hell Rohmer en cachette.

« Nous n'allons pas tarder à lui rendre la vie terriblement inconfortable. »

En regagnant la voiture, Jessica songea au labo et aux curieuses créatures qui y travaillaient sans relâche. Présentes sur toutes les scènes de crime par simple phénomène de transfert, les preuves matérielles, a-t-on pour habitude de dire, sont les témoins silencieux de chaque méfait. Aucun individu ne peut entrer ou sortir d'un espace clos sans emporter ou laisser derrière lui un nombre incalculable de ces preuves. Mais les preuves en soi n'ont guère de valeur. Ce n'est qu'une fois détectées, prélevées, analysées, interprétées et exposées qu'elles livrent sens et contexte.

En général, les criminels ne connaissent pas les gens qui sont à pied d'œuvre au sein des laboratoires du monde entier, ni leur attachement à la vérité. S'ils le savaient, ils réfléchiraient à deux fois avant de quitter une scène de crime en y laissant une parmi les millions de cellules de peau ou un parmi les centaines de cheveux que nous perdons chaque jour, sans parler de la salive, des empreintes de chaussures, du sang ou des fibres vestimentaires.

Tandis qu'elle montait dans la voiture, Jessica songea combien son boulot ressemblait parfois à un épisode de *X-Files*.

Ces échantillons n'ont rien d'humain.

27

Byrne se gara en face du cimetière du Mont Olive. Il était passé à la loge du veilleur de nuit pour l'avertir de sa présence. Il n'avait pas besoin qu'un ancien flic de la police de Philadelphie allumé de la gâchette panique en voyant un homme planté au beau milieu des tombes.

Il repensa à la vision qu'il avait eue au cimetière plus tôt dans la journée. Que devait-il comprendre ?

Il essaya de compter les heures de sommeil en retard qu'il avait accumulées au cours des dernières semaines sans y parvenir. Le poids de son épuisement l'empêchait d'obtenir un décompte précis.

Byrne appuya sa tête contre le siège. Juste un moment. Juste un moment de paix.

Le sommeil vint rapidement. Dans son rêve, il était assis dans une vaste salle de concerts, seul spectateur dans l'audience. Un orchestre philharmonique au complet était installé sur scène. Il parcourut des yeux le cadre élégant dans lequel il se trouvait. Le sol était laqué de sang. Sur chaque siège reposait un doigt coupé.

Il bondit sur ses pieds au moment où la musique s'amplifia et remonta l'allée en courant. Sur un des murs du hall étaient écrits deux mots en lettres de sang :

sous tes yeux

Byrne sortit du hall à toutes jambes, longeant les trottoirs où tous les passants avaient le visage d'une victime qu'il connaissait, victime d'un meurtre sur lequel il avait enquêté. Il trouva son monospace sur un parking désert. Il sauta au volant, le cœur prêt à éclater. L'odeur le prit immédiatement aux narines. Il se retourna et découvrit un corps en décomposition sur la banquette arrière, rasé des pieds à la tête, les yeux ouverts, des yeux familiers…

Byrne se redressa sur le siège conducteur, le corps luisant de sueur malgré la fraîcheur de la nuit. Dehors, la ville de Philadelphie était noire et silencieuse, traversée seulement par le bruit occasionnel d'une voiture de passage. Autour de lui, les morts étaient toujours morts.

Il sortit du monospace, inspirant l'air froid à pleins poumons.

Sous tes yeux.

Il regarda sa montre.

Il était 2 h 52.

28

MERCREDI 27 OCTOBRE

Lucy passa la matinée en pilote automatique, ses émotions allant et venant de l'attraction à la répulsion. Elle n'avait jamais utilisé aucun de ces deux termes s'agissant de son état d'esprit avant de consulter des psychologues. Ils avaient leur propre façon de parler, ces gens-là, un dictionnaire totalement à part. Avec eux, vous ne vous rappeliez pas quelque chose ; vous aviez un *souvenir déclaratif*. Le fait de résoudre des problèmes grâce à la simple logique s'appelait l'*intelligence fluide*. Et puis il y avait son préféré. Si vous étiez le genre de personne à vous définir par vos pensées et vos actions, vous n'étiez pas sûr de vous, ou bien dans votre peau. Non, non, non. Vous aviez une *conception de soi indépendante*.

Lucy rit presque. Sa blague du moment consistait à se dire – les rares fois où elle se sentait suffisamment en forme pour apprécier une blague – qu'elle traversait seulement son cycle *conceptuel*.

Cycle mis à part, elle était encore chamboulée par les nouveaux sentiments qui l'habitaient. Le plus fou avait été de tomber sur l'inspecteur Byrne la veille.

Elle était dans un tel état de tension au moment où elle l'avait croisé qu'elle avait d'abord failli ne pas le reconnaître.

Ils s'étaient rencontrés aux séances de régression thérapeutique. C'était l'homme qui était mort pendant une minute entière. Un jour, ils étaient allés prendre un café pour partager leurs expériences respectives. Ou plutôt Lucy avait écouté, faute de savoir ce qui lui était arrivé. La veille, l'inspecteur Byrne lui avait donné sa carte et l'avait encouragée à l'appeler si elle ressentait le besoin de parler. Elle se demandait s'il pouvait l'aider. Elle se demandait s'il se moquerait des soupçons que lui inspirait l'homme qu'elle croyait avoir vu sortir de la chambre 1208. Non, il ne se moquerait pas. Mais il lui dirait sûrement qu'elle imaginait des choses.

Elle qui savait toujours l'heure qu'il était au nombre de chambres qu'elle avait faites, qui retenait toujours son heure d'entrée et de sortie dans une chambre, elle travaillait en regardant sa montre toutes les cinq minutes.

Chaque employé de ménage possédait sa propre clé, une carte électronique qui lui donnait exclusivement accès à ses chambres. Si un employé prétendait être entré dans une chambre à 9 h 08 alors qu'il était en réalité 9 h 21, ses supérieurs pouvaient le vérifier en une seconde. Nombre d'employés découvraient à leurs frais que les ordinateurs ne mentaient jamais. Le système de fermeture n'indiquait pas l'heure de départ, seulement celle d'arrivée.

Ce jour-là, toutes les chambres se mélangeaient et Lucy n'avait aucune idée du temps qu'elle mettait pour chacune.

Il sentait la pomme.

Cela aurait pu être n'importe quoi d'autre. Il y avait des millions d'explications plausibles. Beaucoup de gens portent des manteaux de couleur sombre. Franchement, même l'inspecteur Byrne portait un manteau de couleur sombre.

Debout à l'extrémité du couloir, près de l'ascenseur, Lucy regardait l'aile est. Il y avait huit chambres de ce côté-ci. Numéro 1201 à 1208. À titre exceptionnel, elle avait réussi à abandonner cette aile à une fille du 7e étage contre la promesse de lui réparer son lecteur CD portable. Mais c'était seulement pour une journée. Lucy devrait retourner dans la chambre 1208 dès le lendemain. Elle n'en avait aucune envie.

Toutes les femmes de chambre avaient droit à une pause d'un quart d'heure le matin. Lucy en profitait souvent pour lire à la cafétéria ou, s'il faisait beau, pour filer jusqu'à Rittenhouse Square et prendre le soleil pendant cinq minutes complètes. C'était incroyable l'effet que pouvaient avoir cinq minutes de soleil sur son humeur. Ce jour-là, elle sortit dans la petite cour située derrière l'hôtel. Elle faillit s'égarer dans le nuage de fumée de cigarette. Personne n'était censé fumer à moins de cinquante mètres du bâtiment, mais tout le monde s'en moquait et le règlement n'avait jamais été appliqué.

En tournant à l'angle de l'hôtel, elle aperçut son amie Amanda en train de manger une mandarine, assise sur une palette de livraison.

« Salut, miss, dit Amanda.

— Salut. »

Lucy s'assit près d'elle. Amanda Cuaron était tout ce que Lucy n'était pas. Exotique, des yeux noirs, une vraie beauté latine dans un rapport de séduction permanent. Chaque fois qu'Amanda se trouvait dans les parages, Lucy se sentait l'âme d'une tulipe en caoutchouc.

« Au fait, j'ai oublié de te demander. Tu es allée voir ce mec, hier ? »

Ce mec, comme elle disait, était le Tisseur de rêves. M. Costa. Lucy ne savait pas ce qu'elle était prête à raconter à Amanda. Bien sûr, Amanda était son amie, mais Lucy ne lui avait jamais confié de secret. Elle n'avait jamais confié de secret à personne.

« Ouais, répondit-elle. Je suis allée le voir.

— Comment ça s'est passé ?

— Pas mal. »

Amanda la fixa sans ciller – elle n'allait pas se contenter d'une explication aussi succincte.

« Ben, raconte ! Est-ce qu'il avait un chapeau pointu et une baguette magique ?

— Évidemment. Et je ne t'ai pas dit ? Il avait aussi une longue barbe blanche. »

Amanda sourit.

« Est-ce qu'il est mignon ? »

Lucy ricana.

« La ferme. Il doit au moins avoir 100 ans.

— Est-ce qu'il est mignon ? » insista Amanda.

Lucy leva les yeux au ciel en guise de réponse.

« Je retourne le voir tout à l'heure. »

Elle réalisa soudain que sa décision était prise.

Amanda la gratifia de son sourire lascif.

« Mala chica. »

Elles regardèrent leurs montres en même temps. Il leur restait encore six minutes.

Amanda pointa le doigt vers le mur près de la plate-forme de livraison. Quelque chose était gravé dans la pierre. *RL aime TJ.*

« Je me demande s'ils sont toujours amoureux », dit Amanda.

Lucy en doutait. Elle ne croyait pas à l'amour.

« Au moins, c'est gravé dans le marbre. »

Amanda éclata de rire.

« Je pense que ça doit dater de l'époque où ce bâtiment servait encore d'immeuble d'habitation.

— Des gens habitaient ici ?

— Jusque vers 1999, je crois. Un truc comme ça. Je crois que cet endroit était même assez célèbre.

— Comment ça ?

— Eh bien, à cause de cette petite fille. Ne me dis pas que tu n'es pas au courant.

— De quoi tu parles ?

— Je ne suis pas sûre à cent pour cent – il faudrait demander à Sergio. Lui saurait. »

Sergio était un homme d'un certain âge qui travaillait à la maintenance. Il était déjà là bien avant que l'immeuble ne se transforme en hôtel.

« Mais, d'après ce que j'ai compris, reprit Amanda, une petite fille a été tuée ici. »

Lucy haussa les épaules.

« Comment ça, tuée ? Genre dans un accident ?

— Non. Tuée *tuée*.

— Tu veux dire qu'elle a été assassinée ?

— Exactement. »

Amanda agita les doigts en direction de Lucy en émettant des bruits sinistres.

« On raconte que son fantôme se promène dans les couloirs.

— Arrête.

— C'est trop facile de te faire marcher, gloussa Amanda.

— Quel âge avait cette fille ? »

Amanda haussa les épaules, détacha un quartier de mandarine, le tendit à Lucy, qui déclina.

« J'en sais trop rien. Pas très vieille. Une dizaine d'années, je dirais.

— Comment est-ce qu'elle… tu sais ?

— Comment est-ce qu'elle est morte ? fit Amanda. Aucune idée. Mais je ne crois pas que la police ait jamais attrapé le coupable. »

Lucy se sentait déjà assez nerveuse comme ça, mais son malaise venait juste de doubler.

« Je crois que c'est une des affaires sur lesquelles la bande de tarés qui logent ici cette semaine enquête, expliqua Amanda. Ou prévoit d'enquêter. Va savoir ce qu'ils fabriquent. »

Lucy resta un moment sans voix. Amanda se leva, jeta ses épluchures de mandarine dans la benne à ordures à proximité.

« Au fait, ça tient toujours ? » demanda-t-elle.

Lucy ne comprit pas immédiatement à quoi son amie faisait allusion. Puis cela lui revint. Elle lui avait promis d'aller boire un verre avec elle au Fluid, une boîte de la 4e Rue, le soir d'Halloween. D'après Amanda, tout un tas d'étudiants mignons y montraient toujours le bout de leur nez. Cette année, ils seraient tous déguisés en Robert Pattinson.

« Pourquoi pas ? dit Lucy.

— Génial. Et tu vas me laisser faire quelque chose avec tes cheveux. On va faire de toi une petite bombe, *chica*. Peut-être même te trouver un mec pour la nuit.

— Amanda. »

L'intéressée gloussa.

« Je passe à ton château vers 8 heures.

— Extra. »

Amanda retourna à l'intérieur, mais Lucy ne bougea

pas. Elle ne pouvait pas s'empêcher de penser à cette fillette. Assassinée. Sur son lieu de travail. Sans qu'elle sache exactement pourquoi, elle avait besoin d'en apprendre davantage. Peut-être était-ce à cause de cette zone d'ombre dans sa propre vie. Peut-être était-ce parce que cela faisait neuf ans qu'elle se sentait un lien de parenté obscur avec toutes ces jeunes filles touchées par le mal. Elles étaient comme ses sœurs.

On raconte que son fantôme se promène dans les couloirs.

Merci, Amanda, pensa Lucy. *Vraiment, merci.*

29

Doylestown était une commune pittoresque de huit mille âmes environ située dans le comté de Bucks. Le magasin d'art Ulrich, une ancienne remise veinée de lierre sur North Main Street, se trouvait en face du centre commercial de Mercer Square. La vitrine abritait un assortiment de toiles, de pinceaux, de chevalets, de peinture. Des décorations d'Halloween encadraient la devanture.

Sur le trajet, Jessica et Byrne prirent la décision de ne pas dévoiler leur jeu. Dans la mesure où il s'agissait du seul point de vente des environs à commercialiser le papier utilisé par le meurtrier, ils ne voulaient pas risquer de s'adresser au magasin en leur qualité de policiers. Si un des employés connaissait le tueur, il pouvait décrocher son téléphone à la seconde où ils auraient passé la porte. Et si le plan A échouait, ils auraient toujours la possibilité de revenir toutes armes et insignes dehors.

Ils surveillèrent le magasin pendant quelques minutes. Personne n'entra. Une femme se tenait derrière le comptoir, occupée à arranger un petit présentoir. Il ne semblait y avoir personne à part elle.

« À vous de jouer, dit Jessica.

— Je croyais que c'était vous la reine de l'infiltration.

— C'est le cas. Mais je crains que le genre métrosexuel ne soit pas dans mes cordes.

— Qu'est-ce qu'on avait dit au sujet de ce mot ?

— Désolée. »

Byrne prit quelques instants pour étudier la situation.

« Comment je m'appelle déjà ?

— Je pensais à Bennett Strong », répondit Jessica après quelques secondes de réflexion.

Il approuva d'un hochement de tête. C'était un bon choix. Sévère, mais juste assez fantasque pour l'endroit.

« Où a eu lieu le salon ? »

Jessica tourna l'écran de son iPhone vers Byrne. Elle avait fait des recherches sur Internet pendant le trajet et avait appris qu'un salon de l'imprimerie s'était récemment tenu à Philadelphie. Elle avait également consulté le site Web du magasin. Elle y avait trouvé le nom de la propriétaire. Alicia Webster.

Byrne enleva la plaque à sa ceinture, de même que son arme et son étui, remisa le tout sur la banquette arrière. Puis il ôta sa veste.

« Vous voulez un peu de gel ? » demanda Jessica.

Il se contenta de lui décocher un regard noir.

Alicia Webster avait entre 35 et 40 ans. Elle portait un gilet beige et un pantalon en velours côtelé noir. Ses lunettes de vue pendaient à une cordelette en cuir brut. Elle leva les yeux au moment où Byrne entra dans le magasin, accompagné par le tintement d'un carillon.

« Est-ce que je peux vous aider ? » demanda-t-elle. Sourire agréable, yeux brillants.

Byrne présenta une carte de visite sur laquelle figurait seulement un nom – pas de numéro de téléphone, pas d'adresse, pas d'e-mail, pas de site Internet. Il en avait un petit tas dans sa mallette. Dix identités différentes. Sait-on jamais.

« Je m'appelle Bennett Strong, dit-il. Je suis le propriétaire des galeries Strong à New York. »

Le visage de la femme s'illumina.

« Vous êtes Mlle Webster ?

— C'est bien moi, répondit-elle, visiblement surprise qu'il connaisse son nom. Mais c'est madame, précisa-t-elle en remuant l'auriculaire de sa main gauche.

— *Mea culpa*, s'excusa Byrne, une main sur le cœur. Madame. »

Il lui sourit, avant d'ajouter :

« J'aurais dû m'en douter. »

Rougissement.

« En quoi puis-je vous être utile, monsieur Strong ?

— J'aime beaucoup votre magasin, à propos. Est-ce bien des pinceaux en martre Kolinsky que j'ai aperçus à l'entrée ? »

C'était un article que Byrne avait repéré sur le site Internet de la boutique.

« En effet, acquiesça-t-elle. Vous êtes connaisseur.

— Mais revenons à nos moutons. J'ai récemment assisté au salon PortPhilio à Philadelphie. Avez-vous eu l'occasion de vous y rendre ? »

Dis non, pensa Byrne. *Dis non*.

« Non. J'aurais beaucoup aimé, mais je suis seule ici depuis que mon fils a repris ses études. Je n'ai pas pu me libérer.

— C'était fabuleux. »

La porte s'ouvrit derrière eux, faisant de nouveau tinter le carillon. Une femme entra dans la boutique.

Les yeux d'Alicia se tournèrent brièvement vers la nouvelle venue avant de revenir se poser sur Byrne.

« Bref. J'y ai discuté avec un imprimeur qui m'a recommandé votre magasin. Il m'a montré son travail. Fantastique.

— Comme c'est charmant.

— J'aimerais beaucoup le contacter, mais je crains d'avoir perdu sa carte et j'ai oublié son nom.

— Et il a dit qu'il était client ici ?

— Absolument.

— Il vit à Doylestown ?

— Je ne sais pas.

— À quoi ressemblait-il ? »

Merde, pensa Byrne. Il n'avait aucune idée de ce qu'il fallait répondre. Il ne savait même pas si c'était un homme. Il visa large, empruntant à un profil standard.

« Je ne suis vraiment pas physionomiste. Mais je lui donnerais entre 30 et 40 ans. Taille et corpulence moyennes. Je ne suis pas certain de la couleur de ses cheveux car il portait une casquette. »

Byrne ne pouvait pas se montrer plus vague. Il sourit à Alicia.

« Les femmes me laissent un souvenir plus durable », ajouta-t-il.

Nouveau rougissement.

« Eh bien, c'est un peu mince.

— Peut-être que cela va vous aider : pendant notre conversation, il m'a exposé sa technique d'impression et m'a confié qu'il était tombé sous le charme d'une gamme de papier en particulier. Un papier italien. Relativement cher.

— Vous vous rappelez la marque ?

— Malheureusement non. Mais il m'en a montré

un échantillon sur lequel la *Vénus de Milo* apparaissait en filigrane.

— Atriana.

— C'est ça ! s'exclama Byrne en claquant des doigts.

— Ce n'est pas un article que nous avons régulièrement en stock, expliqua la femme avec un froncement de sourcils. Je ne dois pas en avoir vendu plus de quelques dizaines de feuilles au cours des douze derniers mois. »

Alicia se tourna vers l'ordinateur, pianota sur quelques touches. L'instant d'après, une page s'ouvrit. Byrne la voyait se refléter dans les verres de ses lunettes. C'était un logiciel de base de données et elle avait trouvé un résultat. Elle hocha la tête, se rappelant peut-être le client en question.

« Dans la mesure où notre liste de contacts est confidentielle, j'ai bien peur de ne pouvoir vous communiquer aucun nom.

— Naturellement.

— En revanche, si vous le souhaitez, je peux prendre vos coordonnées et demander à ce que la personne vous rappelle.

— Ce serait formidable. »

Au même moment, il y eut un grand fracas à l'arrière du magasin. Alicia fit volte-face, découvrant une femme plantée à côté d'un présentoir de peinture à l'huile renversé.

« Zut ! s'écria la cliente.

— Doux Jésus, murmura Byrne. Écoutez, occupez-vous de cette maladroite et je repasse dans cinq minutes. Je dois faire un saut au distributeur, de toute façon.

— Ce serait parfait. »

Tandis qu'Alicia se dirigeait vers Jessica pour l'aider à ramasser la marchandise éparpillée, Byrne fit pivoter l'écran LCD vers lui. Ses yeux parcoururent la page. L'ennui était qu'il ne portait pas ses lunettes, mais le nom du client était écrit relativement gros par rapport au reste de la fiche. Il n'eut aucun problème pour le lire. Il s'agissait d'une société appelée Marcato LLC.

Au-dessous : *À l'attention de J.P. Novak.* Byrne se reporta à la dernière ligne. Philadelphie. Tout le reste était globalement flou.

Il remit l'écran dans le bon sens, tourna les talons et quitta le magasin.

Ils sortirent du parking et prirent la direction de la route 611.

« Alors, c'est bon ?

— J'ai son nom, répondit Byrne. Et une adresse partielle.

— Comment ça ?

Byrne garda le silence.

« Vous ne portiez pas vos lunettes. »

Byrne reprit les notes qu'il avait griffonnées à sa sortie du magasin.

« Le papier a été acheté pour le compte d'une société appelée Marcato LLC. Au nom de J.P. Novak. L'adresse se trouve à Philly. Quelque chose comme Aberdale Road. Ou Ashington. Je crois que c'était au numéro 8180 ou 5150. Peut-être 6160. »

Jessica secoua la tête.

« Vous savez, ces lunettes ont une fonction.

— Je ne vous vois pas en permanence avec les vôtres.

— Occupez-vous de vos affaires, monsieur Strong. Conduisez et laissez-moi mener mon enquête. »

Sur la route du retour, Jessica fit faire une recherche au nom de J.P. Novak. Il n'existait aucun numéro de téléphone à ce nom, aucun J.P. Novak avec un casier judiciaire au centre d'information criminelle de Philadelphie. Ils trouvèrent près de quarante pages de Novak au prénom commençant par J : John, Joseph, Jerry, Jerszy, Jacob, Joshua.

Jessica chercha aussi à Marcato et ne trouva aucune société à ce nom, LLC ou autre. Elle trouva en revanche une définition du terme. Il s'agissait d'un mot italien qui signifiait *marqué* et qui, en musique, indiquait que la note devait être « attaquée », maintenue sur les deux tiers de sa valeur, puis suivie d'un silence sur le tiers restant.

Selon une source, le *marcato* correspondait à « une poussée rythmique suivie d'un déclin de la note ».

Qui donnerait un nom pareil à sa société ? se demanda Jessica.

De retour à la Rotonde, ils écumèrent toutes les bases de données à la recherche d'un J.P. Novak ainsi que d'une rue de Philadelphie parmi les douzaines de combinaisons obtenues à partir d'Abberton. Ils demandèrent à tout l'étage si quelqu'un connaissait une rue, une impasse ou une allée répondant à ce nom ou à un nom similaire. Il y eut quelques propositions approchantes mais rien de concluant.

Après vingt minutes à s'escrimer en vain, Jessica se leva et se mit à scruter le grand plan de Philadelphie accroché au mur. On ne pouvait pas fixer indéfiniment un écran d'ordinateur sans finir avec trois paires d'yeux. Dieu sait comment, elle mit le doigt sur deux possibilités.

« Venez voir, dit-elle. Il y a une rue dans l'ouest de Philadelphie qui s'appelle Abingdon. »

Byrne sauta sur ses pieds.
« C'est ça, s'exclama-t-il.
— Il y en a aussi une qui s'appelle Ashingdale.
— Merde. »
Josh Bontrager attrapa sa veste.
« Je m'occupe d'Ashingdale. »
Jessica et Byrne se dirigèrent vers la porte.
« Kevin ?
— Quoi ?
— Prenez vos lunettes. »

30

Les numéros s'arrêtaient à 7000 sur Abingdon Road, ce qui excluait l'existence d'un numéro 8180. Jessica et Byrne remontèrent la rue jusqu'au 5150 avant de repartir en sens inverse. À cette adresse se trouvait une carrosserie appelée D & K Motor Cars. Personne à l'intérieur ne connaissait de Novak, ni de société appelée Marcato LLC.

Le 6160 était un ancien entrepôt reconverti en immeuble d'habitation appelé le Beau Rive. La façade avait récemment été réenduite, et les quatre appartements sur rue possédaient tous des baies vitrées serties dans des profils de plomb.

Byrne se rangea le long du trottoir, coupa le moteur.

« Attendez-moi ici », fit Jessica en sortant de la voiture.

Elle gravit les marches du perron. Une fois dans le petit hall d'entrée, elle regarda les boîtes aux lettres. Il y avait six appartements. Elle passa les noms des occupants en revue. L'avant-dernier, dans l'appartement 204, s'appelait Joseph Paul Novak.

Bingo.

Elle sonna deux fois à l'interphone. Pas de réponse.

Jessica ressortit, remonta dans la voiture.

« Il y a un certain Joseph Novak qui habite l'appartement 204. J'ai sonné. Ça n'a rien donné. »

Byrne regarda dans son rétroviseur, fit demi-tour, se gara devant un restaurant thaï de l'autre côté de la rue. Ils n'avaient pas pris le temps de déjeuner et les odeurs étaient alléchantes. Il enclencha la position parking, coupa le moteur de la Taurus.

« On attend un peu ? proposa-t-il.

— OK. »

Après dix minutes à regarder les piétons aller et venir le long d'Abingdon Road, Jessica perdit patience. Elle descendit de voiture, traversa la rue, s'appuya contre un réverbère, sortit son iPhone, fit semblant de téléphoner. Les portables remportaient haut la main la palme du meilleur accessoire de surveillance jamais inventé.

La porte du Beau Rive finit par s'ouvrir. La première personne à sortir du bâtiment fut une élégante sexagénaire. À peine eut-elle posé un pied sur le trottoir qu'elle s'arrêta, fourragea dans son sac à main, puis fit demi-tour avec un air écœuré et disparut à l'intérieur en coup de vent. Elle avait visiblement oublié quelque chose.

La deuxième personne à émerger de l'immeuble fut un homme noir approchant de la trentaine. Il franchit la porte en boutonnant une veste de chef cuisinier, visiblement pressé. Adossée au réverbère, Jessica le héla :

« Joseph ? »

Aucune réaction. Il ne tourna même pas la tête. La femme réapparut quelques minutes plus tard et partit à vive allure dans la direction opposée. Jessica, à qui il arrivait au moins une fois par jour de sortir de chez elle en oubliant quelque chose, compatissait.

Elle retraversa la rue, s'appuya contre la voiture

où Byrne attendait vitre ouverte, recommença à faire mine de téléphoner. Dix longues minutes plus tard, un autre homme sortit du bâtiment.

« C'est lui, fit Jessica.

— Comment le savez-vous ?

— Je le sais. »

Jessica longea le trottoir, fit gonfler ses cheveux d'un geste rapide.

« Joseph ? C'est vous ? »

L'homme se retourna. Il était grand, large d'épaules. Âgé d'une trentaine d'années, il avait des cheveux bruns presque aux épaules, une barbe de la veille étudiée. Il portait un manteau sombre. Sa peau était d'une pâleur d'albâtre.

« Est-ce que je vous connais ? » demanda-t-il.

Sa posture n'indiquait ni agressivité ni repli. Il affichait plutôt une sorte de curiosité amusée.

« Nous nous sommes rencontrés l'année dernière, mentit Jessica en continuant d'aller vers lui. Vous êtes bien Joseph Novak ? »

L'homme lui adressa un demi-sourire, mais celui-ci indiquait qu'il ne lui promettait rien.

« C'est bien moi. Mais je dois avouer que je ne me souviens pas de vous.

— Je m'appelle Jessica Balzano. »

Elle sortit son insigne en le tenant en l'air.

« J'aimerais seulement vous parler quelques instants. »

Joseph Novak regarda le badge avant de revenir à Jessica. Sous cette lumière, ses yeux étaient d'un bleu pâle presque incolore.

« On ne s'est jamais vus, n'est-ce pas ?

— Non, concéda Jessica. C'était seulement un audacieux subterfuge de ma part. »

L'homme sourit.

« Bien joué. Mais je me demande bien en quoi je pourrais vous renseigner. »

Il marqua une pause, regarda par-dessus l'épaule de l'inspecteur.

« Vous ou votre partenaire. »

C'était au tour de Jessica de sourire. Elle oubliait souvent qu'il n'y avait pas besoin d'être extralucide pour comprendre que Byrne et elle étaient flics.

« Ça ne prendra même pas une minute. »

Novak brandit une longue enveloppe au format standard.

« Il faut juste que je poste ça », dit-il en montrant une boîte aux lettres à l'angle de la rue, un demi-pâté de maisons plus loin.

Avant d'ajouter :

« Je promets de ne pas m'enfuir. »

Jessica jeta un coup d'œil à l'enveloppe. Le papier ne ressemblait pas à celui trouvé sur les scènes de crime.

« Dans ce cas, je promets de ne pas vous prendre en chasse. »

Nouveau sourire.

« Si vous voulez bien m'excuser.

— Bien entendu. »

Novak jeta un nouveau coup d'œil à Byrne, avant de pivoter sur ses talons et de se diriger vers la boîte aux lettres. Byrne descendit de voiture, traversa la rue.

« C'était bien vu, commenta-t-il.

— Je sais. »

Novak glissa la lettre dans la boîte et, comme promis, remonta dans leur direction. Dans la lumière de l'après-midi, sa haute stature ne passait pas inaperçue.

« Et si vous appeliez Josh pour lui dire où nous sommes ? » suggéra Byrne.

Jessica décrocha son téléphone, avertit Bontrager. Elle raccrocha juste au moment où Novak fut de retour devant le perron de son immeuble.

« Je m'appelle Joseph Novak, dit-il en se tournant vers Byrne.

— Kevin Byrne.

— En quoi puis-je vous aider ? » demanda-t-il.

Jessica pointa le doigt vers la porte du Beau Rive.

« Est-il possible de discuter à l'intérieur ? Comme je vous l'ai dit, nous n'abuserons pas de votre temps. »

Novak ne répondit pas immédiatement. Voyant que ces deux agents de police n'avaient aucune intention de partir, il céda.

« Je vous en prie », dit-il en leur indiquant le chemin.

31

L'appartement de Novak, un vaste trois-pièces de trois mètres sous plafond aux espaces décloisonnés, donnait sur l'arrière du bâtiment. Il était meublé dans un esprit contemporain, avec une dominante d'aluminium brossé et de cuir. Des CD rangés sur des étagères en bouleau sur mesure recouvraient la quasi-totalité d'un mur. Il devait y en avoir un millier. Jessica remarqua qu'ils étaient classés par catégories : classique, électronique, New Age, jazz. Il y avait aussi des sous-catégories par compositeur, interprète, époque. Brahms, Beethoven, Bach, Enya, Parker, Mingus, Tyner, Mulligan, Chemical Brothers. La lumière du soleil, qui entrait à flots par les fenêtres et se reflétait sur les boîtiers en plastique pour former un arc-en-ciel de couleurs, était étourdissante.

En ouvrant la porte, Novak se dirigea droit vers le grand bureau situé de l'autre côté de la pièce et rabattit l'écran de son ordinateur portable.

« Nous n'abuserons pas de votre temps, se répéta Byrne.

— Mais pas du tout, répliqua Novak. Je ne demande qu'à vous aider.

— Connaissez-vous la raison de notre visite, monsieur Novak ? »

Novak s'assit au bureau, croisa ses longues jambes.

« Je crains que non. »

Byrne posa une planche de six photographies devant l'intéressé. La photo de Kenneth Beckman se trouvait dans le coin supérieur droit. Dans un premier temps, ils feraient comme si Beckman était un témoin qu'ils recherchaient.

Jessica observa attentivement Novak au moment où son regard se posa sur le trombinoscope. S'il reconnut Beckman, il n'en laissa rien paraître.

« Reconnaissez-vous l'une de ces personnes ? » demanda Byrne.

Novak prit quelques secondes pour réfléchir.

« Non, dit-il. Désolé.

— Pas de problème. »

Byrne laissa le panel photographique sur le bureau. Il s'appuya contre le mur près de la baie vitrée, inspectant la pièce, notamment l'étagère sur laquelle reposaient des équipements électroniques compliqués et ce qui ressemblait à une table de mixage.

« Puis-je vous demander ce que vous faites dans la vie ? s'enquit Byrne.

— J'exerce le métier d'ingénieur du son, répondit Novak. Mais ce n'est pas ma seule activité liée à la musique. J'écris aussi des critiques pour des magazines de jazz et de classique.

— Intéressant. Je suis moi-même un inconditionnel de blues classique. »

Novak sourit.

« Je possède une petite collection de vieux blues qui vaut néanmoins le détour. Ma pièce maîtresse est le coffret de 78 tours qui comprend les premiers enregistrements de Mary Johnson, Scrapper Blackwell et Kokomo Arnold.

— Sympa. Du Roosevelt Sykes ?

— Pas encore. »

Jessica entra en piste. Dans une situation comme celle-ci, elle et son partenaire aimaient combiner leurs efforts. Pendant que l'un détournait l'attention de la personne interrogée, l'autre avait le temps de jeter un œil au décor, de repérer les détails. Une série d'étagères accueillait des objets d'art. De petites sculptures, des gravures maories, ainsi qu'un étonnant bracelet en inox serti d'un grenat. Jessica reporta son attention sur les CD.

« Votre collection de musique est sacrément impressionnante, commenta-t-elle.

— Merci, fit Novak. Mais je n'en ai acheté qu'une petite partie. Recevoir des CD promotionnels à l'œil fait partie des avantages de ce métier.

— Et quels sont les désavantages ?

— Écouter de la mauvaise musique. »

Jessica laissa courir son regard le long du mur.

« Et entre tous ces disques, vous avez un compositeur préféré ? »

Novak sourit de nouveau.

« J'imagine que cela revient à demander à un Esquimau s'il y a un type de flocon de neige qu'il préfère. Mais, puisque vous insistez, Jean-Sébastien Bach reste pour moi au-dessus du lot.

— Je suis désolée d'abuser de votre gentillesse, fit Jessica sans transition, mais puis-je utiliser vos toilettes ? »

Il s'agissait d'un autre stratagème bien connu des enquêteurs. Pendant que l'un faisait la conversation, l'autre en profitait pour explorer les lieux. Sans parler de son armoire à pharmacie. On pouvait beaucoup apprendre sur une personne grâce aux médicaments qu'elle prenait. Sans compter qu'il était difficile de ne pas accéder à une telle demande.

Novak hésita. Son regard se tourna vers le couloir avant de revenir sur Jessica. La question resta un moment en suspens.

« Oui, naturellement, finit-il par répondre. La deuxième porte sur votre droite.

— Merci. »

Jessica s'engagea dans le couloir. La cuisine se trouvait à gauche, la salle de bains à droite. Au fond, une porte à peine entrouverte donnait sur la chambre.

Jessica entra dans la salle de bains. Elle était impeccable. Une grande photographie en noir et blanc était accrochée au mur. Elle représentait un chef d'orchestre, un homme aux cheveux noirs d'une beauté ténébreuse. Il portait une queue-de-pie. Jessica avisa la légende : RICARDO MUTI, 1986. Muti était le chef d'orchestre italien qui avait succédé à Eugene Ormandy en tant que directeur artistique de l'orchestre de Philadelphie en 1980.

Jessica jeta un œil à la corbeille en bambou à droite des toilettes. Vide. Elle ouvrit l'armoire à pharmacie avec précaution. Précaution qu'elle prenait depuis le jour où elle avait procédé à une inspection similaire sans réfléchir et que des bouteilles s'étaient fracassées dans le lavabo.

L'armoire renfermait un assortiment de produits de soins pour le visage. Aucun médicament. Si Joseph Novak suivait un traitement, il le conservait ailleurs.

Lorsqu'elle eut épuisé les possibilités, Jessica tira la chasse. Elle se lava les mains, par souci de parfaire l'illusion autant que par habitude.

Elle sortit de la salle de bains, tendit l'oreille. Byrne et Novak étaient toujours en train de discuter. Elle fit un pas sur sa droite, entrebâilla la porte de la chambre. La pièce était à l'image du style industriel de l'appartement. Elle abritait un lit *king size* sur une estrade, une paire de lampes de chevet en inox avec des abat-jour en lin rectangulaires.

Ce ne fut pourtant pas le mobilier qui manqua de lui couper le souffle. La pièce entière était tapissée de papiers. Elle dut y regarder à deux fois pour en croire ses yeux. Elle avait d'abord cru à une sorte de papier peint inventif. Mais ce qu'elle avait d'abord pris pour du papier peint était en réalité des centaines et des centaines de photographies, articles, couvertures de magazines, coupures de presse, dessins. Tous semblaient tourner autour d'un seul sujet. Le meurtre.

Son regard fut attiré par un grand panneau en liège recouvert de tout un tas de pages de tabloïds. Celle qui figurait tout en haut l'arrêta net. C'était une page déchirée dans le *Report*, le journal à scandale local. En gros titre on pouvait lire :

Passée à tabac à Pennsport !

L'article portait sur un meurtre brutal qui remontait à 2002. Plus exactement au 21 mars 2002.

La photographie montrait une Antoinette Chan souriante.

Jessica regarda dans le couloir, ne vit personne. Elle sortit son iPhone de sa poche, pénétra complètement dans la chambre et se mit à mitrailler les murs, espérant que la lumière était suffisante. Puis elle battit en retraite et retourna au salon, son téléphone en l'air.

« Inspecteur ? »

Byrne et Novak tournèrent la tête.

« Excusez-moi de vous interrompre, mais j'ai un appel pour vous. »

Byrne se leva, traversa la pièce, fit quelques pas dans le couloir. Jessica lui indiqua la porte ouverte de la chambre. Son coéquipier s'avança jusqu'au seuil, balaya d'un coup d'œil la pièce. Il recula.

Ils se regardèrent d'un air entendu. Byrne se tourna vers la porte d'entrée. Elle s'en chargerait. Il s'occuperait de Novak.

Un grand bruit leur parvint du salon. À leur retour dans la pièce, la chaise de bureau était renversée. Il avait suffi de quelques secondes. Novak s'était envolé.

« Merde ! » vociféra Byrne.

Il fila en direction de la fenêtre donnant sur la sortie de secours. Jessica courut vers la porte.

Elle passa la tête dans le couloir. Il n'était pas très long – il y avait seulement quatre appartements à cet étage – et était desservi par un seul escalier. Elle se précipita vers l'ascenseur. Silence. Novak n'aurait pas eu le temps de l'appeler et de parcourir ne serait-ce qu'un étage. Elle se rua vers l'escalier, ouvrit doucement la porte, la main sur la crosse de son arme.

La cage d'escalier était vide.

Jessica descendit les marches sans un bruit, son pistolet pointé vers le sol devant elle. Elle prit un virage à cent quatre-vingts degrés, continuant de descendre, l'oreille tendue vers les sons alentour. La circulation à l'extérieur, une télévision allumée au rez-de-chaussée. Aucun bruit de pas.

Arrivée au rez-de-chaussée, elle dut prendre une décision. Continuer jusqu'au sous-sol ou vérifier cet étage ? Elle choisit la deuxième option. Elle poussa une porte qui donnait sur un petit couloir. Le hall de l'immeuble se trouvait droit devant. Elle remonta le couloir en rasant le mur. Lorsqu'elle déboucha dans le hall, elle découvrit Joseph Novak assis sur une chaise. Son pied droit martelait nerveusement le sol.

Jessica s'apprêtait à lever son arme lorsqu'elle sentit une autre présence. Elle tourna la tête. C'était Josh Bontrager. Appuyé contre la porte, il tenait un *hoagie* dans une main, son pistolet dans l'autre. Il sourit, décocha un clin d'œil à Jessica au moment même où Byrne arrivait en vue du perron de l'immeuble. Ce dernier déboula dans le hall, essoufflé. Josh mordit dans son sandwich. Jessica s'avança, rengaina son arme et plaça Joseph Novak en état d'arrestation.

32

Lucy se tenait devant la petite porte rouge ornée d'une clé dorée et ternie. Elle ne se rappelait même pas avoir marché jusqu'à Cherry Street. Tout ce dont elle se souvenait, c'était d'avoir pointé pour la pause-déjeuner puis, comme par magie, d'avoir atterri là.

Elle remonta le couloir. L'endroit semblait beaucoup plus calme que la veille, ou peut-être était-ce seulement par contraste avec le vacarme dans sa tête.

En quelques instants, elle se retrouva devant la porte du Tisseur de rêves. Cette fois, la porte était fermée. Elle frappa, patienta. De la musique lui parvenait de l'intérieur, qu'elle identifia comme du classique. Elle ne connaissait rien à la musique classique. Elle frappa à nouveau. La musique cessa. Puis elle entendit des pas légers. La porte s'ouvrit.

« Lucinda. »

Elle fut immédiatement saisie par son apparence, au point qu'elle laissa échapper un hoquet de surprise. M. Costa semblait avoir rajeuni. Non pas qu'il eût l'air plus jeune, mais il paraissait plus animé, plus vif dans ses gestes. Ses cheveux étaient peignés, rabattus vers la droite selon une raie parfaitement rectiligne.

Il portait ce qui ressemblait à une chemise blanche propre. Ses chaussures étaient fraîchement cirées. Il sentait bon le savon.

En entrant dans la pièce, Lucy s'aperçut qu'elle tremblait. Elle tourna légèrement la tête en franchissant le seuil, mais découvrit que la photographie accrochée juste au-dessus de l'interrupteur – celle dont elle était certaine qu'elle représentait la maison dans laquelle elle avait grandi – avait été remplacée par une autre, représentant cette fois une vallée fleurie et un petit chalet duquel montait un ruban de fumée.

Est-ce qu'elle avait rêvé ?

M. Costa ferma la porte derrière elle. Ils pénétrèrent ensemble dans le salon.

Si l'homme semblait plus jeune, son domicile aussi avait plus d'allure. Il l'avait un peu arrangé. Il avait même fait la poussière.

Il lui désigna le fauteuil vert. Lucy ôta son manteau, s'assit.

« J'espère que vous avez bien dormi ? demanda-t-il.

— Pas vraiment, répondit Lucy. Je ne suis même pas sûre d'avoir fermé l'œil.

— Compréhensible.

— Vous aviez peut-être raison.

— À quel propos ? »

Lucy posa son sac à main par terre, se cala dans le fauteuil. Même ce dernier paraissait différent. Plus grand, bizarrement. Elle s'y sentait comme une petite fille, ou encore comme Alice au pays des merveilles.

« En disant que j'avais entrouvert une porte. Je crois que c'est peut-être le cas.

— C'est une excellente nouvelle, sourit M. Costa. Qu'est-ce qui vous fait penser ça ? »

En chemin, Lucy s'était demandé si elle devait

parler à M. Costa de l'homme de l'hôtel. Elle choisit d'attendre la prochaine session, le temps de savoir ce qu'elle pouvait apprendre, pour peu qu'elle pût apprendre quoi que ce soit.

« Je ne sais pas trop. Juste une impression. »

L'expression de M. Costa indiquait qu'il ne la croyait pas mais qu'il ne lui en voulait pas pour autant. Lucy avait le sentiment que beaucoup de monde lui racontait des moitiés de vérité sur leurs vies, sur leurs sentiments.

« Vous êtes confortablement installée ? » demanda-t-il.

Mieux que jamais, pensa Lucy.

« Oui, répondit-elle. Tout va bien.

— Vous avez apporté le bloc-notes ? Celui de l'hôtel ? »

Lucy plongea la main dans son sac, en sortit l'objet demandé. Elle le tendit à M. Costa, lequel ouvrit les mains en signe de refus.

« Non, c'est pour vous. Vous avez un stylo ?

— Non. Désolée. »

M. Costa plongea la main dans la poche de sa veste, en extirpa un beau stylo-plume ancien, ôta le capuchon et le tendit à Lucy.

« Vous écrirez quelque chose un peu plus tard.

— D'accord.

— Vous êtes prête à commencer notre séance ?

— Tout à fait.

— Alors je vais vous demander de fermer les yeux et d'écouter le son de ma voix. »

Cette fois, Lucy ne flottait pas au-dessus de la ville. Cette fois, elle était assise. Non, plutôt agenouillée.

Elle était à genoux, les fesses sur les talons. Et elle avait peur.

Où es-tu ?

Il fait noir. J'ai les yeux bandés.

Sais-tu où tu te trouves ?

Non.

À l'intérieur ou à l'extérieur ?

Je suis à l'intérieur. Dans un bâtiment.

La pièce est grande ou petite ?

Petite. On dirait une espèce de placard.

Où est passé l'homme ?

Je ne sais pas.

Est-ce qu'il t'a fait du mal ?

Je ne crois pas.

Tu es seule ?

Oui. Mais j'ai rencontré quelqu'un. Une fille.

Quel âge a-t-elle ?

Pareil que moi.

Qu'est-ce que tu vois ?

Si j'enlève mon bandeau, je peux regarder à travers le trou d'une serrure. Il y a une table près d'un canapé. Il y a quelque chose dessus.

Qu'est-ce qui est posé dessus ?

Ça brille. Ça a une forme ovale.

De quoi s'agit-il ? Quel est cet objet qui brille ?

C'est une plaque. Une plaque de police.

Comment es-tu habillée ?

Je porte une robe. C'est lui qui me l'a mise.

Quel type de robe ?

Une robe à sequins. Une robe d'adulte. Et il m'appelle Ève.

Ève ? Qui est Ève ? Une connaissance à toi ?

Non. Ève du jardin d'Éden. Celle qui s'est laissé tenter par la pomme.

Tu peux voir son visage ?

Non. Pas encore. Mais je vois sa main. Il porte une grosse bague.

Quel genre de bague ?

Ça ressemble à un serpent. On dirait une bague en forme de serpent.

Soudain, dans sa rêverie, Lucy Doucette sentit qu'elle tombait. Elle sentit que quelqu'un essayait de la sauver. Quelqu'un ou quelque chose.

Non. C'était l'obscurité elle-même. Elle tendit la main… *une bague en forme de serpent... le serpent du jardin d'Éden...* et se laissa entraîner.

33

Joseph Novak était installé dans la salle A, l'une des deux salles d'interrogatoire étriquées et oppressantes de la brigade criminelle.

Ils n'avaient pas grand-chose contre lui et, s'il n'avait pas pris la fuite, Jessica et Byrne n'auraient sans doute pas pu l'amener au poste sans son consentement. Les gens ne comprennent pas que s'enfuir devant les forces de l'ordre ouvre grand le champ des possibles. La relation démarre d'emblée sur de mauvaises bases. Une conversation anodine qui aurait doucement pris un tournant modérément inquisiteur se retrouve finalement placée sous le signe du doute et du soupçon.

Même s'il fallait se résoudre à relâcher certains suspects, la chance était parfois au rendez-vous. La nature de l'affaire y était pour beaucoup. Si une affaire était portée à la connaissance du grand public, les forces de l'ordre avaient la pression pour obtenir des résultats, pression qu'elles répercutaient sur les procureurs, qui travaillaient les juges au corps, lesquels par conséquent autorisaient les perquisitions et les fouilles avec plus de générosité qu'à l'habitude. Lorsque vous perquisitionniez une maison ou un véhicule, vous ne saviez jamais à quoi vous attendre. Les mandats étaient les valets des chefs d'inculpation, qu'importe si vous n'aviez aucune idée de ce que vous cherchiez.

Ils laissèrent mariner Novak pendant quelques minutes. La salle A n'avait rien à voir avec les salles d'interrogatoire des séries télévisées. À la télévision, les salles d'interrogatoire avaient des murs peints en gris pâle, un éclairage théâtral, une moquette propre, un mobilier luxueux et faisaient généralement la taille d'un salon ordinaire. Dans les faits, du moins à la brigade criminelle de Philly, la pièce mesurait environ un mètre quatre-vingts par deux mètres quarante, soit à peine plus qu'une cellule lambda – et ce n'était pas une erreur de l'architecte.

Il n'y avait aucune ouverture, hormis le miroir sans tain qui n'était guère plus grand qu'un magazine. Et puis il y avait les tubes fluorescents accrochés au plafond, les chaises boulonnées au sol et la table courte sur pieds. Que la pièce soit nettoyée ou repeinte régulièrement ne changeait rien au fait qu'elle gardait une faible odeur d'urine et de Javel. *Grosso modo*, c'était la version maison d'un passage dans la salle 101 de George Orwell. En tout cas, c'était l'effet recherché.

Quiconque souffrait de problèmes de claustrophobie et entendait la porte se fermer, le verrou coulisser à l'extérieur, ne tardait pas à se décomposer. Plus d'un dur à cuire avait craché le morceau après un séjour d'une heure ou deux à l'hôtel de la criminelle.

Jessica était assise en face de Novak. Byrne se tenait contre le mur près du miroir sans tain. L'air apathique, le visage dénué de toute expression, Novak était installé sur la chaise rivée au sol.

Byrne posa la grosse boîte de dossiers sur la table.

Elle était presque vide mais Novak n'avait pas besoin de le savoir. Il jeta un coup d'œil à la boîte, puis reporta son attention sur Byrne.

« Où en étions-nous ? » demanda Byrne.

Novak ne répondit rien.

« La conversation était tellement plaisante. Pourquoi vous être enfui ? »

Novak continua de garder le silence.

« Où couriez-vous comme ça ? »

Silence encore.

Byrne laissa les questions planer dans la pièce pendant quelques instants, puis tendit la main, paume ouverte. Jessica lui passa son iPhone. L'inspecteur tourna l'écran vers Novak et fit défiler la série de photographies que Jessica avait prises de sa chambre.

Novak parcourut les images du regard, impassible.

« C'est ce que l'on peut appeler un collage intéressant, commenta Byrne.

— Est-il d'usage dans la police de s'inviter chez quelqu'un pour y prendre des photographies en douce ?

— D'usage ? s'étonna Byrne. Non, je ne crois pas.

— Je suis sûr que tout un tas de lois relatives au respect de la vie privée ont été bafouées lors de votre visite. Mes avocats auront largement de quoi s'amuser. À commencer par une perquisition illégale.

— Autant que je m'en souvienne, vous nous avez invités à entrer chez vous, monsieur Novak. »

Byrne se tourna vers sa coéquipière.

« Est-ce également votre souvenir, inspecteur ?

— Ça l'est.

— Aucune brute épaisse en rangers n'a enfoncé votre porte, personne n'est descendu en rappel le long de la façade de votre immeuble pour passer par vos fenêtres. Il s'agissait d'une conversation cordiale entre trois personnes, dont deux avaient été invitées à entrer. »

Byrne tapota l'écran du portable.

« Tout ceci se trouvait en évidence. »

Novak ne réagit pas.

« Y a-t-il quoi que ce soit dont vous aimeriez discuter avec nous ?

— Comme ?

— Comme la raison pour laquelle une pièce de votre appartement est dédiée à l'histoire du crime dans la Ville de l'amour fraternel ?

— Je travaille sur un projet qui nécessite des recherches, répondit Novak après un temps d'hésitation. Je suis grand amateur de *true crime*.

— Comme vous pouvez l'imaginer, moi aussi », dit Byrne.

Il désigna une des photos.

« Je me rappelle un grand nombre de ces affaires. En fait, j'ai même enquêté sur certaines d'entre elles. »

Novak resta silencieux.

Byrne sélectionna une autre photographie d'un petit coup d'index sur l'écran. Celle-ci montrait une partie de la pièce dédiée au meurtre d'Antoinette Chan. Il s'agissait d'un ensemble de coupures de presse tirées de l'*Inquirer*, du *Daily News* et du tabloïd *Report*, ainsi que d'articles postérieurs relatifs à l'interrogatoire de Kenneth Beckman par la police.

« Je constate que vous suivez de près l'affaire Antoinette Chan », observa Byrne.

Novak posa ses mains l'une sur l'autre sur ses cuisses, se caressant le poing gauche du bout du doigt. Un geste de nervosité classique. Ils abordaient un sujet sensible.

« C'est une affaire intéressante comme il y en a tant,

répondit-il. Mes recherches remontent jusqu'à un siècle en arrière. Vous admettrez que le crime ne connaît pas la crise dans cette ville.

— Ce n'est pas moi qui vous contredirais sur ce point, admit Byrne. Mais parlons d'abord des affaires récentes, si vous êtes d'accord. »

Rien.

« Qu'est-ce qui vous a intéressé dans le meurtre d'Antoinette Chan ? » demanda Byrne.

Novak s'appuya contre le dossier de sa chaise, baissa les yeux. Il rompait le contact.

« C'est un acte que j'ai trouvé particulièrement violent, expliqua-t-il. L'arme du crime était un marteau de coffreur, si ma mémoire est bonne.

— C'est exact.

— Le choix d'une arme comme celle-ci avait quelque chose d'intime, commenta Novak, levant brièvement les yeux avant de détourner aussitôt le regard. Indiquait énormément de passion.

— Connaissez-vous un homme du nom de Kenneth Beckman ? interrogea Byrne.

— Non. »

La réponse était sortie beaucoup trop vite. Dès qu'elle eut franchi ses lèvres, Jessica vit que Novak avait compris son erreur.

« Mais vous étiez en primaire ensemble, rebondit Byrne. Le petit Kenny se trouvait dans votre classe du CE1 au CM2.

— Vraiment ?

— Non, avoua Byrne. Enfin, je ne pense pas. Ce que je veux dire, c'est que, vu la vitesse à laquelle vous avez répondu, vous auriez pu le connaître, et pourtant vous n'y avez même pas accordé une seconde de réflexion. Pourquoi ça ? »

Novak se dandina sur sa chaise.

« Cet homme – j'imagine que sa photo figurait sur le trombinoscope que vous m'avez montré chez moi ?

— Oui.

— Je ne connais personne de ce nom. »

Byrne plongea la main dans la boîte, fit glisser le trombinoscope de l'autre côté de la table. Novak l'examina attentivement, ses yeux passant de l'un à l'autre des six visages. C'était clairement pour la galerie. Il secoua la tête.

Byrne agrandit la photo d'un mouvement du doigt, zoomant sur une coupure de presse concernant l'affaire Antoinette Chan.

« Vous nous avez dit que vous travailliez sur un projet. De quel type ?

— J'écris un opéra.

— Un opéra ?

— Oui », acquiesça Novak.

Il changea à nouveau de position sur sa chaise en acier, que Jessica savait inconfortable.

« C'est une fresque épique retraçant plus de cent ans de crime dans cette ville. Ce que vous avez sous les yeux représente le fruit de mes recherches.

— Certaines de vos sources mentionnent Kenneth Beckman en tant que suspect dans l'affaire Antoinette Chan. »

Novak hésita.

« Je ne peux pas me rappeler le nom de tout le monde. D'autant que les vrais noms n'importent pas pour le thème de mon travail.

— Et quel est ce thème ?

— Le crime, le châtiment, la culpabilité, la rédemption.

— Kenneth Beckman est mort. »

Rien. Aucune réaction.

« On l'a assassiné, poursuivit-il. Son corps a été retrouvé au même endroit que celui d'Antoinette Chan. Sacré revirement de situation, hein ? fit Byrne devant le silence de Novak. Je vois ça comme la fin du premier acte. »

Novak leva les yeux, une expression de suffisance sur le visage. Ce n'était pas le visage de quelqu'un qui n'avait rien à cacher, mais plutôt celui de quelqu'un qui avait pris soin de tout dissimuler.

« Si ce Beckman était impliqué dans le meurtre d'Antoinette Chan, je pourrais parler de karma, de destin, ce genre de chose. Je n'ai rien à voir avec tout cela.

— Le nom de Kenneth Beckman ne vous évoque donc absolument rien ?

— Rien du tout.

— Et celui de Sharon Beckman ?

— Est-ce que c'est son épouse ? »

Byrne le dévisagea sans rien dire.

Novak se composa un demi-sourire, secoua la tête.

« C'est le moment où vous vous exclamez : "Est-ce que j'ai prononcé le mot *épouse* ? Je n'ai jamais prononcé le mot *épouse*. Comment savez-vous que ce n'est pas sa fille ou sa sœur ?" C'est maintenant que vous me dites ça, hein, inspecteur ? demanda Novak en claquant ses mains sur ses cuisses. J'ai vu *Le Limier*. La première version. Celle avec…

— Laurence Olivier et Michael Caine. »

Cette fois, on voyait à l'expression de Novak qu'il marquait un point.

« Vous n'avez toujours pas répondu à ma question », reprit Byrne.

Novak fixait le sol.

« Monsieur Novak ? Est-ce que le nom de Sharon Beckman vous est familier ?

— Non », répondit celui-ci en levant la tête.

Byrne laissa l'interrogatoire se décanter un moment. Puis il sortit le sac en plastique transparent contenant l'échantillon de papier Atriana.

« Reconnaissez-vous ceci ? » demanda Byrne.

Novak s'empara du sachet, le tint à la lumière fluorescente. On distinguait nettement un bout du filigrane caractéristique.

« Oui.

— Où l'avez-vous déjà vu ?

— Je connais cette marque. Elle s'appelle Atriana.

— À quoi correspond Marcato LLC ? »

Pause.

« C'est une maison d'édition.

— Livres, magazines ?

— Partitions. »

Byrne hocha la tête.

« Et vous utilisez ce papier ?

— Oui, répondit Novak. Pour relier certains tirages spéciaux.

— Où pourrais-je me procurer un exemplaire de ces tirages ?

— Il y en a dans le monde entier.

— À quand remonte la dernière fois où vous avez acheté ce type de papier ? interrogea Byrne.

— Je ne m'en souviens pas.

— Si nous fouillons votre appartement, est-ce que nous en trouverons des feuilles ? Qui sait ? Peut-être coupées en bandes de treize centimètres ?

— Non, répondit Novak. Tout mon stock a été volé. Quelqu'un s'est introduit chez moi par effraction.

— Vraiment ? Et quand ça ?

— Il y a six mois.
— Vous l'avez signalé à la police ?
— Oui. »
Novak était sans doute suffisamment intelligent pour savoir qu'ils vérifieraient. Il ne se serait pas permis une telle affirmation si cela n'avait pas été la vérité.
« Que vous a-t-on volé d'autre ?
— Une montre, un lecteur MP3.
— Et du papier », ajouta Byrne.
Pas de réponse.
Byrne fixa l'homme pendant quelques instants, comme s'il compatissait avec lui sur l'étrange état du monde.
« J'étais chez vous ce matin, reprit-il, et je dois avouer que, si je vous avais cambriolé, je ne me serais pas contenté d'une montre, d'un Nano et d'un peu de papier. Sur le marché, votre équipement audio se vendrait un peu plus qu'une poignée de dollars, vous ne croyez pas ? Pioneer Elite, McIntosh. Joli matos.
— Je ne possédais pas encore tout ce matériel à l'époque.
— Ah, d'accord. Je suis sûr que vous avez conservé les factures portant la date à laquelle vous l'avez acheté. Nous aurons sans doute envie d'y jeter un œil.
— Je devrais pouvoir les retrouver, répondit Novak, de marbre.
— Super. Cela nous aiderait beaucoup. »
Jessica s'excusa, sortit de la salle d'interrogatoire. Elle passa un coup de fil aux inspecteurs de la division ouest, leur communiqua sa requête. Quelques minutes plus tard, elle reçut le dépôt de plainte par fax. Novak disait la vérité. Du moins en ce qui concernait le cambriolage. Elle retourna dans la salle d'interrogatoire, tendit le fax à son coéquipier. Il le lut, regarda Novak.

« Il semblerait que vous disiez la vérité.

— Qui l'eût cru ? »

Byrne plaça le fax dans le classeur, le referma.

« Cependant, quelque chose m'intrigue.

— Quoi donc ?

— Malgré toutes vos minutieuses recherches sur l'affaire Antoinette Chan, vous ne vous rappelez pas le nom de Kenneth Beckman. Il a pourtant été cité dans les journaux – ainsi qu'à la télévision. »

Novak haussa les épaules.

« J'ai dû passer à côté.

— Qui l'eût cru ?

— Vous comprenez aisément pourquoi nous nous intéressons à vous, monsieur Novak, reprit Byrne en agitant le sac renfermant l'échantillon de papier. Cet objet vous appartient et il a été retrouvé sur une scène de crime.

— Cet objet m'a été volé, rétorqua Novak. Et si l'injustice que j'ai subie est dérisoire au regard de celle que M. Beckman a subie, je suis une victime dans cette affaire au même titre que lui. »

Byrne l'écouta jusqu'au bout, patienta quelques instants.

« Une vraie tirade d'opéra. »

L'espace d'un moment, Novak ne dit rien. Puis, comme s'il avait récité un texte :

« J'imagine que nous en sommes au stade où je devrais contacter mon avocat. Les photos de mes effets personnels et privés, ainsi que la façon dont elles ont été obtenues, ne devraient pas manquer de l'intéresser. »

Byrne regarda Jessica. Celle-ci tourna son iPhone vers Novak. Elle sélectionna quelques icônes et, l'instant d'après, tous les trois contemplaient la barre de progression se déplaçant de gauche à droite. Les images étaient effacées.

« Quelles photos ? » fit mine de s'étonner Byrne.

Les deux hommes se fixèrent pendant quelques secondes. Puis l'inspecteur rompit le silence :

« Nous en avons presque terminé. Si vous voulez bien nous excuser un moment. »

Byrne sortit de la pièce à la suite de Jessica, ferma la porte, tira le verrou. Il entrechoqua son poing contre celui de sa partenaire. Ils avaient pris soin d'imprimer les images enregistrées sur son iPhone avant de commencer l'interrogatoire. Jessica avait aussi profité du moment où elle tenait son téléphone en l'air pour photographier Novak.

Ils retrouvèrent Dana Westbrook en salle de pause. Tous les trois observèrent le suspect sur l'écran.

« Malheureusement, annonça-t-elle, c'est insuffisant pour le garder en détention ou obtenir un mandat de perquisition.

— Nous devons prendre en compte sa collection d'histoires policières, chef.

— Aux dernières nouvelles, ça n'a rien d'illégal. Si ça l'était, je serais moi-même en prison. Hier soir, j'ai enchaîné *Le Sixième Sens* et *Le Silence des agneaux.* »

Westbrook consulta sa montre. Ils devaient veiller à ne pas retenir Novak trop longtemps. Il leur faudrait rapidement décider de l'inculper ou de le remettre en liberté. Le fiasco Eduardo Robles avait suffi à leur rafraîchir la mémoire en matière de procédures.

« Sans compter qu'aucune des photos ne serait recevable. Pas de motif raisonnable, or n'importe quel avocat se penchera sur la façon dont elles ont été obtenues. »

Jessica regarda de nouveau l'écran. Novak n'avait

pas remué un cil. Il était assis les yeux fermés, ses longues jambes croisées devant lui.

« Peut-on le faire surveiller ? » demanda Jessica.

Westbrook disparut dans son bureau avant de réapparaître. Elle était allée consulter le tableau de service.

« Je n'ai personne à mettre sur le coup. Il se peut qu'il y ait une personne de nuit disponible ce soir. J'en toucherai un mot au commandant de garde pour essayer de faire quelque chose. »

N'importe quoi peut arriver d'ici là, songea Jessica. Mais il fallait s'en satisfaire.

« Relâchez-le », ordonna Westbrook.

Quelques minutes plus tard, Jessica et Byrne regardaient Novak se diriger nonchalamment vers le couloir conduisant aux ascenseurs.

Puis, comme s'il avait oublié quelque chose, Novak s'arrêta. Il fit volte-face, se dirigea à grands pas vers les deux inspecteurs.

Qu'est-ce que c'est que ce cirque ? se demanda Jessica.

34

Byrne observa les mains de Novak alors qu'il approchait. C'était une habitude qu'il avait prise en tant que jeune policier et qu'il n'avait jamais perdue. Surveiller les mains, c'est surveiller l'homme.

Novak s'arrêta devant eux. Il s'adressa uniquement à Byrne, ignorant Jessica.

« Je tenais seulement à vous dire que je ne garde aucune rancune. »

On est loin d'en avoir terminé, pensa Byrne. *Tu pourrais encore changer d'avis*.

Novak lui tendit la main.

Des années plus tôt, le père de Byrne lui avait enseigné une leçon. Cette leçon, c'était de ne jamais refuser de serrer la main d'un homme, quand bien même celui-ci était l'individu le plus méprisable de la Terre. Ainsi, avait expliqué Paddy Byrne à son jeune fils, s'il devait descendre cet homme, celui-ci ne le verrait pas venir.

Byrne avança la main.

Les deux hommes entrèrent en contact et Byrne vit…

... la maison baignant dans l'obscurité, la lumière pénétrant dans la pièce par les hautes fenêtres, le

lait d'une lune d'automne peignant tout d'un bleu sulfureux.

Quatre personnes. De la musique en arrière-fond. Une musique mélodieuse, familière, bientôt encouragée par des cris de terreur et d'agonie. Maintenant l'odeur du sang. Du sang et du jasmin.

À minuit, trois personnes se tiennent au-dessus d'un cadavre, du sang se répand sur le carrelage blanc, des nuées de laque écarlate dans lesquelles se reflètent des visages qui...

Byrne n'arriva pas à voir. Pas encore. Il retint la main de Joseph Novak une seconde de trop. Ce geste déplacé n'échappa pas à Novak, qui tourna rapidement les talons et quitta la salle commune.

Une question planait sur la vision perturbante que Byrne venait d'avoir, une question dont il ne voulait pas vraiment connaître la réponse.

Ce souvenir appartient-il à Joseph Novak ou m'appartient-il ?

35

Ils se réunirent dans le bureau du patron. Hormis Dana Westbrook, étaient présents Russell Diaz, Nicci Malone, Nick Palladino, Josh Bontrager et Dennis Stansfield.

Byrne traça deux triangles sur le tableau blanc. Il écrivit un nom au sommet du premier. Antoinette Chan. Puis il ajouta Kenneth Beckman en bas à gauche. Sharon Beckman en bas à droite.

« Commençons par Antoinette Chan, suggéra Byrne. Admettons que Beckman l'ait tuée. Et admettons que Sharon Beckman lui ait servi de complice en mettant le feu à leur maison pour détruire les preuves. Le corps de Kenneth Beckman a été retrouvé sur la scène de crime d'origine. Celui de Sharon Beckman sur la tombe d'Antoinette Chan. Tueur, complice et victime, tous unis dans ce triangle auquel aucun point ne manque. »

Byrne passa au second triangle. Au sommet, il dessina un point d'interrogation. En bas à gauche, il nota le mot victime. En bas à droite, un autre point d'interrogation. Avant de reprendre :

« Si notre criminel est une sorte de redresseur de torts et que son mode opératoire consiste à descendre le suspect principal dans une affaire d'homicide non élucidée et à abandonner son corps sur la scène de crime initiale, puis à passer à un complice et à abandonner ce deuxième corps sur la tombe de la victime initiale, alors je pense qu'il y a matière à extrapoler un peu. »

Byrne indiqua le coin inférieur gauche du second triangle.

« Puisque notre victime a été retrouvée dans la rue, nous pouvons supposer que notre homme la tenait pour responsable d'un homicide commis à cet endroit. En ce qui concerne l'identité de la victime et celle de son complice, nous ne la connaîtrons pas tant que nous ne remonterons pas au crime d'origine. À moins de débusquer un témoin, c'est notre seule option. »

Byrne se tourna vers Nicci.

« Les empreintes n'ont encore rien donné ?

— Ce type était un camé, dit-elle en secouant la tête. Il a les doigts tellement brûlés à force d'avoir fumé du crack qu'on ne parvient pas à obtenir d'empreinte satisfaisante. Mais on y travaille. »

Byrne approuva d'un hochement de tête.

« OK. Alors il ne nous reste plus qu'à trouver un homicide ayant eu lieu à l'angle de la 2e Rue et de Poplar Street. »

Des gémissements montèrent des quatre coins de la pièce. Cela promettait d'être un travail de longue haleine.

Six inspecteurs épluchèrent trente ans d'affaires criminelles. Malheureusement, il était impossible d'effectuer une recherche informatique par scène de crime ou par statut. Tout devait être fait à la main. L'obligation de lire chaque dossier rendait la tâche mortellement ennuyeuse. Sans compter que tous les dossiers n'avaient pas été remplis correctement ou même lisiblement. L'exercice revenait à évaluer les inspecteurs s'étant succédé à la brigade depuis trois décennies.

Jessica passait en revue les archives allant de 2003 à 2007. Affaire après affaire, ses yeux ricochaient du nom de la victime à la date de la mort puis à l'emplacement de la scène de crime. Chaque affaire l'embarquait dans une visite du Philadelphie grotesque, avec son lot de crimes violents, de victimes et de coupables. Combien de fois se fit-elle la réflexion : elle connaissait presque tous ces endroits pour s'y être rendue, souvent enfant avec ses parents, ou encore avec Sophie et Vincent, à cent lieues de se douter que quelqu'un y avait été tué.

De temps à autre, elle se levait pour aller se chercher un café, espérant ainsi rester concentrée. Les noms et les adresses commençaient tous à se mélanger, le risque de basculer dans la rêverie à se faire sentir, le danger étant de perdre la notion du temps et par la même occasion de perdre le fil.

Boire un café, s'étirer rapidement et y retourner. Mi-2004. La page à laquelle elle s'était arrêtée racontait la charmante histoire d'un homme qui avait tiré onze fois sur sa femme pour avoir couché avec le livreur d'UPS. Jessica se demanda si l'homme avait livré son colis.

Tu débloques, Jess.

Elle tourna la page.

« J'ai trouvé ! » cria-t-elle sans pouvoir se retenir.

Les cinq autres inspecteurs accoururent presque.

« 21 juin 2004. Individu décédé avant son arrivée à l'hôpital retrouvé dans une benne près de la 2e Rue et de Poplar Street. La victime s'appelait Marcellus Palmer. »

Un rapide examen de la page leur apprit l'essentiel. Marcellus Palmer, 41 ans, était indigent. On l'avait retrouvé battu à mort, ses poches retournées, pieds nus. Jessica nota, dans un coin de sa tête, tout comme Byrne elle en était sûre, que la cause de la mort était la même que pour Antoinette Chan. Cela pouvait être le lien.

Il leur faudrait aller aux archives pour obtenir le dossier complet, mais c'était un début.

Jessica regarda la photo fixée au résumé par un trombone. La nouvelle scène de crime se trouvait littéralement à quelques mètres de l'endroit où le corps de Palmer avait été découvert. Il s'agissait du pré carré de Byrne du temps où il était encore simple agent de patrouille.

« Quel est le statut de l'enquête ? demanda Bontrager.

— Toujours ouverte, répondit Jessica.

— Des suspects ?

— Le suspect principal, un autre sans-abri, était un certain Preston Braswell âgé de 31 ans au moment des faits. Jamais inculpé. »

Nicci Malone s'installa devant un poste informatique, entra le nom dans la base. Quelques secondes plus tard, elle avait un résultat. Et une photographie.

« C'est lui. Preston Braswell. »

Les autres inspecteurs se pressèrent autour de l'ordinateur. La personne à l'écran était la copie conforme de leur homme en plus jeune et en plus propre.

Ils jonglaient désormais avec deux affaires distinctes dans lesquelles l'auteur présumé d'un meurtre avait été assassiné et abandonné à l'endroit même où ce meurtre avait eu lieu. Dans l'une des deux affaires, le corps du complice avait été déposé sur la tombe de la victime initiale. Ils avaient toutes les raisons de croire que la même chose était sur le point de se produire. Si ce n'était pas déjà fait.

Nicci bondit sur ses pieds. Dino l'aida à enfiler sa veste avant de passer la sienne.

« On file aux archives, annonça-t-il. Tenez-vous prêts. »

Tandis que Nicci et Dino partaient, Jessica et Byrne retournèrent au tableau. Byrne effaça le point d'interrogation au sommet du triangle de droite pour y inscrire le nom de Marcellus Palmer. Puis il effaça le point d'interrogation en bas à gauche, le remplaçant par le nom de Preston Braswell.

Jessica recula d'un pas pour contempler la montagne grandissante de preuves en rapport avec ces trois homicides. Trois classeurs se trouvaient sur le bureau, contenant chacun une série de chemises de plus en plus épaisses. Elle jeta un coup d'œil à Byrne.

Il regardait ailleurs.

Il regardait le dernier point d'interrogation qui figurait au tableau.

Un appel de Nicci Malone leur parvint vingt minutes plus tard. Elle avait sous les yeux la boîte de dossiers concernant le meurtre de Marcellus Palmer et s'apprêtait à leur faxer la liste des suspects et des témoins. Jessica enclencha le haut-parleur.

« Chaussez vos baskets. La liste initiale compte soixante et onze noms.

— *Soixante et onze ?*

— Ouais. Les sans-abri sont des gens sociaux. Mais on dirait que la police s'est surtout intéressée à quatre de ces hommes – hormis Preston Braswell. Tous ont été interrogés avant d'être relâchés. On devrait sans doute commencer par essayer de remonter jusqu'à eux. »

Avant que notre tueur ne s'en charge, songea Jessica.

Quelques minutes plus tard, ils reçurent les noms des quatre hommes par fax. Jessica les trouva tous dans le système et imprima les informations disponibles sur chacun d'eux, y compris leurs photos les plus récentes.

Puisqu'il n'était indiqué nulle part où était enterré Marcellus Palmer, il leur faudrait commencer par la rue.

Non sans ironie, de nombreux sans-abri convergeaient depuis des années vers le parc connu sous le nom de Franklin Square situé en face du commissariat central. En règle générale, les sans-abri se réunissent là où ils sont nourris. Cela n'avait guère changé en vingt-cinq ans.

Les inspecteurs se répartirent les noms et les photos des quatre hommes, ainsi que les adresses des différents foyers. Ils conduiraient ces interrogatoires en solo, faute de temps.

Jessica se chargerait de Old City.

36

Le terrain vague au pied du pont Ben-Franklin, au niveau de l'échangeur avec la I-95, servait depuis longtemps de refuge aux sans-abri de Philadelphie. Depuis des années, les policiers surnommaient l'endroit La Copro. Jessica se gara, trouva une ouverture dans le grillage, se fraya un passage sous l'autopont. Plusieurs dizaines de personnes étaient rassemblées sur place. Des piles de cartons et de sacs en plastique pleins à craquer étaient entassées contre la clôture. Non loin de là, attendait une poussette à laquelle il manquait une roue. Gobelets, bouteilles, packs de lait, emballages de fast-food. Pas de cannettes en aluminium évidemment. Les cannettes étaient leurs devises.

Dix ou douze personnes se trouvaient du côté nord du campement, dont une majorité d'hommes. Ils levèrent les yeux vers Jessica sans manifester la moindre réaction. Deux raisons. D'une, Jessica était une femme. De deux, même si elle faisait clairement partie de la police, elle ne débarquait pas tous flingues dehors dans l'intention évidente de les déloger.

Il y avait trois camps distincts, ainsi que quelques hommes qui faisaient bande à part. Jessica s'approcha du premier groupe, leur montra les photos. Personne n'admit reconnaître personne. Même résultat avec les deuxième et troisième groupes.

Tandis que Jessica s'éloignait, l'un des hommes du troisième groupe la rappela. Elle se retourna. Il s'agissait d'un des anciens. Il était allongé sur un épais matelas de cartons.

« Dites-moi, ma jolie, vous avez déjà été avec un clochard ? »

Il la gratifia de son sourire digne d'un clavier de piano, partit d'une toux glaireuse. Ses deux comparses gloussèrent.

« Votre vie ne sera plus jamais la même. Je vous le garantis. Ça vous tente ?

— Pourquoi pas, répondit Jessica. Mais prenez une douche et trouvez-vous un boulot d'abord. »

L'homme eut l'air choqué. Il retourna sous sa couverture, roula sur le flanc.

« Vous ne vous prenez pas pour n'importe quoi, vous. »

Jessica sourit, traversa le campement en sens inverse, posant les mêmes questions, n'apprenant rien de plus. La dernière personne qu'elle interrogea lui indiqua un homme qu'elle n'avait pas repéré, un peu plus loin sur la digue. Comme elle approchait, elle remarqua qu'il avait les jambes sous ce qui ressemblait à une couverture neuve. De plus près, elle constata que l'étiquette n'avait pas été enlevée.

L'homme lisait un livre de poche assis contre la barrière, des sacs-poubelle méticuleusement disposés tout autour de lui. La couverture de l'ouvrage manquait, mais Jessica parvint à déchiffrer le dos. *Les Grandes Espérances*.

« Excusez-moi. Monsieur ? »

Il leva les yeux. Il était noir, et pouvait avoir 50 comme 70 ans. Il portait une veste en velours côtelé marron en loques et une chemise jaunie. Sa cravate, comme la couverture, semblait neuve. Jessica se demanda si elle aussi avait toujours une étiquette. Il avait des yeux brillants et intelligents.

« Madame.

— Puis-je vous demander votre nom ?

— Abraham Coltrane. »

Jessica le crut pour ce qui était d'Abraham.

« Cela vous ennuie si je vous pose quelques questions ?

— Pas du tout, répondit l'homme après avoir inspecté l'insigne que Jessica lui tendait.

— Connaissez-vous l'un de ces individus ? » demanda-t-elle en lui présentant trois des photos.

Coltrane passa les images en revue.

« Aucunement. S'agit-il, comme moi, d'hommes de plaisirs et d'esprit ?

— En effet. »

Abraham Coltrane opina. Jessica lui montra la photo du quatrième homme soupçonné d'avoir été impliqué dans le meurtre de Marcellus Palmer en 2004. L'intéressé se nommait Tyvander Alice.

« Et lui ? » demanda-t-elle.

Coltrane l'examina. Cette fois, Jessica discerna un semblant de réaction dans son regard.

« Encore une fois mes excuses.

— Cette photo commence à dater.

— Je n'oublie jamais une personne que j'ai rencontrée, madame. »

Jessica le croyait sur parole, raison pour laquelle elle pensait qu'il mentait quand il prétendait ne pas connaître Tyvander Alice. Elle sortit un billet de cinq dollars en s'assurant qu'il le voyait bien.

« Jolie couverture.

— Tout ce que je demande, c'est qu'elle tienne chaud.

— Vous avez la facture, monsieur Coltrane ? demanda-t-elle en soulevant l'étiquette.

— C'est un cadeau qui m'a été offert par l'une de mes nombreuses admiratrices.

— On vous offre des cadeaux sans enlever le prix ? »

Coltrane haussa les épaules.

« J'ai bien peur que les bonnes habitudes ne se perdent chez les jeunes.

— Grâce à Dieu, le système judiciaire a gardé les siennes. Mise en accusation, poursuites, condamnation, incarcération. On peut dire que ces gens sont à cheval sur les usages. »

Coltrane la fixa un moment. Jessica vit sa détermination décliner.

« Est-ce que je peux revoir cette photographie ? demanda-t-il.

— Bien entendu. »

Jessica la lui montra. Il l'étudia quelques instants, frottant son menton mal rasé.

« Après réflexion, je crois avoir croisé le chemin de ce jeune homme.

— Il s'appelle Tyvander Alice ?

— Tyvander ? s'étonna-t-il. Non. Je l'ai connu sous un autre nom. On le surnommait Schnaps.

— Schnaps ?

— Parfaitement. Un sobriquet malheureux et indigne qu'il devait à son amour pour les élixirs de hussard, il me semble. »

Jessica tendit le billet de cinq dollars à Coltrane. Ce dernier le porta à son front, le renifla puis le fit disparaître sous sa couverture.

L'inspecteur n'eut pas le temps d'embrayer sur une autre question qu'elle vit le tissu bouger. Quelques secondes plus tard, un Jack Russell pointa son museau de dessous la couverture. Un museau gris. Le chien cligna plusieurs fois des yeux pour s'habituer à la lumière.

« À qui ai-je l'honneur ? demanda Jessica.

— Je vous présente l'irascible Muffin. C'est mon plus vieil ami. »

Coltrane tapota la tête du chien et Jessica vit la couverture s'agiter en rythme avec les battements de queue du cabot.

« Citez-moi quelque chose de meilleur qu'un muffin tiède ? »

Jessica réfléchit. Elle ne trouva pas. Aussi bon, oui, mais pas meilleur. Elle revint au sujet qui l'intéressait.

« Savez-vous où je peux trouver Schnaps ? »

Coltrane haussa les épaules.

« "J'allais solitaire ainsi qu'un nuage, qui plane au-dessus des vaux et des monts[1]." »

Jessica haussa un sourcil dans l'attente de la suite. Voyant qu'il n'y en avait pas, elle se risqua à émettre une proposition :

« Bon Jovi ? »

Coltrane sourit.

« Wordsworth. »

En d'autres termes, la réponse était non. Les sans-abri étaient ainsi. Jessica sortit la photo de Marcellus

1. Traduction de François-René Daillie in *Poèmes*, de William Wordsworth, Gallimard, collection « Poésie », Paris, 2001.

Palmer, la victime trouvée en 2004 à l'angle de la 2e Rue et de Poplar Street.

« Connaissiez-vous cet homme ?

— Oh, oui, s'exclama Coltrane. Marcellus. Nous avons descendu plus d'une chope de tafia ensemble. Mais c'était il y a longtemps.

— Savez-vous ce qui lui est arrivé ? »

Coltrane hocha tristement la tête.

« J'ai entendu dire qu'il avait connu une fin malencontreuse. La ville l'a enterré.

— Est-ce que vous savez où ? »

Coltrane regarda la digue bétonnée. Pendant un moment, on n'entendit plus que le bruit des voitures qui circulaient sur le pont.

« Fut un temps où je l'ai su. L'information semble faire des pirouettes juste à l'orée de ma mémoire. »

Jessica sortit un deuxième billet de cinq dollars sans le donner au clochard.

« Vous pensez que l'on pourrait l'amadouer pour l'attirer sur la piste de danse ?

— J'imagine que oui. »

L'argent disparut en un instant.

« À Parkwood, il me semble. »

Le téléphone de Jessica sonna. Elle regarda l'écran. C'était Byrne.

« Merci pour votre temps, monsieur Coltrane.

— À votre service », répondit celui-ci.

Jessica s'éloigna de quelques pas avant de décrocher.

« Où êtes-vous ? demanda-t-elle.

— Toujours à Philly Ouest. »

Jessica lui raconta ce qu'elle avait appris d'Abraham Coltrane. Byrne la mit au courant de ce qu'elle avait manqué. Deux des sans-abri interrogés dans l'affaire du meurtre de Marcellus Palmer étaient décédés.

Le troisième avait mis les voiles depuis longtemps. Quelqu'un avait raconté à quelqu'un que l'ami de quelqu'un avait raconté à quelqu'un qu'il vivait en Floride. Deux quelqu'un étaient la limite après laquelle il valait mieux ne pas se fatiguer à explorer une piste.

De retour à la Rotonde, Jessica consulta une liste des cimetières de la ville.

Il n'y en avait aucun à Parkwood.

37

Finnigan's Wake, le fameux pub irlandais situé à l'angle de la 3e Rue et de Spring Garden Street, dans le quartier de Northern Liberties, accueillait ce soir-là le gratin des services de police et du parquet, ainsi que des avocats, des juristes, des agents du FBI, des commissaires, des enquêteurs du bureau du légiste. Comme d'habitude, tout le monde faisait corps avec son clan. David Albrecht était présent et filmait sans se mêler à la foule. Russ Diaz ne quittait pas sa nouvelle équipe d'une semelle. Tom Weyrich était là aussi, l'air d'aller un peu mieux. Jessica ne l'avait pas vu avec une aussi bonne mine depuis longtemps. Peut-être était-ce l'effet de la Guinness. Dennis Stansfield se tenait dans un coin avec deux de ses anciens camarades d'escouade.

La soirée avait lieu au premier étage, également connu sous le nom d'étage Lincoln. Après qu'Abraham Lincoln avait été assassiné, son corps avait été amené à Philadelphie pour être exposé à Independence Hall. La nuit de son arrivée, on l'avait placé dans un funérarium de Northern Liberties dont les portes avaient par la suite intégré le premier étage de Finnigan's Wake. Plus d'une pinte y avait été levée à la santé de l'honnête Abe.

Au fil de la soirée, tout un tas de personnes prirent la parole pour raconter leurs anecdotes sur Michael Drummond. Comme à n'importe quel pot de départ, les histoires se limitèrent d'abord à des récits de bureau vaguement grivois mais gentillets. Mais, dans la mesure où, pour beaucoup de personnes présentes, Drummond s'apprêtait à rejoindre la partie adverse, l'heure qui suivit, l'alcool aidant, prit un tour plus audacieux, pour ne pas dire franchement calomnieux.

À 23 heures, Michael Drummond en personne s'empara du micro.

« J'avoue, dit-il. J'ai rejoint la maison suite à un malheureux incident avec une Ford A. »

Même s'il n'avait pas encore fêté ses 40 ans, le sang neuf coulait à flots au bureau du procureur et on l'y surnommait l'Ancêtre. Son entrée en matière suscita des rires polis.

À quelques exceptions près, il remercia ensuite toutes les personnes avec qui il lui avait été donné de travailler indépendamment de leurs affinités politiques, prenant un soin tout particulier à couvrir de louanges les juges au grand complet – des hommes et des femmes devant lesquels il plaiderait bientôt pour la défense –, présents ou non dans la salle.

Le moment vint bientôt pour lui de se mettre à table. D'un coup de cuillère sur un verre en cristal, il obtint l'attention de tout l'auditoire.

« Mes amis, se lança-t-il, j'aimerais faire une annonce. »

Tout le monde se tut. Après tout, c'était la raison qui les avait amenés à se réunir.

« Dans deux semaines, poursuivit-il, j'intégrerai

Paulson Derry Chambers en tant qu'associé junior. D'ici là, je reste à ma place. Alors gare. »

Un grondement sourd parcourut la pièce. Paulson Derry Chambers comptait parmi les cabinets les plus importants de la ville. Tout le monde s'attendait à ce que Mike Drummond voie grand, mais un poste d'associé junior chez Paulson Derry Chambers équivalait à entrer au Valhalla. Des applaudissements s'ensuivirent.

« Bien que je ne l'aie pas connu à titre personnel, j'aimerais vous laisser sur ces sages paroles de Périclès, ajouta Drummond. "Ce que l'on laisse derrière soi n'est pas ce qui est gravé dans la pierre des monuments mais ce qui est tissé dans la vie des autres."

— Amen », lança quelqu'un.

Tout le monde leva son verre.

« Aux vieux singes, renchérit un Nick Palladino un brin éméché.

— Et aux bananes mûres », rit Drummond.

Tout le monde retourna à son petit cercle. Les inspecteurs se retrouvèrent près des grandes baies vitrées donnant sur Spring Garden Street et le pont Ben Franklin.

« Et merde ! pesta Dino une fois que tout le monde fut assis.

— Qu'est-ce qui se passe ? » demanda Jessica.

Dino se leva, inspecta ses poches, se tâta comme on fouille un suspect.

« Je n'arrive pas à y croire.

— Il y a un souci ? »

Dino, impassible :

« Je crois que j'ai laissé mon gloss chez moi. »

Quelqu'un pouffa.

« Kev, fit Dino en pointant le doigt vers la sacoche

accrochée au dossier de la chaise de Byrne, vous n'en auriez pas, par hasard ? »

Rires étouffés autour de la table. Byrne secoua la tête.

« Je suis beaucoup plus costaud que vous. Vous êtes au courant, non ?

— Je sais, répondit Dino. Mais vous êtes aussi plus vieux.

— De quoi ? Cinq ou six mois ?

— Ça n'empêche.

— Cela signifie seulement que je mettrais une ou deux secondes de plus que vous pour traverser la pièce. »

Dino leva les deux mains en l'air.

« Surtout ne me frappez pas avec votre sac. »

Byrne bondit sur ses pieds.

Nick Palladino détala en direction du bar.

La jeune génération avait débarrassé le terrain et était rentrée chez elle. C'était un soir de semaine. Leur petite famille les attendait à la maison. Passé minuit, ne restaient plus en piste que les piliers de comptoir.

Jessica, sur le point de partir, attendait l'ascenseur avec Byrne. Michael Drummond les aperçut, traversa la salle. Il avait largement eu sa part d'ovation pour la soirée.

« Merci d'être venus. »

Il embrassa Jessica avec affection, serra la main de Byrne, lui tapa sur l'épaule.

« Vous vous rendez compte que nous nous retrouverons tôt ou tard face à face », observa Byrne.

Drummond hocha la tête.

« Complètement. J'ai l'impression d'avoir basculé du côté obscur.

— L'argent devrait aider à apaiser votre tourment. »

L'avocat sourit. Il consulta sa montre.

« Je me lève dans trois heures, dit-il. Nous aidons ma mère à emménager dans une résidence médicalisée.

— Vous avez besoin de bras ? proposa Byrne.

— Merci, ça va aller. Il faut seulement que je sois à Parkwood vers 6 h 30 », expliqua-t-il en enfilant son pardessus.

Jessica jeta un regard à son coéquipier avant de se retourner vers Drummond.

« Parkwood ?

— Ça vous étonne ?

— Disons que c'est la deuxième fois que ce nom revient dans la conversation aujourd'hui.

— Comment ça ? »

Jessica lui raconta leur après-midi, sa rencontre avec Abraham Coltrane, lequel prétendait que Marcellus Palmer, la victime retrouvée en 2004 dans une benne à ordures à quelques rues de Finnigan's Wake, était enterré à Parkwood ou dans les environs. Drummond réfléchit quelques instants.

« Maintenant que j'y pense, je suis à peu près sûr qu'il y avait une fosse commune à Parkwood. Sa fermeture remonte à un certain temps.

— Sa fermeture ?

— Ouais. Je crois que les corps ont été exhumés avant d'être soit déplacés dans d'autres cimetières, soit incinérés. Une sorte de projet immobilier était prévu à la place, mais il n'a jamais vu le jour. »

Drummond vida son verre, le posa sur le comptoir.

« Vous vous imaginez vivre au-dessus d'un ancien cimetière ? »

Cette pensée fit frissonner Jessica.

« Savez-vous où se trouvait cet endroit ? demanda-t-elle.

— Aucune idée, répondit Drummond avec un haussement d'épaules. Désolé. D'autant que je me trompe peut-être.

— Maître ! cria une voix ivre de l'autre côté de la pièce. On vous réclame pour un *voir dire.* »

C'étaient deux vieux de la vieille du bureau du procureur. Le *voir dire*, ou le processus de sélection du jury, impliquait en général juge et avocats, lesquels interrogeaient les jurés potentiels sur leurs expériences et leurs croyances. Les deux procureurs étaient attablés devant un assortiment de tous les alcools servis au bar. Il devait y avoir cinquante verres pleins.

« On dirait que je ne suis pas près de me coucher, observa Drummond en se tournant vers Jessica et Byrne. Merci encore d'être venus. »

Sur ce, il ôta sa veste et retraversa la pièce d'un pas chancelant.

Un étage plus bas et quelques minutes plus tard, Byrne tenait la porte à Jessica. Ils sortirent sur Spring Garden Street.

« Alors, à quelle heure voulez-vous que l'on se retrouve au service de l'urbanisme ? » demanda-t-il.

Le service de l'urbanisme conservait les archives du plan de zonage de la ville sur plus de deux cents ans. S'il y avait un jour eu un cimetière à Parkwood ou dans les environs, c'est là-bas qu'ils en trouveraient la trace.

« À l'ouverture, inspecteur », dit Jessica.

38

Jeudi 28 octobre

La dernière fosse commune officielle de Philadelphie avait été inaugurée en 1956 au nord-est de la ville. Avant elle, la fosse la plus utilisée se trouvait à l'intersection de Luzerne Street et de Whitaker Avenue, un terrain contigu à l'actuel hôpital municipal qui servait désormais de parking à la police. Cette dernière avait notamment accueilli des milliers de victimes de l'épidémie de grippe de 1918 pour leur dernier voyage. À plusieurs reprises au cours de l'histoire, les indigents et les corps que personne ne réclamait furent enterrés dans un tas d'endroits en ville, notamment à Logan Square, Franklin Field, Reyburn Park, et même à l'angle de la 15e et de Catharine Street, à quelques rues seulement de l'endroit où Jessica avait grandi.

Désormais, pour des questions de logistique et de budget, beaucoup d'anonymes et de nécessiteux étaient incinérés, et leurs restes conservés dans une salle spéciale à la morgue.

Jessica et Byrne se présentèrent aux archives du service de l'urbanisme juste après 8 heures du matin. Le service de l'urbanisme se trouvait dans le bâtiment des services municipaux au croisement de la 15e Rue et de JFK Boulevard. Ils y apprirent qu'une fosse commune avait existé au nord-est de Philadelphie dans le quartier de Parkwood, fosse qui avait fermé depuis.

Ils s'arrêtèrent pour boire un café et s'engagèrent sur la I-95 juste après 9 heures.

La fosse se trouvait près de l'intersection de Mechanicsville Road et Dunks Ferry Road, à l'extrémité sud de Poquessing Valley Park.

Dunks Ferry Road était bordée au sud par des maisons mitoyennes d'un étage aux corniches ornées de décorations d'Halloween allant de la plus élaborée (un squelette descendant d'une cheminée) à la plus ordinaire (une citrouille prédécoupée en plastique montée sur une lampe à gaz).

Jessica et Byrne descendirent de voiture, traversèrent la rue. Ils franchirent un rideau d'arbres et débouchèrent sur un grand champ.

Il n'y avait ni stèle, ni crypte, ni caveau, ni mausolée. La fosse commune avait bien été fermée, les corps déplacés ou incinérés, le terrain replanté d'herbe.

Jessica regarda la pelouse cabossée par les empreintes inégales des tombes qui s'étaient longtemps trouvées là. Elle songea aux générations d'enfants à venir qui joueraient au cerf-volant, au *kickball*, sans se douter que le sol sous leurs pieds avait un jour abrité les restes des sans-abri de la ville, ses indigents, ses disparus.

Ils déambulèrent sur le terrain gondolé, à la recherche d'un signe quelconque de ce qui avait existé là – une stèle ensevelie, une plaque quelle qu'elle soit, un pieu indiquant la limite du cimetière. Ils ne trouvèrent rien. La nature avait depuis longtemps commencé à reprendre possession du site.

« C'était la seule fosse commune dans ce secteur ? demanda Jessica.

— Ouais, dit Byrne. Il n'y avait que celle-ci. »

Jessica regarda autour d'elle. Elle ne vit rien de prometteur, du moins en ce qui concernait leur affaire.

« On perd notre temps, n'est-ce pas ? »

Byrne ne répondit pas. Il s'accroupit et effleura un morceau de terre nue. Quelques instants plus tard il se releva, se frotta les mains.

Jessica entendit un bruissement dans les arbres situés à proximité. En levant les yeux, elle aperçut une demi-douzaine de corbeaux perchés en équilibre précaire sur une branche d'érable basse. Un nouvel oiseau se posa bientôt sans ménagement, bousculant ses congénères, lesquels répondirent par une série de croassements sonores et de battements d'ailes. L'un d'eux s'envola et piqua en direction des arbrisseaux situés à l'autre extrémité du pré. Jessica suivit sa trajectoire des yeux.

« Kevin », dit-elle, désignant le corbeau du doigt avant qu'il ne se pose hors de leur vue.

Ils échangèrent un regard, se mirent en route pour l'autre côté du terrain. Ils n'avaient pas encore parcouru la moitié de la distance qu'elle leur apparut – la lueur suspecte perçant à travers la verdure, la surface blanche miroitant au soleil.

Ils parcoururent la trentaine de mètres restants au pas de course et découvrirent le corps gisant dans une légère dépression.

La victime était un homme noir d'une quarantaine ou d'une cinquantaine d'années. Il était nu, rasé de la tête aux pieds. L'herbe n'avait pas encore envahi le sol sous son corps. C'était une ancienne tombe.

« Fils de pute », hurla Byrne.

Il enjamba la scène, prenant soin de ne rien déranger.

« Doux Jésus, dit-il en plaçant deux doigts sur le cou de l'homme. Son corps est encore chaud. On rameute tout le monde. Y compris un maître-chien. »

Puis Byrne ouvrit doucement la main gauche du mort. Là, sur son annulaire, figurait un tatouage de poisson.

Ils décrochèrent tous les deux leur téléphone – Byrne appela l'unité scientifique, Jessica, la brigade criminelle, laquelle se chargerait d'alerter le bureau du légiste. Ils se séparèrent pour couvrir chacun un côté du pré, leur arme à la main. Ils vérifièrent les parages, ratissèrent les buissons, les taillis, les dalots et les fossés, en vain.

Ils se retrouvèrent un peu plus tard à l'angle du pré, chacun perdu dans ses pensées. Même s'ils n'avaient encore localisé aucun papier d'identité, il ne faisait aucun doute ni pour Jessica ni pour Byrne que le corps qu'ils avaient découvert – l'homme mort gisant à l'emplacement d'une ancienne tombe – était celui de Tyvander Alice, alias Schnaps.

L'équipe tactique, composée d'inspecteurs de la brigade spéciale d'intervention et de membres de la brigade des fugitifs, débarqua à six véhicules.

Russ Diaz et ses hommes se dispersèrent vers le nord et l'est, en direction des bois. Une équipe canine arriva quelques minutes plus tard. La voiture suivante déposa Dana Westbrook. Pour l'heure, ce coin relativement calme du nord-est de Philadelphie – un endroit jadis dédié au repos et à la solitude – grouillait de membres des forces de l'ordre.

Dix minutes plus tard, le chien et son maître étaient de retour à leur point de départ sur l'aire de stationnement près des terrains de base-ball. Cela signifiait probablement que le tueur s'était garé là avant de se débarrasser du corps et de repartir. Si c'était le cas, la piste était caduque.

Tandis que la police scientifique procédait à l'examen de la scène de crime, Jessica et Byrne, du haut de la colline, contemplaient la chorégraphie qui se déroulait à leurs pieds.

Des inspecteurs enquêteraient bientôt dans le voisinage. Il y avait une résidence au croisement de Mechanicsville Road et Eddington Road, plus une poignée d'appartements à proximité. Quelqu'un avait peut-être vu quelque chose. Mais Jessica en doutait. Leur tueur était un fantôme.

Kenneth Beckman, Sharon Beckman, Preston Braswell, Tyvander Alice.

Quatre corps, huit tatouages achetés.

Il en restait quatre.

Et ils n'avaient pas la moindre piste valable.

L'équipe passa tout son après-midi à faire du porte-à-porte dans les parages, posant encore et encore les mêmes questions aux riverains. Les logements dans cette partie de la ville n'étaient pas aussi denses que dans le centre, ce qui rendait le processus d'autant plus lent, et encore plus débilitant.

Ils retournèrent à la Rotonde, explorèrent quelques pistes minces. Rien. Toute l'équipe termina son service frustrée et épuisée. Quelqu'un résolvait des crimes non élucidés, seulement ce quelqu'un assassinait les tueurs et leurs complices. Quelqu'un rasait tous ces corps à blanc, mutilait leurs visages et les enveloppait dans du papier. Quelqu'un qui glissait dans la ville à la manière d'un spectre.

Jessica s'assit sur le rebord du bureau, une tasse de café froid à la main. Elle jeta un coup d'œil en direction du cagibi. Il renfermait des registres qui recensaient des cas d'homicides vieux de plus de cent ans. Ils contenaient les résumés de centaines d'affaires non élucidées, des affaires dans lesquelles des suspects n'avaient jamais été inculpés, des suspects n'avaient jamais été accusés, des accusés avaient été acquittés pour tout un tas de raisons. En résumé, ces livres représentaient une liste de victimes potentielles pour leur sadique.

La salle commune était presque déserte. Le deuxième service avait déjà commencé et les inspecteurs étaient déjà en train de battre les rues à la poursuite d'une piste, à la recherche d'un témoin. Jessica les enviait.

« Vous n'avez pas une famille qui vous attend à la maison ? demanda Byrne.

— Nan, dit Jessica. Mais c'est drôle que vous m'en parliez, parce que figurez-vous que j'ai justement vu un homme et une petite fille rôder autour de chez moi l'autre jour. Je devrais appeler la police. »

Byrne éclata de rire.

« À propos, vous vous habituez à votre nouvelle maison ?

— Si je ne compte pas les fois où je me prends les pieds dans les meubles et celles où je tourne pendant cinq minutes pour trouver un endroit où poser mon café, c'est super.

— Elle est si petite que ça par rapport à l'ancienne ? »

Jessica hocha la tête.

« Elle ressemble beaucoup à la maison dans laquelle

j'ai grandi. Le plan est identique. Sauf que j'étais moi-même beaucoup plus petite à l'époque.

— Petite comment ? Une taille 4 ?

— Gros malin. »

Byrne s'empara d'une épaisse liasse de courrier maintenue par un élastique. Il y en avait à vue d'œil pour deux semaines de correspondance, majoritairement des prospectus. Jessica voulut signaler à son coéquipier que vider sa boîte aux lettres une fois de temps en temps ne nuisait pas, mais elle se dit qu'il le savait.

Tandis que Byrne passait en revue la pile de papiers et en jetait la plupart, Jessica sentit la lettre parfumée avant de la voir. Elle dégageait une odeur de jasmin. Byrne souleva l'enveloppe, l'examina, la renifla. Elle avait le format d'une carte que l'on envoie à titre personnel, un rectangle d'environ dix centimètres par quinze. Du papier visiblement haut de gamme.

« Un mot d'une admiratrice ? demanda Jessica.

— Comme si j'en avais.

— C'est le costume gris anthracite, Kevin. Je vous assure. »

Byrne sortit un coupe-papier du bureau, fit une entaille dans l'enveloppe, en extirpa la carte. Malgré son irrésistible envie de jouer les commères, Jessica s'écarta d'un mètre ou deux pour laisser un peu d'intimité à son partenaire et entreprit de mettre tout ce qu'elle voulait emporter dans son cabas. Quand elle leva à nouveau les yeux vers Byrne, celui-ci était pâle comme un linge. Quelque chose n'allait pas.

« Qu'y a-t-il ? » s'inquiéta-t-elle.

Face au silence de son coéquipier, elle insista.

« Kevin. »

Après quelques instants, Byrne prit Jessica par le

bras, l'entraîna dans la petite pièce abritant la machine à café, ferma la porte. Il lui tendit la carte. Elle était imprimée sur un luxueux papier couleur ivoire. L'odeur de jasmin était désormais beaucoup plus forte. Jessica chaussa ses lunettes, lut le message, une courte note rédigée à l'encre lavande dans une écriture élégante.

Mon très cher inspecteur Byrne,

Cela fait longtemps, n'est-ce pas[1] ? *Je me demande ce que vous êtes devenu. Vous arrive-t-il de penser à moi ? De mon côté, je pense souvent à vous. Pour tout vous dire, j'ai rêvé de vous l'autre nuit. C'était la première fois depuis des années. Vous aviez fière allure avec votre pardessus sombre et votre fedora noir. Vous portiez un parapluie avec une poignée en ivoire sculpté. Avez-vous pour habitude de vous promener avec un parapluie ? Non, j'ai du mal à l'imaginer.*

Alors dites-moi. Vous les avez trouvés ? Le lion, le coq et le cygne ? Est-ce qu'il y en a d'autres ? On pourrait croire qu'ils font bande à part, mais ce n'est pas le cas. J'espère que vous allez bien et que l'avenir vous réserve tout le bonheur du monde. Je n'ai plus peur.

— C

Jessica était abasourdie. Elle relut le message tandis que l'odeur prononcée du jasmin lui montait à la tête.

« Vous vous foutez de moi ? s'offusqua-t-elle finalement dans un murmure sonore. “Le lion, le coq et le cygne” ? »

1. En français dans le texte. (N.d.T.)

Byrne garda le silence.

« Qui vous a envoyé ça, Kevin ? Qui est C ? »

Byrne cherchait ses mots, tournant et retournant l'enveloppe dans ses mains. Les mots étaient normalement son fort. Il les choisissait toujours avec soin. Il était doué pour ça.

Il lui raconta toute l'histoire.

39

Jessica regardait son coéquipier. Elle aurait été incapable de dire depuis combien de temps elle le fixait, bouche bée, sourcils levés. Tout ce qu'elle arriva finalement à articuler tint en un mot : « Waouh. »

Byrne ne dit rien.

« Je me souviens d'elle, ajouta Jessica. Enfin je me souviens de l'histoire. J'ai dû entendre mon père en parler. Elle a fait les gros titres pendant un certain temps. »

Jessica était encore au lycée à l'époque, mais ses amis et elle avaient discuté de l'affaire, principalement parce qu'elle conjuguait sexe, violence et célébrité.

En novembre 1990, Christa-Marie Schönburg, une violoncelliste de l'orchestre de Philadelphie, avait été arrêtée et inculpée pour le meurtre d'un homme du nom de Gabriel Thorne. Dans la presse, Thorne était présenté comme le psychiatre de Christa-Marie, mais les spéculations allaient bon train sur une possible relation entre le médecin et sa patiente, qu'importe si Thorne s'occupait d'elle depuis sa plus tendre enfance et était de trente ans son aîné. Si Jessica avait bonne mémoire, la musicienne avait plaidé l'altération partielle du discernement et avait été condamnée à perpétuité avec une peine de sûreté de vingt ans dans la prison d'État de Muncy.

« C'était votre première affaire ? interrogea Jessica.

— Ouais, répondit Byrne en hochant la tête. Ma première en tant qu'inspecteur référent. Je faisais équipe avec Jimmy. »

Jimmy Purify avait non seulement été le mentor de Byrne à la brigade criminelle, mais aussi son coéquipier avant Jessica.

« Je ne comprends pas, reprit Jessica. Christa-Marie se trouve toujours à Muncy ?

— Non. Elle est sortie il y a quelques années. Aux dernières nouvelles, elle habite toujours la maison de Chestnut Hill. »

Jessica décida de ne pas demander à son coéquipier pourquoi il savait tout ça. Il n'était pas rare que les inspecteurs gardent un œil sur les individus qu'ils avaient arrêtés et fait condamner. Ce qui étonnait Jessica, c'était qu'elle n'était au courant de rien.

« Vous lui avez parlé depuis sa remise en liberté ?

— Non.

— Est-ce qu'elle a essayé de vous contacter avant aujourd'hui ?

— Pas à ma connaissance. »

Jessica marqua une pause. Elle avisa de nouveau l'écriture sur la carte. Elle ne ressemblait en rien à celle d'une personne perturbée.

« Est-ce qu'elle va, comment dire… *mieux* ?

— Je n'en sais rien, reconnut Byrne avec un haussement d'épaules. Le meurtre témoignait d'une telle sauvagerie qu'on l'a soumise à une batterie de tests psychologiques. J'ai eu certains des rapports sous les yeux. Dépression chronique. À la limite de la bipolarité. Le sujet n'a jamais été évoqué puisqu'elle a plaidé coupable. Il n'y a pas eu de procès.

— Vous avez été convoqué à l'audience ?

— Oui.

— Et vous avez témoigné ? »

Byrne hésita avant de répondre. Jessica décela un certain remords.

« Oui.

— Quand est-ce que cette carte a été postée ? demanda-t-elle, cherchant à établir une chronologie.

— Jeudi dernier », répondit Byrne après avoir regardé l'enveloppe.

Jessica fit le calcul.

« Autrement dit, elle l'a envoyée…

— Avant les meurtres. »

Elle sentit son souffle se bloquer dans sa gorge. Elle essaya d'intégrer ces nouvelles informations. Il était rare qu'on la prenne à ce point par surprise.

« Est-ce qu'elle est capable d'une chose pareille ? Physiquement, je veux dire ? »

Elle savait que sa question était en partie rhétorique. Elle avait déjà été condamnée pour meurtre, après tout. Elle était manifestement capable de violence. Mais un acte violent exécuté sous l'emprise de la rage et de la passion ne préfigurait pas nécessairement un meurtre de sang-froid soigneusement calculé. Et puis il fallait prendre en compte les considérations physiques.

« Elle en est capable. La logistique ? C'est une femme menue, Jess, et elle est bien plus âgée qu'à l'époque, cela va sans dire. Je ne pense pas qu'elle aurait pu faire tout ça sans l'aide de quelqu'un. »

Jessica resta un moment silencieuse.

« OK. Peut-être que c'est seulement une coïncidence. »

Byrne se contenta de fixer sa coéquipière sans réagir.

« Bon, j'aurai essayé, dit-elle avant de jeter un coup d'œil à sa montre. Vous voulez y aller maintenant ou demain matin ?

— Aller où ?

— Kevin. On doit lui parler. »

Byrne lui reprit la carte des mains, la remit dans l'enveloppe.

« Je ferais mieux de lui rendre visite seul. »

Il avait sans doute raison, ce qui n'empêchait pas Jessica de vouloir l'accompagner.

« Vous devez prévenir le patron, Kevin. Vous devez mettre l'équipe au courant. »

Byrne jeta un coup d'œil à la ronde. La petite pièce exiguë n'offrait pas grand-chose à regarder, à part une cafetière déglinguée et le miroir sans tain donnant sur l'une des salles d'interrogatoire. Il se tourna à nouveau vers sa coéquipière.

« Demain », dit-il.

Jessica voulut objecter, mais Byrne poursuivit :

« Écoutez. Cette carte a un lien avec l'affaire Kenneth Beckman. Or j'enquête sur cette affaire. Quel est le lien, je n'en ai aucune idée. Mais s'il y en a un, j'en aviserai tout le monde. Dans le cas contraire, il n'y a aucune raison de mettre ça sur le tapis.

— Comment pourrait-il n'y avoir aucun lien, Kevin ? Ce n'est pas comme si Christa-Marie avait pu tenir ces informations de l'un de nous. Elle a écrit ce mot avant les meurtres.

— Admettons que j'en parle à Dana maintenant. Qu'est-ce qu'elle va faire de plus ? Envoyer deux inspecteurs l'interroger ? Je connais Christa-Marie. Et c'est moi que Dana enverrait de toute façon. Il n'y a aucune raison de chambouler la vie de cette femme tant que nous n'en saurons pas davantage.

— Donc, vous allez lui rendre visite à titre officieux. »

Byrne ne dit rien.

Jessica voulait rappeler à son partenaire que Christa-Marie Schönburg était une meurtrière, une femme qui avait avoué son crime et passé plus de quinze ans en prison. Si Byrne n'avait pas nourri une sorte d'attachement personnel encore flou à cette femme et à son histoire, et qu'il avait appris qu'un ancien meurtrier possédait des informations sur un homicide récent, il aurait débarqué chez lui avec toute la cavalerie.

« En plus, reprit Byrne, se lançant dans son allocution finale, qui va dire que je n'ai pas pris connaissance de ce message demain ? Tout le monde sait que je n'ouvre jamais mon courrier. »

Les secrets de Kevin étaient en sécurité avec Jessica, et réciproquement. Elle faisait confiance à son jugement plus qu'à celui de n'importe qui.

« D'accord, s'inclina-t-elle. Que voulez-vous que je fasse ?

— Je me rends à Chestnut Hill à la première heure demain matin. Je vous appelle après. »

Jessica hocha la tête. Ils restèrent un long moment sans rien dire.

Puis Jessica finit par rompre le silence :

« Tout va bien, Kevin ? »

Byrne ouvrit la porte de la petite pièce, jeta un coup d'œil à l'extérieur. La salle commune ressemblait à une ville fantôme. Il se retourna vers sa partenaire et dit doucement :

« Je n'en sais absolument rien. »

Vingt minutes plus tard, sous le regard de Jessica, Byrne rassembla ses affaires, ferma sa mallette, récupéra son arme dans l'armoire de classement, attrapa son manteau et ses clés. Il s'arrêta sur le seuil, se retourna, lui adressa un sourire triste et un signe de la main. Tandis qu'il disparaissait à l'angle du couloir, Jessica savait qu'il avait autre chose en tête, autre chose que le boulot, autre chose que l'horreur de ces quatre cadavres disséminés en grande pompe à travers la ville.

Quelque chose qu'il ne lui disait pas.

40

Il est assis en face de moi, réduit au statut d'épave tremblante. Dans ses mains se trouve une vieille photographie aux couleurs passées depuis longtemps, aux coins pliés et cornés.

Nous avons bu un café, échangé des civilités. Je ne suis pas du genre à me laisser séduire par la nostalgie. Elle n'a aucune valeur à mes yeux.

« Je ne pensais pas te revoir, dit-il.

— Mais tu sais pourquoi je suis là, n'est-ce pas ? »

Il me fait signe que oui.

« Tout a changé. On ne pourra jamais revenir en arrière. »

Il hoche la tête à nouveau, cette fois la larme à l'œil.

Je consulte ma montre. C'est le moment, et le temps presse. Je me lève, porte ma tasse jusqu'à l'évier, la rince à l'eau bouillante. Je l'essuie, la remets dans le placard. Je porte des gants, mais on n'est jamais trop prudent. Je retourne à la table. Nous arrêtons de parler. La vérité est toujours précédée d'un silence.

« Est-ce que ça va faire mal ? » demande-t-il.

J'écoute les voix des morts tourbillonner autour de moi. J'adorerais leur poser la question. Hélas, c'est impossible.

« Je ne sais pas.

— C'est du Cho-Cho-San tout craché, tu ne trouves pas ?

— Le bébé en moins.

— Le bébé en moins. »

Quelques instants s'écoulent. Ses yeux se voilent.

« Tu te rappelles ? demande-t-il.

— Je me rappelle. Tout était possible alors, n'est-ce pas[1] *? Tous les futurs. »*

Quand je repense à cette époque, cela m'attriste. Je me rends compte à quel point tout est à jamais révolu, perdu dans les conduits de la mémoire.

« Tu veux que j'attende là ? » demandé-je en me levant.

Il regarde la table pendant un moment, puis ses mains.

« Non », répond-il doucement.

Je lui prends la photo, la glisse dans ma poche. À la porte, je m'arrête pour me retourner. J'aperçois mon reflet dans la glace au fond du couloir. Cela me rappelle le miroir de sang écarlate répandu sur le sol.

Avant de partir, j'augmente le volume. Ce n'est pas Chopin cette fois, mais la suite symphonique de Holst intitulée Les Planètes, *un mouvement appelé « Vénus, la pacifique ».*

La pacifique.

Parfois, me dis-je tandis que je franchis le seuil pour la dernière fois, la musique exalte l'instant.

Parfois c'est l'inverse.

1. En français dans le texte. (N.d.T.)

41

La clinique du sommeil, un département du Centre hospitalier de l'université de Pennsylvanie, se trouvait dans un bâtiment moderne en verre et en acier situé sur Market Street près de la 36e Rue.

Byrne traversa la rivière vers 18 heures, trouva une place de parking, se présenta à l'accueil, fournit sa carte d'assurance maladie, s'assit, survola *Neurology Today*, un de ses magazines préférés toutes catégories confondues. Il observa discrètement la poignée de personnes dispersées dans la salle d'attente. Comme il pouvait s'y attendre, tout le monde avait l'air épuisé, moulu, au bout du rouleau. Il espérait que tous ces gens étaient de nouveaux patients. Il n'avait pas envie de penser qu'ils entamaient leur vingtième rendez-vous et paraissait toujours aussi mal en point.

« Monsieur Byrne ? »

Byrne leva les yeux. À l'autre bout du comptoir se tenait une femme blonde qui ne mesurait pas plus d'un mètre cinquante. Âgée d'une petite quarantaine d'années, elle portait des lunettes à monture rose. Elle était pimpante et pleine d'énergie. Les insomniaques détestent ce qui est pimpant.

Byrne se leva, se dirigea vers la femme pétillante vêtue de viscose blanche.

« Bonjour ! gazouilla-t-elle. Comment vous sentez-vous ?

— En pleine forme, merci, répondit Byrne, se demandant ce qu'il aurait fabriqué à l'hôpital si c'était le cas. Et vous ?

— Super ! »

Son badge disait qu'elle s'appelait Viv. Sans doute le diminutif de Vivante.

« Nous allons seulement vous mesurer et vous peser », l'informa-t-elle.

Elle le conduisit jusqu'à la balance électronique, lui demanda d'ôter ses chaussures. Il monta sur le plateau.

« Je ne veux pas connaître mon poids, d'accord ? la prévint-il. Ces derniers temps, je… je ne sais pas. Ça doit être les hormones. »

Viv sourit, fit mine de se coudre les lèvres d'un geste théâtral, nota le poids de Byrne sans prononcer un mot.

« Maintenant, si vous voulez bien vous tourner, je vais vous mesurer. »

Byrne s'exécuta. Viv se jucha sur un marchepied, monta le curseur de la toise, puis l'abaissa doucement jusqu'à toucher la tête de Byrne.

« Et votre taille ? demanda-t-elle. Vous voulez savoir combien vous mesurez ?

— Je dois être capable d'assumer ma taille. Émotionnellement parlant.

— Vous faites un mètre quatre-vingt-dix.

— Bon, dit Byrne. Au moins je ne me suis pas ratatiné.

— Pas d'un pouce. Vous vous lavez à l'eau froide, je parie. »

Byrne sourit. Il aimait bien Viv, sa vivacité mise à part.

« Suivez-moi », dit-elle.

Byrne parcourut les deux magazines élimés disponibles dans la petite salle d'examen aveugle, relevant une dizaine de nouvelles recettes de poulet réalisables en trente minutes, ainsi que des astuces pour débarrasser les tissus d'ameublement des taches occasionnées par un chiot.

Quelques minutes plus tard, le médecin arriva. C'était une Asiatique d'une trentaine d'années plutôt jolie. Un badge avec une photo était épinglé à sa blouse. Elle s'appelait Michelle Chu.

Ils passèrent rapidement les civilités concernant la météo et l'hystérie des conducteurs dans le parking couvert. Le Dr Chu prit connaissance des antécédents de Byrne sur l'écran LCD de l'ordinateur. Quand elle eut cerné son cas, elle pivota sur sa chaise, croisa les jambes.

« Depuis combien de temps souffrez-vous d'insomnie ?

— Pour faire court, répondit Byrne, cela fait tellement longtemps que je ne m'en souviens pas.

— Avez-vous du mal à vous endormir ou à rester éveillé ?

— Les deux.

— Combien de temps, en moyenne, vous faut-il pour trouver le sommeil ? »

Toute la nuit, pensa Byrne. Mais il savait ce qu'elle entendait par là.

« Disons une heure.

— Vous vous réveillez la nuit ?

— Ouais. Au moins deux ou trois fois. »

Le médecin prit quelques notes supplémentaires, ses doigts galopant sur le clavier.

« Vous ronflez ? »

Byrne connaissait la réponse. Il ne voulait simplement pas lui avouer comment il le savait.

« Eh bien, ces temps-ci, je n'ai personne qui…

— … partage votre lit ?

— C'est ça, acquiesça Byrne. Précisément. Vous pensez que vous pourriez me faire une ordonnance ?

— Je pourrais, rit-elle. Mais je ne suis pas sûre que votre mutuelle la prendrait en charge.

— Vous avez sans doute raison. J'ai déjà du mal à me faire rembourser l'Ambien. »

Ambien. Le médicament magique, le mot magique. Du moins chez les neurologues. Il avait capté son attention.

« Depuis combien de temps en prenez-vous ?

— Par intermittence depuis aussi loin que je me souvienne.

— Pensez-vous avoir développé une dépendance ?

— C'est certain. »

Le Dr Chu lui tendit une feuille préimprimée.

« Voici quelques principes d'hygiène de vie… »

Byrne l'interrompit d'un geste de la main.

« Vous permettez ?

— Absolument.

— Pas d'alcool, de caféine ni d'aliments riches le soir. Pas de nicotine. Pratiquez une activité physique régulière, mais pas dans les quatre heures précédant le coucher. Couchez-vous et levez-vous à la même heure tous les jours. Retournez votre réveil pour ne pas voir l'heure. Dormez dans une chambre fraîche, mais pas froide. Si vous ne trouvez pas le sommeil après une dizaine de minutes, relevez-vous jusqu'à vous sentir fatigué à nouveau. Entre parenthèses, je me demande comment on est censé savoir qu'il s'est écoulé dix minutes sans réveil. »

Le Dr Chu fixa son patient pendant quelques instants. Elle avait complètement arrêté de prendre des notes.

« Vous semblez maîtriser votre sujet.

— À la longue, ça finit par rentrer », fit Byrne avec un haussement d'épaules.

Elle passa ensuite toute une minute à taper au clavier. Byrne se contenta de regarder.

« OK, dit-elle lorsqu'elle eut terminé. Grimpez sur la table, s'il vous plaît. »

Byrne se leva, alla jusqu'à la table d'examen recouverte de papier, se glissa dessus. Il n'avait pas grimpé sur quoi que ce soit depuis des années, pour peu qu'il ait un jour grimpé tout court. Le Dr Chu examina ses yeux, ses oreilles, son nez, sa gorge. Elle écouta son cœur, ses poumons. Puis elle prit un mètre ruban, mesura son tour de cou.

« Hmm », fit-elle.

Jamais un bon signe.

« Je préfère les cols italiens ouverts, plaisanta Byrne. Poignets mousquetaires.

— Votre tour de cou est supérieur à quarante-trois centimètres.

— J'y travaille. »

Elle s'assit, plaça son stéthoscope autour de son cou. Son visage prit une expression inquiète. Pas catastrophée mais inquiète.

« Vous présentez les symptômes d'une apnée du sommeil. »

Byrne en avait entendu parler, mais il ignorait absolument tout de ce syndrome. Le médecin lui expliqua que les patients atteints d'apnée du sommeil s'arrêtaient de respirer dans leur sommeil.

« Je m'arrête de respirer ?

— Pour l'instant, ce n'est qu'une hypothèse.

— Vous savez, les gens qui cessent de respirer, c'est un peu mon métier. »

Le médecin sourit.

« Ce n'est pas exactement la même chose. J'aimerais vous prendre un rendez-vous pour un examen complet. »

Elle lui tendit une brochure. Des photos en couleur de gens souriants et en bonne santé qui donnaient l'impression de dormir tout leur soûl.

« OK.

— Vous voulez bien tenter le coup ? »

Tout valait mieux que ce qu'il endurait. Sauf peut-être cette histoire d'arrêt respiratoire.

« Absolument. Je suis partant. »

Dans la salle d'attente, trois des cinq personnes s'étaient endormies.

Byrne s'arrêta à l'American Pub situé dans le Center Square Building sur Market Street. L'endroit était animé. Exactement ce qu'il lui fallait. Il s'arrogea une place au bout du comptoir, sirota un Bushmills. Il était à peine 10 heures passées quand son téléphone sonna. Il vérifia le numéro, résolu à ignorer l'appel. L'indicatif correspondait à celui de la Pennsylvanie et le préfixe lui était familier. Un numéro de la police de Philadelphie. Il était obligé de répondre.

« Kevin à l'appareil.

— Inspecteur Byrne ? »

C'était une voix de femme. Une voix de jeune femme. Il ne la reconnut pas.

« Oui ?

— C'est Lucy. »

Il fallut un moment à Byrne pour comprendre de qui il s'agissait. Puis il tilta.

« Bonjour, Lucy. Tout va bien ?

— J'ai besoin de vous parler.

— Où es-tu ? Je viens te chercher. »

Une longue pause. « Lucy ?

— Je suis en prison. »

La Mini-Station se trouvait sur South Street entre la 9e Rue et la 10e Rue. Ouverte en 1985 pour fonctionner les week-ends du printemps à l'automne et répondre aux problèmes engendrés par les foules attirées par les clubs, les magasins et les restaurants de South Street, elle tournait désormais sept jours sur sept, vingt-quatre heures sur vingt-quatre, trois cent soixante-cinq jours par an, et couvrait tout le corridor, soit plus de quatre cents points de vente et presque quatre-vingts établissements autorisés à servir de l'alcool.

En entrant, Byrne reconnut immédiatement un vieux camarade, l'agent Denny Dorgan. Petit et râblé, Dorgan, qui avait maintenant un peu plus de 40 ans, faisait toujours partie de la patrouille à vélo.

« Rameutez les chiens, claironna-t-il. Nous avons du sang royal dans la maison. »

Les deux hommes échangèrent une poignée de main.

« C'est moi ou tu deviens de plus en plus petit et moche ? demanda Byrne.

— C'est les compléments alimentaires que ma femme me force à avaler. Elle pense que ça va m'empêcher de traîner la semelle. Ça te donne une idée de son degré de jugeote. »

Byrne jeta un coup d'œil en direction du vélo de Dorgan, entreposé contre le mur près de la porte.

« Encore heureux qu'il te reste ton engin pour assouvir tes besoins en sensations fortes. »

Dorgan éclata de rire, se tourna vers la gamine émaciée assise sur le banc derrière lui.

« Une amie à toi ? »

Byrne regarda en direction de Lucy Doucette. Elle ressemblait à une fillette égarée.

« Ouais, répondit Byrne. Merci. »

Il se demanda ce que Dorgan s'imaginait, s'il pensait que Byrne papillonnait avec une adolescente de 19 ans. Mais il y avait longtemps qu'il se moquait du qu'en dira-t-on. Ce qui venait de se passer était clair : Dorgan s'était interposé entre un délit mineur et la loi, à la demande de Byrne, un simple service rendu à un collègue. Cette faveur resterait dans les annales comme un petit geste qui trouverait un jour sa contrepartie. Ni plus ni moins. Tout le reste n'était que racontars de commissariat.

Byrne et Lucy prirent un café dans un petit restaurant de South Street. Elle lui raconta toute l'histoire. Ou plutôt, semblait-il à Byrne, la part de l'histoire qu'elle était disposée à lui raconter. Le personnel de sécurité d'un magasin de vêtements pour enfants de South Street l'avait retenue avant d'appeler la police. Selon eux, elle avait tenté de sortir du magasin avec deux sweat-shirts. Les antivols électroniques avaient été retrouvés sous l'un des présentoirs et Lucy avait été observée tandis qu'elle déambulait dans le magasin avec ces articles, articles qui n'avaient pas été remis à leur place. Elle n'avait pas de ticket de caisse. Elle n'avait pas opposé la moindre résistance.

« Est-ce que tu as fait exprès de sortir avec ces vêtements ? »

Lucy se cacha un moment le visage dans les mains.

« Oui. J'allais les voler. »

De la part de la plupart des gens, Byrne se serait attendu à ce qu'ils nient avec véhémence, inventent des histoires de quiproquos et de traquenards. Mais pas Lucy Doucette. Byrne gardait d'elle le souvenir d'une personne franche et honnête. Enfin pas si honnête que ça, apparemment.

« Je ne comprends pas, insista l'inspecteur. Tu as un enfant ? Une nièce ou un neveu à qui ces sweat-shirts étaient destinés ?

— Non.

— L'enfant d'un ami ?

— Pas vraiment », dit-elle avec un haussement d'épaules.

Byrne attendit la suite sans la quitter des yeux.

« C'est compliqué, dit-elle finalement.

— Tu veux m'en parler ? »

Lucy prit encore une seconde pour répondre.

« Je suis obligée de vous en parler tout de suite ?

— Non », répondit Byrne avec un sourire.

La serveuse remplit de nouveau leurs tasses. Byrne considéra la jeune femme installée en face de lui. Il se rappela l'image qu'elle donnait dans leur thérapie de groupe. Timide, effrayée, sur la réserve. Elle n'avait guère changé.

« As-tu recommencé un traitement ? demanda Byrne.

— En quelque sorte.

— Comment ça ? »

Lucy lui raconta une histoire, celle d'un homme appelé le Tisseur de rêves.

« Comment as-tu entendu parler de ce… Tisseur de rêves ? »

Lucy leva les yeux au ciel, pianota sur sa tasse pendant quelques secondes, embarrassée.

« J'ai trouvé une carte de visite dans la poubelle de mon chariot. Elle était là, bien en évidence, à me faire de l'œil. C'était comme si elle voulait que je la trouve. Comme si j'étais censée la trouver. »

Byrne lança un regard à Lucy qu'il espérait ni trop réprobateur ni trop paternel.

« Je sais, je sais, se défendit la jeune femme. Mais j'ai essayé tout le reste. Absolument tout. Et j'ai l'impression que ça me réussit plutôt bien. J'ai l'impression que ça m'aide.

— C'est la seule chose qui importe, dit Byrne. Tu as prévu de revoir ce type ? »

Lucy hocha la tête.

« Une dernière fois demain.

— Tu me tiens au courant ?

— OK. »

Ils se tenaient à l'angle de South Street et de la 3e Rue. La température avait baissé.

« Tu es en voiture ? » demanda Byrne.

Lucy secoua la tête.

« Je n'ai pas mon permis. »

Byrne jeta un bref coup d'œil vers son monospace.

« Je ne vais malheureusement pas dans la même direction que toi. »

Il sortit son téléphone portable, appela un taxi. Puis il plongea la main dans sa poche et en sortit deux billets de vingt.

« Je ne peux pas accepter, dit Lucy.

— Alors considère que c'est un prêt. »

La jeune fille hésita, prit l'argent.

« Écoute, fit Byrne en posant les deux mains sur ses frêles épaules. Ce que tu as fait aujourd'hui était une erreur. Rien d'autre. Tu as eu raison de m'appeler. On va trouver une solution. Je veux que tu m'appelles sans faute demain. Tu me le promets ? »

Lucy hocha la tête. Byrne vit ses yeux briller mais ils ne versèrent aucune larme. Brave gamine. Même si elle n'avait pas abordé le sujet de sa mère cette fois-ci, il savait qu'elle était livrée à elle-même depuis un moment. Byrne n'avait pas posé de question. Elle lui racontait ce qu'elle avait envie de lui raconter. Il en allait de même pour lui.

« Je vais aller en prison ? » s'inquiéta-t-elle.

Byrne sourit.

« Non, Lucy. Tu n'iras pas en prison. »

Le taxi arriva, laissa tourner son moteur.

« Tant que tu ne braques pas cet homme en chemin, tout devrait bien se passer. »

Lucy serra l'inspecteur dans ses bras, monta à l'arrière de la voiture.

Byrne suivit le véhicule du regard. Le visage de la jeune fille semblait petit, pâle et effrayé derrière la vitre. Il n'avait aucune idée du fardeau qu'elle portait sur ses épaules. Il avait vécu une expérience similaire à la sienne. Lui non plus ne savait pas ce qui lui était arrivé pendant ce bref intervalle de temps où on l'avait déclaré mort. Mais cela lui était arrivé à l'âge adulte, pas enfant.

La vérité, c'était que Lucy Doucette était hantée par un démon. Un démon qui l'avait enlevée et retenue prisonnière pendant trois longs jours. Trois jours de black-out total dans son existence. Un démon qui habitait chaque ombre, se tapissait dans chaque recoin de sa vie.

Byrne avait eu une vision en la serrant contre lui, une image d'une clarté étincelante dans laquelle un homme…

... fréquente des femmes avec des fillettes en bas âge et revient des années après pour leurs filles... des aimants rouges en forme de chiffres sur la porte d'un réfrigérateur... quatre chiffres...

1... 2... 0... 8.

Byrne nota dans un coin de sa tête d'appeler Lucy le lendemain.

42

Jessica balaya la chambre des yeux. Au moins n'avaient-ils cassé aucune lampe. En revanche, il ne restait rien sur une des deux tables de chevet. Elle espérait que les figurines Hummel de sa mère étaient intactes.

Elle roula sur le côté, serra le drap contre elle. Vincent donnait l'impression d'avoir été renversé par une voiture.

« Salut, beau marin.

— Non, non, non, fit Vincent. N'y pense même pas.

— Quoi ? demanda Jessica en promenant un doigt sur ses lèvres.

— Tu es une tentatrice démoniaque.

— Je t'avais bien dit de ne pas m'épouser. »

Elle se blottit plus près de lui.

« Quoi ? Tu as tout donné ? »

Vincent reprit son souffle. Ou essaya. Il était couvert de sueur. Il repoussa les couvertures, resta silencieux.

« Bon sang, dit Jessica, vous êtes des beaux parleurs, vous, les Italiens machos embrigadés dans la police. Mais dès qu'on essaie de remettre le couvert : *niente* !

— On a des cigarettes ?

— Tu ne fumes pas.

— J'ai envie de m'y mettre. »

Jessica éclata de rire, sortit du lit, descendit à la cuisine. Elle revint avec deux verres de vin. Si ses calculs étaient corrects – et ils l'étaient généralement dans ces moments-là, il n'y avait qu'à voir les appareils électroménagers qu'elle avait réussi à obtenir ces deux dernières années en tirant profit de ses atouts –, elle commencerait à manœuvrer dans dix minutes.

Mais il ne s'agissait pas cette fois d'une nouvelle machine à laver ou d'un sèche-linge. Il s'agissait de leur vie. De la vie de Sophie. Et de la vie d'un petit garçon.

Quand elle se glissa sous les draps, Vincent écoutait sa messagerie. Il posa le téléphone pour prendre son verre. Ils trinquèrent, burent une gorgée, s'embrassèrent. C'était le moment. Jessica se lança.

« Il y a quelque chose dont je veux te parler. »

43

Son amant l'avait poignardé à vingt reprises. Ce dernier, qui – pointe d'ironie shakespearienne – se prénommait Antony, avait ensuite entrepris de s'ouvrir le ventre, terminant de se vider de son sang sur la voie rapide, à moins de soixante mètres de l'escalier du musée. Les journaux publièrent article sur article pendant près d'une semaine, incapables de résister à l'appel d'un tel drame.

Je sais ce qui s'est réellement passé.

La victime avait préparé de la viande un vendredi saint, et Antony, rongé par la honte et la culpabilité, en fervent catholique respectant la doctrine de Vatican I, d'autant qu'on était en 1939, ne l'avait pas supporté. Je le sais car j'entends leur dernière querelle. Elle est encore dans l'air.

Les voix des morts forment un refrain fort strident.

Prenez l'homme poignardé pour le chèque qu'il avait reçu de l'assurance vieillesse, ses dernières supplications toujours en suspens sur la 5e Rue et Jefferson Street.

Ou l'adolescent abattu pour son vélo, à jamais en pleurs sur Kensington Avenue et Allegheny Avenue, juste devant l'entreprise d'encaissement de chèques où les habitués vont et viennent avec une indifférence suffisante.

Ou encore la vieille dame rossée à mort pour son sac à main sur Reese Street et West Dauphin Street, sa voix hurlant encore à ce jour le nom de son mari, un homme mort depuis plus de trente-cinq ans.

Il m'est de plus en plus difficile de les tenir à distance. Quand j'en fais passer une de l'autre côté, elle se tait un moment. Mais pas pour longtemps.

Je pousse l'immense portail rouillé, remonte l'allée envahie par les herbes. Je me gare dans l'obscurité épaisse, sors mes pelles. Les voix s'apaisent. La seule chose que j'entends, tandis que je commence à creuser, c'est la chute lente, inexorable, des feuilles qui tombent des arbres.

44

Byrne n'arrivait pas à trouver le sommeil. Les images des quatre corps défilaient dans sa tête sur un lent carrousel. Il se leva, se servit un doigt de bourbon, alluma l'ordinateur, se connecta au Web. Il survola les gros titres sur philly.com, se rendit sur plusieurs autres sites, sans vraiment comprendre ou prêter attention à ce qu'il lisait.

Vous les avez trouvés ? Le lion, le coq et le cygne ? Est-ce qu'il y en a d'autres ? On pourrait croire qu'ils font bande à part, mais ce n'est pas le cas.

Il se connecta à YouTube. Il entra le nom de Christa-Marie Schönburg. Il n'avait pas fini de taper qu'un menu déroulant apparut sous la forme d'une liste de propositions.

CHRISTA-MARIE SCHÖNBURG BACH
CHRISTA-MARIE SCHÖNBURG HAYDN
CHRISTA-MARIE SCHÖNBURG ELGAR
CHRISTA-MARIE SCHÖNBURG BRAHMS

Byrne ne savait pas par où commencer. En réalité, il n'avait pas la moindre idée de ce qu'il faisait, ni de ce qu'il cherchait au juste. Officiellement, il imaginait qu'il cherchait un lien avec l'affaire. Un indice qui pourrait conduire à un autre. Un indice qui serait un début d'explication à la note énigmatique que Christa-Marie lui avait adressée.

Ou peut-être cherchait-il un jeune inspecteur qui, en franchissant le seuil d'une maison de Chestnut Hill en 1990, avait entamé une longue et obscure odyssée jalonnée de sang, de larmes et de souffrance. Peut-être ne cherchait-il rien d'autre que l'homme qu'il était alors.

La dernière entrée de la liste indiquait :

CHRISTA-MARIE SCHÖNBURG INTERVIEW

Byrne cliqua. L'entretien durait trois minutes et avait été enregistré pendant une émission sur PBS en 1988. La violoncelliste, alors au faîte de sa gloire et de son talent, portait une robe blanche simple, de longues boucles d'oreilles. Elle resplendissait. Tandis qu'elle répondait aux questions sur son jeu, sa célébrité précoce et le fait de jouer sous la direction de Ricardo Muti, elle oscillait entre femme d'affaires sûre d'elle, écolière timide, artiste insaisissable. À plusieurs reprises, elle rougit et coinça une mèche de cheveux derrière son oreille. Byrne l'avait toujours considérée comme une femme attirante, mais là, elle était d'une beauté à couper le souffle.

Lorsque l'interview prit fin, il cliqua sur Bach. Le navigateur ouvrit une page renvoyant à d'autres vidéos de la violoncelliste. Toute sa vie publique était exposée dans une série d'arrêts sur image s'échelonnant jusqu'en bas de la page – robes de soirée brillant de mille feux sous les projecteurs plus brillants encore.

Il sélectionna la *Suite pour violoncelle n° 1*, de Bach. C'était un montage photographique. Les images, qui se succédaient en fondus enchaînés, montraient

Christa-Marie à différents âges, dans diverses positions et situations : en studio, souriant à l'objectif ; sur scène, de profil ; à 19 ans, en contre-plongée, une expression d'extrême concentration sur le visage. La dernière photographie remontait à ses 9 ans, un violoncelle presque deux fois plus grand qu'elle posé contre le mur à ses côtés.

Byrne passa la majeure partie de l'heure suivante à regarder les films qu'offrait YouTube. Nombre d'entre eux étaient des diaporamas montés par des fans, mais des vidéos live étaient également disponibles. Dans la dernière, Christa-Marie se trouvait en studio avec un pianiste. Ils interprétaient la *Sonate n° 3 en la majeur*, de Beethoven. À la moitié de la vidéo, Christa-Marie leva les yeux et regarda droit vers l'objectif, droit vers Byrne.

Lorsque le morceau prit fin, Byrne se rendit à la cuisine et avala deux Vicodin avec une lampée de Wild Turkey. Sans doute pas très orthodoxe comme mode d'administration, mais dans la mesure où ça fonctionnait…

Il contempla la rue déserte par la fenêtre. Au loin, Center City rougeoyait. Un autre corps s'y trouvait, dans l'attente d'être découvert, un autre corps à vif, écorché, la tête enveloppée d'une bande de papier tachée de traînées de sang.

Byrne jeta un coup d'œil à l'horloge de la cuisine tout en sachant parfaitement quelle heure il était.

Il était 2 h 52.

Il attrapa sa veste, ses clés et repartit dans la nuit.

45

Lucy était assise sur l'escalier de secours, emmitouflée dans sa couverture crochetée bleu foncé, l'un des rares objets à avoir survécu à son enfance, l'un des rares objets qu'elle pouvait fourrer dans un sac de sport et emporter avec elle lorsqu'elle déménageait, ce qui lui était arrivé tellement de fois au cours de ces deux ans qu'elle avait cessé de compter.

Elle regarda par la fenêtre. Elle avait loué cette chambre, au deuxième et dernier étage d'une maison située sur la 4e Rue, environ deux mois plus tôt. Les propriétaires, un couple âgé sans enfant, s'étaient montrés adorables. Ils l'avaient accueillie comme leur propre petite-fille et n'avaient cessé de l'inviter à dîner pendant les deux premières semaines.

N'ayant aucune expérience de la vie de famille, Lucy avait décommandé en invoquant tout un tas d'excuses jusqu'à ce que le couple – Tilly et Oscar Walters – comprenne le message.

La nuit était calme, le ciel dégagé et, pour la première fois depuis longtemps, Lucy apercevait quelques étoiles. Peut-être qu'elles avaient toujours été là. Peut-être que c'était elle qui avait oublié de lever les yeux. Peut-être que l'obscurité se trouvait en elle, qu'elle s'était nichée au creux de son âme et refusait de la quitter, refusait de lâcher prise.

Bien qu'elle n'eût pas particulièrement froid, elle serra un peu plus la couverture autour d'elle. Qui sait ? C'était peut-être toutes ces années à vivre dans des appartements en courant d'air, toutes ces années sans chauffage, toutes ces années à passer l'hiver recroquevillée près des plaques électriques jusqu'à ce que le courant soit coupé à son tour.

Depuis le jour où l'avion avait surgi dans le ciel, elle avait tout essayé pour se débarrasser de ce sentiment. Drogue, alcool, hommes, religion, yoga, autodestruction et mauvais traitements en tous genres. *Les hommes*. Bien souvent, les hommes qu'elle choisissait – des gamins, ni plus ni moins – se chargeaient de rendre son enfer complet.

Et voilà qu'elle s'était attiré des ennuis. Elle avait toujours su qu'elle finirait par se faire prendre la main dans le sac. Elle n'avait que 3 ans la première fois où sa mère l'avait envoyée dans un magasin. Les premières années, elle servait seulement à faire diversion, montrant sa frimousse pour distraire les commerçants pendant que sa mère piquait des cigarettes, de l'alcool ou, à l'occasion, une friandise pour sa fille.

Mais, aujourd'hui, elle s'était fait attraper et elle allait faire de la prison. Même si l'inspecteur Byrne affirmait le contraire, elle n'était pas aussi optimiste que lui. Elle avait voulu lui parler de l'homme de la 1208, mais quelque chose l'en avait empêché.

Et maintenant voilà qu'elle se mettait à pleurer, assise sur cet escalier de secours rouillé. C'était la première fois depuis des années. Elle sentit le sel sur ses lèvres. Elle se trouva pathétique.

La fillette qui s'était fait tuer avait traversé bien pire. Petite Stacy Pennell. Sergio lui avait raconté.

Un jour de 1999, une fillette de 10 ans dont les parents vivaient au Jardin du temps où le bâtiment était encore un immeuble d'habitation se trouvait dans la buanderie du sous-sol avec sa grande sœur Cindy. Cindy, qui avait pour mission de surveiller son avorton de cadette, avait visiblement mieux à faire. Profitant de l'inattention de celle-ci, Stacy avait attrapé les clés sur le dessus du sèche-linge et s'était glissée hors de la buanderie.

Sergio avait raconté qu'au moment de sortir de l'ascenseur Stacy n'avait pas dû remarqué l'homme qui se tenait dans la cage d'escalier au bout du couloir, à quelques mètres seulement de la porte des Pennell.

On avait retrouvé la petite fille sauvagement assassinée, la gorge tranchée d'une oreille à l'autre. Selon Sergio, son corps portait des traces de morsures.

Cela s'était passé dans la chambre 1208.

Cela ne pouvait pas être une coïncidence, pensait Lucy. C'était impossible. L'homme de la 1208 n'était pas là pour rien. Une autre petite fille allait connaître le même sort.

L'homme qui avait tué Stacy Pennell était-il le même homme qui l'avait enlevée ?

Lucy sentit soudain le froid l'envahir. Elle se glissa à l'intérieur, ferma la fenêtre. Elle se dirigea vers la penderie, ouvrit la porte, s'assit par terre et attendit que la nuit l'enveloppe.

Cinq mètres plus bas, dans l'ombre de l'escalier situé sous l'issue de secours, un homme rejoignit Lucinda Doucette dans les ténèbres.

46

VENDREDI 29 OCTOBRE

Sous la douche, Jessica repensa à la nuit précédente. Vincent avait écouté son discours bien huilé de bout en bout. Il s'était montré étonnamment réceptif à l'idée d'adopter Carlos, attendu qu'il était loin d'être la personne la plus ouverte du monde.

Ils avaient fait l'amour une deuxième fois, un amour tendre, conjugal, et elle avait perçu dans les yeux sombres de son mari quelque chose qui lui avait soufflé qu'ils allaient peut-être sauter le pas. Plus tard, entre veille et sommeil, il avait précisé qu'il souhaitait rencontrer Carlos avant de prendre la moindre décision. Peut-être voulait-il passer un peu de temps entre hommes, songea Jessica. Emmener le môme voir un match des Flyers, descendre quelques shots de Jäger Bomb, feuilleter un exemplaire du nouveau *Maxim*.

Tandis qu'elle s'habillait, elle s'aperçut que Vincent avait fait leur lit – une première. Elle remarqua aussi une fleur posée sur son oreiller. Il s'agissait évidemment d'une fleur en tissu qu'il avait prise dans la composition florale sur la table du salon. Mais c'était l'intention qui comptait.

Marcel's Costume Company était une enseigne située sur Market Street près de la 3e Rue. Depuis sa création en 1940, Marcel's commercialisait toute une gamme de déguisements d'Halloween, de maquillage professionnel, de perruques et d'accessoires. Le magasin créait également des costumes pour des émissions de télévision locales et était régulièrement appelé en renfort par la production cinématographique en plein boom à Philadelphie.

Mais, aujourd'hui, il n'y en avait que pour Halloween. Marcel's était ouvert vingt-quatre heures sur vingt-quatre cette semaine, et même à 7 h 30 le matin, il y avait foule.

En entrant, Jessica aperçut Rory derrière la caisse. Rory Bianchi était un gamin du quartier qui avait toujours eu le béguin pour elle. Depuis la troisième, ils avaient entretenu une de ces relations où le flirt continuait sans jamais aller plus loin.

« Les deux plus belles filles de Philly, s'exclama-t-il. Dans ma boutique !

— Coucou, Rory ! dit Sophie.

— Coucou, mon trésor. Prête pour le grand soir ? »

Sophie hocha la tête. Un enfant dans une boutique de déguisements. En dehors du magasin de bonbons, il n'y avait pas plus génial. Jessica se revoyait entrer chez Marcel's du temps où Wonder Woman faisait un tabac.

« Je l'ai mis de côté pour toi », dit Rory.

De tous les costumes existants – dont les héros Disney comme *La Petite Sirène*, qui était pourtant le film préféré de Sophie –, Sophie avait choisi un personnage appelé la Fée des flocons. Jessica avait tenté d'expliquer à sa fille qu'Halloween était une fête d'automne, mais celle-ci n'avait rien voulu entendre. Contrairement à sa mère, Sophie adorait l'hiver, en particulier les flocons de neige. Décembre venu, Sophie en découpait à la pelle dans du papier cartonné et en semait dans toute la maison.

« Est-ce que tu veux aussi les ailes et la baguette ? » demanda Rory.

C'était une question idiote, mais Jessica regarda sa fille pour la forme. Sophie semblait hypnotisée, le satin blanc se reflétant dans ses grands yeux marron.

« Allons-y pour les ailes et la baguette, dit Jessica.

— Je suppose que tu prendras aussi le diadème ? »

Jessica dégaina sa carte de crédit à toute vitesse, craignant qu'il n'y ait autre chose.

Sophie regagna le parking sur un nuage, la robe serrée dans ses mains comme si Monica Quagliata avait pu se tapir derrière le premier SUV venu – une Monica avec des vues sur le déguisement de Fée des flocons.

Une fois à la voiture, Sophie supervisa l'accrochage du costume à l'arrière. Lorsqu'elle le jugea suffisamment en sécurité pour les quelques kilomètres qu'elles avaient à parcourir, elle se glissa sur le siège, attacha sa ceinture.

Jessica n'avait pas encore démarré qu'une famille traversa la rue devant elle – maman, papa, deux garçons, deux filles. Elle se tourna vers Sophie.

« Est-ce que tes amis ont des frères et sœurs ? » demanda-t-elle.

C'était une question rhétorique, mais sans laquelle elle ne pouvait pas entamer la conversation.

Sophie n'y pensa pas cent sept ans. Elle se contenta d'acquiescer d'un signe de tête.

« Et toi, est-ce que tu aimerais en avoir ? »

Haussement d'épaules.

« Des fois.

— Que dirais-tu d'un frère ?

— Un frère ?

— Ouais.

— Un garçon ?

— Oui, rit Jessica. Un garçon, ma puce. »

Sophie réfléchit un moment.

« Les garçons sont sympas. Ils veulent tout le temps commander, mais ça va, je suppose. »

Jessica déposa Sophie à l'école, s'arrêta à Old City Coffee sur Church Street. En sortant, elle prit l'*Inquirer* et un exemplaire gratuit du *Report*, le tabloïd le plus racoleur de Philly. Comme prévu, la cohorte de meurtres en cours était placardée en première page.

Philly noir, la géométrie de la vengeance, hurlaient les gros titres.

Jessica jeta le *Report* à la poubelle, coinça l'*Inquirer* sous son bras. En montant dans sa voiture, elle se demanda comment s'en sortait son coéquipier.

Vous les avez trouvés ? Le lion, le coq et le cygne ? Est-ce qu'il y en a d'autres ?

Qu'est-ce que Christa-Marie Schönburg avait à voir avec cette affaire ?

Elle vérifia son téléphone portable. Aucun appel de Byrne.

La mission principale des services sociaux était de protéger et d'intervenir en faveur des enfants délaissés, maltraités ou abandonnés, et d'assurer leur bien-être lorsque leur vie était menacée dans un futur immédiat ou à plus ou moins court terme.

Le département des enfants et des adolescents venait en aide à plus de vingt mille enfants et à leurs familles chaque année.

Si le siège social était installé au 1515 Arch Street, l'ensemble des infrastructures – foyers temporaires et centres d'accueil – était éparpillé dans toute la ville.

À son arrivée à la maison Hosanna, un bâtiment en brique situé sur la 2e Rue, Jessica s'inscrivit à l'accueil et se dirigea vers la salle commune située à l'arrière. Elle fut immédiatement assaillie par les cris d'une douzaine de bambins en pleine frénésie matinale. L'endroit sentait le jus d'orange et la craie grasse.

Carlos était assis à une table en compagnie de deux fillettes et d'une jeune femme d'une vingtaine d'années. Il portait un gilet rouge. Il était à craquer.

Jessica l'observa quelques minutes. Les enfants avaient un ressort incroyable, songea-t-elle. Encore deux semaines plus tôt, la vie de ce petit garçon s'apparentait à un véritable enfer.

Mais elle n'était pas dupe. Elle avait vu suffisamment de cas d'enfants maltraités et livrés à eux-mêmes pour savoir que subsistaient bien souvent une douleur, une colère et une peur résiduelles. La plupart des gens qu'elle avait arrêtés dans les cinq dernières années étaient, à quelques exceptions près, le fruit de foyers brisés.

Carlos leva les yeux et l'aperçut. Il traversa la pièce comme une fusée et se jeta contre elle pour la serrer dans ses bras. Puis il repartit en sens inverse, prit une feuille sur la table, revint vers Jessica à toute allure, la lui tendit.

C'était un dessin à la craie d'une pièce qui ressemblait au salon où Carlos vivait avec sa mère. Il y avait une chaise et une table et, dans un coin, une femme aux cheveux noirs en bataille avec des yeux aussi gros que la tête. Patricia Lentz, la mère biologique de Carlos, avait les cheveux d'un blond presque blanc.

Il ne fallut pas longtemps à Jessica pour comprendre qu'elle était peut-être la dame du dessin. Juste derrière elle brillait un soleil éclatant. Son cœur lui sembla sur le point de faire exploser sa poitrine.

Elle examina la table. Elle n'eut aucun mal à reconnaître l'objet qui était posé dessus. C'était une arme à feu dessinée par un petit garçon de 2 ans.

Une vague de tristesse cloua Jessica au sol. Elle essaya de la combattre.

« Je peux le garder ? » demanda-t-elle à Carlos.

Il fit signe que oui.

« Laisse-moi te regarder. »

Le petit garçon se redressa. Il était peigné, propre. Son pantalon et son cardigan semblaient neufs.

« Tu as un beau gilet, dis-moi. »

Carlos gloussa, regarda par terre, tritura un bouton, envisagea peut-être de tirer dessus avant de se raviser. Il avait 2 ans. Il connaissait ses interdits.

« D'où viennent tes nouveaux habits ? »

Carlos pointa son doigt minuscule en direction de la table. Jessica et Carlos s'approchèrent, main dans la main. Le garçonnet s'installa et commença un nouveau dessin avec enthousiasme.

« Bonjour », dit Jessica.

La jeune femme assise à la table de pique-nique en plastique leva les yeux.

« Bonjour. »

Jessica montra le dessin qu'elle tenait dans la main.

« Il se débrouille bien pour un enfant de 2 ans. À son âge, j'étais incapable de tracer une ligne droite. Et c'est toujours le cas.

— Bienvenue au club ! », rit la jeune femme.

Son regard se tourna vers Carlos.

« Il est tellement beau, dit-elle en lui caressant les cheveux.

— C'est vrai, renchérit Jessica.

— Je tuerais pour avoir des cils pareils.

— Vous travaillez ici comme psychothérapeute ?

— Non, non, je suis seulement bénévole. Je viens une fois par semaine. »

Jessica hocha la tête. La jeune femme donnait l'impression de quelqu'un de compétent mais dégageait une certaine tristesse. Jessica se sentait parfois comme elle. Il était difficile d'assister à tout ce à quoi elle assistait au quotidien sans être affectée. Surtout quand il s'agissait d'enfants. Elle jeta un œil à sa montre. Son service commençait.

« J'ai été contente de discuter avec vous, dit-elle.

— Moi aussi.

— Au fait, je m'appelle Jessica. »

La jeune femme se leva, serra la main que Jessica lui tendait.

« Lucy, répondit-elle. Lucy Doucette. »

47

Lorsqu'elle arriva à sa voiture, Jessica ressentit une nouvelle bouffée de mélancolie. Le dessin que lui avait offert Carlos l'avait atteinte en plein cœur. Il faudrait sans doute beaucoup de temps avant que le petit garçon n'évacue ces souvenirs de sa vie. Vincent et elle étaient-ils à la hauteur de la tâche ?

Tandis qu'elle déverrouillait la portière, elle sentit quelqu'un approcher dans son dos. C'était Martha Reed, la directrice de la maison Hosanna. Âgée d'une petite cinquantaine d'années, Martha était une femme grassouillette mais énergique. Rien n'échappait à ses yeux bleus intelligents.

« Carlos a l'air d'aller bien. Il semble… heureux. »

C'était beaucoup dire, mais elle n'avait rien trouvé de mieux.

« Il s'adapte », expliqua Martha, qui avait vu beaucoup d'enfants au cours de sa carrière.

La femme fourragea dans son sac pour en sortir son BlackBerry. Elle pianota sur quelques touches, ouvrit son agenda.

« Est-ce que vous et votre mari pourriez revenir aujourd'hui vers 11 heures ? »

Le cœur de Jessica éclata. Ils avaient décroché un

entretien pour l'adoption. Jessica avait beau savoir que cela arriverait, se retrouver devant l'obstacle lui ôtait tous ses moyens.

« Euh, oui. Comptez sur nous.

— Entre vous et moi, dit-elle à voix basse après avoir regardé autour d'elle avec un air de conspiratrice, cela se présente bien. Je ne suis pas censée vous mettre dans la confidence, mais les choses prennent une bonne tournure. »

Jessica sortit du parking sur un petit nuage. Son téléphone portable sonna avant qu'elle n'ait eu le temps de s'engager sur la 2e Rue. C'était Dana Westbrook.

« Bonjour, patron. Quoi de neuf ?

— Je viens juste de recevoir le rapport de surveillance de Joseph Novak.

— Je vous écoute.

— Un inspecteur de la brigade ouest a passé la nuit devant chez lui. Un type expérimenté, un ancien de l'antigang qui a aussi participé à des interventions spéciales pour l'administration antidrogue. Il n'a pas quitté l'appartement des yeux de tout son service. Entre son arrivée hier soir et 6 heures ce matin, il n'a observé ni lumière ni aucune activité à l'intérieur. Aux alentours de 8 heures du matin, il a enfilé une veste de la compagnie des eaux, s'est muni d'un bloc-notes, a convaincu le concierge de lui ouvrir et a frappé à la porte de Novak. N'obtenant pas de réponse, il a contourné l'immeuble, grimpé par l'escalier de secours, regardé par la fenêtre.

— Et Novak était chez lui ?

— Il l'était. Assis à son bureau. Après son départ de la Rotonde hier, il semblerait qu'il soit rentré chez lui puis qu'il ait déchiré toutes ses partitions et coupures de journaux avant de s'enfoncer un pistolet au fond de la gorge et d'appuyer sur la détente, entre 18 heures et 8 heures ce matin. »

48

La quantité de sang était impressionnante.

Jessica se tenait devant les piles de CD. Les boîtiers transparents étaient constellés de sang et de cervelle. Des débris de crâne adhéraient à la cantonnière au-dessus des rideaux.

Le corps de Joseph Novak reposait sur la chaise de bureau dans une position alambiquée – la force de l'explosion avait tordu son corps dans deux directions opposées. Le tiers supérieur de sa tête manquait. *Encore qu'il ne manquait pas vraiment*, songea Jessica. Il était éparpillé sur le mur et les draperies derrière lui. La balle avait fait voler la fenêtre en éclats. Deux agents de la police scientifique s'employaient à la retrouver de l'autre côté de la rue.

Joseph Novak était-il leur tueur ? La veille, il leur avait paru inébranlable lors de son interrogatoire au poste. Mais pourquoi avait-il essayé de s'enfuir ? Qu'avait-il à cacher ?

Le corps fut emmené à 10 heures du matin.

Jessica regarda la police scientifique procéder mécaniquement à l'examen des lieux. Maintenant que le cadavre avait débarrassé le plancher, le syndic de l'immeuble n'allait pas tarder à contacter une de ces équipes de nettoyage spécialisées dans les scènes de crime, une industrie qui connaissait un miniboom depuis dix ans. La vie continuerait.

Le décès avait toutes les caractéristiques d'un suicide, il ne donnerait probablement pas lieu à une enquête d'envergure. L'arme, un colt Commander, se trouvait encore dans la main de Novak quand on l'avait découvert, son doigt toujours recroquevillé dans le pontet.

Jessica présenterait son rapport à sa supérieure, qui le transmettrait au bureau du procureur, lequel trancherait. À moins qu'il n'y ait des traces indiscutables de lutte, l'affaire serait classée et la brigade criminelle sortirait de la boucle.

Mais cela ne signifiait pas pour autant qu'il n'y avait pas un lien avec la série de meurtres en cours.

Jessica interpella les deux agents de police scientifique occupés à relever les empreintes sur la table et les portes.

« Messieurs, pouvez-vous m'accorder quelques minutes ? »

Les agents, qui ne refusaient jamais une pause, mirent de côté leurs activités et passèrent dans le couloir, fermant la porte derrière eux.

Jessica enfila des gants, tourna l'ordinateur portable vers son côté du bureau. Un économiseur d'écran par défaut était activé. Elle appuya sur la barre d'espace et l'écran reprit vie en une seconde, affichant un document Word où figuraient trois phrases courtes.

Zig et zig et zig.
Quelle sarabande !
Quels cercles de morts se donnant la main...

Cela ne disait rien à Jessica. Était-ce un message expliquant son suicide ? se demanda-t-elle. Elle utilisa le pavé tactile pour faire défiler la page vers le bas, mais il n'y avait rien d'autre. Le document se résumait à ces trois lignes. Elle regarda en haut de la fenêtre. Il n'avait pas été enregistré.

Était-ce un travail en cours ? Était-ce une sorte de message de Joseph Novak, une devinette à l'intention de ses amis et de sa famille qui pourrait permettre à ceux-ci de trouver un sens à son dernier geste ?

Jessica n'en avait aucune idée. Et quand bien même elle aurait voulu emporter l'ordinateur avec elle, elle n'y était pas autorisée. Pas encore, en tout cas. Il faudrait qu'elle fasse pression sur le bureau du procureur pour que le défunt soit considéré comme un témoin clé, et alors seulement aurait-elle peut-être l'occasion de l'examiner.

Elle parcourut l'appartement du regard. Il y régnait un silence dense et oppressant.

Jessica devait faire attention en inspectant le contenu de l'ordinateur. La brigade criminelle avait récemment reçu du bureau du procureur des directives exigeant un accord préalable du tribunal pour tout ce qui touchait à la manipulation d'une souris ou d'un clavier. Si une fenêtre était ouverte, en évidence, c'était une chose. S'il fallait en revanche l'agrandir, lancer un programme ou consulter une page répertoriée dans l'historique d'un navigateur, c'en était une autre.

Des poursuites engagées contre un homme impliqué dans un trafic d'images pédophiles avaient récemment été abandonnées, car l'inspecteur, sachant l'ordinateur du suspect plein de milliers de photographies, avait ouvert un logiciel graphique. Il s'avérait qu'à chaque fois qu'un programme était lancé l'opération était consignée par la machine, ainsi que l'heure précise à laquelle elle avait eu lieu. Dans la mesure où le suspect se trouvait en garde à vue à l'heure dite, l'inspecteur ne pouvait pas prétendre qu'il avait trouvé le programme ouvert.

Jessica cliqua sur la barre de menu verticale. Il n'y avait pas de mal à regarder tant qu'elle n'ouvrait aucun fichier ou logiciel. Elle jeta un œil au disque dur. Il contenait un seul fichier : saraband.com. À part ça, il était vide. Aucune trace de documents, de tableurs, de bases de données, de photos, de musique ou de fichiers audio. Il présentait tous les signes d'un disque dur effacé.

N'importe quel bon laboratoire d'informatique légale serait capable de déterminer à quand remontait le formatage du disque dur et, le cas échéant, de retrouver la trace des fichiers écrasés. Jessica réfléchissait déjà aux arguments qu'elle ferait valoir devant le bureau du procureur pour qu'ils les y autorisent.

En attendant, elle allait demander à deux hommes d'interroger les voisins. S'il s'avérait que Joseph Novak avait reçu des visites plus tôt dans la journée, une enquête pour mort suspecte serait peut-être ouverte.

Elle sortit son téléphone, consulta sa boîte vocale. Deux messages.

Quand avait-elle reçu deux appels ? Pourquoi son portable n'avait-il pas sonné ? Sur un iPhone, le bouton qui permettait de passer de *général* à *silencieux* se trouvait en haut à gauche et s'enclenchait souvent par mégarde au fond d'une poche. Trop souvent. Elle regarda la tranche de son téléphone. Il était en mode silencieux.

Jessica le désactiva, sélectionna le premier message.

C'était l'artisan qui espérait installer les stores de leur nouvelle maison. Il demandait deux mille dollars. *Rêve toujours*.

Le deuxième message émanait d'un numéro inconnu. Elle l'écouta.

« Inspecteur Balzano, c'est Joseph Novak. »

Jessica bondit sur ses pieds. La chair de poule hérissa sa peau. Elle regarda par-dessus son épaule les taches couleur sienne qui maculaient la moquette et les murs. Elle sentait encore la cordite en suspension dans l'air, le goût cuivré du sang dans sa bouche. Le sang de Joseph Novak. Elle écoutait un message d'outre-tombe.

« Je veux m'excuser pour mon attitude. Je ne peux plus continuer de la sorte. Cette affaire dépasse tout ce que vous pouvez imaginer. Tout. Vous ne le connaissez pas. Je ne peux plus vivre avec qui je suis. »

Jessica interrompit le message un moment, se mit à arpenter le salon. Tout ce qu'elle avait sous les yeux – les livres, les disques, jusqu'au mobilier – prenait un sens nouveau.

Elle s'arrêta, toucha l'écran du doigt, reprit son écoute.

« Je l'entends qui arrive dans le couloir. Regardez dans le placard au-dessus de la cuisinière. »

La ligne coupa.

Jessica remit son téléphone dans sa poche, passa du salon à la petite cuisine compacte. Elle ouvrit le placard au-dessus de la hotte. Il renfermait à peu près une douzaine de livres de cuisine – mexicaine, italienne, cajun. Elle en sortit quelques-uns, les feuilleta rapidement. Rien. L'avant-dernier s'intitulait *Recettes maison*. Tandis qu'elle le tirait vers elle, quelque chose tomba par terre. Elle le ramassa. Il s'agissait d'un carnet peu épais avec une reliure en cuir. La couverture était usée et cornée. Une vieille photo était coincée en première page. Joseph Novak, âgé d'une quinzaine d'années, se tenait à côté d'un beau violoncelle. Jessica remit la photo à sa place, ouvrit le carnet.

C'était un journal intime.

22 juin. *Le concours a lieu samedi. C'est plus qu'un concours pour la place de premier violoncelle. Nous le savons tous les deux. C'est un concours pour elle. Cela sera toujours ainsi.*

Jessica sauta les premières pages pour se rendre directement à la dernière entrée.

1er novembre. *Toussaint. C'est fait. Je sais désormais que je lui serai toujours redevable. Je n'échapperai jamais à son ombre. Jusqu'à la fin de ma vie, je me plierai à sa volonté. Mon cœur est à jamais brisé, à jamais entre ses mains.*

Zig et zig et zag.

Il est la mort en cadence.

Elle referma le carnet. Il lui fallait un mandat, et vite, pour perquisitionner chaque centimètre carré de cet appartement. Elle appela le bureau du procureur, leur exposa la situation, ses besoins. Elle prit le journal, avec l'intention de raconter qu'il se trouvait en évidence et ne requérait par conséquent aucun mandat. Elle sortit de l'appartement, ferma la porte à clé et informa les deux agents de la police scientifique qu'ils pouvaient retourner au laboratoire. Elle les contacterait en cas de nécessité.

Elle traversa la rue, acheta un café et l'emporta sur le parking à l'arrière du *diner*.

Elle appela Byrne, tomba sur son répondeur. Elle appela ensuite Dana Westbrook, lui exposa la situation. Westbrook promit d'envoyer deux inspecteurs de la brigade spéciale d'intervention pour participer à la perquisition.

Jessica ouvrit le journal. Un papier était collé au dos. Elle tira délicatement dessus. Il s'agissait d'une autre photographie, un vieux Polaroid, un plan large d'une fenêtre appartenant à un immense immeuble en pierre. Dans l'encadrement de la fenêtre se détachait une silhouette. Il était impossible de distinguer un visage, mais on imaginait une femme gracile. Au verso figurait un mot griffonné au crayon rouge.

L'enfer.

Jessica n'eut pas le temps de remettre la photo à sa place car elle entendit des pas se rapprocher sur le gravier tranchant. Elle se retourna.

Surgi de nulle part, le premier coup heurta le côté droit de son visage avec un bruit sourd. Elle recula en titubant, des étoiles devant les yeux. Le journal lui échappa des mains et vola dans les airs. Le deuxième coup, quoique moins direct, fut asséné avec suffisamment de force pour la plaquer à terre. Elle eut la présence d'esprit de se coucher sur son arme.

Elle distingua son agresseur malgré le voile qui lui brouillait la vue. Cheveux blond platine, jean crasseux, baskets sans lacets. Elle ne le reconnut pas tout de suite. Pas au premier abord. Mais à peine eut-il ouvert la bouche qu'elle sut. Et elle aurait reconnu ces yeux entre mille.

« Je crois que nous avons des comptes à régler,

inspecteur Balzano, lança Lucas Anthony Thompson. Ou devrais-je dire salope d'inspecteur Balzano. »

Jessica roula sur le côté droit, extirpa le Glock de son étui. Elle manque de rapidité. Thompson avança d'un pas et fit valser l'arme d'un coup de pied.

« Tu aurais dû me buter la dernière fois que tu en as eu l'occasion, sale garce. C'est pas aujourd'hui que ça va arriver. »

Au moment où son agresseur fit un autre pas vers elle, Jessica vit quelque chose bouger à l'arrière du parking. Une ombre ondoyait sur le sol.

Quelqu'un se tenait juste derrière Thompson.

À cet instant, tout devint gris.

49

L'orchestre de Philadelphie vit le jour en 1900.

Au cours du siècle qui suivit, il se distingua notamment en acquérant le titre, et non des moindres, de « son de Philadelphie », un legs qui, sous la direction du chef Eugene Ormandy, devint synonyme de clarté et de virtuosité d'exécution, de tonalités chaudes et de rigueur rythmique.

Avec seulement sept directeurs musicaux dans toute son histoire, l'orchestre connut une stabilité inégalée dans le monde des grands orchestres. Deux hommes, Leopold Stokowski et Eugene Ormandy, tinrent les rênes de 1912 à 1980.

Le départ d'Ormandy marqua un tournant dans l'existence de l'orchestre et, sans doute dans une tentative de moderniser son image quelque peu guindée, la direction fit appel à un jeune homme provocateur pour prendre sa tête, le Napolitain Ricardo Muti. D'une beauté ténébreuse, sérieux au point de ne jamais sourire sur scène, Muti marqua l'avènement d'une ère nouvelle, une ère dominée par un homme dont l'attachement à la lettre de la loi musicale lui valut le surnom – du moins aux abords des opéras italiens – de *Lo Scerif*, le shérif.

En 1981, à l'occasion d'un remaniement qui donne encore aujourd'hui matière à discussion dans certains cercles, l'orchestre ébranla la sphère musicale en recrutant à la place de premier violoncelle une jeune femme de 19 ans appelée Christa-Marie Schönburg – une enfant prodige tempétueuse qui faisait une entrée fracassante dans le monde de la musique à cordes. En moins d'un an, son nom, au même titre que celui de Muti, devint synonyme d'orchestre de Philadelphie et, lors de la tournée en Europe de l'Est de l'orchestre de chambre cet été-là, l'univers de la musique classique ne parla que d'elle.

Alors qu'elle n'était âgée que de 22 ans, les connaisseurs n'avaient aucun doute sur le fait qu'elle surpasserait, en termes de technique, de sensibilité artistique pure et de célébrité, la seule autre femme à avoir acquis une reconnaissance internationale au violoncelle, Jacqueline du Pré, la brillante musicienne qu'une sclérose en plaques avait contrainte à couper court à sa carrière à l'âge de 28 ans.

Alors que l'enregistrement le plus mémorable de du Pré était le *Concerto pour violoncelle en mi mineur* de Elgar, Christa-Marie avait apposé son sceau sur les *Suites* de Bach.

Pendant près de dix ans, de la Konzerthaus de Vienne à la Grote Zaal de Rotterdam, du Royal Festival Hall de Londres à l'Avery Fisher Hall de New York, le public se leva pour applaudir le jeu tout en tension, passionné, de Christa-Marie.

Une froide nuit d'automne de 1990 vint mettre un terme à ce succès.

Ce soir-là, un événement tragique se produisit à l'issue d'une représentation triomphale donnée par Christa-Marie à l'Académie de musique – une soirée de charité à laquelle avait assisté une bonne partie de l'élite locale, une collecte de fonds en faveur des enfants sans-abri de Philadelphie.

Les détails de ce qui s'était passé pendant les deux heures ayant précédé le drame restaient un mystère. Tout portait à croire qu'une voiture avait déposé Christa-Marie à son domicile de Chestnut Hill vers 23 h 45. Au dire de sa gouvernante, une dispute avait éclaté quelques heures plus tard dans la cuisine, suivie de bruits de lutte puis d'un cri. Elle avait alors appelé la police.

À son arrivée aux alentours de 2 h 30, la police découvrit Gabriel Thorne – un psychiatre qui suivait Christa-Marie depuis des années – étendu sur le sol de la cuisine, blessé à l'abdomen et à la poitrine, baignant dans son sang, un couteau posé à côté de lui. Il était toujours en vie. Les secours tentèrent de le sauver, en vain. Son décès fut prononcé quelques minutes après leur arrivée. Le bureau du légiste conclurait que Thorne s'était vidé de son sang suite à des blessures multiples par arme blanche.

Christa-Marie ne se produisit plus jamais en public. Dans la mesure où elle avait avoué son crime, il n'y eut pas de procès, à la grande déception des émissions judiciaires alors en plein essor sur les chaînes câblées. La violoncelliste était aussi énigmatique que belle, et sa relation avec Thorne donna lieu, pendant de nombreuses années, à des ragots et à des suppositions.

La dernière fois où Byrne avait vu Christa-Marie Schönburg, c'était à l'audience pendant laquelle elle avait reconnu sa culpabilité devant le juge.

Tandis que Byrne roulait vers le nord, il repensa à la demeure de Chestnut Hill, aux curieux qui, en apprenant la nouvelle, s'étaient attroupés de l'autre côté de la rue tôt le matin, les bras chargés de fleurs et d'animaux en peluche, voire même de partitions. C'était comme si Christa-Marie avait été la victime et non la meurtrière.

Byrne avait souvent pensé à elle. Cette femme ne représentait pas seulement sa première affaire d'homicide en tant qu'inspecteur référent. Autre chose l'obsédait chez elle.

Peut-être allait-il enfin découvrir quoi.

50

« Je vais bien », affirma Jessica.

C'était un mensonge mais elle ne voulait pas en démordre.

Le secouriste lui braqua sa lampe dans les yeux pour la troisième fois, prit sa tension pour la troisième fois, vérifia son pouls pour la cinquième.

Elle avait reçu des coups à maintes occasions – quand on pratique la boxe, cela fait partie du contrat – et Thompson n'avait pas frappé si fort que ça. Mais il l'avait prise au dépourvu. Sur le ring, on anticipe le coup à venir et l'adrénaline agit alors comme une sorte d'amortisseur chimique. À l'inverse, personne ne peut s'attendre à un coup en traître qui, par définition, surgit de nulle part. Elle avait un petit mal de tête, mais sa vision était nette et elle se sentait pleine d'énergie. Mais elle avait beau vouloir revenir dans la course, elle allait devoir rester assise comme une infirme. Elle avait été souvent confrontée à cette situation au cours de ses années dans la police. Elle avait parfois même délivré la mauvaise nouvelle à des victimes d'agression.

Vous devez rester tranquille.

Très peu pour Vincent Balzano. Lorsque les voitures

de patrouille arrivèrent, Jessica appela son mari. Il se trouvait à douze rues de là, occupé sur une autre enquête. Il battit tous les records de vitesse pour la rejoindre. C'était la partie facile. Le calmer fut une autre histoire. Pour l'heure, il arpentait le parking comme un lion en cage. Malheureusement pour cet homme au tempérament italien, il n'avait pas de punching-ball sous la main. Pour l'instant.

On avait retrouvé l'arme de Jessica. Elle n'avait pas servi.

Jessica se rappelait seulement avoir entendu d'autres pas mais ne savait pas à qui ils appartenaient. Personne n'avait mis la main sur le journal intime et elle évita d'en parler.

« Il n'y a pas eu d'échange verbal ? » interrogea Westbrook.

Jessica secoua la tête. C'était douloureux. Elle arrêta.

« Non. J'ai entendu quelqu'un approcher. Je me suis pris deux mandales. Il y a eu une bagarre. Puis je me suis évanouie.

— Quel genre de bagarre ?

— Difficile à dire. J'ai entendu des grognements. Il y avait au moins deux personnes. Ensuite le sifflement dans mes oreilles a pris le dessus.

— Et vous n'avez pas vu l'autre protagoniste ?

— Non, mais… »

Soudain, Jessica consulta sa montre, bondit sur ses pieds. Elle fut prise de vertiges, puis le malaise se dissipa. Pas sa colère.

« Qu'est-ce qui se passe ? demanda Vincent.

— On l'a raté. On a raté ce putain de rendez-vous.

— Quoi ?

— Le rendez-vous avec les services sociaux.

— Jess.

— Ne commence pas.

— On trouvera une solution. Ne t'inquiète pas.

— Que je ne m'inquiète pas ? C'est pour ce genre de raisons que des candidats à l'adoption se font recaler. Tu ne te pointes pas, tu ne préviens pas, tu es rayé de la liste. »

Vincent la prit dans ses bras.

« Il me semble que tu as une excuse plus que valable, chérie. Ils comprendront.

— Non, rétorqua Jessica en se libérant. D'autant qu'ils ne vont pas placer Carlos dans une famille dont la mère risque sa vie tous les jours.

— Ils savent que nous sommes flics. Ils savent en quoi consiste notre métier. »

Le vase déborda. La colère suscitée par la violence de cette affaire. La frustration de ne pas avoir pu avoir d'enfant depuis deux ans. L'humiliation de l'agression. Tout rejaillit.

« Tu n'étais pas là, Vincent. Moi, si. J'ai vu dans quelles conditions vivait Carlos. J'ai vu les merdes de chien et les seringues hypodermiques qui jonchaient le sol. J'ai vu les cafards et les rats dans l'évier, la nourriture qui pourrissait. Je l'ai trouvé caché sous un putain de sac-poubelle. Tu n'imagines pas à quoi ressemblait ce taudis, à quoi ressemblait sa vie. Ils ne vont pas nous le confier si c'est pour qu'on aggrave encore la situation. »

Elle partit faire un tour. Elle respirait la rage.

Elle ne tarda pas à revenir calmée, et l'enquête put commencer. La journée promettait d'être longue – et ce n'était que le début.

51

Chestnut Hill était un quartier aisé du nord-est de Philadelphie, qui avait jadis appartenu à la colonie allemande fondée par Francis Daniel Pastorius. Dans la mesure où il avait été l'un des premiers quartiers périphériques desservis par le tramway, Chestnut Hill comptait un large éventail de demeures du XIXe et du début du XXe siècle conçues par des architectes parmi les plus réputés de la ville.

Avant de quitter Center City, Byrne avait appelé pour convenir d'un rendez-vous avec Christa-Marie. On l'avait orienté vers son avocat, un homme appelé Benjamin Curtin. D'abord peu enclin à rencontrer Byrne, celui-ci avait finalement accepté de le retrouver au domaine à 13 heures.

Au moment de tourner à l'angle de St. Andrews Road, la maison lui apparut pour la deuxième fois de sa vie. Il n'y avait pas remis les pieds depuis la nuit du meurtre.

Il s'agissait d'un imposant bâtiment de style Tudor, avec une allée circulaire rehaussée de pavés et une grande entrée surmontée d'un pignon. À droite, en partie masquée par des arbres, se dressait une écurie à côté de deux terrains de tennis. Une haute barrière en fer forgé encerclait la propriété tentaculaire.

Byrne se gara et, bien qu'il portât son plus beau costume, ne se sentit soudain pas assez bien habillé. Il s'aperçut qu'il retenait son souffle. Il descendit du monospace, ajusta sa cravate, lissa le devant de son pardessus et sonna. Quelques instants plus tard, la porte s'ouvrit sur une femme d'une soixantaine d'années. Byrne se présenta et lui emboîta le pas à travers la haute embrasure en plein cintre. Devant lui s'élevait un escalier en colimaçon en acajou sculpté. À droite, d'épaisses colonnes cannelées conduisaient à une grande salle à manger. À gauche, une grande pièce à vivre donnait sur la piscine au-delà de laquelle s'étendaient les pelouses rases. Les talons de Byrne résonnaient dans l'espace immense. La femme le débarrassa de son manteau et le conduisit dans un bureau attenant au gigantesque hall d'entrée.

La pièce était lambrissée de bois sombre. Deux grandes bibliothèques encastrées et un plafond voûté aux poutres apparentes contribuaient à lui donner des airs de club. Un feu brûlait dans l'âtre. Des pommes de pin et d'autres décorations de saison étaient alignées sur le manteau de la cheminée. Au-dessus de celle-ci trônait un grand portrait de Christa-Marie assise dans un fauteuil en velours. Il devait avoir été peint exactement au même moment où Byrne avait fait sa connaissance, cette nuit obscure de 1990.

Quelques instants plus tard, la porte s'ouvrit pour laisser entrer un homme.

Âgé d'une petite cinquantaine d'années, Benjamin Curtin avait d'épais cheveux gris plaqués en arrière, une mâchoire carrée. Son costume était coupé à la perfection et devait avoir coûté l'équivalent du salaire mensuel de Byrne. L'avocat pesait sans doute dix kilos de plus qu'on ne lui en aurait donné.

Byrne se présenta. Il ne sortit pas sa plaque. Il n'était pas là en sa qualité officielle. Pour l'instant.

« C'est un plaisir de faire votre connaissance, inspecteur », dit Curtin comme s'il avait voulu lui rappeler ce qu'il faisait dans la vie.

Il s'exprimait avec un accent du Sud. Byrne pariait sur une grosse fortune du Mississippi.

« Le plaisir est partagé, maître. »

Comme ça tout le monde connaît sa place, pensa Byrne.

« Est-ce que Liam fait toujours régner l'ordre par chez vous ? »

Par chez vous, releva Byrne. On aurait dit qu'il s'agissait du fin fond de la cambrousse. Le juge Liam McManus, ce n'était un secret pour personne, se présenterait à la Cour suprême de Philadelphie l'année suivante.

« Nous avons de la chance de l'avoir, dit Byrne. On raconte qu'il ne va pas tarder à nous quitter. Sous peu, il vivra à Chestnut Hill. »

Curtin sourit. Mais Byrne savait que son sourire n'était autre que professionnel et ne contenait aucune chaleur.

L'avocat désigna une chaise de l'autre côté du bureau. Les deux hommes s'assirent.

« Est-ce que Charlotta peut vous servir quelque chose à boire ? Café ? Thé ?

— Non, je vous remercie. »

Curtin hocha la tête. La porte se ferma derrière Byrne.

« Qu'est-ce qui vous amène ici, inspecteur ?

— Je crains de ne pas pouvoir entrer dans les

détails, mais disons que Mlle Schönburg pourrait détenir des informations sur une affaire qui occupe en ce moment les services de police de la ville. »

Curtin sembla légèrement amusé.

« Vous m'intriguez.

— Comment ça ?

— Eh bien, vous n'êtes pas sans savoir que Mlle Schönburg n'a plus de vie publique. Elle ne vit en aucun cas en recluse, mais, comme vous aurez pu le constater, elle n'évolue plus dans les cercles sociaux auxquels elle a jadis appartenu.

— Je comprends.

— Il y a presque toujours quelqu'un avec elle, aussi je ne vois pas vraiment comment elle pourrait être impliquée dans un quelconque événement ayant eu lieu récemment à Philadelphie.

— Je suis là pour essayer de le déterminer. Mais il y a quelques questions que j'aimerais vous poser avant de la rencontrer.

— Est-elle soupçonnée de quoi que ce soit ?

— Non, répondit Byrne. Absolument pas. »

Curtin se leva, alla se poster devant la fenêtre. Il poursuivit sans se retourner.

« Je me dois de vous avertir que, depuis sa sortie de prison, Christa-Marie a reçu pas moins d'une centaine de demandes d'interviews. Elle fait toujours l'objet d'une grande fascination, aussi bien dans l'univers de la musique classique que chez la lie du monde des tabloïds.

— Je ne suis pas venu dans le but d'écrire un article pour l'*Inquirer* », rétorqua Byrne.

Curtin eut de nouveau un sourire. Travaillé, froid, mécanique.

« Je comprends. Ce que je veux dire, c'est qu'elle a systématiquement décliné chacune de ces demandes.

— C'est elle qui m'a contacté, monsieur Curtin. »

Byrne vit les épaules de l'avocat se contracter. Il n'était visiblement pas au courant.

« Bien entendu.

— J'ai besoin de lui poser quelques questions et je voudrais connaître son état de santé psychique. Est-elle lucide ?

— En grande partie, oui.

— Je ne suis pas certain de comprendre ce que cela signifie.

— Cela signifie qu'elle est rationnelle et parfaitement fonctionnelle la plupart du temps. Elle pourrait tout à fait vivre seule, mais elle préfère avoir une infirmière psychiatrique à domicile à plein temps. »

Byrne hocha la tête, resta silencieux.

Curtin revint lentement vers le bureau, s'assit dans le somptueux fauteuil en cuir. Il se pencha en avant, ses avant-bras posés devant lui.

« Christa-Marie a eu une vie éprouvante, inspecteur. De l'extérieur, n'importe qui serait tenté de croire que son existence n'a été que glamour et privilèges, et, jusqu'à l'accident, elle a certes profité des nombreuses retombées de son talent et de son succès. Mais, après cette nuit-là, à compter des interrogatoires et des passages devant le juge jusqu'aux dix-huit mois passés à Convent Hill et à son incarcération à Muncy, elle... »

Les mots s'abattirent sur Byrne comme un missile Scud.

« Pardon ? »

Curtin se tut, regarda l'inspecteur.

« Vous avez dit Convent Hill ?

— Oui. »

L'hôpital de Convent Hill était une vaste institution psychiatrique d'État située dans le centre de la Pennsylvanie. Visé par un faisceau de soupçons, il avait fermé au début des années 1990 après près de cent ans de fonctionnement.

« À quelle période Christa-Marie a-t-elle séjourné à Convent Hill ?

— Elle y est restée de sa condamnation à la fermeture de l'établissement en 1992.

— Pourquoi l'a-t-on envoyée là-bas ?

— C'est elle qui y tenait. »

Byrne vacilla.

« Vous êtes en train de me dire que Christa-Marie a expressément demandé à être internée à Convent Hill ? C'était son choix ?

— Oui. Évidemment, je m'y suis opposé en ma qualité d'avocat. Mais elle a engagé un autre cabinet pour arriver à ses fins.

— Et vous me dites qu'elle y est restée dix-huit mois ?

— Exact. Avant de rentrer à Muncy. »

Byrne ignorait complètement que Christa-Marie avait séjourné dans l'institution psychiatrique la plus réputée pour sa violence à l'est de Chicago.

Tandis qu'il digérait la nouvelle, une femme entra. Elle avait une quarantaine d'années et portait un tailleur bleu marine, un chemisier blanc. Curtin fit les présentations.

« Inspecteur, voici Adele Hancock. L'infirmière de Christa-Marie. »

Byrne se leva pour lui serrer la main.

Mince et énergique, Adele Hancock avait des cheveux gris coupés court, un physique de coureuse de fond.

« Mlle Schönburg va vous recevoir », déclara-t-elle.

Curtin se leva, attrapa son manteau, sa mallette. Il contourna le bureau, tendit une carte de visite en papier toilé à Byrne.

« Si je peux me rendre utile en quoi que ce soit, n'hésitez pas à m'appeler.

— Merci pour votre temps, monsieur.

— Et saluez Liam de ma part. »

Ça marche, pensa Byrne. *Au prochain match de curling.*

Benjamin Curtin adressa un signe de tête à Adele Hancock et prit congé.

Byrne emboîta le pas à l'infirmière. Ils remontèrent un long couloir lambrissé de bois sombre et passèrent à côté d'une pièce dans laquelle trônait un piano à queue. Cette nuit-là, vingt ans plus tôt, il n'avait pas visité cette aile de la maison.

« Y a-t-il quelque chose que je devrais savoir avant de la rencontrer ? demanda-t-il.

— Non, répondit Hancock. Mais je peux d'ores et déjà vous dire qu'elle ne parle que de votre venue depuis votre appel. »

Au bout du couloir, la femme s'arrêta, désigna la pièce devant eux d'un geste de la main. Byrne franchit le seuil. Il se retrouva dans une espèce de solarium, une pièce octogonale aux vitres embuées où poussaient des dizaines d'immenses plantes tropicales. Des enceintes invisibles diffusaient une musique mélodieuse.

Vous les avez trouvés ? Le lion, le coq et le cygne ?

« Bonjour, inspecteur. »

Au son de la voix, Byrne se retourna. Et vit Christa-Marie Schönburg pour la première fois depuis vingt ans.

52

Jessica avisa la multitude de policiers amassés sur le parking en face de l'appartement de Novak. Il y avait maintenant deux scènes à expertiser – la scène de crime elle-même et celle où un agent des forces de l'ordre avait été agressé. Nick Palladino se détacha de la foule, carnet à la main. Il s'entretint un moment avec Dana Westbrook. De temps à autre, l'un des deux jetait un coup d'œil en direction de Jessica. Pendant que Dino parlait, Westbrook hochait la tête.

Lorsqu'ils en eurent terminé, Dino vint s'enquérir de l'état de Jessica. Celle-ci lui répondit qu'elle se sentait bien. Mais elle comprit, à l'expression de son collègue, que la situation venait tout juste d'empirer.

« Qu'est-ce qui se passe ? » demanda-t-elle.

Son collègue lui répondit.

Jessica découvrit qu'elle se trompait. Il n'y avait pas deux mais trois scènes de crime à expertiser.

Le corps de Lucas Anthony Thompson avait été abandonné sur un parking à trois rues de là. Il était nu, grossièrement rasé à blanc, et une bande de papier entourait sa tête. Il semblait avoir été étranglé. Sur l'un des doigts de sa main droite figurait un petit tatouage d'éléphant.

Il ne leur fallut pas longtemps pour trouver la signification de la scène de crime.

Lucas Anthony Thompson avait été découvert sur le parking où l'on avait retrouvé le cadavre de Marcia Kimmelman. Cela concordait avec le mode opératoire du tueur. Un meurtrier de plus abandonné à l'emplacement de son crime.

Deux équipes surveillaient d'ores et déjà les proches de Thompson. Si l'un d'eux était complice, il courait un risque.

De l'autre côté du parking, Jessica aperçut une personne qui cherchait à franchir le cordon de police. C'était David Albrecht. Il voulait lui parler. L'agent en uniforme le retint, jeta un coup d'œil à la ronde.

« Laissez-le passer », ordonna Westbrook.

Albrecht accourut, hors d'haleine.

« Que vouliez-vous nous dire ? demanda le sergent.

— J'étais en train de filmer le bâtiment en plan large depuis l'autre côté de la rue quand l'inspecteur Balzano est sortie par la porte principale. »

Albrecht haletait. Il leva un doigt en l'air.

« Prenez votre temps, dit Westbrook. Vous voulez un verre d'eau ? »

Le jeune homme secoua la tête, reprit son souffle.

« OK, OK. Donc, l'inspecteur Balzano entre dans le *diner*, en ressort quelques minutes plus tard avec un café et va se poster là-bas. »

Il désigna le parking, qui grouillait désormais de techniciens de la police scientifique.

« Je me suis d'abord dit que ça ne valait pas le coup de filmer. Un parking est un parking, vous voyez ? Il y a mieux comme décor. On n'est pas là pour faire du Robert Flaherty. »

Albrecht regarda Jessica et Dana Westbrook, s'attendant peut-être à une réponse ou à une réaction de leur part. Aucune ne s'ensuivit. Il enchaîna.

« Enfin, bref. Je remarque que les arbres encadrent plus ou moins le parking, que ce pan de mur ressemble un peu à une ligne d'horizon, et alors je vois l'inspecteur Balzano qui se met à faire les cent pas, et là et je me dis que je tiens quelque chose. »

Il se retourna, pointa du doigt son fourgon de l'autre côté de la rue.

« À ce moment-là j'installe la caméra sur mon trépied, ajuste le cadrage, puis retourne chercher un filtre à l'arrière du camion. Je voulais utiliser un polariseur par séparation de faisceau pour obtenir plus de contraste. Le temps que je le trouve, l'inspecteur Balzano avait disparu. Il n'y avait plus que quelques feuilles de papier dispersées par le vent. Sa voiture était toujours garée dans la rue, donc soit elle était retournée au café, soit à l'appartement. J'ai pensé que je l'avais manquée de peu. Puis j'ai tourné la tête vers le bâtiment et je l'ai vue étendue par terre. »

Il y eut un léger à-coup dans la voix d'Albrecht.

« Et vous n'avez pas vu l'agresseur ? demanda Westbrook.

— Non, madame. Je ne l'ai pas vu. Enfin pas sur le coup.

— Comment ça ?

— Je ne l'ai pas vu en direct. »

Westbrook se tourna vers Jessica, puis à nouveau vers Albrecht.

« Je ne comprends pas.

— Je ne m'étais pas aperçu que ça tournait.

— Que ça tournait ? demanda le sergent, dont la fébrilité augmentait à vue d'œil.

— Oui. Lorsque j'ai installé la caméra sur le trépied, j'ai commencé à enregistrer. J'avoue que je ne suis pas encore habitué à cet appareil. Je viens de l'acheter. J'ai appuyé sur le bouton par erreur. C'est un peu embarrassant, mais c'est comme ça que ça s'est passé.

— Qu'est-ce que vous êtes en train de nous dire ? demanda Jessica.

— Eh bien, je viens de visionner l'enregistrement et je crois que nous le tenons.

— Que nous tenons quoi ? »

David Albrecht leva la caméra.

« Je pense que nous avons des images du tueur. »

53

Christa-Marie Schönburg était assise dans un gros fauteuil en cuir bordeaux, ses mains pâles croisées sur ses cuisses. Même depuis l'autre bout de la pièce, Byrne remarqua immédiatement ses yeux. Non seulement ils étaient d'une couleur ambrée d'une intensité saisissante – une remarque qu'il s'était déjà faite deux décennies plus tôt –, mais ils n'avaient pas changé. Vingt années, vingt dures années d'incarcération, de traitements psychiatriques et de combat contre les démons qui la hantaient depuis toujours, n'avaient en rien durci son regard. Ses yeux étaient ceux d'une jeune femme, aussi fascinants qu'au temps où elle était l'étoile la plus brillante au firmament de la musique classique.

Ses cheveux chatoyaient désormais d'une douce couleur argent.

Elle portait un tailleur-pantalon en soie noire.

Sur la table à côté d'elle reposaient une paire de lunettes de vue et un livre ouvert.

Une fois devant elle, Byrne se rendit compte que les mots lui manquaient. Quel pouvoir exerçait-elle donc sur lui ?

Christa-Marie se leva, toujours aussi gracile. À cette

distance, Byrne distinguait les légères rides qui parcheminaient son visage, son front, la peau translucide de ses mains. Avec sa cascade de cheveux soyeux, elle restait une belle femme. Peut-être même encore plus élégante qu'avant.

C'était la première fois qu'il se retrouvait aussi près d'elle depuis la nuit où il l'avait placée en état d'arrestation.

Il lui prit la main. Son premier instinct fut de se pencher vers elle pour l'embrasser sur la joue. Il se rendit compte *in extremis* que le geste était extrêmement déplacé. L'envie n'en restait pas moins présente. Christa-Marie décida pour lui. Elle se hissa sur la pointe des pieds et ses lèvres effleurèrent sa joue.

Elle avait 28 ans la dernière fois qu'il l'avait vue. Elle en avait presque cinquante maintenant. Elle avait manqué, ou remis à plus tard, tant de choses parmi celles qu'un homme ou une femme ont l'occasion de vivre pendant ces années. Byrne se demanda tout à coup à quoi il ressemblait pour elle, comment son travail, ses habitudes et sa vie avaient façonné son visage et son corps, altéré l'image qu'elle avait pu garder de lui après cette nuit de 1990.

Sans un mot, elle lui indiqua l'autre fauteuil près des vitres, à moins de deux mètres du sien. Byrne s'assit. Au lieu de s'adosser, il se pencha en avant à la manière de quelqu'un qui se présenterait à un entretien d'embauche. On entendait de la musique en fond sonore. Une pièce pour violoncelle et piano.

Après plusieurs longues minutes, Christa-Marie prit la parole.

« Il s'agit de son dernier enregistrement en studio, vous savez.

— À qui ?

— Jackie du Pré. Elle a fait une tournée en 1973 et les critiques l'ont descendue en flammes. Je me demande ce qu'ils auraient dit de moi. »

Suite à la condamnation de Christa-Marie en 1990, Byrne avait lu plusieurs biographies à son sujet. Les comparaisons avec Jacqueline du Pré y étaient aussi spécieuses que prévisibles. On racontait que, lors de son ultime tournée, la maladie empêchait la violoncelliste de sentir les cordes, l'obligeant à jouer à vue. N'ayant jamais été musicien ni doué pour quoi que ce soit – si ce n'est foirer les relations sentimentales, ce en quoi il était champion du monde –, Byrne pouvait seulement imaginer l'horreur et le chagrin qu'un tel drame pouvait susciter chez quelqu'un d'aussi talentueux.

À la différence de sa consœur, Christa-Marie Schönburg n'avait rien perdu de ses capacités au moment de son incarcération. Elle était toujours, à son entrée en prison, l'une des violoncellistes les plus renommées et vénérées au monde. Alors qu'il contemplait cette femme tant d'années après, il se demanda quel destin était le pire.

« Comme tout le monde à cette époque, je sortais du conservatoire, reprit-elle. Je suis allée à Prentiss. Mon professeur était un ami d'enfance d'Ormandy. Sans lui, l'orchestre ne m'aurait peut-être jamais découverte. »

Christa-Marie changea de position sur sa chaise avant de poursuivre.

« Vous savez, les musiciennes professionnelles n'étaient pas très nombreuses à l'époque. Ce n'est que bien plus tard que jouer dans un orchestre – encore fallait-il que cela soit l'un des cinq grands – Boston, New York, Cleveland, Chicago, Philadelphie – a été considéré comme un travail, un travail à plein temps approprié pour une femme. Une activité lucrative, comme il était coutume de l'appeler. »

Byrne resta silencieux. Il sentit son téléphone portable vibrer à trois reprises au fond de sa poche. Il ne pouvait pas décrocher.

« Christa-Marie, j'ai quelque chose à vous demander », se lança-t-il de but en blanc.

Elle se pencha en avant, dans l'expectative. À cet instant, elle ressemblait à une écolière. Byrne sortit la carte.

« Pourquoi m'avez-vous écrit ? »

Au lieu de répondre, elle regarda quelques instants par la fenêtre. Puis elle se tourna vers Byrne.

« Vous savez comme on compare le violoncelle au corps d'une femme ? »

Byrne jeta un bref coup d'œil à l'instrument posé dans un coin. Il acquiesça.

« Imaginez-vous. Une bande de jeunes étudiantes qui gloussent devant leur professeur s'étendant sur cette comparaison. »

Le visage de Christa-Marie perdit bientôt son expression joyeuse pour revêtir un air nostalgique.

« Mes années les plus heureuses, je les ai passées à Prentiss. Il n'y avait pas de pression. Seule la musique comptait. Un jour, Bernstein m'a confié que la seule chose importante était d'aimer la musique. C'est la vérité. »

Elle lissa ses cheveux, se passa une main sur la joue.

« Je n'avais que 19 ans ce premier soir à l'Académie. 19 ans. Vous imaginez ? »

Byrne n'imaginait pas. Il le lui dit.

« Tant d'années ont passé depuis ce concert. »

Elle redevint silencieuse. Byrne avait le sentiment que, s'il ne lui posait pas ses questions maintenant, il n'en aurait plus jamais l'occasion.

« Christa-Marie, je dois vous parler de votre lettre. »

Elle lui jeta un regard en coin.

« Après tout ce temps, vous voulez déjà passer aux choses sérieuses. »

Elle poussa un soupir emphatique avant d'ajouter :

« S'il le faut.

— J'ai besoin de savoir à quoi vous faisiez allusion en me demandant si j'avais “trouvé le lion, le coq et le cygne” », dit Byrne en lui montrant de nouveau la carte.

Elle le fixa pendant une longue seconde, puis se leva de son fauteuil. Elle franchit les quelques pas qui les séparaient, s'agenouilla à ses pieds.

« Je peux vous aider », déclara-t-elle.

Byrne ne répondit pas tout de suite, dans l'espoir qu'elle poursuivrait. Elle n'en fit rien.

« M'aider à quoi ? »

Christa regarda à nouveau dehors. Sous cette lumière, à cette distance, sa peau était translucide, le résultat d'une vie passée à l'abri du soleil.

« Vous connaissez la méthode Suzuki ? » demanda-t-elle.

Byrne en avait entendu parler mais n'en savait pas plus.

« Suzuki privilégiait le jeu à la technique, expliqua-t-elle. Il laissait ses élèves jouer dès le premier cours. La musique n'est rien d'autre qu'une langue. »

Elle se pencha en avant.

« Nous parlons tous les deux celle de la mort, n'est-ce pas ? »

Christa-Marie s'approcha encore, comme pour lui confier un secret.

« Je peux vous aider à faire cesser les meurtres », dit-elle doucement.

Les mots résonnèrent contre les vitres embuées du solarium.

« Les meurtres ?

— Oui. Il y en aura d'autres, vous savez. Beaucoup d'autres. Avant le jour d'Halloween à minuit. »

Elle s'exprimait sur un ton neutre, indifférent. Elle parlait de meurtre comme elle avait parlé de musique un peu plus tôt.

« Pourquoi Halloween à minuit ? »

Avant qu'elle ne réponde, Byrne vit les doigts de sa main gauche bouger. Il crut d'abord à une sorte de tic, à un mouvement involontaire provoqué par une position maintenue trop longtemps. Mais, du coin de l'œil, il vit ses doigts se courber autour d'un manche imaginaire et il comprit qu'elle rejouait un passage qu'elle avait un jour exécuté au violoncelle. Puis, aussi soudainement qu'il avait commencé, le mouvement cessa. Elle laissa retomber ses mains sur ses cuisses.

« La fin ne vient qu'avec la coda, inspecteur. »

Byrne connaissait ce terme. La coda correspondait au dernier mouvement d'un morceau, généralement interprété avec un sentiment d'urgence dramatique – un bouquet final à la fin d'une symphonie, peut-être.

« Je ne suis pas sûr de comprendre.

— George Szell restait souvent à la fenêtre de son bureau pour savoir lesquels de ses musiciens rentraient chez eux avec leurs instruments. »

Byrne ne voulut pas l'interrompre, espérant qu'elle reviendrait d'elle-même au sujet précédent.

« Facile pour le hautboïste, *n'est-ce pas*[1] ? ajouta-t-elle. Beaucoup moins pour le contrebassiste. »

Elle s'assit sur ses talons.

1. En français dans le texte. (N.d.T.)

« Saviez-vous que le violoncelliste et le contrebassiste doivent tous les deux acheter un billet d'avion supplémentaire pour leurs instruments ? »

Il ne le savait pas.

« Le quatuor Cavani réserve toujours pour cinq.

— Christa-Marie, reprit Byrne, qui espérait que sa voix n'était pas trop suppliante, j'ai besoin de…

— Vous reviendrez pour Halloween ? l'interrompit-elle. J'aimerais vous emmener quelque part à la campagne. Nous y passerons la journée. Ce sera tellement amusant. »

Byrne devait découvrir ce que cachaient les références animalières dans son message. Mais il savait désormais qu'obtenir cette information serait difficile. Sans réfléchir, il répondit :

« Oui. Je reviendrai. »

Elle le regarda comme si elle le voyait pour la première fois et son visage s'assombrit.

« Je peux vous aider à faire cesser les meurtres, Kevin. Mais vous devez d'abord faire quelque chose pour moi.

— Quoi donc, Christa-Marie ? demanda-t-il. Que puis-je faire pour vous ? »

De toutes les réponses qu'il aurait pu imaginer, celle-ci manqua de lui couper le souffle. C'étaient sans doute les deux mots auxquels il s'attendait le moins, deux mots qui accompagneraient ses pensées jusqu'au plus profond de la nuit.

Christa-Marie Schönburg prit ses mains dans les siennes, le regarda au fond des yeux et lui dit : « Aimez-moi. »

54

Debout devant la porte de la chambre 1208, le cœur battant, Lucy ne se résolvait pas à entrer. Elle avait peur, plus peur qu'elle n'avait jamais eu de sa vie. Elle avait mené sa petite enquête. Elle savait que tous les occupants à cet étage appartenaient à la Société Poursuite. Le groupe assistait à un séminaire dans la Crystal Room de 10 à 15 heures, heure à laquelle était prévue une pause-déjeuner. Lucy présumait que les chambres seraient désertes de 9 h 30 jusqu'à environ 14 heures.

Plus tôt dans la journée, de la mezzanine, elle avait regardé les participants entrer dans la Crystal Room. Depuis son enlèvement, elle cherchait chez tous les gens qu'elle croisait un geste, une posture familière, un mot, une inflexion, un accent, qui la ramèneraient à ces trois jours envolés et à ce qui lui était arrivé.

Un jour, à Carlisle, le rire haut perché d'une femme l'avait ramenée au souvenir d'une pièce – non pas une pièce où elle avait nécessairement été retenue, mais une pièce qui avait servi de halte sur le chemin. Lorsqu'elle s'était retournée pour voir le visage de cette femme – une rouquine adipeuse de 40 ans aux lèvres tachées par le tabac –, l'impression avait disparu. Lucy avait alors compris que le sentiment irait et viendrait. Elle avait seulement besoin qu'il s'attarde quelques instants, le temps pour elle de le saisir. Et de se rappeler.

Dans l'immédiat, elle avait du travail.

En levant la main pour frapper à la porte, Lucy s'aperçut qu'elle n'en avait pas la force. Ses bras lui semblaient tout à coup exsangues et cotonneux. Elle fit une nouvelle tentative.

« Ménage », annonça-t-elle en frappant, consciente qu'elle avait parlé dans un murmure inaudible.

Deux petits coups plus forts.

« Ménage. »

Pas de réponse.

C'est maintenant ou jamais. ils

Elle sortit sa carte, la passa dans la serrure et entra dans la chambre 1208.

La chambre était vide.

Lucy était censée laisser la porte ouverte, mais tout le monde savait, y compris sa supérieure, qu'il arrivait aux portes de claquer toutes seules. C'est ce qui arriva. Si ce n'est que Lucy la ferma volontairement.

Elle avait transbahuté tout ce dont elle avait besoin et avait tout empilé sur le lit. Elle s'attela à la liste de ce qu'elle avait à faire. Elle n'avait jamais travaillé aussi vite.

C'était n'importe quoi. À quoi jouait-elle ? Tout était dans sa tête. Le fruit de son imagination – à partir du moment où elle avait appris l'existence du Tisseur de rêves, sa vie s'était transformée en une sorte de rêve insensé. Même si une fillette avait été tuée dans cette pièce, il s'agissait seulement d'une coïncidence tragique et écœurante.

M. Adrian Costa ne possédait aucun don, aucun

pouvoir particulier. Cet homme était un charlatan et il lui mentait. Rien de plus qu'une énième arnaque.

Lucy enchaîna le reste de ses tâches, bouclant la chambre en un temps surhumain qui ne dut pas dépasser quinze minutes. Lorsqu'elle eut fini, elle se sentit un peu mieux. Une chambre bien propre produisait toujours cet effet sur elle. À présent, elle pouvait partir.

Alors qu'elle s'apprêtait à quitter la pièce, elle vit que le tiroir inférieur de la commode était entrouvert. Elle jeta un coup d'œil vers la porte, puis à nouveau vers le tiroir.

Sans réfléchir, elle l'ouvrit. Il contenait trois chemises pliées. Quelque chose de brillant dépassait en dessous. Elle poussa les vêtements sur le côté.

Au fond du tiroir se trouvait une photo de sa mère.

55

Byrne était assis dans son monospace. Il avait pourtant tout prévu sur le trajet aller : comment il se présenterait, comment il lui parlerait, comment il lui soutirerait les informations dont il avait besoin. Lui, l'inspecteur chevronné, ferait son entrée, *mister* Relax, maître de l'univers, et repartirait avec les renseignements nécessaires.

Il avait échoué lamentablement.

Il repartait sans la moindre miette d'information. Il se demanda quelle était la prochaine étape. Il pouvait parler à Michael Drummond ou à Paul DiCarlo au bureau du procureur. À leur tour, ils contacteraient Benjamin Curtin pour entendre Christa-Marie à titre officiel et la faire venir en ville.

Byrne entrevoyait déjà le cirque que cela engendrerait.

Au moment où il démarra, Adele Hancock traversa l'allée dans sa direction. Il descendit sa vitre.

« Elle souhaitait vous donner ceci », dit l'infirmière en lui tendant un CD sous blister.

Sur la jaquette figurait une photo de Christa-Marie installée à un café en Italie. Derrière elle, s'élevait la basilique Santa Maria del Fiore.

« Elle m'a demandé de vous dire que, si vous vouliez la connaître, vous devriez l'écouter.

— Qu'est-ce que cela signifie, selon vous ? »

Hancock eut un maigre sourire.

« Si vous aviez quelques années à tuer, nous pourrions peut-être effleurer la question. »

Un quart d'heure plus tard, Byrne roulait sur la voie rapide. Il ne pouvait pas retourner en ville. Pas tout de suite. Il avait une autre course à faire.

Dans sa tête, les pulsions se consumaient. L'une lui dictait ce qu'il devait faire, ce qu'il lui incombait de faire. L'autre ce qu'il finirait par faire.

Filant vers l'ouest, il déballa le CD et l'inséra dans le lecteur. Quelques instants plus tard, le violoncelle de Christa-Marie Schönburg emplissait son univers de sa majesté.

56

Tommy Archer ne s'était jamais habitué à l'odeur. Ne s'y habituerait probablement jamais. Cela n'augurait rien de bon pour quelqu'un qui rêvait un jour d'ouvrir son propre institut de beauté.

Dans l'immédiat, l'odeur qui l'importunait – il y en avait tellement dans le métier qu'on avait l'embarras du choix –, c'étaient les relents de la permanente qu'il venait de terminer sur la vieille Mme Smith. Le produit utilisé devait surtout son odeur à l'ammoniac qui, si Tommy se souvenait de ses cours de chimie, dérivait du thioglycolate d'ammonium.

Il l'appelait simplement puanteur.

Il répétait toujours à ses clients que, dans la mesure où la solution était très alcaline, la meilleure façon de se débarrasser de l'odeur était d'avoir recours à un produit au pH acide tel que le jus de tomate. Il préconisait de l'appliquer en masque, de laisser poser dix à vingt minutes, puis de faire un shampoing et de rincer.

En entendant cette astuce, ses clients pensaient tous avoir affaire à une sorte de génie alors qu'il s'agissait d'un principe scientifique assez basique. Tommy les laissait croire ce qui leur chantait. En vingt-six ans, rares étaient les gens à avoir considéré Tommy Archer comme un génie. Surtout son père. En revanche, le service qu'il lui avait un jour rendu lui avait valu sa reconnaissance éternelle, pour ne pas dire son respect. Pour autant, l'homme n'en avait jamais rien montré.

Ôter l'odeur d'ammoniac des cheveux d'une cliente était une chose, en débarrasser la minuscule échoppe, soit les cinquante-cinq mètres carrés qui composaient Coupe Tifs (indéniablement le pire nom de salon de toute l'histoire de la coiffure), en était une autre.

Bien que la température extérieure n'excédât pas huit degrés, Tommy ouvrit les deux fenêtres donnant sur la rue. Mme Smith avait été sa dernière cliente de la journée.

Il glissa une cassette dans le lecteur posé derrière la caisse et se mit à balayer. Il sentit un courant d'air traverser le salon. La saison des fêtes approchait, synonyme pour lui de travail, d'argent, mais aussi de solitude. Tommy Archer correspondait parfaitement à l'idée que l'on pouvait avoir d'une personne souffrant de troubles affectifs saisonniers.

Il n'était pas autorisé à fumer dans le magasin. Une fois le sol balayé et les bacs rincés, les peignes et les brosses nettoyés, il sortit sur le trottoir et s'alluma une cigarette. Il faisait déjà noir. L'artère principale était presque déserte. Seuls le magasin AAMCO, juste en face, et Patsy's Diner, deux rues plus loin, avaient encore leurs lumières allumées.

« Vous êtes ouvert ? »

Tommy fit presque un bond d'un mètre. Il se retourna pour identifier la provenance de la voix. Un homme se tenait juste à côté de lui. Littéralement. Il ne l'avait pas entendu approcher.

L'homme portait un pardessus noir.

« Pour tout vous dire, répondit Tommy en jetant un coup d'œil à sa montre, on ferme dans cinq minutes. »

L'inconnu se passa la main sur la nuque.

« J'espérais que vous pourriez rafraîchir ma coupe. Vous voyez, je suis attendu à une cérémonie de mariage – c'est moi le tonton sympa au gros portefeuille –, et même si je pourrais débarquer avec une perruque arc-en-ciel sur la tête, j'aime soigner mes entrées. »

Tommy consulta de nouveau sa montre comme s'il s'attendait à y trouver la réponse. Le style de l'inconnu n'était pas pour lui déplaire et la référence au *gros portefeuille* était clairement destinée à lui laisser entrevoir un énorme pourboire. D'autant qu'il n'avait rendez-vous nulle part. Son petit hameau n'abritait pas une communauté gay florissante, ni même un quartier de mauvaise vie. Tout ce qui l'attendait en rentrant chez lui se résumait à une bouteille d'Orvieto et au coffret DVD de la deuxième saison de *Jéricho. Béni soit Netflix*.

Il observa l'homme à la dérobée. *Jolis yeux. Joli sourire*.

« Juste un rafraîchissement ?

— Promis, dit l'homme. Et je suis prêt à payer double.

— Ce ne sera pas nécessaire, répondit Tommy. Et puis que voulez-vous que je fasse d'une telle somme dans ce trou paumé ? »

L'homme n'avait pas tant besoin d'une coupe que ça, mais s'il y avait bien une chose que Tommy avait comprise – aussi bien le concernant que concernant la plupart des personnes qu'il avait coiffées –, c'était que l'apparence personnelle était précisément une question personnelle. Tout le monde avait le droit d'avoir la tête qui lui plaisait.

« C'est une bien belle bourgade que vous avez là, lança l'homme.

— Ouais, ricana Tommy. Enfin, pour qui aime habiter un endroit où se tromper de numéro de téléphone signifie devoir parler à la mauvaise personne pendant une heure. »

L'homme rit.

« Je parie que vous exagérez. »

Tommy sortit son séchoir, souffla les cheveux qui s'étaient déposés sur les épaules son client. Lorsqu'il eut terminé, il lui poudra le cou.

« Alors, comme ça, vous êtes de mariage ce soir ? lança Tommy.

— Oui.

— Où ça ? Au Legion Hall ? »

Tommy le débarrassa de sa cape. Il prit son blaireau, épousseta les derniers cheveux épars sur ses épaules et son cou.

« Non, dit l'homme. Ça se passe à la Crystal Room.

— C'est près d'ici ? demanda Tommy, qui n'en avait jamais entendu parler.

— C'est à Philadelphie. »

Tommy haussa les épaules. Il se dit que l'homme ne faisait que traverser l'État. Le Flight 93 National Memorial, situé à seulement quelques kilomètres, leur valait la visite de nombreux voyageurs. Tommy se demanda comment il avait réussi à trouver le salon.

L'homme se leva, tira sur les plis de son pantalon.

« Je vous remercie. Je me sens comme un homme neuf. »

Un homme neuf, pensa Tommy. *Si seulement*.

« Tout le plaisir était pour moi.

— Combien je vous dois ? » demanda l'inconnu en enfilant son manteau.

Tommy lui répondit. Comme promis, l'homme lui régla le double.

Juste après 20 heures, Tommy ferma le salon. Ainsi qu'il était censé le faire, il laissa le tiroir-caisse ouvert, bien en évidence sous une lampe allumée.

Il marcha rapidement jusqu'au parking. La température avait chuté en l'espace d'une heure.

« Thomas ? »

Il fit volte-face. Il ne vit rien à part la rue et ses ombres immenses.

Thomas ? Qui donc pouvait bien l'appeler Thomas ? La dernière personne à l'avoir appelé par son prénom était son ex, Jeremy. Mais c'était à New York et cela remontait à trois ans.

« Il y a quelqu'un ? »

Silence.

Tommy revint sur ses pas, contournant le coin de l'immeuble. Une voiture passa devant lui, avec à son bord un seul passager qui ne lui jeta même pas un regard. Il tourna la tête des deux côtés. Et le vit. L'homme à qui il venait de couper les cheveux. À ceci près qu'il portait maintenant une combinaison sombre zippée jusqu'au cou.

« Benvenuto al carnevale ! »

L'homme brandit quelque chose, un objet de la taille et de la forme d'un de ces anciens systèmes d'ouverture de garage. Tommy entendit un gros crépitement et sentit une odeur de brûlé. Puis ses jambes se dérobèrent sous lui.

Dans un camion. En mouvement.

Tommy s'évanouit. Revint à lui.

Il avait la tête immobilisée.

Le camion était à l'arrêt. L'homme grimpa à l'arrière, enfila une paire de gants fins en latex, ferma les portières. La stéréo du véhicule diffusait de la musique classique. Un truc avec des violons.

Tommy entendit autre chose. Cela ressemblait à une perceuse.

Il se mit à crier.

57

Byrne s'arrêta dans le nord de Philly pour prendre un café. Il se lava le visage et les mains aux toilettes. La fatigue était un monstre informe qui le rongeait de l'intérieur. De retour au volant de son monospace, il alluma son téléphone portable et constata qu'il avait cinq messages. Tous de Jessica. Il l'appela.

« Où êtes-vous ? demanda-t-il.

— À l'hôpital Jefferson.

— À Jefferson ? Pourquoi ?

— J'ai croisé une vieille connaissance aujourd'hui.

— Comment ça ? Qui ?

— Lucas Anthony Thompson.

— Quoi ? Qu'est-ce qui s'est passé ? »

Jessica lui résuma brièvement les événements de la journée, à commencer par le suicide de Joseph Novak, son message d'outre-tombe, l'existence d'un journal intime lui ayant appartenu et son agression par Lucas Thompson. Il fallut un moment à Byrne pour tout intégrer.

« Ça alors, s'exclama-t-il, je m'absente une minute et voilà ce qui arrive.

— Je ne vous le fais pas dire.

— Est-ce que Thompson est en garde à vue ?

— Non, répondit Jessica. Il est mort. Et le journal de Novak a disparu. »

Elle le briefa sur le reste.

« Où l'a-t-on retrouvé ? interrogea Byrne. C'était la scène de crime de Kimmelman, non ? dit-il après que Jessica lui eut répondu.

— Exact.

— Ils ont déjà emmené le corps ?

— Ouais. L'endroit a été pris d'assaut par la police scientifique.

— Je vais faire un saut là-bas, dit Byrne. Est-ce que les médecins vous ont dit quand vous pourriez sortir ?

— Dans environ une heure. Vincent s'occupe de Sophie. Vous passeriez me prendre ?

— J'arrive. »

58

Byrne arriva devant l'hôpital vers 21 h 30.

Jessica l'attendait, contrainte de rester assise dans une chaise roulante – laquelle noircissait le tableau bien plus que nécessaire. En apercevant le monospace de son coéquipier, elle se leva du fauteuil, traversa la chaussée et se glissa sur le siège passager.

« Vous avez l'air en forme, dit Byrne.

— Mais je suis en forme. Vous savez comment sont les médecins. Vous vous cassez un ongle et c'est chirurgie exploratrice *illico*. C'est là-dessus que les assurances font leur beurre. Cela leur permet de justifier leurs tarifs.

— Qu'est-ce qu'ils vous ont dit ?

— Rien à signaler. Pas de commotion cérébrale. Je devrais avoir mal à la tête pendant un ou deux jours. Ils veulent me revoir dans deux semaines. »

Byrne roula au pas se garer sur une place du déposeminute.

« Dites-m'en davantage. »

Jessica essaya de mettre de l'ordre dans ses idées. Après avoir eu le cerveau réduit en bouillie, ce n'était pas facile. Elle confia à Byrne ce qu'elle se rappelait du journal intime de Novak.

« Il était visiblement redevable à quelqu'un, expliqua-t-elle.

— C'étaient ses mots ? Redevable ? »

Jessica acquiesça.

« Il avait écrit : *Toussaint. C'est fait. Je sais désormais que je lui serai toujours redevable.*

— Toussaint. Le 1er novembre ?

— Ouais. »

Jessica lui parla aussi de la photo collée au dos du journal.

« Une idée de qui pourrait être cette femme ou de l'endroit où la photo a été prise ? demanda Byrne.

— Aucune. Le bâtiment ne me disait rien.

— Et *l'enfer* était écrit au verso ?

— Ouais. Juste ce mot. L'enfer. »

Ils se turent.

« À vous, reprit Jessica. Que s'est-il passé à Chestnut Hill ? »

Byrne lui rapporta sa conversation avec Christa-Marie. Jessica avait le sentiment que son coéquipier gardait certaines choses pour lui, mais c'était sa décision. Il se contenterait de lui dire ce qu'elle avait besoin de savoir dans l'immédiat.

« Elle a dit qu'il y aurait d'autres meurtres, poursuivit Byrne. Elle a dit qu'elle nous aiderait.

— Et c'est tout ? Pas de détail ?

— Aucun.

— Est-ce qu'elle vous a semblé… comment dire…

— Timbrée ?

— Ouais.

— Je ne sais pas trop, hésita Byrne. Oui, en un sens. Un peu. Mais j'aimerais m'entretenir encore une fois avec elle avant que le ciel ne lui tombe sur la tête. Vous savez comme moi qu'à la seconde où j'officialise sa lettre une demi-douzaine de psys débarque chez elle. Elle se renfermera complètement. »

La pluie forcit. Pendant quelques instants, on n'entendit plus que la musique de l'autoradio et le *staccato* des gouttes de pluie sur le toit du monospace.

Byrne pivota sur son siège, posa ses mains sur celles de sa coéquipière.

« Vous êtes sûre que ça va ?

— Parée à l'attaque. Je ne me suis jamais sentie aussi bien. »

Voyant que son partenaire ne la quittait pas des yeux, elle ajouta :

« D'accord, il y a peut-être une fois où je me suis sentie mieux. L'été où ma cousine Angela a touché ce bloc d'herbe thaïe. »

Byrne sourit. Il donna une petite pression à la main de Jessica, passa la marche arrière. Jessica se pencha en avant, augmenta le volume de l'autoradio.

« C'est magnifique, commenta-t-elle. C'est qui je pense ? »

Byrne plongea la main derrière son siège, ramassa le boîtier du CD, le lui tendit.

« C'est ce qu'on écoute ?

— Ouais, acquiesça Byrne. C'est l'infirmière de Christa-Marie qui me l'a remis de sa part. Elle m'a dit qu'elle voulait que je l'écoute. »

Jessica jeta un œil au lecteur CD, vit qu'ils en étaient à la deuxième plage. Elle se reporta à la pochette. Le deuxième morceau correspondait au *Nocturne en sol majeur* de Chopin.

« C'est incroyable », s'extasia-t-elle.

Lorsque le morceau prit fin, elle le remit une deuxième fois.

Tandis qu'ils sortaient du parking, Jessica lut le texte du livret.

« Vous savez quoi ? s'étonna-t-elle. Le disque a été enregistré à Philly. À l'institut Prentiss.

— C'est l'école de musique ? Le conservatoire sur Locust Street ?

— Il me semble. »

Jessica regarda au dos du boîtier. En bas figurait une brève liste des personnes ayant participé au CD.

« Kevin. »

Byrne tourna la tête. Jessica lui montra le disque, le doigt sur la dernière ligne de texte.

INGÉNIEUR DU SON : JOSEPH P. NOVAK.

59

L’institut Prentiss, un imposant bâtiment en grès de style géorgien situé sur Locust Street face à Rittenhouse Square, était installé dans un ancien manoir construit au début des années 1900. Dans le monde de la musique classique, beaucoup considéraient Prentiss comme l’équivalent de Juilliard à New York. Nombreux étaient les membres de l’orchestre de Philadelphie à avoir étudié là. Si la plupart des cours étaient dispensés à un niveau universitaire, une classe préparatoire privée accueillait les élèves dès le secondaire. Beaucoup de premiers solistes évoluant à l’international dans de grands orchestres avaient fait leurs classes à Prentiss.

En raison du prestige de l’établissement et de l’heure tardive, Byrne avait appelé le bureau du procureur, lequel s’était chargé de joindre l’école pour obtenir un rendez-vous aux deux inspecteurs.

Âgé d’une quarantaine d’années, le doyen de l’institut, Frederic Duchesne, était un homme grand aux traits anguleux. Il avait des yeux noisette, des cheveux blonds clairsemés et une élégance négligée. Il les accueillit à la porte de l’établissement, qu’il referma derrière eux et les escorta jusqu'à son bureau, une vaste pièce lambrissée en blanc attenante à la salle de réception. Des pupitres, des piles de CD, ainsi que tout un tas d'instruments dans leurs étuis en velours encombraient les lieux. Au mur était encadré un exemplaire grand format de la charte de l'école. Duchesne proposa du café, que les deux inspecteurs refusèrent. Ils s'assirent.

« Merci de prendre le temps de nous recevoir, dit Byrne. J'espère qu'il n'est pas trop tard pour vous.

— Absolument pas. Je reste parfois jusqu'à minuit. Il y a toujours quelque chose à faire. »

Il ordonna des papiers posés sur son bureau d'un geste machinal, puis s'arrêta, prenant peut-être conscience du caractère désespéré de l'entreprise. Il se retourna.

« Nous recevons rarement la visite de la police.

— Nous souhaitons seulement vous poser quelques questions, dit Byrne.

— Je suppose que cela concerne Joseph Novak.

— En effet. »

Duchesne hocha la tête.

« Je l'ai appris en regardant le journal télévisé.

— Que pouvez-vous nous dire de lui ?

— À ma connaissance, Novak a été lié à Prentiss de loin en loin pendant une dizaine d'années.

— Il était salarié ?

— Pas du tout. Il a travaillé en tant qu'ingénieur free-lance sur plusieurs enregistrements. L'institut fait appel aux services d'un certain nombre de techniciens en fonction des projets. »

Byrne sortit le CD que lui avait donné Christa-Marie.

« Il a collaboré à celui-ci ? »

Duchesne chaussa ses lunettes. En voyant le disque, il sourit avec affection.

« C'est un enregistrement qui date de plus de vingt ans. Novak n'a pas enregistré l'original. Il a participé au remastering.

— Vous le connaissiez bien ?

— Nous nous sommes rencontrés à une ou deux reprises. Mais je n'ai jamais travaillé avec lui. »

Duchesne secoua la tête.

« Une terrible tragédie, ce suicide.

— Quand l'avez-vous vu pour la dernière fois ? »

Duchesne réfléchit un moment.

« Cela doit remonter à deux ans.

— Vous n'avez eu aucun contact avec lui depuis ?

— Aucun.

— Savez-vous sur combien d'enregistrements il a collaboré à Prentiss ?

— Je suis incapable de vous le dire de tête. Mais je peux vous retrouver l'information. »

Byrne jeta un coup d'œil à ses notes.

« Il ne me reste plus que quelques questions. Je crains que certaines ne vous paraissent un peu élémentaires. »

Duchesne l'arrêta d'un geste de la main.

« Je vous en prie. Cet endroit est un lieu d'apprentissage.

— Pouvez-vous nous présenter l'institut dans les grandes lignes ?

— Vous voulez la version pour les touristes ou la version réservée aux donateurs potentiels ?

— Celle pour les touristes suffira, répondit Byrne. Pour l'instant. »

Duchesne sourit, opina.

« L'institut a été fondé en 1924 par une femme du

nom de Eugenie Prentiss Holzman. Il occupe une place de choix dans les conservatoires au niveau mondial. La sélection y est rude mais la scolarité gratuite. Un certain nombre des membres de l'orchestre de Philadelphie enseignent actuellement ici.

— Combien d'élèves compte l'école ?

— Cette année, environ cent soixante.

— Et tout est gratuit ?

— Tout sauf les cours particuliers.

— C'est cher ?

— Très, répondit Duchesne. Le taux horaire peut se révéler assez élevé. »

Duchesne poursuivit, racontant comment Prentiss recrutait ses étudiants, en quoi consistait grossièrement le cursus. Il en profita au passage pour glisser quelques noms d'anciens élèves parmi les plus célèbres. La liste était impressionnante. Lorsqu'il eut terminé, il sortit deux exemplaires d'un grand fascicule en couleurs, en remit un à Byrne et un à Jessica. La publication s'intitulait *Appogiatures*.

« C'est notre journal trimestriel, expliqua Duchesne. Vous y trouverez tout ce que vous voulez savoir sur l'histoire de l'école. »

Les deux inspecteurs feuilletèrent rapidement leur exemplaire.

« Merci », dit Byrne en agitant le sien.

Duchesne hocha la tête.

« Si vous le permettez, j'ai une dernière question à vous poser.

— Je vous écoute.

— Dans la musique d'orchestre – autrement dit dans une symphonie –, est-ce qu'il y a toujours un livret ?

— Un livret ?

— Comme dans le théâtre musical. Une personne

écrit le livret, une deuxième la musique, une troisième les paroles.

— D'accord. Je crois que je comprends. Vous voulez savoir s'il existe une histoire derrière les symphonies. Une narration.

— Oui.

— C'est une question difficile. Et qui fait débat depuis longtemps. Je pense que ce à quoi vous faites référence, en ce qui concerne la musique instrumentale, est appelé musique à programme.

— La musique à programme suit une histoire ?

— Oui et non. Dans sa forme la plus épurée, la musique à programme peut se résumer à une simple suggestion de narration.

— Un morceau élaboré selon une logique narrative peut donc se révéler relativement incohérent ? »

Duchesne sourit.

« Dites-moi, inspecteur, où avez-vous étudié la musique ?

— Dans un petit bastringue à la croisée des chemins.

— Ah ! Avec l'estimé M. Johnson.

— Oui, enfin j'ai passé un autre genre de pacte avec le diable. »

Duchesne s'accorda quelques instants de réflexion.

« Pour répondre à votre judicieuse question, oui. La plupart. Il existe quelques exceptions, parmi lesquelles *Les Quatre Saisons* de Vivaldi. »

Malgré tout le mal que Jessica se donnait pour suivre, la conversation lui passait au-dessus de la tête. Elle savait que Byrne prenait des notes, cryptiques mais détaillées. Elle espérait qu'il n'oubliait rien. Elle était complètement larguée dès qu'il s'agissait de musique classique. Chaque fois que quelqu'un mentionnait *Le Barbier de Séville*, elle pensait à Bugs Bunny.

« Y a-t-il des poèmes symphoniques, des morceaux narratifs, qui piochent dans le registre animalier ?

— Mon Dieu. Des tonnes.

— Spécifiquement, un lion, un coq, un cygne ou un poisson ?

— Sans doute le plus célèbre de tous. *Le Carnaval des animaux*, répondit Duchesne sans la moindre hésitation. Il s'agit d'une suite de quatorze pièces. Une œuvre très appréciée.

— Toutes ces pièces concernent des animaux ?

— Pas toutes, répondit Duchesne.

— Qui les a composées ? demanda Byrne.

— Un grand partisan du poème symphonique. Un romantique français appelé Camille Saint-Saëns.

— Avez-vous de la documentation que vous nous laisseriez emprunter ?

— Bien entendu. Mais il va me falloir un peu de temps pour rassembler le tout. Voulez-vous attendre ici ?

— Pouvez-vous nous faxer l'ensemble des documents dès que vous les aurez réunis ?

— Sans problème, dit Duchesne. Je m'y mets tout de suite. »

Les deux inspecteurs se levèrent.

« C'est vraiment très aimable à vous, dit Byrne, tendant sa carte à Duchesne.

— Mais je vous en prie. »

Il les raccompagna à la porte de son bureau puis les escorta jusqu'à la sortie.

« Est-ce que vous avez connu l'époque où Christa-Marie Schönburg était étudiante ici ?

— Non, répondit Duchesne. Je suis en poste depuis

presque vingt ans, mais elle n'était déjà plus là à mon arrivée.

— Est-ce qu'elle a enseigné ici ?

— Oui. Mais ça n'a duré que deux ans environ. C'était un sacré personnage, d'après ce que j'ai compris. Les étudiants étaient fous d'elle. »

Ils descendirent les marches. Arrivé devant la porte latérale de l'établissement, Duchesne demanda :

« Peut-être n'êtes-vous pas libres d'en parler, mais est-ce que Mlle Schönburg a quelque chose à voir avec toute cette affaire ?

— Non, répondit Byrne en parfait menteur. Je suis simplement un admirateur. »

Duchesne jeta un coup d'œil vers le mur. Jessica suivit son regard. Là, près de la porte, au milieu d'un minutieux assemblage de portraits de jeunes musiciens – violonistes, pianistes, flûtistes, hautboïstes – trônait une photographie d'une jeune Christa-Marie Schönburg installée dans une salle de répétition de Prentiss.

Ils marchèrent en silence jusqu'à Mozart Place, la ruelle étroite perpendiculaire à Locust Street où était garé le monospace de Byrne.

« Vous avez remarqué aussi ? finit par demander Jessica.

— Oh, oui.

— C'est le même ?

— Le même. »

Sur le portrait exposé près de la porte, Christa-Marie portait un bracelet en inox serti d'un gros grenat.

Ils avaient vu ce même bracelet posé sur l'étagère chez Joseph Novak.

60

L'unité audiovisuelle de la police de Philadelphie se trouvait au sous-sol de la Rotonde. Son rôle était de fournir toutes les agences de la ville en matériel audiovisuel – caméras, écrans de télévision, appareils d'enregistrement, équipement audio et vidéo. Il lui incombait également de filmer l'ensemble des manifestations publiques auxquelles participaient le maire ou la police afin d'en conserver une trace officielle. Les différentes divisions s'en remettaient également à l'unité pour analyser les cassettes de vidéosurveillance qui intéressaient leurs affaires.

En la matière, personne ne rivalisait avec Mateo Fuentes. Âgé d'environ 35 ans, Fuentes était un enquêteur pointilleux à la précision géométrique. Il habitait les confins lugubres des studios et des salles de montage du sous-sol et semblait accueillir chaque visite de la police comme une intrusion dans son monde.

Récemment promu sergent, Mateo supervisait désormais l'unité. Ce qui passait pour de la méticulosité du temps où il était l'agent Fuentes frisait maintenant l'obsession.

Lorsque Jessica et Byrne arrivèrent au sous-sol, Mateo Fuentes, en discussion avec David Albrecht, tenait salon dans une des salles de montage donnant sur le studio principal.

« Donc, vous préférez l'objectif de la série L ? demandait le sergent.

— Complètement, répondit Albrecht. Sans comparaison.

— Aucun problème d'images fantômes ?

— Aucun. »

Mateo eut un sourire narquois.

« Donc, si j'hypothèque ma maison et que je vends tout ce qui m'appartient, je pourrai peut-être m'offrir cet équipement ?

— Disons que vous pourrez peut-être le louer. »

Les deux hommes tournèrent la tête vers Jessica et Byrne. Albrecht sourit. Mateo fronça les sourcils. Les deux policiers lui cassaient visiblement son trip. Quelques minutes plus tard, le reste de l'équipe arriva – six inspecteurs en tout, sans compter le sergent Dana Westbrook.

Mateo se retrouvait en infériorité numérique.

« Au boulot, dit-il. Tout le monde est prêt ? »

Les inspecteurs se réunirent autour de la caméra de David Albrecht. L'écran LCD mesurait environ quatre pouces, mais Mateo l'avait relié à l'un des quinze pouces qui équipaient l'unité.

Il passa rapidement sur les prises de vues de Philly Ouest jusqu'à atteindre la séquence montrant l'endroit où Jessica avait été agressée.

La vidéo montrait Jessica qui sortait du *diner* et entrait sur le parking. En temps normal, l'heure aurait été aux cris et aux sifflets, à une séance de mise en boîte bon enfant. Mais tout le monde se taisait. Ils se préparaient à ce qui allait suivre.

À l'écran, Jessica téléphonait puis glissait son portable dans sa poche. Elle s'appuya contre le mur du bâtiment, ouvrit le journal intime, puis tira sur quelque chose au dos de la couverture. Des voitures passaient au premier plan. Une minute s'écoula ainsi. Une mère s'arrêta devant le parking avec ses trois enfants. Elle rajusta la veste d'une fillette de 2 ans qui ne voulait rien savoir. La petite troupe ne tarda pas à reprendre son chemin. Jessica lisait toujours.

Quelques instants plus tard, Thompson émergea de derrière l'immeuble. On le vit décocher par surprise un coup de poing à Jessica et le journal voler dans les airs. Le vent en emporta deux feuilles. Tout le monde grimaça. Le deuxième coup mit Jessica à terre. Thompson parada quelques instants, l'air bravache. Depuis l'autre côté de la rue, on n'entendait que la circulation. Mais, si les mots de Thompson étaient inintelligibles, ses gestes, en revanche, parlaient d'eux-mêmes.

« Ici », signala Albrecht.

Il appuya sur le bouton d'une petite télécommande. L'image se figea. Il désigna le côté droit de l'écran. Juste à l'angle de l'immeuble se tapissait une ombre, une ombre indéniablement humaine. Albrecht remit la vidéo en marche. Thompson se tenait au-dessus de Jessica, mais tous les yeux étaient rivés sur la silhouette. Elle était immobile.

Il observe, songea Jessica. *Il observe sans intervenir. Il ne vient pas à mon secours. Il est partie prenante dans ce qui se passe.*

Lorsque Thompson arriva à l'angle de l'immeuble, deux bras passèrent par-dessus sa tête. Une seconde plus tard, Thompson disparut, soulevé de terre par une force colossale.

Albrecht rembobina la vidéo, la relança à nouveau, image par image. Le sujet portait un haut sombre à manches longues, des gants noirs. Lorsque ses mains se trouvèrent au-dessus de la tête de Thompson, Albrecht fit un arrêt sur image. L'homme tenait un objet qui se détachait nettement sur le blanc du garage en arrière-plan. Il s'agissait d'un câble fin. Une longue boucle métallique. Il passa le filin autour du cou de Thompson, le tirant brusquement en arrière et le sortant du champ.

L'écran devint noir.

« Je veux que quelqu'un envoie une copie de cette vidéo aux services techniques, ordonna Dana Westbrook. Je veux un découpage image par image.

— Entendu.

— Je veux aussi un relevé des empreintes de pneus sur ce parking et dans la ruelle à l'arrière de l'immeuble. Et voyez s'il y a des caméras de police dans la rue. »

Westbrook n'eut pas le temps de poursuivre que Dennis Stansfield dévala l'escalier à toutes jambes. Il déboula au milieu de la pièce.

« Inspecteur ? dit Westbrook. Vous êtes en retard. »

Stansfield regarda successivement le sol, le plafond, les murs. Il ouvrit la bouche mais rien n'en sortit. Il semblait bloqué.

« Dennis ? »

Stansfield reprit ses esprits.

« Il y en a un autre. »

Le corps avait été retrouvé à l'arrière d'un restaurant chinois de York Street, dans le quartier de Fishtown. Compris approximativement entre le fleuve Delaware, Frankford Avenue et York Street, dans la partie nord-est de Center City, Fishtown était depuis toujours un quartier ouvrier qui s'enorgueillissait désormais d'un certain nombre de lieux artistiques et d'endroits pour sortir, mêlant les artistes aux policiers, aux pompiers et aux cadres du tertiaire.

Tandis qu'elle se faufilait à travers le cordon de sécurité avec Byrne, Jessica redoutait ce qu'elle s'apprêtait à découvrir.

Deux agents de police contrôlaient l'accès à l'entrée de la ruelle. Jessica et Byrne signèrent le registre de la scène de crime, enfilèrent des gants et s'engagèrent dans la rue étroite. Personne n'était pressé.

Les secours avaient reçu l'appel juste après 21 heures. La mort de la victime remontait visiblement à plusieurs jours.

Des sacs-poubelle s'empilaient depuis des semaines derrière le restaurant. Apparemment, le propriétaire était en conflit permanent avec la compagnie privée de collecte des ordures et c'était devenu une question de principe. À l'aplomb du mur s'entassaient plus d'une centaine de sacs plastique pleins à craquer, éventrés par toutes sortes de vermines, leur contenu en putréfaction répandu sur le sol. La puanteur insoutenable du corps en décomposition était masquée par une douzaine d'autres odeurs âcres de viande et de produits avariés. Une bande de trois rats courageux s'agitait au bout de l'allée en attendant son tour.

Jessica ne vit pas la victime tout de suite. La police scientifique n'avait pas encore installé l'éclairage extérieur, et la faible lueur des réverbères au sodium associée à la lumière jaune de la veilleuse installée au-dessus de la porte de service du restaurant ne permettait pas de distinguer la chair du cadavre des détritus et du bitume grêlé. C'était comme s'il faisait désormais partie de la ville. En s'approchant, Jessica finit par le voir.

Boursouflé par les gaz. Peau marron clair. Nu et glabre. Crâne rasé à blanc.

Toute l'équipe était présente, de même que Russell Diaz, Mike Drummond et désormais un représentant du bureau du maire.

Tous attendaient que le légiste laisse le cadavre aux enquêteurs. Tom Weyrich avait pris un jour de congé. Sa remplaçante était une femme noire d'une quarantaine d'années que Jessica ne connaissait pas. Elle chercha des plaies, prit des notes. Elle ouvrit la main gauche de la victime, braqua sa Maglite sur sa paume, permettant à tout le monde de voir le petit tatouage situé sur le majeur. Il semblait représenter un kangourou. Il fut photographié sous toutes les coutures.

Le légiste se leva pour laisser la place à Stansfield, qui s'approcha et tira doucement sur la bandelette de papier blanc qui enveloppait la tête du cadavre.

Le défunt était un homme de type sud-américain approchant la quarantaine. Comme les autres victimes, il arborait une entaille en travers du front, seulement cette fois la plaie perforante se trouvait au-dessus de son œil gauche. Son oreille droite était déchiquetée, réduite en un amas grumeleux de sang et de cartilage abîmé.

À la vue du visage de la victime, Byrne se détourna et s'éloigna de quelques pas, les mains enfoncées dans ses poches.

Qu'est-ce qu'il fabrique ? se demanda Jessica. Pourquoi s'en allait-il ?

« Je connais cet homme, dit Drummond. Il s'agit d'Eduardo Robles. »

Tous les regards se tournèrent vers Kevin Byrne.

Personne n'ignorait qu'il tentait de convaincre le jury d'accusation d'inculper Robles pour le meurtre de Lina Laskaris. Et voilà que Robles était victime de leur tueur en série.

« C'est ici qu'elle est morte, indiqua Byrne. Elle a rampé jusqu'ici après avoir reçu une balle dans la rue. C'est la scène de crime de l'affaire Lina Laskaris. »

York Street fourmillait d'équipes de télévision. Dans le lot, Jessica repéra CNN, Fox et d'autres médias d'information nationaux. Parmi eux, David Albrecht luttait pour la première place.

Cinq victimes.

61

Byrne monta dans le monospace et roula d'abord sans savoir où il allait. Il se retrouva bientôt sur la voie rapide, puis de retour à Chestnut Hill, à contempler l'immense maison derrière la haute grille en fer.

Il vit de la lumière à une fenêtre, une ombre passer entre les élégantes tentures en soie.

Christa-Marie.

Les yeux fermés, la tête contre le siège, il retourna à cette nuit de 1990. Jimmy Purify et lui s'étaient arrêtés quelque part pour manger. Ils venaient de résoudre un double homicide lié à une histoire de drogue dans le nord de Philadelphie.

Avait-il un jour vraiment été aussi jeune ? Il comptait alors parmi les nouveaux inspecteurs de la brigade, un gamin effronté dont la jeunesse lui valait un surnom qui lui collait à la peau. Riff Raff. Il le portait avec l'arrogance impudente à laquelle on pouvait s'attendre de la part d'un Irlandais. Jimmy était surnommé Clutch.

Riff Raff et Clutch.

Mais c'était du passé.

Byrne leva les yeux vers le premier étage, vers la silhouette à la fenêtre. Était-ce lui qu'elle regardait ?

Il prit le dossier posé à côté de lui, l'ouvrit, contempla les photos, le corps de Gabriel Thorne étendu par terre, la cuisine blanche où tout avait commencé inondée de sang.

Plus tôt dans la journée, il avait eu rendez-vous avec un dénommé Robert Cole, un homme à la tête d'un laboratoire médico-légal indépendant que la brigade contactait parfois pour réaliser des expertises en urgence. Byrne avait vu Cole témoigner à de nombreuses reprises. Il était bon, il était minutieux et, surtout, il était discret. Il avait promis à Byrne d'exécuter sans délai le service qu'il lui avait demandé.

Byrne feuilleta le dossier. Il avisa sa signature au bas du formulaire. Un homme beaucoup plus jeune avait manié le stylo ce jour-là. Un homme qui avait toute sa carrière, toute sa vie, devant lui.

Byrne n'avait pas besoin de regarder l'heure de l'arrestation, le moment où il avait placé Christa-Marie en détention. Il savait.

Il était 2 h 52.

62

La nuit, lorsque les clients de l'hôtel dorment dans leurs lits, les morts errent dans les couloirs. Ils prennent les ascenseurs, empruntent les escaliers de service, se glissent dans les chambres et se tiennent debout au pied de votre lit. Ils sont assis sur le rebord du lavabo pendant que vous prenez votre douche. Ils vous regardent lorsque vous faites l'amour, lorsque vous vous croyez malin d'embarquer les produits de toilette gratuits. Ils vous regardent lorsque vous matez des films porno au milieu de la nuit.

Stacy Pennell se promène dans ces couloirs, ses petits pieds marquant à peine la moquette soyeuse de leurs empreintes. Les clients vont et viennent mais Stacy reste là, ses derniers mots tournoyant dans la chambre 1208 comme de petits oiseaux tristes.

Elle retrouvera bientôt sa liberté.

63

SAMEDI 30 OCTOBRE

Jessica remonta la 3e Rue à petites foulées. À cette heure matinale, courir en ville n'était finalement pas si désagréable. Il y avait peu de circulation et, à l'exception des boulangers et des restaurateurs qui commençaient leur journée, des employés municipaux, des cyclistes et des autres joggeurs, les rues étaient désertes. Restait à éviter les bordures de trottoir, les surfaces accidentées, le chien errant sorti de nulle part.

Il bruinait légèrement, des précipitations dont les bulletins météorologiques prévoyaient la fin pour le milieu de la matinée. Jessica portait son coupe-vent et une casquette des Eagles. Elle était mouillée sans être trempée. La température avoisinait les dix degrés. Un temps parfait pour courir.

En tournant sur Wharton Street, elle songea à leur rendez-vous de la veille avec Frederic Duchesne. Elle songea à la photo accrochée au mur de l'institut Prentiss sur laquelle Christa-Marie Schönburg portait le bracelet qu'elle et Byrne avaient vu à l'appartement de Joseph Novak.

Les informations sur *Le Carnaval des animaux* leur

parviendraient dans la matinée, ce qui leur permettrait de commencer à travailler sur la logique tortueuse du tueur.

À l'angle de sa rue, elle aperçut quelqu'un devant chez elle. Encore. Elle ralentit.

Cette fois, ce n'était pas Dennis Stansfield. C'était Kevin Byrne. À mesure qu'elle approchait, elle le distingua mieux. Elle ne l'avait jamais vu dans un tel état. Il avait les traits tirés et le visage pâle. Il n'était pas rasé. Il portait les mêmes vêtements que la veille. Et il était immobile sous la pluie. Il ne semblait pas la chercher, ne semblait pas faire quoi que ce soit. Il était juste là, immobile sous la pluie froide, une grande enveloppe à la main. À quelques pas de lui, se trouvait un auvent sous lequel il aurait pu s'abriter.

Jessica s'arrêta, puis parcourut les quelques mètres restants en marchant.

« Salut », dit-elle tandis qu'elle reprenait son souffle.

Byrne se tourna vers elle.

« Salut.

— Vous voulez entrer ? Vous allez être trempé. »

En guise de réponse, Byrne leva la tête vers le ciel, laissant la pluie tomber sur son visage.

« Venez à l'intérieur, insista Jessica. Je vais préparer du café, vous donner une serviette.

— Je vais bien. »

Jessica lui prit le bras, l'entraîna sous l'auvent de ses voisins. Elle secoua sa casquette, balaya l'eau des épaules de Byrne.

« Quoi de neuf ? »

Byrne resta quelques instants silencieux. Il pointa le doigt vers l'autre côté de la rue, où un panneau fantaisie trônait à la fenêtre d'une maison. Parking réservé aux Italiens, signalait-il.

Jessica eut un sourire.

« Philly Sud. Que voulez-vous y faire ? »

Byrne tournait et retournait l'enveloppe entre ses mains. L'instant n'en finissait pas.

« Je crois que je ne sais plus faire ce métier », lâcha-t-il.

Il regarda la rue, se tut. Des lumières clignotaient à certaines des fenêtres. Un matin comme les autres à Philadelphie.

Jessica se tourna complètement face à lui.

« Il y a près de vingt-cinq personnes qui travaillent sur ces meurtres. Nous mettons tout en œuvre pour retrouver le tueur. Nous allons le coincer. Prenez votre journée. Je vous tiendrai au courant toutes les heures. S'il y a quelque chose de nouveau…

— Le labo a appelé, l'interrompit Byrne. Irina. Ils ont identifié l'arme.

— Eh bien, c'est une bonne nouvelle, non ?

— Le tueur utilise des cordes d'instrument de musique.

— Des cordes ? »

Byrne tourna la tête vers la rue, puis à nouveau vers sa coéquipière.

« Le câble est une corde de violoncelle, Jess. Il les étrangle avec une corde de violoncelle. Cela explique la présence de poils d'animal. C'est du crin qui provient de l'archet. »

Les implications de ces révélations étaient énormes, et Jessica comprenait désormais pourquoi son coéquipier n'avait pas fermé l'œil de la nuit. Il n'y avait plus aucune excuse pour ne pas convoquer Christa-Marie Schönburg à la Rotonde. Les coïncidences devenaient trop nombreuses.

« Comment voulez-vous procéder ? » demanda Jessica, consciente qu'elle marchait sur des œufs.

Byrne ne répondit rien. Un balayeur municipal passa nonchalamment devant eux. Ils reculèrent d'un pas vers le mur. Quand il fut passé, Byrne se tourna vers sa partenaire.

« Quand je suis entré dans cette maison il y a vingt ans, j'ai ressenti quelque chose, vous comprenez ? Il s'agissait de ma première affaire en tant qu'inspecteur référent, et j'avais tous les éléments en main. J'ai vu le corps, l'arme, le sang. J'ai vu le suspect, je connaissais le mobile. La solution m'est apparue en une seconde. Une vision d'ensemble. Je ne me suis pas soucié des détails. »

Il regarda Jessica avec fébrilité.

« Je me suis dit : *Tu as fait ce que tu devais faire.* »

Jessica voulut intervenir. Ce n'était pas le moment. Byrne reprit :

« Je ne vois plus les choses de la même manière. À présent, tout est morcelé et j'ai peur d'avoir commis une erreur. J'ai peur de ne plus être à la hauteur.

— Vous avez tort, Kevin. Je n'ai aucun doute sur votre faculté à exercer ce métier. Je ne connais personne qui le fasse mieux que vous. Mais vous savez ce qui me fait peur ?

— Quoi ?

— Que ce tueur se terre. Qu'il en finisse et qu'il disparaisse à jamais.

— Il n'en a pas terminé. »

Byrne prononça ces mots sur un ton si définitif que Jessica s'arrêta net.

« Pardon ? demanda-t-elle, étonnée. Comment le savez-vous ? »

Byrne brandit la grande enveloppe. Elle était trempée. Il ne paraissait pas s'en inquiéter.

« C'est arrivé à 4 heures ce matin.

— Qu'est-ce que c'est ? »

Byrne sortit le document. Il ne le regarda ni ne le tendit à Jessica. Au lieu de ça, il le laissa prendre l'eau.

« Un corps a été retrouvé hier dans une ville appelée Garrett Corners.

— En quoi cela nous concerne ?

— Il semble qu'il y ait un lien, répondit Byrne. Nous devons y aller. On nous attend. »

64

Le Tisseur de rêves attendait Lucy la porte ouverte. Elle tressaillit en le voyant. Il semblait encore différent de la veille. Encore plus jeune. Il se tenait un peu plus droit et ses vêtements paraissaient neufs.

« Lucy », la salua-t-il, et il l'invita à entrer.

Elle ravala un hoquet de surprise. L'appartement était presque vide. Il ne restait plus que la guérite. Le stand du Tisseur de rêves.

« Vous déménagez ? demanda-t-elle.

— Oui. Dans peu de temps. »

Elle voulut lui demander des explications. Elle avait un million de questions à lui poser mais décida d'attendre. Le plus important était de retourner à cet état de conscience second, de revenir à cette horrible journée de 2001 et de voir le visage de l'homme, l'homme qui, en même temps qu'il l'avait enlevée, lui avait enlevé sa mémoire, sa vie. L'homme qui séjournait dans la chambre 1208. L'homme qui connaissait sa mère.

« Aujourd'hui, nous allons nous installer à l'intérieur. C'est d'accord ?

— Là-dedans ? demanda Lucy en désignant la guérite.

— Oui. C'est aujourd'hui que nous remontons jusqu'au début. »

Lucy prit une profonde inspiration avant de répondre. « D'accord. »

M. Costa ouvrit la porte. Lucy ôta son manteau et pénétra à l'intérieur. Cela ressemblait à un confessionnal. Il y avait un petit banc sur lequel elle s'assit. Lorsque M. Costa ferma la porte, elle se retourna dans le noir le plus complet. Elle l'entendit prendre place de l'autre côté du panneau.

Il se mit à parler et…

… soudain elle bascula de l'autre côté. L'obscurité n'avait pas changé. Mais Lucy savait qu'elle dormait. À la différence des deux premières fois, elle était consciente. C'était comme dans un songe où l'on sait que l'on rêve et que rien ne peut nous arriver. Pour la première fois en neuf ans, Lucy se sentit forte.

Êtes-vous seule ?

Non.

Qui se trouve avec vous ?

Une autre fille de mon âge. Elle s'appelle Peggy.

Parlez-moi d'elle.

Elle porte une robe à sequins et du maquillage. Elle est trop jeune pour mettre du maquillage.

Vous êtes maquillée ?

Je ne sais pas. Je ne me vois pas. Mais je porte des talons hauts. Ils sont trop grands pour moi.

Que fait l'autre petite fille ?

Elle pleure.

Vous pleurez aussi ?

Non. Pas moi.

Que voyez-vous d'autre ?

Des bougies. La lueur de la lune et des bougies.

Comment pouvez-vous voir la lune ?

Parce que je cours à présent. Je cours entre les arbres. L'odeur de pomme est omniprésente.

Vous êtes dans un verger ?

Oui. Dans un verger.

L'autre fille est-elle avec vous ?

Non, mais je la vois. Elle se trouve près du lac.

Que fait-elle ?

Elle ne bouge pas.

Pourquoi ça ?

Je ne sais pas.

Est-ce que vous arrivez à voir le visage de l'homme ?

Non. Mais je sais qui il est.

Est-ce l'occupant de la chambre 1208 ?

Oui. C'est lui.

Vous en êtes certaine ?

Oui.

Avez-vous laissé le message dans sa chambre ? Le message que vous avez écrit ici la dernière fois ?

Oui.

Bien. Je vais maintenant faire tinter une cloche. Vous êtes d'accord ?

Oui.

Vous l'entendez ?

Oui.

C'est une cloche spéciale, Lucy.

Une cloche spéciale.

Aucune ne produit le même son.

Aucune.

Quand vous entendrez cette cloche à l'hôtel, il faudra que vous fassiez quelque chose. Quelque chose pour moi.

D'accord.

Vous ne le direz à personne.

À personne.

Souvenez-vous de la cloche, Lucy.

65

La traversée du sud-est de la Pennsylvanie était galvanisante. La pluie avait cessé, laissant place à une journée ensoleillée et lumineuse. Beaucoup de gens estiment qu'il n'y a pas mieux que la Nouvelle-Angleterre pour admirer les couleurs de l'automne aux États-Unis. Et ils n'ont pas complètement tort. Mais les collines infinies de la Pennsylvanie, peintes en rouge écarlate, doré et jaune citron, pourraient bien faire de l'ombre au New Hampshire.

Pendant un long moment, ni Jessica ni Byrne ne dirent grand-chose. Tous les deux songeaient aux événements des quatre derniers jours et à l'éventuelle piste qui les attendait loin de leur juridiction.

Avant de quitter Philadelphie, Jessica avait forcé Byrne à s'arrêter chez lui pour prendre une douche, se raser et changer de vêtements. Il avait recouvré les deux tiers de son apparence habituelle.

Ils s'arrêtèrent pour prendre un café. Lorsque Jessica remonta en voiture, elle se rappela une question qui la taraudait depuis quelques jours. Il n'y avait pas plus éloigné de l'affaire qui les préoccupait.

« Vous n'avez pas trouvé un bout de laine verte dans votre voiture, par hasard ?

— Non, répondit Byrne. Vous parlez de la ficelle qui entourait la boîte où vous conservez les objets de votre maman ? »

Jessica opina. L'idée de l'avoir perdue la rendait malade.

« J'ai fouillé partout, demandé à tout le monde. Elle a disparu.

— Elle réapparaîtra peut-être. »

Jessica n'y comptait pas trop. Il n'y en avait que pour dix cents, mais ce brin de laine avait appartenu à sa mère. Et cela lui conférait une valeur inestimable.

La bourgade de Garrett Corners se résumait à un point sur la carte perdu au milieu de terres agricoles vallonnées à la sortie de la I-80. Si vous viviez ici et qu'un produit n'était pas disponible à l'alimentation générale, à la quincaillerie ou dans les deux *diners*, il y avait quelques villes dotées d'un Wal-Mart, d'un Lowe's ou d'un Bed Bath & Beyond dans un rayon d'une cinquantaine de kilomètres. Quant à sortir au restaurant le samedi soir ou pour une grande occasion, vous aviez le choix entre l'Outback et Max and Erma's.

Les services de police de Garrett Corners comptaient trois agents. Outre les tâches habituelles relevant des affaires civiles telles que les décisions de justice, les assignations à comparaître et les avis d'éviction, ils s'occupaient également des saisies et des ventes aux enchères publiques. Il était rare qu'ils enquêtent sur un homicide.

La ville elle-même se composait de quatre rangées de vingt bâtiments en forme de croix. L'hôtel de ville était un bloc de calcaire quelconque qui abritait le commissariat, le tribunal et les services municipaux. Une mairie comme tant d'autres à l'est des Rocheuses. Jessica et Byrne avaient pour instruction de parler au chef de la police, un certain Rogers Logan.

La femme à l'accueil avait une cinquantaine d'années et une coiffure asymétrique éminemment complexe maintenue par de la laque. Il se dégageait d'elle un air d'efficacité bureaucratique de province qui ne laissait aucun doute à Jessica sur l'identité de la personne qui gérait le quotidien, sinon la vie, des trois officiers de police en poste sur place. Elle s'appelait Helen Mott. Une assiette de biscuits d'Halloween était posée sur son bureau.

Les deux inspecteurs se présentèrent, lui montrèrent leurs insignes et s'assirent sur le vieux banc en chêne de l'autre côté de la pièce. Jessica examina les murs. Du Scotch jauni retenait des affiches obsolètes pour DARE et d'autres programmes de proximité et de prévention de la toxicomanie. Après quelques minutes, une porte s'ouvrit et un homme apparut.

Rogers Logan avait la soixantaine fringante : cheveux en brosse façon militaire, grandes mains et épaules d'agriculteur. Il marchait d'un pas résolu, suivi de près par une jeune femme en uniforme et ceinture Sam Browne.

« Je suis le commandant Logan. Et voici l'agent Sherri Grace. »

Poignées de main à la ronde.

Âgée d'une vingtaine d'années, l'agent Grace était forte et costaude. Elle pesait sans doute sept kilos de plus qu'à son bal de promo, et Jessica savait pourquoi. Les horaires et le régime alimentaire d'un flic avaient cet effet sur quiconque ne leur livrait pas une lutte sans merci. Jessica s'y employait quotidiennement. Cela dit, l'agent Grace les portait bien.

« Je rapporte du café à tout le monde ? demanda-t-elle.

— Volontiers, répondit Byrne.

— Comment le prenez-vous ?

— Comme il vient. »

Grace lui décocha un clin d'œil et sortit du bureau.

« La cafetière déconne », expliqua Logan avec embarras, pointant le pouce par-dessus son épaule.

Il pensait peut-être qu'à Philadelphie la police distribuait des machines à espressos et des mousseurs à lait à toutes les unités. S'il avait su. La première chose que Jessica remarqua en entrant dans le bureau fut qu'ils avaient les mêmes marque et modèle de fax.

Ils se retirèrent dans la salle commune, qui se résumait à deux bureaux poussés l'un contre l'autre, une paire de grands panneaux en liège accrochés au mur, une table de réunion remisée dans un coin et cinq ou six armoires de classement cabossées.

Une minute plus tard, l'agent Grace revint avec trois cafés servis dans des tasses ébréchées. La température extérieure avait chuté de plusieurs degrés et le liquide fumait. Elle posa les boissons sur la table. Suivit un carton rempli de sachets de sucre, de succédanés de crème, de sucrettes de différentes marques et de bâtonnets en plastique.

« Je pars en patrouille, annonça-t-elle. Contente de vous avoir rencontrés. »

Avec un petit supplément de peps dans le sourire à l'adresse de Byrne, elle quitta le bureau.

Le rituel du café toucha à sa fin. Il était temps de se mettre au travail. Logan, en bon *gentleman-farmer*, invita Jessica à prendre sa chaise. Celle-ci déclina avec un sourire. Tous les trois restèrent debout tandis que Logan décrivait la victime.

« Thomas Archer. 26 ans. Vivait à Kelton, à la limite du comté. Il travaillait dans le salon de beauté du coin.

— Où a-t-on retrouvé son corps ? » demanda Byrne.

Logan s'approcha d'une carte de Garrett Corners et des communes environnantes punaisée au mur.

« Ici, répondit-il en indiquant une petite surface verte tout près de la limite du comté. Au cimetière Shadyside. Comme vous pouvez le constater, le cimetière s'étend de part et d'autre du ruisseau. Tommy a été abandonné sur la rive sud, près du mausolée. »

Au mot *cimetière*, Jessica et Byrne échangèrent un regard. Tout ce qu'ils savaient en venant à Garrett Corners tenait dans le contenu du Télex, à savoir qu'on avait retrouvé une victime d'homicide qui pouvait avoir un rapport avec les meurtres perpétrés à Philadelphie.

« Qui a découvert le corps ? demanda Jessica.

— Le facteur. Il faisait sa tournée de l'après-midi quand il a remarqué une meute de chiens dans l'enceinte du cimetière. Des labos de méthamphétamine se sont installés à plusieurs reprises dans le coin ces deux dernières années et, aux abords de ces labos, les chiens sont mauvais. Pensant qu'ils s'étaient échappés, le facteur nous a prévenus et nous sommes venus voir. Le garde-chasse du comté en a embarqué deux, les autres se sont fait la malle. Ils s'en étaient pris à Tommy mais ne l'ont pas trop amoché.

— Où se trouve le corps de M. Archer à présent ?

— Il a été emmené à la morgue du comté. Ils s'occupent de toutes nos autopsies, pour le peu qu'on en a.

— Est-ce qu'ils savent combien de temps le corps est resté là ? demanda Byrne.

— Difficile à dire tant qu'ils ne l'auront pas soigneusement examiné. Mais pas très longtemps.

— Avez-vous des photos de la scène de crime ?

— Malheureusement, oui. »

Le commandant les emmena dans une petite pièce à l'écart de la salle commune. L'endroit servait à stocker le papier, les cartouches de toner et autres fournitures. Un berceau était plié dans un coin. Logan alluma les néons du plafond.

Un mur entier était consacré à des formulaires officiels. La ville était peut-être petite, mais elle concurrençait la police de Philadelphie en matière de formalités administratives. Au centre de la pièce trônait une table de réunion pliante. Tout ou presque avait été poussé sur les bords, sauf deux enveloppes en papier kraft qui attendaient au centre. Logan ouvrit les enveloppes, en sortit les photographies. Il les disposa côte à côte sur la table. Les plans d'ensemble montraient un cimetière rural. Les gros plans, le corps. Des images que Jessica et Byrne ne connaissaient que trop bien.

Jessica observa attentivement la victime. La signature était la même que sur les corps retrouvés à Philadelphie. Thomas Archer était nu et complètement rasé. La bande de papier enveloppait sa tête, couvrant à peine ses yeux. Le papier comportait trois taches de sang. Une horizontale, une circulaire et une autre à l'emplacement de l'oreille mutilée. Le corps était étendu dans la pente de la colline parmi des stèles peu élevées. La jambe gauche était clairement fracturée.

« Est-ce que cela concorde avec l'affaire sur laquelle vous travaillez ? demanda Logan.

— Complètement, répondit Byrne.

— Il va nous falloir des copies de toutes ces photos, si cela ne vous dérange pas », prévint Jessica.

Logan attrapa une pile d'enveloppes au sommet d'une armoire de classement. Il en sélectionna deux.

« J'avais prévu le coup. Vous en trouverez des doubles là-dedans.

— Merci », dit Jessica en prenant les enveloppes qu'il lui tendait.

Tous les trois se turent un moment, absorbés par l'horreur en Technicolor exposée sous leurs yeux.

« À quand remonte votre dernier homicide ? » demanda Jessica.

Logan se passa la main sur le menton.

« Eh bien, même si cela commence à dater, j'ai encore un peu de mal à en parler. Remarquez, j'ai fait le Vietnam. Deux fois. J'ai vu pas mal de choses. Mais ce meurtre m'a sacrément secoué. »

Jessica et Byrne restèrent silencieux.

« Au cours de toutes mes années en poste ici, nous n'avons eu que deux homicides à déplorer. L'un était une querelle domestique qui a mal tourné. Mais je suppose que tout le monde l'avait vu venir. Ces deux-là se cherchaient depuis des années. L'autre était celui de Peggy Van Tassel.

— Pouvez-vous nous en dire plus ? » demanda Byrne.

Logan avala une gorgée de son café. Jessica vit sa main trembler légèrement. En posant sa tasse, il l'entrechoqua contre le panneau d'isorel.

« Une fillette de 11 ans. Enfant unique. Un jour, Peggy n'est pas revenue de l'école. Nous avons lancé une alerte et, le soir même, nous avions deux cents bénévoles prêts à se lancer à sa recherche. Nous l'avons trouvée dix jours plus tard sur les berges du lac Iron. Elle avait été abusée, poignardée à mort. Celui qui lui avait fait ça ne l'avait pas loupée. »

Logan se racla la gorge, tendit la main vers sa tasse, se ravisa.

« Elle portait du maquillage et une robe de soirée. Pas une robe d'adulte, voyez-vous, mais une petite. À sa taille. Les types du labo criminel ont dit qu'elle avait l'air d'avoir été cousue sur mesure. La police d'État s'est chargée de l'enquête. »

Jessica frémit à l'idée que le tueur ait pu confectionner une robe pour la fillette.

« Est-ce que l'affaire a été élucidée ? » demanda-t-elle.

Logan fit non de la tête.

« Un homme a été interrogé dans le cadre de l'enquête. George Archer.

— Archer ? releva Byrne.

— Parfaitement, monsieur. Le père de Tommy Archer. George a fait partie de la police d'État pendant quelques années, mais, si j'ai bien compris, on l'a mis à la porte. Officiellement pour insubordination, mais des rumeurs circulaient, ajouta-t-il.

— Des rumeurs comme quoi ? demanda Jessica.

— Tout comme vous, j'essaie de m'en tenir aux faits, madame. Si vous n'y voyez pas d'inconvénient, les rumeurs devraient rester ce qu'elles sont. Des rumeurs. »

Jessica opina. *Très juste.*

« Pourquoi la police s'est-elle intéressée à Archer ? demanda Byrne.

— On l'avait vu parler à la petite quelques jours avant sa disparition. D'ailleurs, c'est là qu'on a découvert le corps de Tommy Archer. Juste à côté de la tombe de Peggy.

— On l'a retrouvé sur le caveau ? demanda Jessica non sans avoir lancé un regard à Byrne.

— Oui, madame. »

Logan passa en revue les photos éparpillées sur la table. Il en sélectionna une. On reconnaissait le corps de Tommy Archer dans le coin droit de l'image. À gauche, s'élevait une stèle dont l'inscription était parfaitement nette.

MARGARET VAN TASSEL
6 AVRIL 1990 – 21 SEPTEMBRE 2001
« À NOTRE PEGGY BIEN-AIMÉE. »

« Pensez-vous qu'un membre de la famille Van Tassel puisse être impliqué ? » demanda Byrne.

Assis sur le rebord d'une table, Logan haussa les épaules.

« Je suppose que tout est possible. Mais j'ai cru comprendre que les Van Tassel étaient des itinérants. Je crois qu'ils ont déménagé depuis longtemps. Quelques années plus tard, le FBI est revenu interroger George concernant un autre homicide dans votre coin. Un dossier jamais clos.

— L'affaire émanait de Philadelphie ? » demanda Byrne.

Logan fit signe que oui.

« Il me semble.

— Vous vous rappelez des détails ?

— Non. Nous n'en avions pas la charge. Mais je me souviens qu'ils ont aussi parlé à Tommy, qui a juré que son père avait passé tout le week-end avec lui à la ferme. Personnellement, je n'en suis pas convaincu, mais Tommy n'en a pas démordu.

— J'aimerais jeter un œil au rapport d'enquête sur la mort de la petite Van Tassel. Pouvez-vous contacter la police d'État et leur demander de nous le faxer ?

— C'est comme si c'était fait. »

Logan consulta sa montre.

« J'ai deux ou trois choses de prévues aujourd'hui. S'il y a quoi que ce soit d'autre qu'on puisse faire pour vous, demandez à Helen et nous nous en chargerons.

— Nous aimerions parler à George Archer, dit Byrne.

— Je vais vous noter comment aller à Archer Farms. »

Logan griffonna des indications sur un bloc-notes, déchira la page, la remit à Jessica.

« Vous ne pouvez pas louper le panneau. »

Les deux inspecteurs remercièrent Logan de leur avoir accordé son temps et son attention. Sur le chemin de la sortie, Jessica se retourna pour poser une dernière question au commandant.

« Que cultive-t-on à Archer Farms ?

— Principalement des pommes. La ferme couvre environ vingt hectares de vergers. »

66

La maison était une grande bâtisse vieillissante de style hollandais perchée à flanc de colline. Plus que l'archétype de la ferme traditionnelle, c'était un édifice construit au milieu des champs qui avait connu de nombreuses transformations au fil des années. Des rangées de pommiers à perte de vue l'entouraient sur trois côtés. En plus d'un garage triple, elle possédait deux dépendances, une petite et une grande, dont on pouvait imaginer que la première abritait du matériel d'entretien et de tonte et la seconde des moissonneuses, des remorques agricoles et des sacs pour les récoltes.

L'air embaumait le parfum sucré et aigrelet des fruits.

Jessica se gara dans l'allée à une cinquantaine de mètres de la ferme. Rien ne remua. Il n'y avait aucun véhicule en vue.

« Difficile d'imaginer plus calme », commenta-t-elle.

Les yeux rivés sur la maison et les hectares de vergers, Byrne ne répondit rien. Une lampe était allumée sur le porche mais aucune lumière ne perçait aux fenêtres.

Jessica avait du mal à concilier la vision bucolique qui s'offrait à elle avec les événements des quatre derniers jours ou l'histoire que Rogers Logan leur avait racontée. Pourtant, il était indéniable que le meurtre de Thomas Archer, qui avait vécu à cette adresse par le passé, était lié aux violents homicides perpétrés à Philadelphie.

« Prêt ? » demanda-t-elle à son coéquipier.

Byrne hésita quelques instants avant de hocher la tête.

Jessica traversa l'allée en gravier, regarda par le carreau crasseux de la porte du garage. Elle vit un pick-up garé sur la droite. Cela semblait être un F-150 vieux de 5 ans. Les deux autres emplacements étaient vides. Une fine pellicule de poussière recouvrait le camion. Dans la mesure où il avait plu dans cette partie de la Pennsylvanie au cours des trois derniers jours, il y avait fort à parier que le véhicule n'était pas sorti récemment.

Les deux inspecteurs se dirigèrent ensuite vers le porche. Un silence étrange et inquiétant régnait sur les lieux. La route 68 se trouvait à deux cent cinquante mètres, et même le bruit des quelques voitures qui circulaient ne semblait pas leur parvenir.

Le côté droit du porche abritait un tas de bois sec rangé sur un présentoir en fer forgé rouillé. La porte d'entrée était ornée d'une couronne de feuilles de vigne, d'une guirlande de chrysanthèmes et de petites calebasses.

Jessica jeta un coup d'œil par l'ouverture vitrée découpée dans la porte. Elle ne détecta aucune activité. Elle frappa, écouta. Byrne se déplaça jusqu'à la fenêtre donnant sur le salon. Des voilages masquaient l'intérieur.

Jessica frappa à nouveau, approcha son oreille de la porte. Rien que le silence.

En contournant la maison, ils découvrirent un jardin potager bêché en vue de la saison hivernale. Un petit étang à l'eau verte était niché au pied d'une colline en pente douce. Quoique plus modeste que le porche avant, le porche arrière accueillait une paire de chaises Adirondack. Ils gravirent les marches, regardèrent à l'intérieur. Une sorte de sas d'entrée menait à une grande cuisine. Il n'y avait ni assiette ni tasse sur la table, rien dans l'évier.

Jessica frappa encore une fois, patienta. La maison semblait vide.

« Allons voir au garage », suggéra Byrne.

Tandis qu'ils en faisaient le tour, ils découvrirent une petite porte latérale. Elle n'était pas fermée à clé.

Byrne resta à l'extérieur pendant que Jessica poussait le battant et entrait. Le garage était sombre et poussiéreux, sentait la graisse et le parfum omniprésent des pommes. L'odeur mielleuse semblait encore plus forte à l'intérieur. Des outils de jardin et de ferme – râteaux, pelles demi-lunes, binettes, houes, pioches – recouvraient un mur. Un autre accueillait un pêle-mêle de plaques d'immatriculation et de panneaux de signalisation.

Jessica s'approcha de la camionnette. Elle posa sa main sur le capot. Le moteur était froid. Elle sortit ensuite un mouchoir de sa poche, ouvrit la portière côté conducteur. Le gémissement du gond rouillé l'arrêta net. Le silence était tel que le grincement avait transpercé l'air comme un cri. Elle ouvrit la portière en grand. Les clés ne se trouvaient pas sur le contact et la cabine était relativement propre. Un désodorisant en forme de sapin pendait au rétroviseur.

Sur le siège reposait une pile de papiers. Le mouchoir bien serré dans sa main, Jessica les passa en revue. Il y avait deux prospectus obsolètes pour une

Oktoberfest organisée à Kelton, un bon pour un lavage de voiture gratuit. Il y avait une brochure pour des visites de Philadelphie. Au bas de la pile figurait une carte postale d'une plage en Caroline du Sud. *Souvenirs d'Edisto Island.* Jessica retourna la carte, braqua sa Maglite sur le texte.

Hâte de te voir ainsi que tout le monde à la Société Poursuite ! Je séjournerai au Hyatt Penn's Landing. Passe me voir pour prendre un verre.

C'était seulement signé R.

Jessica vérifia le cachet de la poste. Il datait du vendredi précédent.

Elle remit la carte postale à l'endroit où elle l'avait trouvée, ferma la portière et sortit du garage. Elle raconta à Byrne la découverte qu'elle venait de faire.

« Il semblerait qu'il se soit peut-être rendu au rendez-vous annuel de la Société Poursuite.

— C'est l'organisation qui travaille sur les affaires non élucidées, non ?

— Et tous les meurtres qui nous concernent sont…

— Non élucidés, compléta Byrne. Lina Laskaris, Marcellus Palmer, Antoinette Chan et Peggy Van Tassel sont tous des dossiers non classés. Précisément le genre d'affaires susceptible d'intéresser la société Poursuite. »

Jessica hocha la tête, réfléchit un moment.

« Logan a dit que ce type était un ancien policier d'État. Peut-être qu'il est membre.

— Leur convention a lieu cette semaine. »

L'idée les traversa au même moment.

« Il est à Philly », s'exclamèrent-ils en chœur.

67

Un soir de juillet 1998, comme tous les mois depuis quatre ans, Paul Ferrone, un inspecteur de la police de New York à la retraite, retrouva deux de ses vieux amis dans un petit restaurant italien de New York – une trattoria à l'ancienne située sur Astoria Boulevard dans le Queens appelée Theresa's.

Les trois hommes se réunissaient au Theresa's pour deux raisons. D'une part le poulet aux poivrons de Theresa Colopinti était le meilleur de la ville. Mais surtout les trois hommes appréciaient sincèrement la compagnie des deux autres.

Après qu'ils eurent terminé leurs antipasti, ils se mirent, comme à leur habitude, à parler de meurtres non résolus. Les deux amis de Paul Ferrone – Matt Grayson, un dentiste médico-légal à la retraite originaire de Newark dans le New Jersey, et Eli O'Steen, un juge de Brooklyn retraité lui aussi – songeaient depuis longtemps à former un groupe qui s'occuperait de ces questions sur une base régulière, un groupe qui ne se limiterait pas à eux trois.

Ce soir-là, ils fondèrent une organisation qu'ils nommèrent Société Poursuite, en hommage à la Société Vidocq, un groupe aux préoccupations similaires baptisé d'après un inspecteur français du XIXe siècle appelé Eugène-François Vidocq.

Sa société Poursuite comptait à présent plus de trois cent soixante-dix membres à travers le monde. Depuis sa création lors de cette soirée de 1998, elle avait contribué à résoudre plus de soixante homicides tous pays confondus.

Le groupe se réunissait une fois par mois à New York et chaque mois d'octobre dans une grande métropole de la côte Est pour son conclave annuel, alternant entre New York, Philadelphie et Washington DC.

Leur réunion se tiendrait cette année à Philadelphie, à l'hôtel Le Jardin. Au cours du dîner de clôture, qui consisterait en une série de cinq plats concoctés par le chef étoilé de l'hôtel Alain Cochel, le procureur général de l'État de Pennsylvanie prononcerait un discours.

À leur arrivée au Jardin, Jessica et Byrne furent accueillis dans le hall par le directeur de la sécurité, John Shepherd.

Shepherd avait été inspecteur à la criminelle de Philadelphie pendant vingt ans. Lorsque Jessica avait intégré la brigade, Byrne et Shepherd lui avaient montré les ficelles. Si Byrne lui avait appris – et, de fait, lui apprenait toujours – à aborder une scène de crime, John Shepherd lui avait appris à entrer dans une salle d'interrogatoire, à ne pas adopter une posture d'emblée intimidante, à rester sur la ligne de démarcation ténue entre traiter quelqu'un comme suspect ou comme témoin, à lui extorquer son premier mensonge, puis, une ou deux heures plus tard, à le lui renvoyer à la figure.

En perdant John Shepherd, la police de Philadelphie avait perdu un grand homme.

Vêtu d'un élégant costume bleu marine, il ouvrit ses bras à Jessica.

« Jess, s'exclama-t-il. Toujours aussi belle. »

Ils s'embrassèrent. Même s'ils étaient encore du même bord, ils n'appartenaient plus à la même équipe, ce qui autorisait les démonstrations d'affection.

« Vous nous manquez, John. »

Shepherd se tourna vers Byrne.

« Si je n'étais pas responsable de la sécurité dans cet établissement, je serais contraint de l'appeler pour qu'elle s'occupe de ce douteux personnage. »

Les deux hommes se serrèrent la main, se cognèrent épaule contre épaule et se tapèrent dans le dos façon « Promis, je ne suis pas gay ». *Les hommes*, pensa Jessica. Dieu les préserve de montrer leurs émotions en public. Les flics étaient les pires.

« Vous avez bonne mine, Johnny, observa Byrne.

— Sous-exploité et surpayé. »

Shepherd n'avait jamais eu l'air aussi en forme. Il suffisait de rompre avec les horaires et le régime alimentaire de la police pour reprendre du poil de la bête. Grand et d'une beauté à la Denzel Washington, la cinquantaine poivre et sel, Shepherd paraissait détendu et serein.

Il les conduisit de l'autre côté du hall, derrière un haut panneau en verre dépoli qui réussissait comme par magie à couper le salon aménagé avec goût du bruit des nouveaux arrivants.

Ils s'installèrent au bout du bar, à l'écart du reste des clients. Sans qu'ils aient rien demandé, trois cafés arrivèrent devant eux, accompagnés de crème servie sur de la glace.

« Alors, quoi de neuf ? demanda Shepherd. Toujours à veiller au respect de l'ordre public ?

— Plutôt à le troubler à la première occasion, répondit Byrne. Et ici ? Comment vont les affaires ?

— Nous avons eu droit à un portier le mois dernier. »

Les portiers étaient une espèce de criminels parmi les moins sophistiqués dans le domaine de l'hôtellerie. Leur technique consistait à s'introduire dans un hôtel, monter dans les étages et pousser chaque porte dans l'espoir d'en trouver une non verrouillée, mal fermée ou, que Dieu vienne en aide au personnel de ménage, laissée ouverte par le personnel. Les coupables avaient immanquablement des antécédents d'effraction, en général sans violence, mais c'était une véritable plaie pour les services de sécurité hôteliers.

« Vous l'avez coincé ? demanda Byrne.

— Il a frappé au Sheraton Society Hill en mars, récidivé au Hyatt Penn's Landing en mai. Nous détenions des vidéos mais il rusait – casquette, lunettes, rembourrage à la taille pour paraître plus gros qu'il ne l'était. Un jour, il portait un costume, le lendemain, un survêtement et des baskets. Mais on a fini par l'attraper. »

Ils discutèrent encore un moment de travail, puis Shepherd rapprocha son tabouret et baissa la voix.

« Bon, je sais que personne ne résiste à mon charme magnétique, mais j'imagine que ce n'est pas lui qui vous amène.

— Une convention a lieu ici en ce moment, expliqua Byrne après quelques instants. Nous pensons qu'il pourrait y avoir un lien avec une affaire sur laquelle nous enquêtons. »

Shepherd hocha la tête.

« Le tueur en série ?

— Ouais.

— Racontez. »

Byrne exposa les détails de l'affaire à son ancien collègue.

« Et vous dites qu'il s'appelle George Archer ?

— Ouais.

— Ne bougez pas. »

Shepherd quitta le bar.

« Personne n'a réservé de chambre sous ce nom, annonça-t-il en revenant quelques minutes plus tard. Peut-être est-il descendu ailleurs. Vous avez sa description ?

— Pas encore, répondit Byrne. Nous avons fait une demande auprès de la police d'État. Mais il est possible qu'ils ne possèdent même pas de photo. Il a été interrogé mais jamais arrêté ou inculpé. »

Shepherd opina. Il s'était trouvé à la place de Jessica et de Byrne.

« Pouvez-vous contacter quelques hôtels pour leur demander si un George Archer séjourne chez eux ? demanda Byrne.

— Sans souci. Je vais passer des coups de fil. »

Il pointa le doigt vers l'autre côté du hall avant d'ajouter :

« Ils sont en train de s'installer dans la Crystal Room. La soirée promet d'être toute une affaire, sans parler de celle de demain.

— Il y a des caméras ? »

John Shepherd ricana.

« Je vous demande si le pape est… De quelle nationalité est le pape, au fait ?

— Allemand.

— C'est moins bien que polonais, non ?

— Certes.

— Bien sûr qu'il y a des caméras, répondit Shepherd. Pour qui vous prenez-vous ? »

De l'extérieur, le bureau de prévention des vols ressemblait à n'importe quelle autre pièce de l'hôtel. Porte ordinaire, serrure inviolable. Au centre du couloir, lui-même situé dans une zone interdite d'accès aux clients, était installée une caméra dôme dotée d'une coupole en verre fumé. À l'intérieur se trouvait un premier petit bureau qui conduisait, *via* une autre porte sécurisée, à une pièce plus grande où travaillaient deux personnes.

Shepherd s'entretint avec une jeune femme assise à un bureau, nota quelque chose sur un bloc-notes. Pendant qu'il montrerait les équipements de surveillance à Jessica et à Byrne, elle se chargerait d'appeler les responsables de la sécurité des hôtels environnants à la recherche d'un client nommé George Archer.

Deux écrans haute définition de trente pouces les fixaient, chacun divisé en six fenêtres. D'après les explications de Shepherd, un opérateur gardait en permanence un œil sur eux, soit deux personnes par créneaux de huit heures se relayant toutes les deux heures.

Jessica balaya les écrans des yeux. Celui de droite se décomposait en six fenêtres offrant une vue kaléidoscopique du gigantesque hall depuis la mezzanine. Une douzaine de personnes s'étaient rassemblées vers le centre de la pièce. Un homme et une femme d'une cinquantaine d'années attendaient à l'accueil. Une dame d'un certain âge discutait avec le concierge de l'hôtel. Après quelques secondes, le hall céda la place au parking et à l'entrée. Une limousine stationnait devant la porte principale, le moteur en marche, tandis que deux jeunes bagagistes sortaient une ribambelle de grandes valises du coffre. Un autre bagagiste était penché à la portière d'un taxi qui patientait.

Le logiciel alternait les vues, étage après étage, les ascenseurs en haut à droite de l'écran en permanence.

Shepherd s'assit. Il appuya sur quelques touches et plus de soixante petites fenêtres s'alignèrent sur les deux écrans.

« Il y a deux dômes dans chaque couloir, des horloges espion dans tous les espaces du personnel, des caméras à cent quatre-vingts degrés dans le parking. Quant au hall et au bar, ils sont équipés de quatre dômes motorisés dernier cri avec balayage à trois cent soixante degrés. Il y a peu de choses qui échappent à notre regard.

— Un vrai rêve de voyeur, observa Byrne.

— Attendez de voir les salles de bains », fit Shepherd avec un clin d'œil.

Il afficha la Crystal Room sur une moitié d'écran. Un homme se tenait devant le pupitre, sans conteste un employé de la société chargée de la sonorisation de l'événement. Il effectuait un test micro.

« Donc, si j'ai bien compris, les membres de cette organisation sont soit d'anciens flics, soit d'anciens procureurs ? demanda Jessica.

— Absolument pas, la détrompa Shepherd. Certains faisaient partie de la police scientifique, d'autres travaillaient pour des légistes, d'autres encore n'ont jamais été dans le métier de près ou de loin. Le règlement et les droits d'entrée sont relativement salés, ce qui leur permet de tenir les voyous et les amateurs de grands frissons à l'écart.

— Je peux dire adieu à ma carte de membre, conclut Byrne.

— Sans aucun doute.

— Est-ce qu'ils maîtrisent leur sujet ? » interrogea Jessica.

Shepherd fit signe que oui.

« D'après ce que j'en sais. Chaque affaire doit leur être présentée au préalable par une agence digne de ce nom. Hormis le FBI et la police de New York, à peu près toutes les autres leur ont soumis un dossier. »

Tous les trois fixèrent un moment les écrans, la ronde continue des images filmées à l'intérieur et à l'extérieur de l'hôtel. Le flot était incessant : personnel, clients, visiteurs, livreurs.

Une de ces personnes était-elle leur tueur ? se demanda Jessica. Le reconnaîtrait-elle si elle le voyait ?

De retour à la Rotonde, elle écouta ses messages. Rien de nouveau. Cinq pages l'attendaient en revanche dans le bac de sortie du télécopieur. Comme promis, Frederic Duchesne leur avait faxé une description détaillée du *Carnaval des animaux*. Elle la rapporta à son bureau.

Jessica se rendit sur le site de la Société Poursuite. En plus d'un bref historique, de la vocation de l'organisation et d'une explication de ses activités, le site offrait une liste de ses membres, de ses responsables passés et présents et de ses ramifications à travers le monde. Il en ressortait que le groupe choisissait consciencieusement ses affaires, gardant peut-être à l'esprit de sélectionner seulement celles qui avaient une chance d'aboutir.

Le menu en pied de page proposait des liens vers d'autres sites et un forum de discussion.

« Allez sur le forum », suggéra Byrne.

Jessica s'exécuta. Il y avait plusieurs dizaines de sujets récurrents. Une discussion portait sur les tendances actuelles en médecine légale. Une autre concernait les procédures en matière d'enquête criminelle à travers le monde. Une autre encore traitait des affaires dont le groupe pourrait se saisir. Cette rubrique comptait plus de quatre cents entrées. Jessica cliqua et, tandis qu'elle parcourait les posts, sa peau fut parcourue de frissons.

Les unes après les autres, les entrées apparurent. Elles étaient toutes là. Tous les homicides vengés par le tueur avaient été suggérés comme des affaires susceptibles d'intéresser le groupe. Melina Laskaris, Marcellus Palmer, Antoinette Chan, Margaret Van Tassel. Et toutes avaient été soumises par un seul et même utilisateur, sous le pseudonyme de « css1835 ».

Jessica téléphona à John Shepherd pour lui demander d'interroger un membre du groupe sur les critères requis pour participer au forum. Quelques minutes plus tard, Shepherd rappela.

« J'ai parlé au président, dit-il. Il n'est pas nécessaire de posséder un compte ou d'être membre pour poster un commentaire. Selon lui, cela découragerait les gens de se manifester.

— Donc, ils n'ont aucune trace de ce "css1835" ?

— Non, répondit Shepherd. Désolé. »

Jessica le remercia, raccrocha. Elle regarda l'écran. Quiconque faisait ça avait un lien, ou un intérêt, dans la Société Poursuite. Était-ce George Archer ? Était-ce lui qui se cachait derrière « css1835 » ?

Jessica compulsa les documents qu'elle avait reçus de Frederic Duchesne.

Camille Saint-Saëns – *css* – était né en 1835.

À 18 h 30, Dana Westbrook sortit de son bureau et fit irruption dans la salle commune.

« Kevin ? »

L'intéressé se retourna.

« Ouais.

— Je peux vous voir une minute ? »

Byrne traversa la pièce, déposa son arme dans son armoire de classement et entra dans le bureau de Dana Westbrook.

68

Quand il pénétra dans le bureau, Byrne eut la surprise de trouver, en plus du sergent Westbrook, Michael Drummond, du bureau du procureur, et l'inspecteur principal Ted Mostow. Dans le coin, bras croisés, l'air satisfait, se tenait Dennis Stansfield. Russell Diaz occupait l'autre chaise.

« Monsieur, dit Byrne en s'adressant à Mostow. Content de vous voir.

— Comment allez-vous, Kevin ?

— J'ai connu des jours meilleurs.

— Comment se porte le bébé ? »

Byrne haussa les épaules plus ou moins machinalement.

« Dix doigts, dix orteils. »

Il s'agissait d'une vieille expression qui signifiait que l'affaire sur laquelle vous travailliez se déroulait sans accroc. À la criminelle, c'était la réponse standard, que l'enquête progresse ou non.

Byrne salua Michael Drummond d'un signe de tête.

« Mike. »

Drummond lui retourna un sourire dénué de chaleur. Il y avait un problème.

« Je vous en prie, asseyez-vous », fit Westbrook.

Byrne prit une chaise près des fenêtres.

« Comme vous le savez, commença Drummond, l'inspecteur Stansfield travaille sur le meurtre d'Eduardo Robles. »

Byrne ne dit mot. Le procureur poursuivit.

« Dans le cadre de son enquête, il a découvert l'existence d'une caméra de surveillance juste en face du restaurant chinois, de l'autre côté de la chaussée. Après avoir visionné les images comprises dans l'intervalle de temps en question et vérifié les plaques d'immatriculation des six véhicules garés dans la rue, il a pris contact avec les propriétaires et les a interrogés. Tous sauf un avaient un alibi solide et pouvaient justifier de l'endroit où ils se trouvaient et de ce qu'ils faisaient ce soir-là. »

Byrne resta silencieux.

« Le sixième véhicule, reprit Drummond, une Kia Sedona noire, appartient à un homme appelé Patrick Connolly. »

Il fixa longuement Byrne.

« Connaissez-vous un dénommé Patrick Connolly ? »

Byrne savait que le procureur, comme toutes les personnes présentes dans la pièce, connaissait la réponse à cette question, ainsi qu'à toutes celles qui allaient suivre. Byrne s'était trouvé trop souvent de l'autre côté de la table pour ignorer les règles du jeu.

« Oui, admit-il. C'est mon cousin.

— Quand l'inspecteur Stansfield a questionné M. Connolly, celui-ci a répondu qu'il avait prêté son monospace. À vous, en l'occurrence. Est-ce que c'est exact ?

— Oui, répondit Byrne. Je le lui ai emprunté il y a six jours.

— Vous en êtes-vous servi le soir en question ?

— Oui.

— Étiez-vous à Fishtown ce soir-là ? »

Cette fois encore, Byrne savait que tout le monde connaissait la réponse à cette question. Ils avaient forcément interrogé la clientèle du Puits, qui leur avait confirmé sa présence au bar.

« Oui.

— Vous rappelez-vous avoir vu M. Robles ?

— Oui.

— Avez-vous parlé ou interagi de près ou de loin avec M. Robles ? »

Byrne s'apprêtait à répondre quand l'inspecteur principal Mostow l'interrompit.

« Kevin, voulez-vous que l'on appelle un délégué de l'ABAP ? »

L'Association bénévole d'aide aux policiers proposait un conseil juridique et des avocats aux agents de police.

« Cette discussion est-elle officielle ? »

Byrne connaissait la réponse – aucun sténographe n'était présent, il n'avait pas prêté serment et personne ne prenait de notes. Quand bien même il aurait avoué l'enlèvement de l'enfant Lindbergh, sa confession n'aurait pu être retenue contre lui.

« Non », admit Drummond.

Byrne regarda Stansfield. Il savait ce qu'il cherchait. Il se vengeait. Les deux hommes ne se quittaient pas des yeux, se livrant à un bras de fer. Stansfield détourna le regard le premier.

« Alors faisons en sorte qu'elle le soit. »

Drummond laissa passer quelques secondes, regarda l'inspecteur Mostow. Mostow acquiesça.

« Alors, c'est entendu, fit Drummond en rassemblant

des papiers qu'il glissa dans sa mallette. Rendez-vous ici demain matin. 8 heures tapantes.

— Inspecteur, intervint Stansfield, je pense vraiment qu'on devrait… »

Mostow l'arrêta net.

« Demain matin, inspecteur. C'est bien clair ? »

Stansfield ne répondit pas immédiatement. Puis :

« Oui, monsieur. »

Byrne fut le premier à sortir du bureau de Westbrook. Tous les regards de la salle commune se tournèrent vers lui.

Tandis qu'il traversait la pièce pour se servir un café, Stansfield lui emboîta le pas.

« On rigole moins, hein ? » le nargua Stansfield.

Byrne s'arrêta, fit volte-face.

« Mieux vaut que vous ne m'adressiez pas la parole.

— Monsieur ne veut plus parler ? Vous ne vous êtes pourtant pas gêné pour déblatérer sur moi ces derniers jours. Que faisiez-vous à Fishtown, inspecteur ? demanda Stansfield en s'approchant un peu trop près.

— Reculez.

— Un peu de ménage ?

— Dernier avertissement. Reculez. »

Stansfield posa une main sur le bras de Byrne. Celui-ci pivota, lui décocha un crochet du gauche parfaitement équilibré, son corps tout entier derrière lui. Le coup atteignit Stansfield en plein menton. L'impact résonna contre les murs de la salle commune tels deux béliers se cognant tête contre tête. L'inspecteur Dennis Stansfield pirouetta, tomba au sol.

Puis dans les vapes.

« Et merde », jura Byrne.

Tout le monde s'arrêta un moment, retenant son

souffle. Stansfield ne bougeait pas. Personne ne bougeait.

Après quelques instants, Nick Palladino et Josh Bontrager traversèrent lentement la pièce pour s'assurer que Stansfield allait bien. Tout le monde se moquait pas mal de son état – toutes les personnes présentes se seraient accordées pour dire qu'il ne l'avait pas volé –, mais cela desservait la brigade d'avoir l'un des siens étalé bras et jambes écartés au milieu de la salle commune. Des témoins, des suspects, des procureurs et des avocats de la défense passaient par là à longueur de journée.

Jessica jeta un coup d'œil à Byrne. Il se frotta les articulations, attrapa ses clés sur son bureau. Arrivé à la porte, il se retourna vers sa coéquipière et dit :

« Appelez-moi s'il est mort. »

69

La maison mitoyenne sur la 19e Rue, près de Callowhill, était impeccable. À la fenêtre trônait une jardinière en pin. Derrière la vitre brûlait une bougie.

Byrne sonna. Quelques secondes plus tard, la porte s'ouvrit. Anna Laskaris se tenait dans l'embrasure, tablier noué autour de la taille, cuillère à la main, l'air perplexe et curieux.

« Madame Laskaris, je ne sais pas si vous vous souvenez de moi. Je suis…

— Dieu m'a peut-être enlevé mes charmes et ma capacité à marcher plus de trois pâtés de maisons. Mais il ne m'a pas pris ma tête. Pas encore, en tout cas. Bien sûr que je me souviens de vous. »

Byrne hocha la tête.

« Entrez, entrez. »

Elle lui tint la porte. Byrne entra. L'extérieur de la maison était impeccable et l'intérieur était arrangé avec une rigueur chirurgicale. Pas une surface qui n'était recouverte d'un linge crocheté : couvertures, napperons, couvre-lits. Trois odeurs différentes embaumaient l'air, toutes plus alléchantes les unes que les autres.

Elle le fit asseoir à une petite table de cuisine. En

l'espace de quelques secondes, une tasse de café corsé apparut devant lui.

Byrne ajouta du sucre, remua, tourna autour du pot, cala. Il en vint finalement au fait.

« Ce n'est pas facile à dire, madame. Eduardo Robles est mort. »

Anna Laskaris le regarda sans ciller. Puis elle se signa. Après quoi, elle se leva et se dirigea vers la cuisinière.

« On va manger. »

Byrne n'avait pas vraiment faim, mais il n'y avait pas à discuter. En un instant, un bol de ragoût d'agneau fut posé devant lui. Une panière de pain frais sembla surgir de nulle part. Il mangea.

« C'est fantastique. »

Anna Laskaris fit la moue, comme si ses capacités culinaires pouvaient être mises en doute. Elle s'assit en face de lui, le regarda manger.

« Vous êtes marié ? demanda-t-elle. Vous n'avez pas de bague, mais aujourd'hui…

— Non, répondit Byrne. Je suis divorcé.

— Petite amie ?

— Pas en ce moment.

— Quelle taille de pull vous faites ?

— Je vous demande pardon ?

— Pull. Comme un chandail, un pull-over, un tricot. Pull. »

Byrne fut forcé de réfléchir.

« Pour être honnête, je n'achète pas souvent de pulls, madame.

— D'accord. J'essaie une autre porte. Quand vous achetez un costume, comme le beau que vous avez aujourd'hui, quelle taille ?

— Du 54. En général du 54 long. »

Anna Laskaris hocha la tête.

« Extra-large, alors. Peut-être extra-extra.

— Peut-être.

— Quelle est votre couleur préférée ? »

Byrne n'avait pas vraiment de couleur préférée. Ce n'était pas une question qu'il se posait tous les jours. En revanche, il y avait des couleurs qu'il avait en horreur.

« Eh bien, tout sauf rose, je suppose. Ou jaune.

— Violet ?

— Ou violet. »

Anna Laskaris jeta un coup d'œil à son énorme panier de laine, puis, regardant Byrne :

« Vert, je pense. Vous êtes irlandais, non ? »

Byrne fit signe que oui.

« Un joli vert. »

Tout en savourant son ragoût, Byrne réalisa que c'était la première fois depuis longtemps qu'il ne mangeait pas au restaurant ou dans un récipient en polystyrène. Tandis qu'il terminait son plat, Anna avait les yeux dans le vague, l'esprit ailleurs, peut-être tourné vers d'autres moments passés sous ce toit, d'autres moments passés à cette table, des moments où des gens comme Byrne n'avaient pas encore délivré de chagrin à sa porte.

Après un certain temps, elle se leva lentement. Elle désigna le bol de Byrne d'un signe de tête.

« Vous en reprenez, oui ?

— Oh, mon Dieu, non. Je suis rassasié. C'était délicieux. »

Elle fit le tour de la table, débarrassa, déposa le bol dans l'évier. Byrne percevait la peine dans son regard.

« Cette recette était celle de ma grand-mère. Et avant ça de sa propre grand-mère. Parmi toutes les choses qui me manquent, c'est de transmettre ça à Lina. »

Elle se rassit.

« Ma Melina était belle, mais pas toujours très intelligente. Surtout avec les hommes. Comme moi. Je n'ai jamais été très douée pour ça. Trois maris, tous des fainéants. »

Elle regarda par la fenêtre, puis vers Byrne.

« Vous faites un triste métier, hein ?

— Parfois.

— Vous allez souvent chez les gens pour leur apporter des mauvaises nouvelles ? »

Byrne fit un signe affirmatif.

« Parfois elles sont bonnes ?

— Parfois. »

Anna leva la tête vers le mur à côté de la cuisinière, où étaient accrochées trois photographies de sa petite-fille – à 3, 6 et 16 ans.

« Parfois, au marché, je crois la voir. Mais ce n'est pas une adulte, ce n'est pas une jeune femme. C'est une petite fille. Vous savez comment les petites filles s'enferment parfois dans leur monde ? Quand elles jouent avec leur poupée ? Et que les poupées sont des êtres vivants ? »

Byrne voyait parfaitement.

« Ma Lina était comme ça. Elle avait une amie invisible. »

Anna rêvassa pendant un moment, puis leva les mains au ciel.

« En Grèce, nous avons un dicton. *Cœur qui aime reste toujours jeune.* C'était mon unique petit-enfant. Je n'en aurai jamais d'autre. Je n'ai plus personne à aimer. »

Sur le pas de la porte, Anna Laskaris serra longuement l'inspecteur dans ses bras. Cette fois, elle sentait le citron et le miel. Il semblait à Byrne qu'elle rapetissait. *Le chagrin a cet effet sur les gens*, pensa-t-il. *Le chagrin a besoin de place*.

« Ça ne me rend pas heureuse, la mort de cet homme, ajouta Anna Laskaris. Dieu lui trouvera une place, une place qu'il mérite. Ce n'est ni à vous ni à moi de décider. »

Byrne regagna le monospace, se glissa à l'intérieur. Il jeta un dernier regard à la maison. À la fenêtre, une nouvelle bougie avait déjà été allumée.

Il avait grandi dans la brume du Delaware et c'était là qu'il réfléchissait le mieux. Tandis qu'il roulait vers le fleuve, Kevin Francis Byrne passa en revue les choses qu'il avait faites, bonnes ou mauvaises.

Sous tes yeux.

Il repensa à Christa-Marie, à la nuit où il l'avait rencontrée. Il repensa à ce qu'elle lui avait dit. Il repensa à ses rêves, à son réveil à 2 h 52 du matin, heure à laquelle il avait placé la violoncelliste en état d'arrestation, heure à laquelle tout avait changé à jamais.

Sous tes yeux.

Mais ce n'était pas *sous tes yeux*. Il avait réécouté l'enregistrement attentivement et cela lui avait soudain paru évident.

Il disait *les notes bleues*.

Tout était une question de silence entre les notes, du temps qu'il faut à la musique pour résonner. Christa-Marie avait passé les vingt dernières années à essayer de lui dire quelque chose. En son for intérieur, Byrne savait que tout avait commencé avec elle. Tout se terminerait avec elle.

Il consulta sa montre. Il était minuit tout juste passé.

C'était Halloween.

Troisième partie

Rondo

70

DIMANCHE 31 OCTOBRE

J'écoute la ville s'éveiller à ce jour nouveau, le rugissement des bus, le sifflement des machines à café, le bruit métallique des carillons d'église. Je regarde les feuilles se détacher des arbres, tomber au sol en tourbillonnant, et je sens l'automne, soubrette timide de l'hiver, rafraîchir le fond de l'air.

Je me tiens au centre de l'hôtel de ville, à la croisée de Broad et de Market Street, le plus court chemin entre le fleuve et la rivière, le cœur battant de Philadelphie. Je pivote, regarde les deux grands axes qui traversent ma ville. Aujourd'hui, on me connaîtra sur chacun d'eux.

Les morts font de plus en plus de bruit. Cette journée est la leur. Elle l'a toujours été.

Je relève mon col, m'engage dans le cyclone, les instruments de mort pesant raisonnablement sur mon dos.

Quelle sarabande.

Zig et zig et zag.

71

Les imposantes bâtisses de pierre dominaient la butte comme d'énormes oiseaux de proie. Le bâtiment central, haut de cinq étages et long de trente mètres environ, se prolongeait par deux grandes ailes à chaque extrémité, chacune hérissée d'une série de tours s'élançant vers le ciel du matin.

Les terres entourant le complexe, jadis parfaitement entretenues, riches d'essences comme la pruche du Canada, le pin rouge et l'érable negundo, étaient en friche depuis des dizaines d'années. Les arbres et arbustes étaient chétifs et malades, ravagés par le vent et la foudre. Naguère impressionnant, un pont de pierre au-dessus du ruisseau artificiel encerclant la propriété s'était effondré depuis longtemps.

En 1891, l'archidiocèse autorisa et lança la construction d'un couvent au sommet d'une colline située à une soixantaine de kilomètres de Philadelphie. Deux ans plus tard, le bâtiment principal ouvrit ses portes à près d'une cinquantaine de sœurs. Outre les légumes cultivés sur les presque six hectares de terres arables et les céréales pour le pain artisanal cuit dans les fours de pierre, les terres fertiles situées autour de la propriété approvisionnaient en nourriture tous les refuges des comtés de Bucks, Berks et Montgomery. Quant à la confiture de mûres des religieuses, elle remportait des concours dans tout le pays.

En 1907, quatre sœurs se pendirent à une poutre du campanile. L'Église, peinant désormais à attirer des novices, vendit les bâtiments et les terres à l'État de Pennsylvanie.

Cinq ans plus tard, riche de quatre nouvelles ailes – comprenant deux amphithéâtres, deux salles d'autopsie, une salle d'opération dernier cri et une chapelle laïque construite dans l'une des pommeraies –, l'institut psychiatrique de Convent Hill ouvrit ses portes. Fort de ses deux cents lits, de son immense parc et de l'expertise de son personnel, il acquit rapidement une réputation d'hôpital résolument moderne dans tout l'est des États-Unis.

En plus de sa mission principale – le traitement et la réhabilitation des personnes atteintes de troubles psychologiques –, l'établissement possédait une aile de vingt lits entretenus et gérés par l'administration pénitentiaire de Pennsylvanie. Dans ces lits dormaient des criminels parmi les plus célèbres du début du XXe siècle.

Les subventions commencèrent à se tarir avant la fin des années 1940. Les licenciements se succédèrent, les bâtiments se dégradèrent, les équipements devinrent obsolètes et rongés par le temps et le manque d'entretien. Des rumeurs parlaient d'un environnement inhumain. Dans les années 1970, un documentaire sortit sur les écrans, révélant des conditions de vie déplorables et écœurantes. Un tollé s'ensuivit dans l'opinion politique et publique, avec pour résultat une ponction d'un million de dollars dans les caisses de l'établissement. Puis Convent Hill retomba dans l'oubli.

En 1980, de nouvelles rumeurs de corruption circulèrent, ainsi que des histoires d'une horreur inimaginable. Mais le public se lassa.

Convent Hill ferma définitivement en 1992. Ses détenus et ses patients furent placés dans d'autres institutions psychiatriques ainsi que dans des centres pénitentiaires répartis sur l'ensemble de l'État de New York et de Pennsylvanie.

Au cours des dix-huit années qui suivirent, les lieux furent livrés aux éléments, aux vandales, aux chasseurs de fantômes et aux vagabonds. L'État essaya à plusieurs reprises de sécuriser l'établissement, mais, avec près de quatre-vingts hectares de terrain et de nombreux points d'entrée dont la plupart en forêt, ses efforts restèrent vains.

Le muret de pierre au bord de la route sinueuse qui montait vers l'entrée arborait toujours un panneau. De plus près, Byrne vit que quelqu'un avait modifié le message en peignant pardessus. Il ne désignait plus l'entrée d'une ancienne institution psychiatrique ultramoderne, un endroit de convalescence et de réinsertion, un endroit paisible et serein.

Il désignait désormais l'entrée d'un enfer appelé Convict Hell.

Tandis qu'ils roulaient le long de la route tortueuse qui menait au bâtiment principal, un fin brouillard tomba. Une brume gris perle enveloppait les bois environnants.

Byrne songea à ce qu'il était en train de faire. Il savait que l'heure tournait, qu'il était attendu à Philadelphie, mais il croyait aussi que les réponses à nombre de ses interrogations – passées et présentes – étaient enfermées dans l'esprit de Christa-Marie.

« Vous reviendrez pour Halloween ? » lui avait-elle demandé. *« J'aimerais vous emmener quelque part à la campagne. Nous y passerons la journée. Ce sera tellement amusant. »*

Quelque part à la campagne.

Christa-Marie avait une raison de le faire venir ici.

Byrne savait qu'il devait prendre le risque.

Une fois au sommet de la colline, le chemin s'aplanit, mais la façade des bâtiments restait partiellement masquée derrière les pins, les persistants et les érables nus. Des branches en décomposition quadrillaient les allées tapissées d'aiguilles. L'entrée voûtée était flanquée de deux imposantes rangées de fenêtres néopalladiennes. Le toit était surmonté d'une grande coupole ainsi que de deux tours de guet plus petites.

Tandis qu'il se garait, Byrne entendit les coucous chanter, signe qu'une tempête imminente se préparait. Le vent se leva. Il tourbillonna autour des bâtiments de pierre dans une étreinte glaciale, comme pour cerner les horreurs qu'ils renfermaient.

Byrne descendit de voiture, ouvrit la portière de Christa-Marie. Elle lui tendit sa main délicate. Ils gravirent ensemble les marches décrépies.

Les deux immenses portes en chêne reposaient sur de gros gonds rouillés. Au fil des années, leur surface avait été marquée d'insultes, de prières, de confessions, de démentis. À droite de l'entrée figurait une inscription gravée dans la pierre érodée par les intempéries.

Christa-Marie se retourna, le visage animé.

« Prenez-moi en photo », dit-elle.

Elle lissa ses cheveux, ajusta l'écharpe en soie autour de son cou. Elle resplendissait dans la lumière pâle du matin.

Byrne s'était attendu à tout sauf à jouer au photographe. Il sortit son téléphone portable, l'ouvrit, cadra Christa-Marie dans l'embrasure de la porte et appuya sur le déclencheur.

Quelques instants plus tard, il remit l'appareil dans sa poche, colla son épaule contre l'un des énormes battants, poussa. Un souffle froid traversa le hall, chargé d'années de moisissure et de pourriture.

Ils franchirent le seuil, pénétrant ensemble dans le passé de Christa-Marie Schönburg, dans les confins infernaux de Convent Hill.

72

Les morts se promènent ici. Les morts, les fous et les oubliés. Si vous m'accompagnez et que vous entendez ce que j'entends, vous entendrez bien plus que le sifflement du vent.

Il y a ce jeune homme arrivé ici en 1920, blessé au saillant de Saint-Mihiel. Il saigne des deux poignets. « Je rentre à la maison, me dit-il. D'abord à Pont-à-Mousson, puis à la maison. »

Il n'est jamais reparti.

Il y a l'avocat de Youngstown dans l'Ohio. Par deux fois il a essayé de se donner la mort. Son cou porte de profondes cicatrices. Il ne peut pas parler au-delà d'un murmure. Sa voix est un vent sec dans le désert nocturne.

Il y a les deux sœurs qui ont essayé de s'entre-dévorer, retrouvées au sous-sol de leur maison mitoyenne d'Olney dans les bras l'une de l'autre, ficelées de barbelé, du sang gouttant à leurs lèvres.

Ils se rassemblent autour de moi, leurs voix s'élevant dans un refrain de démence.

Je marche en compagnie de mon amante.

Je marche en compagnie des morts.

73

Ils déambulèrent bras dessus bras dessous dans les couloirs, leurs talons claquant sur le vieux carrelage. Une lumière poudrée filtrait à travers les fenêtres.

Au-dessus de leurs têtes culminait un plafond voûté haut de neuf mètres au moins sur lequel Byrne discernait trois couches de peinture, chacune à son tour une piètre tentative d'égayer les lieux. Jaune citron, bleu dragée, vert d'eau.

Christa-Marie désigna une pièce qui donnaient sur l'entrée principale.

« C'est la pièce dans laquelle on vous conduit à votre arrivée, expliqua-t-elle. Ne vous fiez pas aux fleurs. »

Byrne jeta un coup d'œil à l'intérieur. Les restes d'une paire de chaînes rouillées, fixées au mur, gisaient sur le sol tels des serpents sans vie. Il n'y avait pas de fleurs.

Ils continuèrent à s'enfoncer dans les entrailles de Convent Hill, passant à côté de douzaines de pièces, pièces inondées d'eau stagnante, pièces carrelées du sol au plafond, joints maculés de décennies de moisissure et de sang depuis longtemps séché, conduits d'évacuation bouchés par des excréments et des vêtements abandonnés.

Une pièce renfermait six chaises encore disposées en demi-cercle auxquelles manquait l'assise, l'une d'elles bizarrement dos aux autres. Une pièce abritait un lit superposé à trois étages rivé au sol sur un tapis oriental. Byrne voyait les endroits où l'on avait tenté de l'arracher. Les deux extrémités étaient en lambeaux. Trois ongles marron se trouvaient toujours là.

Une pièce, au fond du couloir principal, contenait des seaux en fer rouillé alignés contre un mur, tous remplis de fèces durcies devenues blanches et crayeuses avec le temps. L'un d'eux portait le mot *joyeux*.

Ils montèrent au premier étage par l'escalier en colimaçon.

Dans une salle de réunion se dressait une scène inclinée couronnée d'un gros médaillon de ficelle noire tendue, peut-être une sorte de projet réalisé dans le cadre d'un atelier d'ergothérapie.

Ils poursuivirent leur exploration de l'aile. Byrne remarqua de nombreuses chambres individuelles dotées de judas, certains réduits à une simple paire de trous percés dans la porte. Rien, apparemment, n'échappait au regard à Convent Hill.

« C'était la chambre de Maristella », dit Christa-Marie devant une pièce mesurant moins de deux mètres sur deux.

Contre le mur laqué d'un rose depuis longtemps passé, reposaient trois brancards élimés.

« C'était mon amie, ajouta-t-elle. Un peu folle, je pense. »

L'immense gymnase était décoré d'une fresque

longue de plus de quinze mètres. En arrière-plan, figurait la campagne vallonnée entourant le centre. Disséminés un peu partout dans le paysage, des dessins, tous tracés par des mains différentes, représentaient d'épouvantables scènes de viol, de meurtre et de torture.

Au moment de tourner dans l'aile est, Byrne s'arrêta net. Quelqu'un se tenait à l'autre bout du vaste couloir. Byrne ne distinguait pas grand-chose. L'individu était petit, râblé, immobile.

Il lui fallut un moment pour comprendre, dans la faible lumière, qu'il s'agissait seulement d'une forme humaine. Cependant qu'ils se rapprochaient, Byrne vit qu'il s'agissait d'une silhouette en contreplaqué représentant un enfant, un garçon d'environ 10 ou 12 ans. Le mannequin portait une chemise jaune et un pantalon marron foncé. Derrière lui, au mur, une bande bleue avait été peinte, peut-être dans le but de figurer l'océan. Tandis qu'ils passaient à la hauteur de la silhouette, Byrne remarqua des impacts ainsi que plusieurs trous dans le bois. À l'arrière, des trous correspondants piquetaient le mur. Le mannequin avait été criblé de balles. Quelqu'un avait dessiné du sang sur sa chemise.

Ils s'arrêtèrent au bout du couloir. Au-dessus de leurs têtes, le toit avait pourri et s'était effondré. Quelques gouttes trouvèrent leur chemin jusqu'à eux.

« On le sait dès les toutes premières notes, dit Christa-Marie.

— Quoi donc ?

— Si un enfant a le potentiel d'un virtuose. »

Elle regarda ses mains, ses doigts longs, élégants.

« Les enfants. Ils vous obligent à plonger la tête la

première. Prentiss m'a demandé d'enseigner des centaines de fois. Je n'ai cessé de refuser. Puis j'ai fini par céder. Deux garçons sont sortis du lot.

— Qui sont ces garçons ? » demanda Byrne en lui prenant la main.

Christa-Marie laissa passer un moment avant de répondre.

« Ils étaient présents, vous savez.

— Où ça ?

— Au concert. Après. »

Un son, un écho lointain, leur parvint. Christa-Marie ne sembla pas le remarquer.

« Cette nuit, Christa-Marie. Ramenez-y-moi. »

Elle leva les yeux vers Byrne. Il vit dans son regard ce qu'il y avait vu vingt ans plus tôt : de la peur et de la solitude.

« J'étais habillée en noir, dit-elle.

— Oui. Vous étiez superbe. »

Christa-Marie sourit.

« Merci.

— Racontez-moi le concert. »

L'ancienne violoncelliste traversa le couloir sans un bruit et alla se poster dans la semi-obscurité.

« La salle était décorée à l'occasion des fêtes. Elle sentait le pin. Le programme faisait l'objet d'âpres débats. Après tout, l'auditoire était composé d'enfants. Le directeur penchait en faveur d'une énième représentation de *Pierre et le Loup.* »

Byrne s'attendait à ce qu'elle poursuive. Elle n'en fit rien. Ses yeux se brouillèrent soudain de larmes. Elle revint lentement vers lui, fouilla dans son sac, en tira une feuille, la lui tendit. Il s'agissait d'une lettre adressée à Christa-Marie avec copie à son avocat, Benjamin Curtin. Elle provenait du service d'oncologie du Centre hospitalier de l'université de Pennsylvanie. Byrne la lut.

Après quoi, il prit ses mains dans les siennes.

« Voulez-vous me faire l'honneur de jouer pour moi ce soir ? »

Christa-Marie s'approcha. Elle l'enlaça, sa tête posée sur sa poitrine. Ils restèrent un long moment ainsi, immobiles, muets. Elle rompit le silence la première.

« Je suis en train de mourir, Kevin. »

Byrne lui caressa les cheveux. Ils étaient soyeux.

« Je sais.

— J'entends votre cœur, dit-elle en se blottissant tout contre lui. Il bat à coups forts et réguliers. »

Byrne regarda par la fenêtre. La forêt qui encerclait Convent Hill était plongée dans le brouillard. Il s'abstint de répondre. Il n'y avait rien à dire.

74

Jessica n'arrivait pas à trouver son partenaire. Elle était passée chez lui, avait écumé tous ses cafés de prédilection, vérifié dans ses rades préférés. Elle avait espéré ne pas l'y trouver et ne l'y trouva pas.

Byrne n'avait pas appelé la brigade et, plus grave, ne s'était pas présenté à la Rotonde pour sa déposition, sa déclaration officielle concernant ses activités la nuit du meurtre d'Eduardo Robles. Jessica savait que l'inspecteur principal avait arrondi les angles avec le bureau du procureur, mais cela ne ressemblait pas à Byrne à bien des égards, à commencer par le fait de ne pas tenir parole.

Jessica passa le reste de la matinée à étudier la documentation sur *Le Carnaval des animaux*. Les quatorze pièces ne concernaient pas toutes des animaux. Une s'intitulait *Fossiles* ; une autre, *Pianistes* ; une autre encore, *Finale*. Pour une raison qu'elle ignorait, le tueur en avait choisi huit. Un semblant d'explication commençait néanmoins à prendre forme.

Toutes les victimes avaient, en outre, un lien avec des affaires non résolues. Elles étaient toutes soupçonnées d'homicide. Ou soupçonnées de complicité dans un homicide.

Ils ne pouvaient négliger un lien éventuel avec un groupe comme la Société Poursuite et un homme nommé George Archer.

Ces victimes étaient toutes responsables d'une manière ou d'une autre. Aux yeux de leur bourreau, elles étaient toutes coupables à un certain degré. Mais pourquoi elles ? Qu'avaient-elles en commun ? Pourquoi les meurtres d'Antoinette Chan, de Marcellus Palmer, de Peggy Van Tassel et de Lina Laskaris ? Pourquoi pas n'importe quelle autre affaire non résolue parmi les centaines qui attendaient dans les registres poussiéreux sur l'étagère ?

À 13 heures, Jessica téléphona au service des immatriculations. Si George Archer possédait un permis de conduire délivré par l'État de Pennsylvanie, ils seraient en mesure de lui procurer une photo.

Elle sauta le déjeuner et passa le début de l'après-midi en ligne avec le labo et le bureau du procureur. Michael Drummond était au tribunal, mais sa secrétaire promit à Jessica qu'il la rappellerait.

À 16 heures, elle apprit qu'aucun hôtel dans l'agglomération de Philadelphie n'avait de client enregistré sous le nom de George Archer.

Elle appela également le commandant Rogers Logan à Garrett Corners. À sa demande, celui-ci se rendit à Archer Farms.

George Archer n'était pas rentré chez lui.

La première partie de la journée de Jessica s'acheva sans qu'aucune nouvelle piste ne se matérialise. Les trois autres inspecteurs référents – Josh Bontrager, Nicci Malone et Dennis Stansfield – étaient tous sur le terrain, occupés à poursuivre des pistes. Josh avait interrogé des membres de la famille Chan. Tous possédaient de solides alibis. Nicci Malone avait pris sa matinée pour descendre à Weirton, en Virginie-Occidentale, et s'était entretenue avec le fils et la belle-fille de Marcellus Palmer. Elle n'avait rien appris d'intéressant. Quant à Stansfield – plus que jamais obsédé par Kevin Byrne –, Dieu seul savait ce qu'il fabriquait.

Le conflit Byrne/Stansfield semblait connaître une trêve. L'incident aurait sans doute des retombées, mais ce ne serait pas pour tout de suite. Dans l'immédiat, la brigade criminelle avait d'autres préoccupations.

Jessica rentra chez elle vers 17 h 30, prépara rapidement à manger. Après le dîner, Sophie enfila son costume de Fée des flocons. Elle était adorable.

Dehors, le vent forcissait, faisant tournoyer les feuilles mortes dans la rue. Un temps d'Halloween idéal. D'autant que Philly ne manquait pas d'activités et d'ambiance à cette date.

Il y avait l'excursion à la bougie à travers Society Hill et Independence Park ; la visite de la prison d'Eastern State, élue première maison hantée des États-Unis ; ou encore le Mütter Museum et la maison d'Edgar Allan Poe.

Mais, si Philadelphie était attaché à son passé macabre, ses habitants mettaient un point d'honneur à se renouveler. Aux informations, Jessica avait vu des gens sonner aux portes en justaucorps roses, la tête entourée d'une bandelette de papier. Le nouveau déguisement à la mode à Philly, semblait-il, était celui de la victime d'un tueur en série.

Jessica emmena Sophie récolter des bonbons de bonne heure. Cette année n'était pas comme les autres. Se présenter à la porte de toutes ces maisons mitoyennes relevait de l'attaque systématique. En l'espace d'une heure, elles avaient sonné à une centaine de portes. Sophie revint avec deux taies d'oreillers pleines à craquer.

Pendant que sa fille divisait son butin sur le sol du salon, Jessica prit une douche et se prépara pour sa mission d'infiltration à l'hôtel.

En quittant la maison, elle croisa son reflet dans le miroir du couloir. *Pas mal*, pensa-t-elle. La petite robe noire lui allait bien, quoiqu'elle la serrait peut-être un peu. Il était temps de lever le pied sur les *cannoli* de Termini's.

La question de l'arme, évidemment, s'avérait plus délicate. À bien des égards l'accessoire idéal, elle n'avait pourtant pas droit de cité dans les lignes de vêtements conçues par les créateurs. Il n'y avait jamais de collection Smith & Wesson pour Dior, ou Vivienne Westwood présente Fringues et Flingues.

Par mesure de précaution, elle fourra un jean et un pull à capuche dans un sac marin qu'elle laisserait dans la voiture. Personne ne savait où cette nuit la conduirait.

L'équipe se retrouva dans le bureau de prévention des vols du Jardin. Dix inspecteurs étaient présents au total, dont Josh Bontrager, Dennis Stansfield, Nicci Malone et Nick Palladino. Tous étaient en civil, à l'exception de quelques-uns qui portaient un coupe-vent de la police de Philadelphie.

John Shepherd les briefa sur la configuration des étages, l'emplacement des caméras de surveillance, le protocole en cas d'urgence. Ils passèrent rapidement sur le programme de la soirée, qui comprenait un somptueux dîner, plusieurs interventions, ainsi qu'un discours de clôture du procureur général de l'État de Pennsylvanie. En parallèle, les salles de réunion secondaires accueilleraient divers exposés et discussions. Selon les estimations de Shepherd, près d'un millier de personnes se trouvaient dans le bâtiment, sans compter le personnel.

De temps à autre, Jessica jetait un coup d'œil en direction de la porte. Byrne n'avait pas réapparu.

Après que John Shepherd eut terminé sa présentation, Dana Westbrook prit la parole. La police avait reçu plus de soixante-dix permis de conduire appartenant à des George Archer. Aucun n'était domicilié à Archer Farms. Le bureau du shérif, épaulé par des inspecteurs de la police d'État, montrait les photos aux voisins et aux commerçants des environs pour tenter de savoir si l'une d'elles correspondait à l'homme qui dirigeait Archer Farms.

Pendant la première heure, Jessica tint la réception à l'entrée de la Crystal Room. Deux tables de conférences mises bout à bout, recouvertes d'étamine blanche, accueillaient plusieurs centaines de badges au nom des participants, de programmes et de pin's arborant le slogan : *Il s'échappe, celui que l'on ne poursuit pas*.

Tandis que les gens faisaient la queue, Jessica surveillait leurs gestes, observait leur comportement. Dans l'ensemble, il s'agissait d'un groupe relativement propre sur lui. Classique dans son style, discret dans son attitude, poli dans ses manières. En l'espace d'une heure, elle distribua plus de cinquante badges.

À 20 heures, trois hommes blancs d'une quarantaine

d'années s'avancèrent depuis l'autre côté du hall. L'un d'eux était dans un état d'ébriété avancé. À mesure qu'ils approchaient, le plus petit – celui qui était soûl – faisait de son mieux pour se concentrer sur la table, sur les badges et enfin sur Jessica.

« Waouh ! s'exclama-t-il en vacillant un peu.

— Bienvenue, dit Jessica.

— Je m'appelle Jukka Tolonen, dit le grand blond.

— Jay Bowman », fit l'autre.

Jessica parcourut la table des yeux, trouva leurs noms, leur remit à chacun leur badge et un programme.

« Merci, lancèrent-ils en chœur, visiblement embarrassés par leur ami.

— Vous savez, reprit ce dernier, j'assiste à cette convention depuis quoi ? Cinq ans maintenant ? Toutes les femmes ou presque ressemblent à miss Marble. »

Jessica était quasiment certaine qu'il voulait dire miss Marple.

« Comment vous appelez-vous ? » demanda-t-elle.

L'homme regarda ses comparses.

« Vous entendez ça ? Elle me demande mon nom, les mecs. Elle me fait du gringue !

— Je crois qu'elle veut seulement te donner ton badge », le reprit Tolonen.

Il parlait avec un accent. Finnois peut-être.

« Oh. »

L'homme soûl fit tout un cirque pour extraire son portefeuille de sa poche. Son portefeuille à la main, il fit encore tout un pataquès pour en extirper une de ses cartes de visite, souriant comme s'il s'agissait du meilleur numéro de tous les temps.

« On dirait que je m'appelle Barry Swanson. Comme le plateau-repas surgelé. »

Comme l'éternel adolescent, pensa Jessica. Elle donna à Barry Swanson son badge et un programme. Il s'empressa de tout laisser tomber. Tolonen ramassa les documents, accrocha le badge à la chemise de son ami chancelant.

« Désolé, s'excusa Bowman à l'intention de Jessica. Il est chimiste en médecine légale. Il ne sort pas souvent. »

Jessica les regarda s'éloigner, se demandant comment ils pouvaient résoudre le moindre meurtre.

Quand un autre membre de la police, un inspecteur de la division ouest nommé Deena Yeager, vint la relever, Jessica se dirigea vers l'accueil et balaya le hall bondé du regard. David Albrecht n'avait pas obtenu la permission de tourner dans la salle de bal mais il avait été autorisé à filmer dans le hall et depuis la rue. Jessica vit qu'il avait décroché une interview avec quelques poids lourds du milieu.

Toutes les personnes présentes ou presque étaient liées de près ou de loin à la loi. Il y avait des inspecteurs à la retraite, des procureurs, des techniciens de la police scientifique toutes disciplines confondues, des hommes et des femmes qui s'occupaient d'empreintes, de cheveux et de fibres, de sang, de documents. Il y avait des légistes, des anthropologues, des psychologues, des spécialistes des sciences du comportement et des mathématiques. Jessica avait entendu dire qu'un petit contingent de la Keishicho, la police de la ville de Tokyo, avait fait le déplacement.

Elle vit Hell Rohmer et Irina Kohl, qui feignaient d'être de simples collègues. Il n'y avait pas besoin d'être un inspecteur chevronné pour remarquer leurs frôlements de main ponctuels ou leurs regards brûlants de désir moins ponctuels. Elle vit des juges, des avocats, des greffiers, ainsi qu'une poignée d'assistants du procureur.

Elle ne vit pas Kevin Byrne.

75

Lucy Doucette se tenait au bout du couloir du douzième étage.

Son service se terminait normalement à 18 h 30, mais elle avait demandé des crédits supplémentaires à Audrey Balcombe, qui lui avait attribué les chambres de trois clients qui avaient justement demandé qu'elles soient faites deux fois par jour. Lucy s'imaginait des gens travaillant en laboratoire ou pour la police scientifique et souffrant d'une sévère phobie des germes. N'importe comment, elle pouvait rester deux heures de plus. Dans l'immédiat, elle tuait seulement le temps.

Lucy savait qu'à l'instant où elle passerait sa carte dans la serrure électronique de la chambre 1208 le système l'enregistrerait. Elle mourait de peur à l'idée d'y retourner, mais la peur l'habitait depuis si longtemps que ça n'avait tout simplement plus d'importance.

Elle regarda par-dessus son épaule. Le couloir avait beau être désert, elle savait qu'elle n'était pas seule, pas techniquement. Un jour, elle était entrée dans le poste de sécurité principal et avait vu les grands écrans. Tous les employés savaient où se trouvaient les caméras en circuit fermé. En tout cas les caméras visibles, comme celles au plafond. Car chaque couloir se terminait par un buffet et un miroir, et Lucy se demandait toujours si les miroirs étaient sans tain et cachaient une caméra.

Sans réfléchir, elle frappa à la porte de la chambre 1208.

« Ménage. »

Rien. Elle frappa à nouveau, renouvela son annonce. Silence. Elle se pencha vers la porte. Il n'y avait aucun bruit de télé, de radio, de conversation. Le règlement imposait deux annonces avant d'entrer.

Lucy essaya une dernière fois. N'obtenant pas de réponse, elle passa sa carte dans la serrure, poussa doucement la porte.

« Ménage », répéta-t-elle, sa voix à peine plus forte qu'un murmure.

Elle se glissa à l'intérieur, laissa la porte se refermer derrière elle. Le pêne s'enclencha avec un clic sonore et radical, ce qui signifiait que la serrure avait définitivement enregistré sa présence dans la chambre 1208.

La pièce était telle qu'elle l'avait laissée la dernière fois. Le minibar était plein, le lit intact, la corbeille à papier vide. Elle jeta un coup d'œil dans la salle de bains. Rien n'y avait été dérangé non plus. Le papier toilette formait toujours une pointe, les savons étaient encore emballés. Il arrivait que les clients les plus gentils essaient de remettre les serviettes exactement à leur place, mais Lucy s'en apercevait toujours. Ils ne parvenaient jamais au même résultat. Elle savait toujours si quelqu'un avait pris une douche ou un bain, simplement à l'odeur, au parfum humide de gel douche et de shampoing flottant dans la pièce.

Elle retourna à la porte, colla son oreille contre le battant, écouta les bruits dans le couloir. Il était silencieux. Elle se dirigea vers le placard, ouvrit la porte. La housse à vêtements pendait à la tringle comme un corps à un gibet. Elle avança lentement la main, retourna l'étiquette en tremblant.

Ce sac appartient à George Archer.

Lucy sentit la chair de poule hérisser sa peau. Il s'appelait George Archer. Toutes ces années passées à imaginer le nom de son ravisseur. Tout le monde avait un nom. Chaque fois qu'elle lisait un journal ou un magazine, chaque fois qu'elle regardait un film ou une émission à la télé, chaque fois qu'elle attendait dans un endroit comme chez le médecin ou au service des immatriculations et que quelqu'un prononçait un nom à haute voix, la même question se posait : *Est-ce que c'est ainsi qu'il s'appelle ?* Cette personne pouvait-elle être celle qui hantait ses cauchemars ? À présent, elle savait. George Archer. C'était en même temps le nom le plus inoffensif et le plus effrayant qu'elle avait jamais entendu.

Elle ferma la porte de la penderie, se dirigea vivement vers la commode, le cœur battant. Elle ouvrit le tiroir inférieur avec précaution. Il contenait toujours les mêmes chemises – une bleue, une blanche, une blanche à fines rayures grises. Elle mémorisa leur configuration afin de pouvoir la reproduire à l'identique. Elle rassembla les trois chemises, les souleva. Il lui semblait qu'elles lui brûlaient les doigts. Mais, lorsqu'elle regarda dessous, elle constata que la photo avait disparu.

Avait-elle rêvé ?

Non. La photo avait bien été là. Elle ne l'avait jamais vue auparavant, mais elle savait où elle avait été prise. Elle avait été prise chez le glacier de Wilmot

Street. C'était une photo de sa mère et elle portait le pull-over rouge que Lucy avait volé chez Sears.

Lucy se retourna, contempla le reste de la chambre. Elle lui semblait soudain complètement étrangère, comme si elle la voyait pour la première fois. Elle remit les chemises dans le tiroir. En les arrangeant, elle remarqua quelque chose qui dépassait de la poche de la chemise du dessus, la bleue. C'était une feuille de papier, une feuille de papier appartenant à un bloc-notes à en-tête du Jardin.

Lucy inséra doucement ses doigts dans la poche, sortit le papier.

Retrouvez-moi ici dimanche soir à 21 h 30. Amitiés, Lucy.

C'était son écriture.

C'était un message qu'elle avait écrit et laissé dans la chambre de M. Archer pour qu'il le trouve.

Elle consulta sa montre. Il était 21 h 28.

La pièce se mit à tourner. Il lui sembla un moment que le sol allait céder sous ses pieds. Elle claqua le tiroir. Tant pis si elle ne remettait pas tout en ordre. La seule chose qui lui importait à présent était de sortir de cette chambre.

Elle recula comme si la commode avait été en feu, et tout à coup elle entendit…

… la cloche.

Sa cloche. Sa cloche spéciale.

Lucy ressentit un grand calme, un sentiment de paix totale. Elle savait ce qu'elle avait à faire, ce qu'elle devait faire. Elle se dirigea vers la porte de la chambre d'hôtel, l'entrouvrit. Puis elle entra dans la penderie, ferma la porte, s'assit par terre.

Une fois installée, elle sentit la pomme, la fumée de

pipe, l'essence de George Archer, l'essence du mal. Mais cette fois, elle n'avait pas peur.

Tandis que des bruits de pas passaient à côté de la penderie – deux foulées différentes à quelques minutes d'intervalle –, la nuit se referma sur elle et Lucy Doucette se souvint de tout.

« Tout va bien, Ève, la rassura-t-il. Il y a eu un accident. Je vais m'occuper de toi. »

Il lui tendit une main à laquelle il portait une bague en forme de serpent. Le ciel était obscurci par la fumée, l'air en était saturé.

« Un accident comment ? » demanda-t-elle.

M. Archer ouvrit la portière de sa voiture. Tandis que Lucy montait à bord, il lui répondit :

« Un accident d'avion. Un gros accident d'avion.

— Où est ma maman ?

— Elle m'a demandé de veiller sur toi. Elle doit aller aider les gens à l'endroit de l'accident.

— Ma maman ?

— Oui, Ève. »

M. Archer démarra la voiture.

Il la fit descendre au bas d'une volée de marches en bois étroites, puis ils franchirent une petite porte et pénétrèrent dans une pièce pleine de courants d'air aux murs en pierre. La pièce était éclairée à la bougie. Il semblait y en avoir des centaines. L'air sentait le mauvais parfum et les pommes fermentées. Même la poussière et les toiles d'araignées étaient froides.

Lorsque M. Archer partit et que Lucy l'entendit verrouiller la porte en haut de l'escalier, elle s'aperçut qu'une autre petite fille était assise dans la pièce. Elle avait environ le même âge que Lucy, autour de 11 ans, mais elle portait une robe d'adulte à bretelles. La robe était courte et brodée de sequins. Son visage était maculé de maquillage. Elle avait beaucoup pleuré. Elle avait les yeux rouges et gonflés.

« Qui es-tu ? » demanda Lucy.

La fillette frissonna.

« Je... je m'appelle Peggy.

— Pourquoi tu es là ? »

Elle ne répondit pas. Lucy avisa les bras et les jambes de l'enfant. Ils étaient couverts de bleus. Puis elle tourna la tête et découvrit une seconde robe accrochée à l'un des tuyaux au plafond.

Le temps passa. Des heures et des heures dont Lucy n'avait aucune conscience, aucun souvenir. Des jours d'obscurité.

Le troisième jour, elle prit un bain avec de la mousse. La salle de bains se trouvait à côté de la cave. Les murs étaient en émail rose. L'évier avait un robinet doré.

À la nuit tombée, M. Archer vint la chercher au sous-sol. Il l'amena pour la première fois à la salle à manger. La table était dressée pour des adultes. Des verres à pied et des bougies. Lucy se retrouva dans sa robe de femme et des chaussures à talons trop grandes pour elle. M. Archer était habillé comme dans un vieux film. Il portait un nœud papillon blanc. Il disparut à la cuisine.

Lucy tourna la tête vers la fenêtre. Elle traversa la pièce, l'entrouvrit, se glissa par l'ouverture.

« Ève ! » cria M. Archer.

Lucy courut. Elle courut aussi loin et aussi longtemps qu'elle put, à travers d'interminables pommeraies, tombant et trébuchant, s'éraflant les genoux et les coudes, écrasant les pommes pourries sous ses pas. Elle regarda par-dessus son épaule, cherchant M. Archer du regard. Elle ne le vit pas. Elle arriva bientôt en vue d'une grande conduite qui se vidait dans un lac, s'accroupit à l'intérieur, attendit. Elle ne savait pas combien de temps elle passa là. Des heures et des heures. Elle avait dû pleurer jusqu'à s'endormir, car elle fut réveillée par une lumière qu'on lui braquait sur le visage.

« Ça va aller », la rassura l'homme à la lampe torche.

Mais non. Ça n'irait pas.

Ils eurent beau l'interroger pendant des heures, Lucy ne dit pas un mot. Ce qui lui était arrivé était enfermé en elle.

Sa mère la ramena à la maison. Le temps passa. L'homme à la bague en forme de serpent disparut de son esprit mais élut domicile dans cette peau nichée en elle, résident sans visage survolant la nuit de ses rêves.

La nuit, elle l'entendait fredonner, entendait le claquement de la portière, le craquement des vieilles marches en bois, la douceur de sa voix, la...

La cloche.

La cloche tinta de nouveau.

Le bruit lui semblait venir de très loin, comme si il provenait de l'autre extrémité de ce conduit d'évacuation dans lequel elle avait rampé. L'espace d'un instant, elle sentit l'odeur des eaux usées, l'humidité ambiante. Puis plus rien.

Lucy regarda autour d'elle. Il lui fallut un moment pour comprendre où elle se trouvait. Elle était à l'hôtel. Au Jardin. Elle connaissait chaque centimètre carré de cet endroit par cœur. Elle examina l'intérieur du placard sombre, tâta l'espace au-dessus de sa tête.

Combien de temps s'était écoulé ? Elle ne savait pas. Elle se leva, ouvrit la porte du placard, posa un pied dans la pièce. L'air avait changé, changé comme seuls peuvent le remarquer les gens qui côtoient un lieu jour après jour, qui connaissent ses murs, ses plafonds, ses recoins, la qualité de sa présence.

La porte de la chambre était fermée. Lucy consulta sa montre. Son absence n'avait pas duré longtemps. Il fallait qu'elle sorte de cette pièce. M. Archer pouvait revenir d'une seconde à l'autre.

Elle s'apprêtait à partir quand elle fut prise de vertiges. Elle s'assit un moment sur le rebord du lit. Ses idées s'éclaircirent mais quelque chose n'allait pas. Le lit était mouillé. Elle se leva, regarda ses mains. Elles étaient couvertes d'un rouge écarlate. Elle se retourna et vit, dans la pénombre, la forme qui se détachait sous les draps imbibés de sang.

Lucy sentit le contenu de son estomac remonter dans sa gorge. Elle battit en retraite, certaine que son cœur allait exploser. Elle fut incapable de se retenir plus longtemps. Elle vomit.

Puis elle avisa le téléphone posé sur le bureau. Il lui semblait à des kilomètres. L'odeur de son propre vomi parvint à ses narines en même temps que l'odeur métallique du sang. Elle allait être malade à nouveau.

Elle se précipita aux toilettes.

76

Jessica assista à la soirée depuis le fond de la Crystal Room. L'intervenant au pupitre était un médecin légiste de Toledo anciennement rattaché au bureau d'enquête de l'Ohio. Il parlait d'une affaire non élucidée qui s'était deroulée dans une banlieue de Toledo en 1985, affaire dans laquelle une femme et sa mère âgée avaient été battues à mort à l'aide d'une longue tige d'acier que l'on pensait appartenir au cadre d'un lit individuel.

Derrière lui défilaient des photos de la scène de crime.

Jessica regardait les images apparaître et disparaître sur l'écran. Elle se rendit compte que l'homme aurait pu venir de Tucson, de Toronto ou de Tallahassee. En un sens, cela n'aurait rien changé. Sauf pour les familles de victimes. Et pour les enquêteurs, à qui il incombait de dénicher le responsable et de le livrer à la justice. Jessica faisait ce métier depuis suffisamment longtemps, connaissait suffisamment de collègues, pour savoir qu'une affaire non résolue vous ronge l'âme jusqu'à ce qu'elle soit classée ou remplacée par une nouvelle horreur, une nouvelle énigme. Et pour autant elle ne disparaît pas. Elle se pousse seulement pour faire de la place.

Elle repensa au journal intime de Joseph Novak.

Quel lien existait-il entre lui et les meurtres ? Tout ce qu'elle était parvenue à trouver sur Marcato LLC était que sa création remontait à près de quinze ans et que son activité principale était l'édition musicale.

Joseph Novak, au dire de tous, avait un associé. Mais pas une banque n'avait de trace d'un dénommé autre que Novak.

« Inspecteur ? »

Une voix masculine. Proche. Jessica fit volte-face. C'était Frederic Duchesne, le doyen de l'institut Prentiss. Il s'était approché sans un bruit. Mauvais. Elle était distraite, ce qui signifiait qu'elle était vulnérable. Elle prit une profonde inspiration, essaya de se composer un sourire.

« Monsieur Duchesne.

— Je suis désolé si je vous ai fait peur. »

Peur n'était pas le mot, songea Jessica. Provoquée était plus proche de la réalité.

« Mais pas du tout, dit-elle. Que puis-je pour vous, monsieur Duchesne ?

— Je vous en prie. Appelez-moi Frederic.

— Frederic. »

Elle parcourut rapidement la salle du regard. Il n'y avait rien à signaler. Pour l'instant.

« Je me demandais si vous aviez reçu les documents que je vous avais envoyés.

— Oui. Merci beaucoup.

— Puis-je vous parler un moment ? »

Jessica leva les yeux vers l'horloge au-dessus de la porte. C'était à peine moins malpoli que de regarder sa montre. Elle avait un peu de temps.

« Bien sûr. »

Ils se retranchèrent dans un coin tranquille de la salle.

« Pendant notre entrevue, votre coéquipier m'a posé une question sur la musique à programme.

— Oui, je me rappelle. Vous avez pensé à autre chose ?

— En fait, oui. D'un point de vue esthétique, à certains égards, le poème symphonique n'est pas sans rapport avec l'opéra, la seule différence étant que les paroles ne sont pas chantées. Il existe des exemples de musique pure sous-tendue par un semblant d'histoire. »

Jessica le regarda avec des yeux ronds.

« Bref. Là où je veux en venir, c'est que si la musique elle-même ne contient pas de paroles, il y a bien souvent des textes écrits en annexe à la musique – une épigraphe poétique, si vous préférez.

— Rédigée après coup ?

— Exactement. »

Duchesne tourna la tête vers la salle avant de demander :

« Êtes-vous amateur de musique classique, inspecteur ? »

Jessica jeta un coup d'œil furtif à sa montre.

« Oui. Enfin, je ne prétends pas y connaître grand-chose, mais je sais ce que j'aime quand je l'entends.

— Dites-moi. Vous arrive-t-il d'aller à des concerts ?

— Rarement. Mon mari n'est pas très friand de classique. Il serait plutôt du genre à écouter Southside Johnny. »

Duchesne lança un rapide regard à la main gauche de Jessica. Elle ne portait jamais son alliance – ni aucun bijou, d'ailleurs – sur le terrain. Trop d'occasions de la perdre, sans compter le risque de trahir son statut quand il fallait le taire.

« C'était extrêmement cavalier de ma part. Je vous prie de m'en excuser.

— Il n'y a pas de mal, dit Jessica.

— Non, je me suis ridiculisé. *Mea culpa.* »

Jessica devait trouver un moyen de mettre un terme à cette conversation.

« Monsieur Duchesne – Frederic. Je vous remercie vraiment pour ces informations. Comptez sur moi pour les transmettre aux autres inspecteurs sur l'affaire. On ne sait jamais. Cela peut déboucher sur quelque chose. »

Duchesne semblait un peu troublé. Il n'était probablement pas habitué à ce qu'on le rembarre. Il avait un charme à la Julian Sands, cultivé et raffiné : sans doute un parti du tonnerre dans son entourage social.

« N'hésitez pas à m'appeler si vous pensez à autre chose susceptible de nous aider », ajouta Jessica.

Duchesne se dérida un peu, même s'il était évident qu'il voyait clair dans son manège – elle essayait de le rassurer.

« Je n'y manquerai pas.

— Au fait, qu'est-ce qui vous amène ici ce soir ? »

Duchesne tira un badge visiteur de sa poche, l'accrocha à sa veste.

« J'ai travaillé comme acousticien médico-légal, répondit-il. Exclusivement en free-lance. Je suis spécialisé en propriétés physiques et mesure des *stimuli* acoustiques. »

Qui l'eût cru ? pensa Jessica. Elle lui tendit la main, qu'il serra.

« Amusez-vous bien. »

Tandis qu'elle regardait Duchesne traverser la salle,

son téléphone portable vibra. Elle consulta l'écran. C'était Byrne.

« Kevin. Où êtes-vous ? »

Elle n'entendait rien d'autre que le souffle du silence. Elle n'était pas sûre que Byrne soit encore en ligne. Puis :

« Je dois y retourner pour effectuer d'autres tests. »

Elle ne comprit pas tout de suite.

« De quoi parlez-vous ? »

Nouveau blanc.

« Les médecins ont examiné mon IRM. Ils veulent me revoir.

— Ils vous ont dit pourquoi ?

— On ne vous fait pas revenir si tout va bien, Jess.

— OK, dit Jessica. Nous irons ensemble. Je vous accompagnerai. »

Nouveau silence. Puis Jessica entendit une cloche à l'autre bout du fil. Était-ce le bruit d'un ascenseur ?

« Où êtes-vous ? »

Pas de réponse.

« Kevin ? »

Le silence était insupportable.

« Quand veulent-ils vous…

— Les homicides d'origine. Les meurtres non résolus. La réponse se trouvait sous nos yeux. Je remontais le Benjamin Franklin Parkway quand j'ai compris.

— Comment ça ?

— C'est en passant devant l'hôtel que toutes les pièces du puzzle ont trouvé leur place. On ne sait jamais ce qui va prendre un sens, ni quand cela va arriver. C'est le point commun que nous cherchions. »

Jessica fut gratifiée d'une rafale de bruits parasites qui l'empêcha de comprendre ce qu'ajoutait son coéquipier. Elle s'apprêtait à le lui demander lorsqu'elle l'entendit à nouveau parfaitement.

« Un paquet vous attend chez le concierge. »

Le concierge ?

« Kevin, vous devez impérativement...

— C'est la musique, l'interrompit-il. Ça a toujours été la musique. »

Puis il raccrocha. Jessica regarda l'écran de son téléphone. L'appel avait pris fin. Elle rappela aussitôt, tomba sur son répondeur. Elle réessaya. Sans plus de résultat.

Un paquet vous attend chez le concierge.

Elle sortit de la Crystal Room, traversa le hall en direction de l'accueil. Il y avait bien un paquet pour elle. Il s'agissait de deux enveloppes moyen format. Toutes les deux portaient son nom au recto, noté à la hâte par son coéquipier. Elle s'éloigna du comptoir, regarda à l'intérieur de chaque enveloppe. Documents, notes, photographies, tableaux. Il ne s'agissait pas du dossier officiel mais plutôt d'un dossier parallèle tenu par Byrne.

Elle contacta Josh *via* l'intercom. Elle le retrouva quelques minutes plus tard dans une petite salle de réunion au rez-de-chaussée. Après avoir fermé la porte, Jessica rapporta à Bontrager sa conversation avec Byrne. Puis elle ouvrit l'une des enveloppes, étala le contenu sur la table.

Les quatre premières pages étaient des photocopies des certificats de décès de Lina Laskaris, Marcellus Palmer, Antoinette Chan et Marcia Jane Kimmelman.

Pourquoi Byrne lui avait-il déposé ces documents ? Elle les avait déjà tous vus. Que contenaient-ils qu'il voulait qu'elle remarque ?

Jessica survola les pages, s'attardant sur les données dignes d'intérêt : nom, date de naissance, adresse, parents, cause du décès, date du décès.

Date du décès.

Son regard passa de document en document.

« Les dates, Josh ! s'exclama-t-elle. Regardez. »

Bontrager fit glisser son doigt jusqu'au bas de chaque page, s'arrêtant à l'entrée concernant la date du décès.

« Marcellus Palmer a été tué le 21 juin. Lina Laskaris et Margaret Van Tassel le 21 septembre. Antoinette Chan le 21 mars. Marcia Jane Kimmelman le 21 décembre.

— À chaque fois le premier jour d'une saison, observa Jessica. Le tueur a choisi ces homicides car ils ont eu lieu le premier jour du printemps, de l'été, de l'automne et de l'hiver.

— Vous avez raison.

— C'est ce que voulait dire Byrne en expliquant que tout lui était apparu en passant devant l'hôtel. Il parlait du *Four Seasons.* »

Les documents suivants étaient des doubles des photos des tatouages d'animaux. Jessica plaça les images, six au total, les unes à côté des autres.

« Ils figurent tous dans le *Carnaval des animaux* de Saint-Saëns. »

Ils parcoururent des yeux les photos de gauche à droite. Six tatouages, six doigts. Six doigts différents.

Il restait un dernier document au fond de la première enveloppe. Jessica glissa sa main à l'intérieur pour l'en sortir. Et ils obtinrent leur réponse.

À l'intérieur, se trouvait un petit fascicule de la taille et du format d'un programme. Il portait la date du 31 octobre 1990. Jessica regarda la couverture.

CHRISTA-MARIE SCHÖNBURG, VIOLONCELLE.

UNE SOIRÉE EN COMPAGNIE DE SAINT-SAËNS ET VIVALDI

MORCEAUX CHOISIS DES *QUATRE SAISONS*, DU *CARNAVAL DES ANIMAUX* ET DE *LA DANSE MACABRE*

ARRANGEMENT POUR VIOLONCELLE DE SIR OLIVER MALCOLM

Elle ouvrit le fascicule. Le programme commençait par de courts extraits de chaque concerto des *Quatre saisons*. Suivaient d'autres extraits du *Carnaval des animaux. Marche royale du lion, Poules et coqs, Tortues, L'Éléphant, Kangourous, Le Cygne*, et enfin *Aquarium* et *Volière*.

Il y avait huit extraits au total.

« Quelqu'un est en train de reconstituer le dernier concert de Christa-Marie Schönberg », dit Jessica.

Bontrager désigna la dernière partie du programme.

« *La Danse macabre* ? demanda-t-il. Vous connaissez ?

— Absolument pas. »

Bontrager s'installa devant l'ordinateur, lança un navigateur. Il obtint un résultat en moins de quelques secondes.

Wikipedia leur apprit l'essentiel. À l'origine, *La Danse macabre* était une mélodie pour voix et piano écrite par Camille Saint-Saëns. Qu'avait dit Duchesne ?

Il y a bien souvent des textes écrits en annexe à la musique – une épigraphe poétique, si vous préférez.

« Regardez s'il existe un texte qui l'accompagne », demanda Jessica.

Bontrager effectua une recherche. Il ne tarda pas à obtenir des résultats.

« Il y en a bien un, répondit-il. Un poème écrit par un dénommé Henri Cazalis. »

Bontrager continua à pianoter sur le clavier. En un instant, le poème s'afficha à l'écran.

Il commençait ainsi :

Zig et zig et zag, la mort en cadence
Frappant une tombe avec son talon,
La mort à minuit joue un air de danse,
Zig et zig et zag, sur son violon.

Tout commençait à s'éclaircir. *Frappant une tombe avec son talon* expliquait les corps retrouvés dans les cimetières avec la jambe cassée. *Zig et zig et zag* figurait sur l'ordinateur de Novak. Le regard de Jessica continua à parcourir la page, une symétrie naissant entre le texte et l'affaire.

Zig et zig et zag, la mort continue
De racler sans fin son aigre instrument.
Un voile est tombé ! La danseuse est nue !

Jessica pensa : *La danseuse est nue*. Les corps rasés à blanc.

« Est-ce qu'il y a une explication à ce texte ? Une origine quelconque ?

— Il est écrit qu'une vieille superstition française a inspiré le poème, répondit Bontrager en faisant défiler la page. Attendez. »

Il effectua une autre recherche. Il eut bientôt le synopsis de la croyance d'origine.

« Selon cette superstition, la Mort apparaît chaque

année la veille de la Toussaint à minuit. Elle réveille alors les morts pour qu'ils dansent au son de son violon. Les squelettes dansent pour elle jusqu'au point du jour, heure à laquelle ils doivent regagner leurs tombes jusqu'à l'année suivante. »

Les deux inspecteurs se regardèrent avant de consulter leur montre. Il était 21 h 50.

À en croire ce qu'ils venaient de lire, ils avaient deux heures et dix minutes devant eux. Et ils n'avaient aucune idée de l'endroit où le meurtrier allait frapper ni à qui il allait s'en prendre.

Jessica ouvrit la seconde enveloppe. Elle contenait six transparents. On distinguait mal ce qu'ils représentaient. En jetant un coup d'œil au coin inférieur droit d'une des feuilles plastifiées, Jessica reconnut le numéro de dossier de l'affaire Beckman. Elle ne tarda pas à comprendre que le transparent correspondait aux blessures infligées au front de Kenneth Beckman, une photographie de la bandelette en papier qui encerclait sa tête.

Jessica prit le document, le leva devant le mur blanc. À gauche se profilait la tache de Rorschach résultant de la mutilation de l'oreille, une forme qu'elle avait d'abord prise pour un huit grossier. Venait ensuite la ligne horizontale, ainsi que l'ovale de sang qui se trouvait en dessous. Sur ce matériau, le sang paraissait noir.

Pourquoi Byrne avait-il tiré des transparents ?

Elle s'empara de l'échantillon suivant. Le deuxième transparent représentait la tête de Preston Braswell. Il était identique au premier. Puis elle examina la troisième feuille, qui correspondait cette fois à la photo d'Eduardo Robles. Identique. Il ne faisait aucun doute, ni pour elle ni pour personne d'autre sur l'affaire, que les signatures étaient toutes identiques et ne faisaient que confirmer l'existence d'un tueur unique.

Mais ils se trompaient tous.

« Josh, rapprochez-moi cette lampe. »

Bontrager se leva et déplaça la lampe de bureau. Jessica tria les transparents, le cœur battant. Elle les classa dans l'ordre qui lui semblait le plus logique dans l'immédiat.

« Éteignez le plafonnier. »

Bontrager traversa la pièce, éteignit les néons. Le temps qu'il revienne, Jessica tenait la pile de documents à la lumière vive de la lampe.

Et c'est alors qu'ils comprirent.

Il y avait bien cinq lignes, mais, au lieu de se superposer, elles se trouvaient les unes au-dessus des autres. Les plaies perforantes aussi étaient légèrement décalées. Sur le côté gauche, les taches de sang résultant des blessures infligées par le tueur aux oreilles des victimes formaient une clé stylisée.

« Mon Dieu », tressaillit Jessica.

L'image était d'une telle netteté que c'en était insupportable.

« C'est une portée. Il écrit un morceau sur les cadavres, note par note. »

Bontrager se rassit. Il entra « partition La Danse macabre » dans le moteur de recherche.

Quelques secondes plus tard, la partition s'affichait à l'écran. Les deux inspecteurs comparèrent les fragments avec les transparents. Ils étaient identiques. Le tueur gravait la dernière mesure de *La Danse macabre* sur ses victimes.

Il en avait terminé avec *Les Quatre Saisons*. Il n'en avait pas tout à fait fini avec *Le Carnaval des animaux*.

Il restait encore deux notes avant que la mesure ne soit complète.

Jessica reporta son attention sur le texte de Cazalis. Il contenait la réponse. Elle le relut depuis le début.

Son regard s'arrêta sur une phrase au milieu du poème.

Un couple lascif s'assoit sur la mousse
Comme pour goûter d'anciennes douceurs.

Le couple en question est-il Christa-Marie Schönburg et Kevin Byrne ? Le tueur veut-il leur faire revivre là nuit où ils se sont rencontrés ?

La montre de Jessica affichait 22 heures. Il leur restait moins de deux heures pour découvrir la solution.

Et Kevin Byrne était toujours introuvable.

77

Lucy se cacha au sous-sol dans une petite pièce attenante aux vestiaires des femmes. Deux filles se trouvaient dans les vestiaires. Elles parlaient en espagnol avec animation. Lucy n'avait pas besoin de comprendre le sens des mots pour savoir ce qu'elles racontaient. Un climat d'agitation régnait dans l'hôtel, et la logique obligeait Lucy à en conclure qu'on avait découvert le sang dans le couloir.

Retrouvez-moi ici dimanche soir à 21 h 30. Amitiés, Lucy.

Il fallait qu'elle parte. Ils allaient découvrir, si ce n'était pas déjà fait, ce qui s'était passé. Ils allaient vérifier les informations concernant la serrure de la chambre 1208 et penser qu'elle était coupable. Sans compter qu'il existait toutes sortes de moyens de savoir que quelqu'un s'était trouvé dans une pièce, des procédés scientifiques. Même si elle avait essuyé tout ce qu'elle se rappelait avoir touché, elle avait forcément oublié quelque chose.

Elle écouta les autres filles. Elles commenceraient bientôt leur service. Lorsque les vestiaires seraient libres, Lucy sortirait par la porte de derrière.

Qu'avait-elle fait ?

78

Jessica et Bontrager se trouvaient dans la boutique de souvenirs attenante au hall. Jessica avait communiqué à Dana Westbrook ses découvertes, laquelle en avait à son tour informé le reste de l'équipe.

Elle songea aux personnes qui déambulaient dans le hall et le salon, leurs verres à la main. Quelque chose la taraudait sans qu'elle parvienne à mettre le doigt dessus.

« Je veux revoir cette liste d'invités, dit-elle.

— Ne bougez pas. Je vais la chercher. »

Bontrager revint une minute plus tard avec la petite liasse de papiers. Jessica la posa sur le comptoir de la boutique.

Son regard parcourut méthodiquement chacune des pages. Elle ne savait pas ce qu'elle cherchait. Elle passa la liste des villes en revue. Pittsburgh, Los Angeles, Montréal, São Paulo, Zurich, Cincinnati.

Elle s'adossa au comptoir, sortit son iPhone.

Elle se remémora les images des scènes de crime. Il lui semblait avoir vu quelque chose sur l'une d'elles. Elle fit défiler les photographies qu'elle avait prises. Rien n'en ressortait. Il y avait des photos de la scène de Federal Street, des clichés du cimetière du Mont

Olive. Il y avait également des photos prises dans la ruelle où Eduardo Robles avait été trouvé, ainsi qu'à la fosse publique dans le nord-est de la ville. La dernière série regroupait des photos prises à Garrett Corners, Archer Farms et aux alentours, ainsi que des photos qu'elle avait faites du dossier de police d'État concernant le meurtre de Peggy Van Tassel.

Elle avait trois photos de la scène de crime. Les images étaient sanglantes et donnaient la nausée. L'une d'elles montrait le ventre de la fillette en gros plan.

Jessica zooma sur une zone où le tueur l'avait mordue. À mesure que l'image grossissait, ce qui lui avait d'abord semblé être une des morsures s'avéra être un bleu. Elle zooma une dernière fois. L'image commençait à pixelliser mais demeurait suffisamment nette. L'hématome avait la forme d'un serpent.

Une bague ?

Avait-elle vu quelqu'un avec une bague en forme de serpent au cours de la soirée ?

Oui. Un des trois hommes qui s'étaient présentés à la table, un des Trois Bouffons, portait une bague de ce genre. Il ne s'agissait pas du type ivre, Barry Swanson. Ni du grand Finlandais.

Comment s'appelait l'autre ?

Cela lui revint. Elle revit le badge en pensée. C'était Jay Bowman.

Bowman.

Archer.

Deux noms synonymes de tireur à l'arc.

Jessica fit le tour de la Crystal Room par l'extérieur, table après table, son cœur battant à tout rompre. Elle ne l'aperçut pas. Elle marcha jusqu'à l'autre côté de la salle, son regard balayant, fouillant la pièce. Non. Il n'était pas là. Elle rejoignit précipitamment le hall.

L'homme se faisant appeler Jay Bowman était introuvable. Elle lança un appel sur l'intercom. Quelques instants plus tard, elle avait John Shepherd en ligne.

« Il y a un homme descendu ici sous le nom de Jay Bowman.

— Je regarde », répondit Shepherd.

Puis, vingt longues secondes plus tard :

« On l'a trouvé. Chambre 1208. »

L'ascenseur de service était d'une lenteur insupportable. L'espace d'un instant, Jessica envisagea de descendre et d'emprunter l'escalier, mais cela n'aurait sans doute fait que la retarder. Josh Bontrager et John Shepherd montaient par l'ascenseur réservé à la clientèle, lequel se trouvait de l'autre côté de l'hôtel. Au douzième étage, ils pourraient former un périmètre de sécurité sommaire. Des agents de police contrôlaient d'ores et déjà les sorties à tous les autres étages.

Arrivée au douzième étage, Jessica ne croisa qu'une poignée de clients. Deux femmes environ du même âge qu'elle en tenue de soubrette provocante. Un homme de petite taille déguisé en magicien. Deux garçons d'une dizaine d'années. Aucun d'eux n'était George Archer.

Elle retrouva Bontrager et Shepherd au bout du couloir desservant l'aile est. Ils l'empruntèrent, l'oreille tendue, guettant les bruits en provenance des chambres. Ils arrivèrent devant la 1208. Silence à l'intérieur. Jessica capta le regard des deux hommes.

Bontrager frappa. Pas de réponse. Il recommença.

Shepherd avança d'un pas, posa la carte électronique sur le haut de la serrure. Jessica et Bontrager dégainèrent leurs armes. Jessica donna le signal d'un hochement de tête. Shepherd glissa sa carte dans le lecteur, tourna la poignée et poussa la porte.

Jessica pivota la première dans la chambre, son arme pointée devant elle. Toutes les lumières étaient éteintes. Elle tendit la main, tâtonna le long du mur à la recherche de l'interrupteur. Il commandait un plafonnier ainsi qu'un spot au-dessus du minibar à l'autre bout de la pièce.

« Police ! », annonça-t-elle.

Pas de réponse. Elle s'arrêta juste avant la porte de la salle de bains. Elle la poussa du pied. Bontrager se trouvait sur sa droite. Il passa une main par l'ouverture, alluma la lumière.

La salle de bains était vide.

Ils s'aventurèrent plus loin dans la chambre. Jessica fut la première à la voir. Une petite flaque de sang encore frais séchait sur la moquette devant le bureau. À côté se trouvait ce qui ne pouvait être que du vomi. Elle toucha le bras de Bontrager, désigna la tache d'un signe du menton.

Ils comptèrent en silence jusqu'à trois. Jessica pivota la première dans la pièce principale, arme au poing.

C'était une boucherie. Les murs, le sol étaient badigeonnés de sang. Des gouttelettes pourpres piquetaient la fenêtre dominant la 17e Rue.

Josh Bontrager s'avança, ouvrit la penderie. Elle était vide. Il regarda sous le lit.

« Il n'y a personne », annonça-t-il.

Jessica remit son arme dans son holster.

Le corps allongé sur le lit était recouvert d'un simple drap. Son empreinte sanglante se dessinait tout entière sur le tissu.

Josh Bontrager alla se placer de l'autre côté du lit. Ils prirent chacun un coin du drap, le retirèrent.

George Archer avait été massacré. Il avait la gorge tranchée de part en part, la poitrine écrasée. Des traces de morsures parsemaient son ventre. Il avait des hématomes sur les cuisses, des hématomes en forme de serpent.

La bague reposait sur l'oreiller à côté de sa tête. Elle était recouverte d'une croûte de peau et de cheveux, de morceaux de chair en train de sécher.

Jessica s'approcha, inspecta les doigts du défunt. Aucun tatouage.

John Shepherd prévint le responsable des agents de sécurité par talkie-walkie.

« Bouclez toutes les issues, ordonna-t-il. Que personne n'entre ou ne sorte. »

Le chaos régnait dans le hall. Une douzaine de policiers en uniforme étaient déployés au niveau des entrées, des ascenseurs et des couloirs de service. Les portes du restaurant étaient condamnées. À l'intérieur, des clients dînaient à la bougie, en tenue élégante, sirotant leur vin, se disant peut-être que, tant qu'à être enfermés, autant l'être dans un restaurant étoilé au Michelin et doté d'une des caves les mieux fournies et les plus prestigieuses de l'État.

À l'intérieur de la Crystal Room, afin de ne pas affoler l'assistance, un membre de la sécurité se fraya un chemin jusqu'à la table du procureur général, tapota le cadran de sa montre. Le procureur se leva avec calme, serra quelques mains, puis sortit à pas plus pressés par une porte située à l'arrière de la salle de bal.

Jessica avait revêtu son jean et son sweat à capuche. Elle sortait des toilettes pour femmes lorsque la voix de Shepherd résonna dans son oreillette.

« Jess. Une des serveuses a signalé quelque chose

d'anormal près de l'entrée de service. Juste à l'est des cuisines.

— De quoi s'agit-il ?

— Des traces de sang. »

Jessica et Bontrager rejoignirent John Shepherd dans les cuisines. Ce dernier leur montra les quelques points rouges qui conduisaient à la porte de service.

Il s'approcha, passa une carte dans la serrure. Ils se retrouvèrent près de la plate-forme de livraison. Un agent de la police de Philadelphie surveillait l'arrière du bâtiment. Alerté par le bruit, il fit volte-face, la main sur son arme. Il était jeune, 25 ans environ, un peu effrayé. Jessica lui montra son insigne et le gamin sembla soulagé de constater qu'un inspecteur était présent.

« Depuis combien de temps êtes-vous posté ici ? demanda Jessica.

— Environ une minute, répondit l'agent. Je viens de recevoir l'appel. »

Les taches de sang allaient jusqu'à une place de parking avant de disparaître.

« Avez-vous vu quelqu'un partir en voiture ?

— Non, madame. »

Jessica retourna à l'intérieur, avisa la porte sur sa gauche.

« Sur quoi donne cette porte ? demanda-t-elle.

— Les vestiaires pour femmes. »

Jessica poussa la porte, son arme pointée vers le sol. Les vestiaires abritaient trois bancs, une rangée de lavabos, une seule douche, deux toilettes. Jessica regarda partout. La pièce était vide. Elle inspecta l'intérieur d'une des cabines. Une traînée de sang maculait la face intérieure de la porte.

La personne qu'ils cherchaient s'était envolée.

79

De retour au bureau de prévention des vols, John Shepherd rembobina les fichiers vidéo. Jessica se tenait derrière lui. Les enregistrements alternaient entre différentes vues, de sorte qu'une image de chacune des quatre caméras installées au douzième étage restait six secondes à l'écran avant de laisser place à une autre. Même dans un hôtel aussi luxueux et rentable que Le Jardin, la direction n'avait pas les moyens de consacrer un disque dur à chacune des multiples caméras placées à l'intérieur et à l'extérieur du bâtiment.

Shepherd dépassa le moment où Jessica et l'autre inspecteur arrivaient à la chambre 1208. Quelques personnes regagnaient leurs chambres en marche arrière, ainsi que la cage d'escalier au bout du couloir. Lorsqu'une des femmes de chambre sortit de la 1208 et remonta le couloir à reculons, Shepherd enclencha la lecture.

À vitesse normale, la vidéo montrait la femme de ménage en train de se diriger vers la chambre 1208. Petite et menue, elle portait ses cheveux clairs en une tresse. À cet instant, les caméras opérèrent leur rotation, passant à la zone située juste devant les ascenseurs réservés à la clientèle.

« Vous savez qui c'est ? demanda Jessica.

— Difficile à dire, répondit Shepherd. Je connais beaucoup d'employés de ménage – presque tous, pour ainsi dire. Mais, sous cet angle, c'est délicat. »

Lorsque le couloir de l'aile réapparut sur l'écran, ils virent la femme de ménage s'arrêter devant la chambre 1208. Elle ne frappa pas, elle n'essaya pas d'ouvrir la porte. Immobile, on aurait dit qu'elle écoutait. La vidéo passa alors à un autre plan, celui des ascenseurs, pour une durée de six secondes. Personne n'en descendit ou n'y monta. L'aile ouest apparut ensuite, filmée depuis l'autre extrémité du couloir. Deux femmes sortaient d'une chambre. Le plan suivant montrait les ascenseurs de service. Déserts. Retour à la jeune femme debout devant la 1208. L'enregistrement reprit à l'instant où elle frappa à la porte. Il n'y avait pas de son mais Jessica vit ses lèvres remuer. Dans la fraction de seconde qui précéda le changement de plan, elle leva la main et sembla passer sa carte dans la serrure électronique.

L'enregistrement enchaîna sur les autres vues. Il n'y avait personne d'autre.

Ils regardèrent les plans se succéder pendant une minute sans qu'il ne se passe rien. De retour à l'aile est, ils virent un homme marchant dos à la caméra. Il portait un costume, un costume de magicien. Il se déplaçait lentement, de sorte qu'il n'était pas encore à la hauteur de la chambre 1208 que la vue changea. Le temps que la caméra revienne sur lui, il avait disparu et la porte de l'escalier se refermait à peine.

« Merde », pesta Shepherd.

Il revint en arrière à l'aide du joystick, allant et venant entre les différentes images. Aucun détail n'était visible. Il était impossible de savoir si l'homme était entré dans la chambre ou s'était contenté de passer.

Avec son chapeau, son long manteau et ce qui ressemblait à des gants, il ne présentait aucun signe distinctif.

Shepherd désigna l'heure affichée dans le coin inférieur droit du cadre.

« C'est à peu près à ce moment qu'on est montés », indiqua-t-il.

Une minute plus tard, Jessica et Josh Bontrager apparurent dans le couloir. Quelques secondes après, le directeur de la sécurité les rejoignit. Ils entrèrent dans la chambre.

« Je vais interroger ces serrures, annonça Shepherd. Je reviens immédiatement. »

Après le départ de Shepherd, Jessica se repassa la vidéo. Elle ne vit rien de nouveau. Elle consulta le menu en bas à droite de l'écran et constata que parmi les choix proposés figurait l'aire de chargement. Elle cliqua. Il s'agissait d'un plan fixe en plongée d'un des trois quais situés à l'arrière de l'hôtel. Hormis l'aire de chargement, on voyait deux bennes à ordures et la navette de l'hôtel garée sur une place de parking. Rien ne remuait. Dans le coin supérieur droit se découpait une petite bande de la 17e Rue.

Jessica s'apprêtait à revenir aux écrans précédents – John Shepherd n'apprécierait sûrement pas qu'elle tripote les ordinateurs –, lorsqu'elle découvrit une vue qui lui avait échappé. Une caméra était installée audessus de la porte secondaire du quai de chargement – la porte à taille humaine et non l'immense porte en tôle ondulée. Au moment du changement de plan, quelque chose retint l'attention de Jessica. Elle revint en arrière.

Elle n'avait pas rêvé. Kevin Byrne se tenait près de l'entrée de la ruelle.

Jessica vérifia l'heure.

Était-ce à ce moment-là que Byrne avait déposé le paquet à l'accueil ? Dans ce cas, pour quelle raison se trouvait-il derrière l'hôtel ?

Jessica entendit la porte s'ouvrir dans la pièce d'à côté. Elle revint au début de l'enregistrement laissé sur pause. Shepherd réapparut dans le bureau.

« J'ai interrogé les quatre serrures situées sur le trajet, annonça-t-il. La chambre 1208, l'ascenseur de service, la porte sécurisée donnant sur l'extérieur et la porte du quai lui-même. Le logiciel de sécurité est formel. Une seule et même carte a été utilisée à chaque fois. Elle appartient à l'une des femmes de chambre. Lucinda Doucette. »

Pourquoi ce nom m'est-il familier ? se demanda Jessica.

« Vous la connaissez ?

— Bien sûr, dit Shepherd. Une gamine gentille. Timide.

— Vous avez une photo d'elle ?

— Un instant. »

Il changea d'ordinateur, pianota sur quelques touches. Il entra le nom de la femme de chambre et sa fiche personnelle apparut instantanément. Il cliqua sur *impression* et les rouleaux de l'imprimante couleur se mirent en marche. Moins de quelques secondes plus tard, Jessica contemplait le visage juvénile de Lucinda Doucette. Jessica connaissait ce visage. C'était la jeune femme qu'elle avait croisée à la maison Hosanna, assise à la petite table avec Carlos.

Jessica n'avait pas le choix. Elle lança un avis de recherche.

Shepherd pressa quelques touches, tirant la photo de Lucinda Doucette à cent exemplaires.

« Nous devons communiquer ce portrait à toutes les voitures de patrouille du secteur. »

À cet instant John Shepherd s'empara des impressions et sortit du bureau, le téléphone portable de Jessica sonna. C'était Nicci Malone.

« Nicci. Pourquoi vous ne m'appelez pas sur l'intercom ?

— Je ne suis plus à l'hôtel.

— Comment ça ? Où êtes-vous ? »

Nicci lui répondit. L'adresse qu'elle lui indiqua se trouvait à quelques rues.

« Qu'est-ce qui se passe ? demanda Jessica.

— Vous feriez bien de venir tout de suite », répondit l'inspecteur Malone après un temps d'hésitation.

80

Lucy remonta Sansom Street en se faufilant d'ombre en ombre, la tête dans le brouillard. Chaque passant qu'elle croisait représentait un danger. Ils étaient tous au courant de ce qu'elle avait fait. Elle le voyait dans leurs yeux. Il y avait des bruits de circulation, de conversations, de rue, mais elle n'entendait rien. Elle n'entendait que le grésillement dans sa tête, le crépitement de sa folie imminente, le volume monté à un niveau insoutenable.

Qu'avait-elle fait ?

Elle se souvenait seulement de cette cloche. Elle avait tinté à deux reprises.

Qu'est-ce que cela signifiait ?

Elle marchait sans s'arrêter. Les rues se succédaient. Marche. Arrêt. Rouge. Vert. Il y avait des gens tout autour d'elle mais il s'agissait de fantômes. À présent, la seule personne qui peuplait son monde était un homme mort. Un homme allongé sous un drap, baignant dans le sang.

Tout ce sang.

Arrivée à la 22e Rue, il lui sembla que ses jambes ne la porteraient pas un pas de plus. Elle se força à avancer.

À l'intersection de Sansom Street et de la 23e Rue, quelque chose la tira brusquement de sa rêverie macabre. Des voitures de police étaient stationnées dans toute la rue, leurs gyrophares lançant des éclairs sur les murs des immeubles. Des curieux s'étaient agglutinés à chaque coin de trottoir, discutant entre eux, pointant l'église du doigt. Lucy était souvent passée par là. Elle était à peu près certaine qu'il y avait un petit cimetière accolé à l'église. Qu'est-ce qui se passait ?

Peu importe. Cela ne la concernait pas. Elle savait ce qu'elle devait faire. Elle savait qui elle devait appeler. Elle traversa la 23e Rue. Debout au milieu de la chaussée, un policier déviait la circulation. Lucy remonta le col de son manteau, tourna la tête. Au moment de passer à sa hauteur, elle risqua un regard. Il la fixait. Elle accéléra le pas, arriva sans encombre de l'autre côté de la rue. Lorsqu'elle eut parcouru la moitié d'un bloc d'immeubles, elle regagna la pénombre, jeta un coup d'œil en arrière. Le flic regardait toujours dans sa direction.

Lucy courut. Elle essaya de se repérer. La rivière n'était qu'à quelques rues sur sa gauche. Elle allait bientôt croiser Chestnut Street, Market Street, Arch Street, Cherry Street.

Cherry Street.

Il n'y avait qu'un endroit où elle pouvait aller.

Lucy se tenait devant la porte de l'appartement 106, sa respiration allant et venant par vagues chaudes et douloureuses. Elle avait couru sur près de six pâtés de maisons et avait un point des deux côtés. Elle tenta de se calmer, de reprendre son souffle. Le bruit d'une télévision lui parvenait depuis l'intérieur d'un autre appartement sur le même palier. Quelque part, un chien aboyait. Elle frappa doucement mais n'obtint pas de réponse. Elle recommença. Rien.

Elle posa la main sur la poignée. Elle tourna. Elle poussa la porte et entra dans l'appartement de M. Costa.

Le logement était complètement vide. Cette fois, même la guérite du Tisseur de rêves avait disparu. Le sol avait été balayé, les murs étaient nus. Elle pouvait sentir l'odeur des produits d'entretien – Spic 'N Span, Lemon Pledge, Windex, Scrubbing Bubbles.

Lucy fit lentement le tour du salon, passa la tête dans la minuscule cuisine. Les vieux appareils électroménagers n'avaient pas bougé, mais, à part ça, il ne restait rien. Il n'y avait pas de petite table, de chaises, de vaisselle dans l'évier, de passoire. Elle se retourna vers le salon. À droite se trouvait une porte qui menait à ce qu'elle imaginait être la chambre. Malgré ses efforts pour marcher sans faire de bruit, le vieux plancher grinça sous son poids. Elle s'immobilisa, s'attendant à ce que la lumière s'allume, à ce que M. Costa apparaisse par surprise comme il savait le faire. Mais il ne se passa rien de tel. Lucy entrebâilla la porte. La chambre aussi était vide. Aucun meuble, aucun vêtement, aucun objet personnel d'aucune sorte. Une fenêtre donnait sur la rue. C'était tout.

Ou presque.

Quelque chose était accroché au mur. Une petite photo dans un cadre. Lucy tendit le bras, appuya sur l'interrupteur. Il ne fonctionnait pas. Elle traversa la chambre, écarta le rideau. Un rai de lumière provenant des lampadaires de l'autre côté de la rue se répandit dans la pièce. Elle décrocha la petite photographie du mur, l'orienta vers la lumière prodiguée indirectement par l'éclairage public. C'était une vieille photo un peu floue. C'était une photo d'une petite fille qui ne devait pas avoir plus de 2 ans. Elle était assise sur une plage. Devant elle se trouvait un seau en plastique rouge. Sa main tenait une petite pelle. La lumière du soleil lui faisait plisser les yeux. Elle portait un chapeau à fleurs à large bord. Joues potelées, genoux potelés.

Lucy connaissait ce visage, ces yeux. La dernière fois qu'elle avait vu ces yeux, ils étaient rouges à force d'avoir pleuré.

C'était Peggy Van Tassel.

Les mains de Lucy se mirent à trembler. Elle essaya de faire le lien avec les événements des derniers jours sans y parvenir. Puis elle tenta en vain de faire rentrer la photographie dans sa poche.

Elle savait ce qu'elle devait faire. Elle allait trouver le téléphone le plus proche et appeler l'inspecteur Byrne. Plus elle attendait, plus son cas empirait.

Elle n'eut pas le temps de faire un pas qu'elle entendit les lattes du parquet grincer, sentit le souffle tiède sur sa nuque. Quelqu'un se tenait derrière elle.

« Police, dit l'homme. Allongez-vous par terre, mains derrière le dos. Maintenant. »

Lucy sentit ses jambes mollir. La photographie lui glissa des doigts et alla s'écraser sur le sol.

« Maintenant », répéta-t-il.

Lucy s'allongea sur le ventre, à côté du verre brisé, mit ses mains derrière son dos. Elle sentit l'homme l'attraper par les poignets, les lui attacher avec une bride en plastique.

Il la laissa dans cette position pendant une minute. Elle n'osait pas se retourner. Elle l'entendait arpenter la pièce. Puis il parla.

« Vous les entendez ? » demanda-t-il d'une voix douce.

Lucy ne savait pas de quoi il parlait. Malgré tous ses efforts, elle n'entendait que le rugissement de la terreur dans sa tête.

« Les morts sont dans toute la ville, poursuivit l'homme. Ce soir, elle leur appartient. Elle leur a toujours appartenu. »

Quelques instants plus tard, l'homme braqua une lampe torche sur le cadre en miettes, dirigeant le faisceau sur le visage de la petite fille. Il s'y attarda un long moment.

« Vous auriez pu la sauver, commenta-t-il. Vous auriez pu la sauver et vous n'avez rien fait. »

Lucy eut le tournis. Cet homme n'était pas de la police.

Il la releva avec brusquerie. Elle sentit son souffle juste à côté de son oreille.

« Vous êtes coupable au même titre que George Archer. »

81

L'église orthodoxe Saint-Demetrios était un long bâtiment rectangulaire coiffé d'une unique coupole. À l'arrière se trouvait un petit cimetière de quartier au moins vieux de cent ans. Un mur de brique à hauteur de taille encerclait le parvis auquel on accédait par un portail en fer forgé à double vantail. Dans la lumière des phares des voitures de patrouille et des berlines de la brigade, les pierres tombales dessinaient de grandes ombres sur le sol ainsi que sur les rangées de maisons de part et d'autre. Les gyrophares projetaient des images hautes de près de trois mètres pareilles à des spectres géants préposés à la surveillance des morts.

Tandis que Jessica approchait de la scène, Nicci Malone la rejoignit en trottinant. Elle désigna un jeune couple qui se tenait près d'une voiture de patrouille. Ils semblaient extrêmement effrayés.

« Ces deux-là remontaient la rue il y a environ trente minutes sans vraiment prêter attention à ce qui se passait autour d'eux, quand ils ont aperçu un homme qui marchait dans le noir.

— Est-ce qu'ils pourraient nous le décrire ? » demanda Jessica.

Nicci fit signe que non.

« Il fait trop sombre de ce côté. Mais cela ne les a pas empêchés de l'observer. Ils ont dit qu'il se dirigeait vers le milieu du cimetière avec quelque chose de lourd sur son épaule. Puis ils l'ont vu lâcher son fardeau, le déballer. Lorsqu'ils ont compris qu'il manipulait un corps, ils n'ont plus bougé. Ils ont vu l'homme surélever la jambe sur une stèle. »

Jessica connaissait la suite. Elle n'intervint pas.

« Puis, toujours selon nos témoins, il a sauté à pieds joints sur la jambe. La femme a précisé qu'elle avait entendu le bruit d'os jusque de l'autre côté du cimetière. »

Un hélicoptère des médias vrombissait au-dessus de leurs têtes. Jessica se demandait à quoi cette pantomime grotesque pouvait ressembler d'en haut.

« Et le véhicule ? Est-ce qu'ils l'ont aperçu ? »

Encore une fois, Nicci secoua la tête.

« Ils étaient tous les deux passablement secoués à ce stade. Nous avons eu de la chance qu'ils aient eu la présence d'esprit de nous appeler. »

Jessica jeta un coup d'œil à chaque coin de rue. Elle ne repéra aucune caméra de police. Ce n'était pas un secteur où le crime et le trafic de drogue avaient cours. Elle examina les murs de l'église en pierre. Elle ne vit aucune caméra là non plus.

En pénétrant dans l'enceinte du cimetière, Jessica découvrit le cadavre, la signature désormais familière. La victime, un homme d'une cinquantaine d'années, était nue, complètement rasée. Une bandelette de papier entourait sa tête. Son pied gauche reposait sur la stèle. Jessica se dirigea vers la tombe, braqua sa Maglite sur le cadavre et avisa l'os pointu qui saillait de la peau juste au-dessus du genou gauche.

Elle se remémora les vers de *La Danse macabre*.

Zig et zig et zag, chacun se trémousse,
On entend claquer les os des danseurs.

Puis Jessica se pencha, déplaça la jambe gauche de la victime de quelques centimètres sur le côté, dirigea le faisceau de sa lampe torche vers la stèle. Tout en haut figurait l'inscription :

O Theos na tin anapafsi

Le nom de la personne enterrée dans la tombe était Melina Laskaris.

Elle tourna la lampe vers la main droite de la victime, qui reposait sur le sol paume vers le haut. Elle découvrit un petit tatouage de singe à l'annulaire. Il correspondait au septième animal, ce qui signifiait qu'il en restait encore un.

Jessica n'eut pas le temps – ni particulièrement envie – de retenir Nicci Malone que celle-ci s'avançait, s'agenouillait, retirait le bandeau blanc ensanglanté. Lorsque Jessica vit le visage de la victime, le triangle fut complet.

La défunte était Lina Laskaris.

Son tueur était Eduardo Robles.

Le complice, l'harmonie dans ce spectacle d'épouvante – le corps disloqué dans ce cimetière en ruine –, était l'inspecteur Dennis Stansfield.

82

Il se tenait dans la pénombre, à une rue seulement de l'hôtel Le Jardin. Les bruits de la ville résonnaient tout autour de lui, les gyrophares de police lançaient des éclairs quelques rues plus loin. Il sentit la main sur son bras.

« Kevin. »

À la lueur de la lune, Christa-Marie paraissait fragile. Elle leva une main vers la joue de Byrne, traça le contour de son visage du bout de son doigt chaud. Elle glissa sa main derrière sa nuque et l'embrassa, d'abord tendrement puis avec une passion grandissante.

Après un moment, elle recula, le regarda dans les yeux.

« C'est l'heure, n'est-ce pas ? demanda-t-elle.

— Oui, répondit Byrne. Vous êtes prête ?

— Oui, dit-elle en prenant ses mains dans les siennes. Ramenez-moi à la maison. »

83

« Jess ? »

C’était Russell Diaz. Le pâté de maisons avait été investi par les forces de l’ordre. Les riverains avaient commencé à émerger de chez eux. Inlassablement, l’hélicoptère survolait le site. Jessica regarda autour d’elle. David Albrecht était introuvable.

« Vous avez une minute ? » lui demanda Diaz.

Elle n’avait même pas une seconde. Mais elle savait ce qui se préparait.

« Bien sûr », répondit-elle.

Les deux officiers de police s’éloignèrent de quelques mètres, s’appuyèrent contre la voiture de Jessica. Lorsque Diaz sentit que personne ne pouvait plus les entendre, il parla.

« Vous savez ce que je veux vous demander, n’est-ce pas ? »

Jessica garda le silence. C’était une question rhétorique. Diaz se lança. C’en était fini des politesses.

« Je dois parler à Kevin. Vous avez de ses nouvelles ?

— Je lui ai parlé un peu plus tôt dans la soirée.

— À quelle heure environ ? »

Jessica avait besoin de réfléchir. L’imprécision

n'était pas permise. Cette conversation figurerait dans le rapport officiel.

« Il y a peut-être une heure.

— C'est lui qui vous a appelée ?

— Oui.

— Est-ce qu'il vous a dit où il allait ? »

À présent, elle devait faire preuve de prudence. Byrne n'avait pas mentionné d'endroit précis.

« Non.

— Est-ce qu'il conduit toujours ce monospace ?

— Je ne sais pas. »

Diaz tourna la tête vers la foule grandissante.

« Il y a quelque chose que je veux vous montrer. »

Ils marchèrent jusqu'au fourgon de police banalisé. Diaz ouvrit la porte coulissante latérale. À l'intérieur se trouvaient du matériel électronique, des écrans de surveillance, trois râteliers d'armes placées sous verrou. Diaz attrapa un ordinateur portable à l'avant, l'ouvrit, le posa à même le sol du véhicule. L'écran afficha aussitôt un dossier. Il comprenait six fichiers distincts. Diaz cliqua sur le premier.

Quelques secondes plus tard, trois documents différents s'ouvraient en chaîne sur l'écran. Jessica reconnut des dépositions enregistrées par la police de Philadelphie au format pdf.

« Trois personnes habitant West Tioga Street ont témoigné, dit Diaz. Des voisins de Sharon et Kenneth Beckman. Tous ont affirmé avoir vu l'inspecteur Byrne au domicile des Beckman une heure avant que le fils ne déclare la disparition de sa mère.

— C'était sa femme, Russell. Nous nous y sommes rendus tous les deux. Nous l'avons signalé dans le rapport.

— Comme vous le savez, Byrne est retourné sur

place peu de temps après. L'avez-vous accompagné cette fois-ci ?

— Non, fit Jessica. Il y est retourné pour lui poser des questions complémentaires. Nous avions reçu de nouvelles informations.

— Quelles étaient ces informations ? »

Diaz connaissait la réponse à cette question. Il la testait.

« Nous avions appris que Kenneth Beckman avait été interrogé dans le cadre de l'enquête sur le meurtre d'Antoinette Chan

— À quelle heure l'inspecteur Byrne est-il revenu à la Rotonde ?

— Il devait être environ 15 heures.

— Qu'a-t-il rapporté de cet entretien ?

— Il a dit que Sharon Beckman ne lui avait pas ouvert. »

Diaz prit un moment puis sélectionna un autre carré dans le dossier. C'était le rapport préliminaire du légiste concernant Joseph Novak.

« Selon le coroner, la mort de Novak aurait eu lieu entre 20 heures et 6 heures du matin. Savez-vous où se trouvait l'inspecteur Byrne dans cet intervalle de temps ? »

La situation empirait à vitesse grand V. Diaz essayait-il d'établir l'existence d'une sorte de complot ?

« Non.

— L'inspecteur Byrne a-t-il dit s'il avait revu M. Novak ce jour-là ?

— Non. »

Diaz enfonça encore une autre touche sur le clavier. Une vidéo à l'image grainée se mit en route. C'était un plan statique d'une rue de nuit.

« Ces images ont été filmées par une caméra de surveillance de la police de Philadelphie située à l'angle de Frankford Street et York Street. »

À la trente-quatrième seconde, un homme traverse le haut du cadre, hésite un moment, sort du champ. Quelques secondes plus tard, un deuxième homme traverse le cadre de droite à gauche. Il poursuit sa route. Diaz rembobina l'enregistrement. Il pointa le doigt vers le coin inférieur droit de l'image, où un monospace était garé.

« Cette plaque est enregistrée au nom de Patrick Connolly. C'est le cousin de l'inspecteur Byrne. Connolly a déclaré avoir prêté ce véhicule à l'inspecteur Byrne la semaine dernière. »

Jessica regarda de plus près. C'était sans conteste le monospace Sedona. Elle examina attentivement toute l'image.

« Je crois que Kevin a déjà reconnu qu'il se trouvait sur les lieux. Ce n'est pas nouveau. »

Diaz appuya sur « lecture ». La vidéo reprit au ralenti. Il fit un arrêt sur image au moment où le premier homme entrait dans le champ.

« C'est Eduardo Robles. »

Il réappuya sur « lecture ». Robles disparaît, entre dans la ruelle dans laquelle on a retrouvé son corps. Le deuxième homme entre dans le cadre. Diaz arrêta à nouveau la vidéo.

« Reconnaissez-vous cette personne, inspecteur ? » demanda-t-il.

Jessica nota qu'il était passé de *Jess* à *inspecteur*. Cela aurait peut-être échappé à quelqu'un d'autre. Mais pas à un policier.

« Non. Désolée. Cela pourrait être n'importe qui.

— Pas exactement. »

Diaz pianota sur quelques touches, zooma. L'image était pixellisée mais certains détails sautaient aux yeux. Comme la main gauche de l'homme.

« Cela ne peut être qu'un homme blanc, donc pas "n'importe qui". »

Il désigna un détail à côté de la silhouette.

« Nous avons mesuré cette colonne sèche. Cette personne fait plus d'un mètre quatre-vingts. Il porte un manteau et un bonnet de couleur sombre. »

Diaz tendit la main vers une étagère. Il produisit une photo de Kevin Byrne, une photo que Jessica reconnut sur-le-champ. Elle avait été prise un an auparavant à un gala de bienfaisance dans les Poconos. Kevin et elle se trouvaient avec un groupe d'enfants. Kevin portait un pardessus sombre et un bonnet bleu marine.

Jessica ne dit rien.

Diaz attira son regard vers le corps allongé par terre, de l'autre côté du cimetière.

« Tout le monde était parfaitement au courant des frictions entre les inspecteurs Byrne et Stansfield. Ajoutez-y l'incident qui s'est produit à la Rotonde et vous comprendrez ce à quoi je suis confronté. »

Diaz rabattit l'écran de l'ordinateur, bomba le torse.

« J'ai désormais un flic mort sur les bras et Kevin Byrne qui manque une fois de plus à l'appel. »

Il ouvrit un deuxième ordinateur portable. À l'écran, figuraient deux photographies prises au microscope de deux cheveux en coupe longitudinale.

Diaz désigna l'image de gauche.

« C'est un échantillon prélevé sur une brosse appartenant à Sharon Beckman. »

Il désigna ensuite l'échantillon de droite. Jessica était loin d'être experte, mais, à ses yeux, les deux étaient identiques.

« Celui-ci a été trouvé sur le siège conducteur du monospace de Byrne. Ils coïncident. »

Jessica se rappela les cheveux sur l'épaule de Byrne.

« Vous êtes allé chez le coiffeur ?

— Ouais. J'y suis passé en coup de vent pour une petite coupe d'entretien. »

Jessica fut prise de nausée. Elle garda le silence, ce qui était tout aussi bien dans la mesure où les mots lui manquaient. Diaz ferma la portière latérale du fourgon, fit signe à ses deux hommes. Ceux-ci rappliquèrent, s'arrêtèrent à un ou deux mètres.

« Écoutez, Jess. Si vous aviez un point de vue extérieur, vous comprendriez pourquoi nous devons parler à l'inspecteur Byrne. »

Jessica savait que Diaz avait raison. Au cours de sa carrière, elle avait interrogé des suspects pour beaucoup moins.

« Je ne sais pas où il se trouve, Russ. Je viens de lui laisser cinq messages en une demi-heure.

— À quand remonte votre dernier appel ?

— C'était il y a cinq minutes.

— Vous voulez réessayer ? »

Jessica sortit son portable. Elle le mit sur haut-parleur, appuya sur la touche de raccourci d'appel correspondant au numéro de Byrne. Son téléphone sonna deux fois, puis son annonce de messagerie se déclencha. Il n'y avait aucun intérêt à laisser un sixième message. Jessica referma son téléphone.

Diaz hocha la tête.

« L'inspecteur Byrne se déplace avec un 17 ? »

Il faisait allusion à un Glock 17, l'arme de service réglementaire des inspecteurs de la police de Philadelphie.

« Ouais.

— Est-ce qu'il circule avec une deuxième arme sur lui ? »

Mon Dieu, pensa Jessica, le cœur en chute libre. Elle était en train de trahir l'une des personnes qui comptaient le plus dans sa vie. Elle se demanda comment Kevin réagirait à sa place, si quelqu'un venait à lui poser ces questions sur elle.

« Parfois.

— Et aujourd'hui ?

— Je ne sais pas, répondit-elle en toute franchise.

— Est-ce qu'il se balade avec autre chose ? »

Il faisait allusion à des couteaux, des aérosols, des poings américains, des matraques.

« Non. »

Diaz réfléchit à ce qu'il venait d'entendre. Il contempla la masse des badauds en expansion, puis son regard revint vers Jessica.

« Vous le connaissez mieux que quiconque. Je sais que vous êtes proches. Je sais que ça doit être dur pour vous. »

Elle resta muette.

« Mon numéro de portable se trouve au dos, poursuivit Diaz en lui tendant une carte de visite. Si vous avez Kevin au téléphone, demandez-lui de m'appeler. »

Elle prit la carte sans dire un mot.

« Vous savez que les choses ne vont pas en rester là, n'est-ce pas ?

— Je sais.

— Il vaut mieux pour tout le monde qu'il sorte par la grande porte. »

Diaz hésita quelques instants, puis tourna les talons et s'éloigna.

Jessica contempla le cimetière. En tout, il y avait peut-être trente ou quarante personnes sur place. Elle connaissait la plupart d'entre elles par leurs noms, pourtant elle ne s'était jamais sentie aussi seule de toute sa vie.

Quelques minutes plus tard, Josh Bontrager émergea de la foule.

« Ça va, Josh ?

— Non. Ça ne va pas.

— Qu'est-ce qui se passe ? »

Bontrager garda la tête baissée pendant un moment.

« C'était mon coéquipier et maintenant il est mort.

— Josh, ce n'était pas vraiment votre coéquipier. On vous a mis ensemble sur une affaire.

— Ça ne change rien. Aujourd'hui, c'était mon coéquipier. Aujourd'hui, je l'ai laissé tomber. »

Jessica comprenait. Elle aussi avait clairement laissé tomber Byrne.

« Et je n'aimais même pas le bonhomme. »

Jessica laissa Josh à ses pensées pendant un moment. Après quoi, elle lui rapporta tout ce que Diaz avait dit.

« C'est ridicule, se récria Bontrager.

— Je sais.

— Qu'est-ce qu'on va faire ?

— Je vais essayer de le retrouver avant qu'ils ne s'en chargent.

— Je vous accompagne.

— Non, Josh. Je ne peux pas vous demander ça.

— Sauf votre respect, je ne crois pas que vous me l'ayez demandé. Je me suis porté volontaire. C'est clair ? »

Jessica baissa la voix tandis que deux agents de la police scientifique passaient près d'eux.

« Josh, il y a une forte probabilité pour que je sois

en train d'outrepasser mes prérogatives. Il y a une *très* forte probabilité pour que je perde mon poste. Sinon pire. »

Bontrager s'écarta de quelques pas, le regard tourné vers la scène de crime. La fourgonnette bleue et blanche du médecin légiste arrivait au pas. Ils chargeraient bientôt le corps de Dennis Stansfield à l'arrière.

« Vous vous souvenez de mes premiers jours à la brigade ? » demanda Bontrager en se retournant.

Jessica s'en souvenait bien. Ils enquêtaient sur une affaire qui les avait conduits de la rivière Schuylkill jusqu'au comté de Berks. Josh Bontrager avait été affecté à la criminelle à titre temporaire.

« Je m'en souviens.

— Kevin ne me portait pas dans son cœur, au début, vous savez.

— Il lui faut juste un peu de temps pour apprécier les gens et briser la glace. »

Bontrager lui adressa un sourire.

« Bechtelsville, Pennsylvanie, n'est peut-être pas un repaire d'intellectuels, mais on s'y connaît en humain, dit-il. J'ai immédiatement compris à quel point ce groupe fonctionnait en vase clos. J'étais nouveau, qui plus est complètement inexpérimenté. »

Jessica écouta sans faire de commentaire. Elle-même avait essuyé une violente période d'initiation.

« Au cours de ces premiers mois, j'ai commis beaucoup d'erreurs.

— Vous vous en êtes très bien sorti, Josh.

— Non, c'était seulement l'impression que je donnais. J'ai perdu le compte des fois où Kevin m'a pris à part pour me montrer les ficelles. Les fois où il m'a couvert. »

Bontrager enfonça ses mains dans ses poches. Il contempla le cimetière.

« Personne ne voulait que je décroche ce poste. Pas vraiment. J'entendais toutes leurs blagues, vous savez. Tout ce qui se racontait derrière mon dos. Les gens pensaient que je ne les entendais pas, mais si. »

Jessica se rappelait parfaitement les difficultés qu'avait connues Josh. Les nouveaux en bavaient, mais avec ses origines, Josh avait trinqué à double titre.

« Vous avez tenu bon, Josh. Vous avez mérité votre place. Vous êtes un inspecteur sacrément doué. »

Bontrager haussa les épaules.

« C'est Kevin et vous qui avez pris ma défense à l'époque. Sans vous, je ne serais pas à cette place. Si je perds tout ce soir, je m'en remettrai.

— Il y a peut-être plus à perdre que ce que vous pensez, vous savez. Beaucoup plus. »

Josh Bontrager la dévisagea. Parfois, avec ses yeux clairs, son sourire ouvert et son épi *a priori* indomptable, il ressemblait à un gamin, un garçon de la campagne qui serait sorti trop tôt de la I-95 et se serait aventuré en ville. D'autres fois, comme à cet instant précis, il ressemblait à un inspecteur de la criminelle appartenant à la police de Philadelphie.

« Les amish ont un vieux dicton, dit Bontrager. "Le courage est la peur qui a fait ses prières." »

Il sortit son Glock, vérifia le mécanisme, le rengaina, ferma la pression de son holster.

« J'ai fait mes prières, Jess. »

Jessica jeta un coup d'œil à la scène de crime avant de reporter son attention sur Bontrager.

« Merci, Josh.

— Je vais fermer ma voiture, dit-il. Je reviens. »

Tandis que Bontrager traversait la rue, Jessica repensa à ce qu'avait dit Byrne.

Ça a toujours été la musique.

Elle n'eut pas le temps de lister leurs options que son téléphone sonna. C'était David Albrecht. Elle décrocha.

« David, ce n'est pas vraiment le bon… »

Il y avait de la friture sur la ligne.

« Qu'est-ce qui se passe ? demanda-t-il.

— Comment ça ?

— J'ai capté l'appel. Est-ce qu'il y a eu une nouvelle victime ?

— Comment ça, vous avez capté l'appel ?

— Je l'ai entendu sur la fréquence de la police.

— Vous avez un scanner ?

— Euh, ouais. Évidemment. »

Jessica n'y avait pas pensé. C'était logique.

« Où êtes-vous, David ?

— Je suis l'inspecteur Byrne en voiture. »

Le pouls de Jessica monta en flèche. Elle fit signe à Bontrager de s'approcher.

« Vous êtes avec Kevin ?

— Je suis juste derrière lui. Il était garé aux abords de l'hôtel. J'ai vu une femme dans son monospace. J'ai cru que vous étiez ensemble. Je l'ai suivi.

— Où est-ce que vous vous trouvez ?

— Un instant, demanda Albrecht. Je regarde sur mon GPS. »

Quelques secondes atrocement longues s'écoulèrent.

« Nous roulons sur Bells Mill Road. »

Bells Mills Road traversait le secteur nord-est de Fairmount Park, enjambant Wissahickon Creek juste à l'ouest de Chestnut Hill.

« Vous savez où il va ? demanda Jessica.

— Aucune idée, répondit Albrecht. Ça me plaît assez. C'est tellement…

— Dans quelle direction vous dirigez-vous ?

— Nous faisons route vers l'est. Vers le nord-est, techniquement. Mon GPS indique que nous allons croiser une voie appelée Forbidden Drive. La route interdite, est-ce que ce n'est pas le nom le plus génial de tous les temps ? Je crois que je vais rebaptiser mon film *Forbidden Drive*.

— David, je veux que vous…

— Attendez. »

Une grosse décharge de crépitements. La tempête imminente brouillait le signal.

« Il ralentit. Je vous rappelle tout de suite.

— David, non. »

Silence radio. Jessica pressa aussitôt la touche de rappel. Elle tomba sur la messagerie de David Albrecht.

Elle résuma à Josh ce qu'il avait dit.

« Ils longent Bells Mill ? demanda Bontrager.

— Ouais.

— Vous avez une idée d'où ils vont ?

— Aucune. »

Jessica entra le nom de la voie dans l'application Google Maps de son téléphone. Quelques secondes plus tard, elle avait un plan du secteur sous les yeux. Elle ne connaissait absolument pas cette partie du parc.

« Allons-y, dit-elle en extirpant ses clés de son sac. On avisera en chemin. »

84

Bells Mill Road était une route goudronnée à deux voies qui allait de Ridge Avenue à Germantown Avenue. À l'ouest, où elle prenait le nom de Spring Lane, il y avait des habitations, mais à mesure qu'elle s'enfonçait dans Fairmount Park, ses bas-côtés devenaient sombres et boisés. Seuls les phares de la voiture fendaient les ténèbres.

Josh Bontrager composa vingt fois le numéro de David Albrecht et à chaque tentative il tomba sur son répondeur. Jessica obtint le même résultat avec Byrne.

« Peut-être que Kevin a laissé son téléphone quelque part, suggéra Bontrager.

— Non, répondit Jessica après un temps de réflexion. Il lui arrive de l'éteindre mais il le garde toujours sur lui. Il ne répond pas, c'est tout. »

Bontrager se tut pendant quelques instants.

« Est-ce que les téléphones portables ne possèdent pas une sorte de GPS intégré ?

— Où voulez-vous en venir, Josh ?

— Si nous arrivions à obtenir un mandat, nous pourrions peut-être localiser le téléphone de Byrne. »

Elle y avait pensé. Mais cela signifiait mettre une tierce personne dans le secret. Elle était certaine qu'un avis de recherche avait été communiqué à toutes les unités. La police cherchait Byrne ainsi que son véhicule. En demandant à quelqu'un de l'aider à le trouver, elle prenait le risque qu'il y ait une fuite et que tout se termine mal.

Elle consulta sa montre. Il était 22 h 24. Le temps pressait.

Elle n'avait pas le choix. Elle savait à qui elle pouvait faire confiance. Elle appela Michael Drummond.

« Michael à l'appareil.

— Michael, c'est Jessica Balzano.

— Salut, Jessica. Comment allez-vous ?

— J'espère que je ne vous réveille pas ?

— Pas du tout. Je suis coincé à une soirée d'Halloween. Qu'est-ce qui se passe ?

— J'ai besoin d'un mandat pour géolocaliser un téléphone mobile. »

Drummond ne répondit pas immédiatement.

« Qu'est-ce que vous avez ? »

Jessica lui expliqua le strict minimum.

« Qui est la cible ? »

Jessica n'avait pas le choix, ni de couverture.

« Kevin Byrne. »

Encore une fois, Michael Drummond se tut pendant quelques instants.

« Il s'agit de votre tueur en série ? »

Jessica savait qu'elle parlait à présent à titre officiel. Si elle mentait, cela lui retomberait dessus.

« Oui et non.

— Une vraie réponse de politique. Mais je vais avoir besoin d'en savoir un peu plus si je dois obtenir un mandat. Vous savez que cela passe par le commandant. »

Tous les mandats liés à une affaire d'homicide devaient être approuvés par le commandant de la criminelle dans le bureau du procureur du district.

Jessica n'avait pas le choix.

« Il a peut-être des ennuis, Michael. »

Jessica entendit Drummond prendre une profonde inspiration, expirer lentement.

« Il me faut son numéro et le nom de son opérateur. »

Jessica lui fournit les informations.

« À l'heure qu'il est, je ne sais pas si je vais arriver à joindre quelqu'un.

— Je comprends.

— Laissez-moi voir ce que je peux faire, dit Drummond. Où êtes-vous ? »

Jessica lui répondit.

« Vous êtes seule ?

— L'inspecteur Bontrager est avec moi.

— Ne bougez pas. Je vous rappelle. »

Jessica raccrocha. Elle se tenait au milieu de la route, dans l'obscurité impénétrable de la campagne. De part et d'autre, la route se déroulait dans les ténèbres. Sombre, menaçante, inconnue, silencieuse.

85

Noir.

Ils se déplaçaient. Elle avait de l'adhésif sur les yeux et la bouche. Ses mains étaient toujours attachées derrière son dos avec le lien en plastique.

Lucy essaya d'être attentive aux bruits autour d'elle. Elle entendait celui de la route sous le véhicule. Ils roulaient sur une route bitumée, lisse, peut-être une autoroute, quoiqu'elle n'eût pas l'impression qu'ils circulaient à vive allure. À intervalles réguliers, elle percevait un bruit. Peut-être les réverbères qu'ils dépassaient ?

En toile de fond lui provenait le ronronnement du radiateur. Il n'y avait pas de musique à la radio, personne qui parlait Puis elle entendit fredonner. Elle ne connaissait pas l'air.

Lucy se balança vers la droite, puis vers la gauche. Des mouvements de peu d'amplitude, mais elle sentait le plastique autour de ses poignets qui bougeait un petit peu à chaque fois. Si elle avait de la force, c'était bien dans ses bras et ses mains. On ne manipulait pas tous les matelas qu'elle avait soulevés sans se muscler.

Gauche.

Droite.

Elle contracta le poignet, relâcha.

Peu à peu, elle sentit le plastique qui commençait à se détendre.

86

Drummond rappela dix minutes plus tard. « Michael, dit Jessica. Qu'avez-vous pour moi ? »

S'ensuivirent plusieurs secondes de silence. Jessica crut d'abord que la communication avait été coupée. Elle regarda l'écran de son téléphone. Ils étaient toujours en ligne. Elle replaqua l'appareil contre son oreille. Le bruit de fond avait cessé à l'autre bout du fil. Soit Drummond avait quitté sa soirée d'Halloween, soit il s'était éloigné.

« Je ne sais pas comment vous l'annoncer, Jess. »

La nouvelle n'avait pas l'air bonne, en tout cas.

« Allez-y, Michael. »

Nouvelle pause. Jessica entendit le froissement du papier.

« Je viens d'avoir le bureau du procureur du comté d'Hudson au téléphone. Ils ont émis un mandat de perquisition à l'intention du site Mailboxes USA situé à Jersey City. »

Drummond parlait de l'adresse à laquelle World Ink avait adressé les tatouages.

« Est-ce que nous avons une piste ? demanda Jessica.

— Nous en avons une.

— Qu'est-ce qu'ils ont dit ?

— Ils ont obtenu les données relatives à la boîte postale 1606. Le paquet a été réexpédié à Philly Sud. »

Jessica attendit. Et attendit encore.

« Michael ?

— À l'adresse de Kevin Byrne. Les tatouages ont été envoyés chez lui. »

Jessica sentit le sol se dérober sous ses pieds. Elle voulait parler mais les mots ne parvenaient pas à sortir de sa bouche.

« C'est impossible.

— C'est le seul courrier jamais réexpédié de cette boîte postale sous cette immatriculation. Il est parti il y a environ un mois. »

Une longue pause à nouveau. Drummond poursuivit :

« La moitié des services de police est à sa recherche, Jessica. Si je porte cette demande de mandat devant le commandant, ils vont s'en servir pour localiser Kevin et l'arrêter.

— OK, Michael. Je comprends. Mais j'ai un service à vous demander.

— Qu'est-ce que c'est ?

— J'ai besoin que vous me laissiez un temps d'avance. Il y a une explication à tout ça. J'ai seulement besoin de trouver Kevin la première. »

Silence pendant un moment.

« Je ne peux pas enfreindre la loi, Jess. Vous savez aussi bien que moi qu'il existe à présent une trace de cette conversation.

— Je ne vous demande pas d'enfreindre la loi. Il me faut seulement un peu de temps. En plus, qui pourra dire de quoi nous avons parlé ? Qui sait si on n'a pas discuté des Phillies ?

— Que pensez-vous de ce Chase Utley, hein ? »

Jessica prit un moment. Elle réfléchissait à toute allure.

« Tout ce que je demande, c'est une petite marge. Kevin est innocent. Laissez-moi le retrouver. »

Les secondes qui suivirent furent insoutenables. Enfin :

« Si le bureau m'appelle, je vais devoir abattre mon marteau. Vous le savez, n'est-ce pas ?

— Je le sais.

— Cela dit, rien ne presse. Peut-être que mon téléphone portable ne capte pas. Peut-être qu'il est éteint. »

Jessica sentit une vague de soulagement la parcourir.

« Merci, Michael.

— Bonne chance, inspecteur. »

Jessica raccrocha. Elle répéta à Josh Bontrager ce qu'il n'avait pas entendu. Elle se mit à arpenter la route. La pluie se fit un peu plus drue. Elle le remarqua à peine.

« OK, reprit-elle. Le meurtrier n'a pas choisi cette nuit au hasard.

— *La Danse macabre*, dit Bontrager. Minuit le jour d'Halloween.

— Exact. Le tueur fait ça pour Christa-Marie. Pourquoi ? »

Bontrager réfléchit un moment.

« S'il s'en tient à la partition, il va tuer une dernière personne pour compléter la mesure.

— Si Christa-Marie est le dénominateur commun, alors elle doit être impliquée d'une manière ou d'une autre.

— En revanche, elle ne peut pas servir de cible. Elle a été condamnée pour meurtre. À la différence des autres victimes, elle ne s'en est pas tirée.

— Sauf s'il y a quelque chose que nous ignorons », objecta Jessica.

« J'ai peur d'avoir commis une erreur », avait dit Byrne.

Jessica ressortit son téléphone. Elle appela Gary Peters, un ami à la rédaction des nouvelles locales de l'*Inquirer*. Ils ne s'appesantirent pas sur les civilités.

« En quoi puis-je t'être utile ?

— J'ai besoin que tu me fasses une recherche.

— Je t'écoute.

— Il faudrait que tu me trouves une notice nécrologique, expliqua Jessica. Le décès remonterait à novembre 1990.

— À quel nom ?

— Gabriel Thorne.

— OK. Qu'est-ce que je suis censé chercher ?

— Il me faut juste la notice.

— Je l'ai sous les yeux, annonça-t-il. Tu veux que je te la faxe ?

— Est-ce que tu peux me l'envoyer par e-mail ?

— Sans problème. »

Jessica lui communiqua son adresse mail.

« Dès que possible, OK ? ajouta-t-elle.

— Je suis sur le coup, inspecteur. »

Deux minutes plus tard, le téléphone de Jessica émit un tintement à la réception de l'e-mail. Elle l'ouvrit d'une petite tape du doigt. Le fichier était un PDF du *Philadelphia Inquirer*.

Un éminent psychiatre décédé à l'âge de 58 ans.

Parcourant l'avis de décès en diagonale, Jessica ne tarda pas à trouver ce qu'elle cherchait.

« “La cérémonie funèbre aura lieu à Saint-Stanislaus et sera suivie d'une mise en terre au cimetière Briarcliff”, lut-elle à haute voix.

— Est-ce que l'adresse est indiquée ? »

Jessica avait besoin d'agrandir l'image. Elle parcourut le document des yeux.

« La voilà. C'est au 122 Sawmill Road. »

Ils se regardèrent.

« Une idée du coin où ça se trouve ? demanda Bontrager.

— Aucune, dit-elle. Mais attendez. »

Elle sélectionna son application Google Maps, entra l'adresse. Une carte apparut aussitôt, plantée d'une grosse punaise rouge en son centre.

« Tiens, tiens.

— Où est-ce ? » demanda Bontrager.

Briarcliff était un petit cimetière de banlieue accolé à un certain nombre de grandes propriétés. L'une d'entre elles appartenait à Christa-Marie Schönburg.

Ils tournèrent sur Sawmill Road. L'obscurité était complète. Une fine brume tapissait le sol ; les phares perçaient à peine les miasmes. La route serpentait et Jessica se retrouva plus d'une fois à rouler au pas. À en croire le GPS, l'entrée secondaire du cimetière se trouvait à mille cinq cents mètres environ devant eux.

Ils prirent un large virage à droite.

« Arrêtez-vous ! » cria Bontrager.

Jessica enfonça la pédale de frein.

« Qu'y a-t-il ?

— Reculez. »

Jessica enclencha la marche arrière. Tandis qu'elle reculait doucement sur l'équivalent d'un mètre, elle vit ce qui avait attiré l'œil de Josh. À droite de la route des marques de pneus s'enfonçaient à travers bois dans les hautes herbes. Deux arbrisseaux avaient récemment été renversés et cassés. Jessica manœuvra de façon que les phares de la voiture illuminent la forêt. Sous les arbres, à environ six mètres, se trouvait un véhicule, le moteur allumé. Ses phares étaient éteints mais on discernait la fumée d'échappement qui se répandait dans l'air froid de la nuit.

Jessica lança un regard à Bontrager. Ils dégainèrent leurs armes, sortirent de voiture, descendirent dans le fossé avant de remonter de l'autre côté. En s'approchant du véhicule, Jessica s'aperçut qu'il s'agissait d'une fourgonnette.

Une fourgonnette qui ne lui était pas inconnue.

87

Lucy se rappela un souvenir qui devait remonter à ses 4 ou 5 ans. Cela faisait plusieurs mois que sa mère travaillait à Dollar General et l'argent rentrait à flots. Elles étaient riches. À Thanksgiving cette année-là, elles avaient mangé des blancs de dinde Jennie-O et de la purée Hungry Jack, le tout arrosé de jus de viande. Tout ce qu'elle préférait.

Ce souvenir lui noua l'estomac. Elle ne se rappelait pas la dernière fois où elle avait avalé quelque chose.

Malgré ses progrès, elle était loin de pouvoir passer les mains à travers les attaches en plastique qui lui liaient les poignets. Pour l'instant.

Depuis que le fourgon s'était arrêté quelques minutes plus tôt, elle avait cessé de bouger. Elle ne savait ni où ils étaient, ni ce qui se passait. Mieux valait rester tranquille.

Elle crut d'abord que son imagination lui jouait des tours, puis elle entendit des pas. Des pas qui venaient dans sa direction.

Lucy retint son souffle.

88

Ils approchèrent du fourgon, arme au poing. Jessica prit le côté conducteur, flanquée de Josh Bontrager à quelques mètres sur sa droite. Le danger immédiat venait des portières.

À la hauteur du pare-chocs arrière, Jessica s'immobilisa, main gauche en l'air, serra le poing. Bontrager s'arrêta. Elle posa son oreille contre la portière, écouta. Silence à l'intérieur.

Jessica leva la main, les cinq doigts écartés. Bontrager hocha la tête.

Elle se faufila jusqu'à la portière conducteur, compta en silence jusqu'à cinq. Il n'y avait pas de lumière dans le fourgon, aussi le rétroviseur ne réfléchissait-il pas l'intérieur. Son Glock braqué sur la portière, elle fit glisser sa main droite le long de la carrosserie.

À quatre, elle ouvrit la portière, s'écarta d'un pas sur la gauche, arme pointée devant elle, en position d'attaque. Le siège conducteur était vide, de même que le siège passager. Clés sur le contact.

Bontrager ouvrit la portière passager à cinq, braqua sa lampe torche dans le fourgon. Derrière le siège conducteur étaient fixées deux étagères latérales. Des sangles retenaient le matériel de David Albrecht – trépieds, housses, projecteurs, pieds de micro, une petite échelle.

Jessica alluma le plafonnier.

Il n'y avait personne.

D'où ils se trouvaient, ils pouvaient voir la caméra renversée près des portières arrière. Elle était allumée, comme en témoignait le petit rectangle bleuté de l'écran LCD rabattable. Jessica sortit un gant de sa poche. Le latex produisit un claquement lorsqu'elle l'enfila. Elle rejoignit l'arrière du fourgon, ouvrit une des portières. Elle tendit le bras et redressa la caméra. Il devait y avoir deux douzaines de boutons.

« Vous savez vous servir de ce genre d'appareil ?

— Comme ci, comme ça, répondit Bontrager. J'ai filmé le mariage de ma cousine l'année dernière.

— Les caméras sont autorisées dans les mariages amish ?

— Ma cousine a quitté l'Église. Elle a épousé un Anglais. »

Bontrager mit un gant, examina la caméra un moment. Il appuya sur un bouton. Ils entendirent un bourdonnement suivi d'un clic. La caméra s'ouvrit sur le côté.

« Il n'y a pas de cassette », constata Bontrager.

Jessica parcourut du regard l'arrière du fourgon à la recherche d'une cassette. Puis elle retourna à l'avant du véhicule, fouilla le vide-poches et la boîte à gants. Vides.

« Il arrive qu'il y ait une carte mémoire », dit Bontrager.

Il pressa quelques boutons supplémentaires. Différents menus apparurent sur l'écran LCD.

« C'est ça. La carte se trouve toujours dedans. »

Les écrans se succédèrent tandis que Bontrager

appuya sur d'autres touches. Il appuya sur un dernier bouton et une vidéo enregistrée sur la carte mémoire s'ouvrit.

Il n'y avait en tout et pour tout qu'une vingtaine de secondes d'image et de son mais elles faisaient froid dans le dos. La vidéo montrait une personne marchant vers la caméra le long d'une petite route sombre. L'image tremblotait, montrant la silhouette des épaules jusqu'aux pieds.

« C'est vous », murmura une voix.

Était-ce David Albrecht ? Impossible à dire.

Sans qu'un autre mot soit prononcé, la portière du fourgon d'Albrecht s'ouvrit d'un coup. Un pêle-mêle d'images défila sur l'écran de la caméra : les arbres, le ciel nocturne, le flanc du véhicule.

L'enregistrement se terminait sur un plan fixe au ras du sol, où l'on voyait Sawmill Road s'étirer dans la nuit. L'image persistait quelques instants, puis l'écran devenait noir.

Bontrager fit quelques pas, sa lampe torche braquée sur le sol.

« Jess. »

Jessica le rejoignit. Le tronc d'un arbre couché retenait une petite flaque de sang. Puis d'autres gouttes s'enfonçaient dans les bois à travers les herbes, pardessus des branches piétinées.

Leurs armes à la main, les deux inspecteurs pénétrèrent dans la forêt.

89

Allongée sur un sol en pierre froid, Lucy ne pouvait pas bouger. Un courant d'air lui parvenait de quelque part. On l'avait sortie sans ménagement du fourgon, descendue au pied d'une volée de marches et déposée par terre. Elle avait ensuite entendu une porte claquer et un verrou tourner.

Puis plus rien.

La bonne nouvelle était que son geôlier n'avait pas resserré les liens en plastique qui lui entravaient les mains. Elle avait encore un peu de marge. Elle roula sur le ventre et se mit au travail, contractant et décontractant ses poignets. Après quelques minutes, ses avant-bras commencèrent à s'engourdir. Elle fit une pause avant de reprendre. Après une dizaine de minutes, il lui sembla qu'elle pouvait peut-être commencer à dégager sa main.

Au moment où on l'avait posée par terre, elle avait effleuré une petite flaque d'eau. Elle roula sur elle-même jusqu'à l'atteindre. Elle se tourna de façon à se mouiller les mains. L'eau était glaciale. Les sciences n'avaient jamais été son fort, mais si cela pouvait aider ses mains à se rétracter sans que le plastique en fasse autant, elle se disait que cela pouvait être une bonne chose.

Elle prit une profonde inspiration pour se préparer à la douleur qu'elle savait imminente, et se mit à tortiller ses poignets. *Pas moyen.* Elle se remouilla les mains. Elles s'engourdissaient, mais elle ne pouvait pas s'arrêter.

À sa troisième tentative, elle sentit le lien passer la base de ses pouces. Au prix d'un énorme effort, elle délivra sa main droite du lien en plastique.

Lucy se leva, un peu tremblante, retira l'adhésif qui lui recouvrait la bouche. Elle inhala l'air froid à pleins poumons.

Il n'y avait quasiment pas de lumière. Les mains en avant, elle avança à tâtons le long du mur. Elle se trouvait dans une petite pièce, une sorte de cave. Des murs en pierre. Il y avait un banc, une paire de vieilles chaises. Tout était recouvert d'une épaisse couche de poussière. Elle avança à l'aveuglette jusqu'à la porte, écouta un moment. Silence. Aussi doucement que possible, elle essaya de tourner la poignée.

Fermée.

90

Les traces de sang cessaient une vingtaine de mètres plus loin, à l'endroit où la forêt devenait dense et touffue avant de laisser place à une gorge escarpée.

Jessica et Bontrager pointèrent leurs lampes torche au fond du ravin, mais les rais de lumière furent immédiatement engloutis par la nuit.

« Albrecht est salement blessé, dit Bontrager.

— Si ce sang appartient à Albrecht. »

Bontrager regarda Jessica avant de baisser les yeux vers les gouttes de sang que la bruine lavait déjà.

« Vous avez raison. On ne sait pas si c'est le sien.

— Il faut que nous appelions les secours, Josh. »

Bontrager n'hésita qu'une seconde. Il retourna jusqu'à la route en courant, appela le central radio de la police de Philadelphie, s'identifia et donna leur position. Le central contacterait les services d'urgence les plus proches et la brigade canine.

Jessica regagna la route. Les deux inspecteurs se tenaient sur la bande d'arrêt d'urgence.

« Je reste ici, dit Bontrager. Je vais attendre l'équipe de recherche.

— C'est cuit, Josh. Même si Mike Drummond tient parole, ils vont faire le lien. »

Bontrager s'éloigna de quelques pas, en pleine réflexion, avant de se retourner.

« Bon. Voilà ce qui s'est passé. Je suivais une piste lorsque j'ai aperçu le véhicule. Je me suis garé, j'ai découvert le sang, puis j'ai appelé du renfort. Je n'ai pas eu le temps de retourner à ma voiture qu'on m'a pris en embuscade. Raison pour laquelle la suite est un peu floue dans ma tête.

— Personne ne va avaler ça.

— Peut-être que oui, peut-être que non. Ce n'est pas notre problème dans l'immédiat. »

Jessica réfléchit au scénario.

« Vous êtes sûr ?

— Ouais, assura Josh, pieds écartés. Débrouillez-vous pour que ça ait l'air réel. »

Jessica recula d'un pas.

« Josh…

— Je sais que vous boxez, alors essayez de ne pas me tuer. »

Jessica enfila un de ses gants en laine, hésita. Cette histoire allait de plus en plus loin.

« Vous en êtes sûr ?

— Arrêtez ou je risque de changer d'avis. »

Jessica se redressa et lui décocha un coup, retenant un peu son geste. Elle atteignit Bontrager du côté droit de la mâchoire. Celui-ci chancela, tombant presque à la renverse.

« Waouh.

— Oh, mon Dieu. Ça va ? » s'inquiéta-t-elle en voyant qu'elle lui avait ouvert la lèvre.

Longue pause.

« Ça va. Je ne me produirai peut-être plus à l'opéra, mais ça va. »

Il se pencha, ramassa un peu de terre sur le bas-côté de la route, l'étala sur la veste de son costume.

Le regard de Jessica passa du fourgon à Josh à Sawmill Road. D'après la carte, elle se trouvait à un kilomètre et demi du but.

Elle avait envie de dire à son collègue de l'appeler ou de lui envoyer un message pour la tenir au courant, mais c'était une mauvaise idée. Cela apparaîtrait dans l'enquête.

« Vous êtes sûr que tout va bien ? »

Bontrager se frotta la mâchoire, laquelle commençait déjà à enfler.

« Allez-y. »

Jessica vérifia le mécanisme de son Glock, replaça celui-ci dans son holster et se mit en route.

91

L'odeur de la terre fraîchement retournée emplit mes sens. Chaque pelletée porte en elle une voix plaintive : une innocence clamée haut et fort, un cri de fierté impénitent, un gémissement de tristesse. Je les entends toutes.

D'un coup de son marteau pourpre, Kenneth Beckman a envoyé Antoinette Chan de l'autre côté. Sa femme Sharon lui a apporté son aide. Eux aussi maintenant sentent l'humus, riche de fourrure, de sang et d'os. Ils sont rejoints par Preston Braswell, Tyvander Alice, Eduardo Robles, Tommy Archer, Dennis Stansfield et tant d'autres. La terre reprend toujours ce qui lui appartient.

Ce soir, ici même, des squelettes blancs parcourent les ténèbres. Il y en a tout autour de moi.

Il reste une dernière note à jouer. J'entends le musicien qui arrive, qui se faufile dans la nuit. Je repousse les bruits des meurtres de mon esprit, écoute les pas à mesure qu'ils se rapprochent.

Là. Vous entendez ?

Je les entends.

Une dernière note.

Mes instruments sont prêts.

92

Jessica longeait la route dans une obscurité si pure et si complète qu'elle n'arrivait même pas à voir ses pieds. Le crachin n'arrangeait rien. Son seul repère était les bandes blanches de chaque côté de la chaussée ainsi que la boussole de son téléphone qu'elle redoutait d'utiliser, de crainte qu'on ne voie qu'elle. D'après le GPS, elle atteindrait la parcelle dans quelques minutes.

Elle croisait une route de temps en temps, un chemin en gravier qui disparaissait en serpentant dans les bois.

En arrivant à l'arrière du cimetière Briarcliff, elle constata que rien n'indiquait l'entrée, sauf deux colonnes en pierre reliées entre elles par une chaîne fermée par un cadenas. Un panneau rouillé accroché sur l'une d'elles menaçait de poursuites quiconque s'aventurerait à l'intérieur. Jessica alluma sa Maglite, l'orienta vers le sol et entra.

Le seul avantage qu'elle trouvait à marcher sous les arbres était qu'ils la protégeaient plus ou moins de la pluie. Elle parvint en un rien de temps à l'extrémité sud du cimetière. Elle ne voyait pas grand-chose, mais elle discernait néanmoins des lumières au loin. Il semblait y avoir trois grandes maisons distantes de quelques centaines de mètres chacune. Elle continua à remonter l'allée principale, croisant des cryptes, des monuments, des rangées et des rangées de sépultures bien entretenues et de stèles hors de prix. Un monde séparait ce cimetière de celui du Mont Olive.

À 23 h 30, elle atteignit l'endroit attenant à la propriété de Christa-Marie Schönburg.

Elle s'apprêtait à traverser le champ situé à l'arrière de la maison lorsque le faisceau de sa Maglite rencontra une pierre tombale portant la légende :

DOCTEUR GABRIEL THORNE
GUÉRISSEUR ET AMI

La tombe avait été exhumée récemment.

À mesure qu'elle approchait, Jessica se sentait écrasée par la taille de la maison à colombages de style Tudor. Celle-ci s'élevait sur trois niveaux et arborait des pignons perpendiculaires et un toit extrêmement pentu. Deux cheminées trapues se dressaient à chaque extrémité, toutes les deux surmontées de mitrons. Une large terrasse s'avançait sur le jardin.

Elle n'entendait que la pluie.

Jessica étudia les fenêtres donnant sur l'arrière. Une faible lumière s'échappait par trois d'entre elles. Elle guetta un mouvement, une ombre. Elle n'en vit pas.

Jessica mit son talkie-walkie sur silencieux, traversa la pelouse et monta sur la terrasse.

La baie coulissante était fermée à clé. Jessica redescendit les marches, contourna la maison par l'est. Elle tenta de soulever les fenêtres. Toutes étaient parfaitement fermées.

Elle n'avait pas le choix. Elle ramassa une pierre de bonne taille dans le jardin, grimpa sur le système d'air conditionné, brisa la fenêtre de la salle de bains du rez-de-chaussée.

Une fois à l'intérieur, elle se passa une serviette dans les cheveux, s'essuya le visage. Elle ouvrit la porte qui donnait à l'intérieur de la maison. Devant elle se déployait un long couloir qui menait à un grand hall et à la porte d'entrée. Elle remonta lentement vers le hall. À gauche, une porte donnait sur un petit garde-manger puis sur la cuisine.

On entendait de la musique quelque part dans la maison.

Jessica constata que la plupart des pièces étaient éclairées par des bougies qui projetaient une lumière blafarde jaune dans les espaces caverneux. Il y en avait des dizaines.

Elle avançait avec prudence, sous le regard d'ancêtres morts qui la fixaient du haut d'immenses peintures à l'huile. Les objets grossissaient et rapetissaient à la faible lueur des bougies – le buffet, la console, l'armoire d'appoint. Chacun représentait un danger. Jessica dégaina son arme, la tenant contre sa cuisse.

Elle approcha d'une pièce dont la porte était entrouverte. Elle était plongée dans le noir. Jessica poussa lentement le battant du pied.

La lueur prodiguée par les bougies lui permit de distinguer des formes. Une paire d'étagères, une machine à coudre, une chaise. Il y avait deux autres portes. Elle ne pouvait pas sécuriser toutes les pièces. Elle n'avait pas le temps. Elle devait prendre le risque.

Elle se déplaçait avec une lenteur mesurée, épaule droite contre le mur, un filet de sueur lui coulant des épaules dans le dos.

Avant de pénétrer dans le hall d'entrée, elle s'immobilisa, attentive au moindre bruit. La musique continuait : un quatuor à cordes. Au deuxième plan, elle entendit une femme qui fredonnait la mélodie.

Jessica inspira profondément, pivota dans le hall, son arme dirigée vers le sol.

Quelqu'un se tenait au pied du majestueux escalier à moins de cinq mètres d'elle. Il fallut un moment à ses yeux pour faire le point.

Kevin Byrne.

Debout au bas des marches, il portait un costume sombre, une chemise blanche et une cravate d'un bordeaux profond.

Au-dessus de sa tête pendait un énorme lustre en cristal. Jessica regarda les mains de Byrne. Il tenait une rose blanche.

Non, Kevin.

S'il vous plaît, pas ça.

Jessica n'eut pas le temps d'ouvrir la bouche qu'elle découvrit Christa-Marie en haut de l'escalier. Elle portait une longue robe noire et une simple rangée de perles. Ses cheveux étaient soyeux et lumineux, d'un argent éclatant. Elle était radieuse. Elle descendit lentement, sa main menue sur la rampe, sans jamais quitter du regard l'homme qui se tenait au bas de l'escalier.

Sur la dernière marche, Christa-Marie s'arrêta.

Kevin Byrne lui offrit la rose blanche.

93

Il existe une beauté si rare et éphémère qu'elle déconcerte les poètes depuis des siècles. Byron, Shakespeare, Keats, Wordsworth – tous ont échoué. Christa-Marie possède une telle beauté. Dès l'instant où je l'ai vue, elle a possédé mon cœur, l'entraînant autour du monde avant de l'emporter avec elle jusqu'aux confins de l'enfer.

Je ne lui ai jamais demandé de me le rendre.

J'ai toujours su que nous aurions cet ultime moment ensemble, ce moment où nos cœurs seraient à nouveau réunis.

94

Christa-Marie se tenait face à Byrne.

Jessica observait, fascinée. Byrne prit Christa-Marie par la main et l'entraîna sous le lustre raffiné au centre du hall.

Un nouveau morceau, une valse, commença. Ils dansèrent au son des instruments à cordes.

Kevin Byrne et Christa-Marie Schönburg décrivaient des mouvements si gracieux et si fluides qu'on eût dit qu'ils avaient dansé toute leur vie ensemble. Lorsqu'ils s'arrêtèrent, Byrne prit Christa-Marie dans ses bras et l'embrassa.

La scène était si surréaliste, si inattendue, que Jessica se rendit compte qu'elle retenait son souffle. Elle se reprit. Elle avait une mission à accomplir.

Elle ouvrit la bouche pour intervenir.

Mais n'en eut pas l'occasion.

Le bruit du bélier retentit dans l'immense antre caverneux et la porte d'entrée s'ouvrit en grand. Deux agents de la brigade spéciale d'intervention firent irruption dans le vestibule, leurs fusils d'assaut AR-15 en avant, immédiatement suivis par Russell Diaz et deux de ses hommes, tous les trois armes au poing. Ils se précipitèrent vers Byrne et Christa-Marie.

Diaz arriva le premier, s'arrêta à quelques pas du couple. Il braqua son arme sur Kevin Byrne.

« Allongez-vous face contre terre ! » cria-t-il.

Byrne se détacha lentement de Christa-Marie, les mains loin du corps.

« Allongez-vous… face… contre terre ! » répéta Diaz.

Christa-Marie recula, le visage marqué par l'horreur et l'incompréhension. Le silence emplit soudain la maison. Byrne s'allongea lentement sur le ventre, écarta les bras. Deux agents en uniforme le plaquèrent au sol et lui tirèrent les mains en arrière. Ils le menottèrent.

Quelques secondes plus tard, une nouvelle vague de personnes – parmi lesquelles Michael Drummond et Dana Westbrook – se déversa par la porte. Une douzaine de policiers supplémentaires se dispersèrent dans la maison.

Byrne fut avisé de ses droits. Tandis qu'il était placé en état d'arrestation, Jessica posa son arme. Elle pénétra dans le hall, les mains en l'air.

95

Lucy retourna à tâtons jusqu'au long blanc.

Quelques instants auparavant, elle s'était immobilisée en croyant entendre des cris lointains. Mais les avait-elle vraiment entendus ? Elle n'en savait rien. Tout était silencieux à présent et il lui fallait se mettre au travail.

Il y avait deux tiroirs. Elle les ouvrit, explora leur contenu, découvrit un peu de papier de verre, un chiffon graisseux, des pochettes d'allumettes, une paire de tournevis courts. Elle toucha les pointes. Un plat, un cruciforme.

Sur le dessus du banc se trouvaient d'autres chiffons ainsi qu'une petite pile de papiers, quelques magazines racornis. Il y avait également une vieille lanterne. Lucy la secoua. Il y avait du liquide à l'intérieur – elle capta immédiatement la légère odeur de vieux kérosène. Elle retourna à la commode, trouva les allumettes, ouvrit une pochette. Elles étaient humides. Elle tenta quand même sa chance. Les unes après les autres, elles laissèrent une marque sur le grattoir. Pas même une étincelle. Elle en trouva un autre paquet, tâta l'extrémité des petites tiges en bois. La rangée du dessus semblait humide, celle du dessous un peu moins. Elle arracha la première. Elle prit l'un des vieux magazines, déchira une page, la roula en cône. Elle gratta une première allumette, obtint une étincelle, mais le papier ne prit pas. À sa troisième tentative, l'allumette s'enflamma. Elle tint la flamme à même le rouleau de papier et la torche s'embrasa. Elle abaissa ensuite le levier de la lanterne. La mèche s'enflamma et la pièce se retrouva soudain baignée d'une lueur chaleureuse. Lucy ne s'était jamais sentie aussi reconnaissante de sa vie.

96

Il arrive un moment qui procure un sentiment de libération quasi sexuel, où une équipe de police décompresse. Ce temps de décélération, dans les minutes et les heures qui suivent une arrestation, s'accompagne la plupart du temps de poignées de main, de tapes dans le dos et de gestes du poing triomphants ; l'humour noir ne vient jamais à manquer. Mais pas cette fois. Le personnel qui s'affairait dans l'énorme manoir de Chestnut Hill n'éprouvait ni bonheur ni joie à cette arrestation. Il s'agissait d'un des leurs.

Kevin Byrne était en route pour la Rotonde. Christa-Marie Schönburg avait été emmenée à l'hôpital Mercyhurst par précaution. Son infirmière particulière, Adele Hancock, passait la soirée à l'opéra. Elle avait été appelée et était en chemin pour retrouver Christa-Marie.

Jessica, Dana Westbrook et Michael Drummond se retrouvèrent bientôt seuls, avec pour seule compagnie quelques agents occupés à fouiller et à sécuriser la maison. Ce serait bientôt le 1er novembre, la Toussaint, vingt ans jour pour jour après l'arrestation de Christa-Marie au même endroit.

Westbrook prit Jessica à part. Elles restèrent silencieuses pendant une minute, ne trouvant ni l'une ni l'autre les mots justes.

« Nous allons tirer cette histoire au clair, assura Westbrook. Il y a tout un tas de choses qui m'échappe. »

Jessica se contenta de hocher la tête.

« Le mandat d'arrêt émis contre Kevin venait de haut, ajouta Westbrook. Je n'avais pas d'autre choix que de m'y conformer. Vous comprenez, n'est-ce pas ? »

Jessica ne dit rien. Elle n'arrivait pas à chasser de son esprit l'image de Kevin Byrne menotté. Tous les deux avaient procédé à tant d'arrestations au fil des années, traqué et livré tant de criminels à la justice, qu'elle ne pouvait pas imaginer Byrne de l'autre côté de la barrière. Cette idée la révulsait.

« Je vous retrouve à la Rotonde ? demanda Westbrook.

— Accordez-moi une heure, répondit Jessica après avoir consulté sa montre.

— Entendu. »

Westbrook s'attarda encore quelques instants, posa une main sur l'épaule de Jessica et, les mots lui manquant peut-être, traversa le grand hall, franchit le seuil et partit.

Jessica regarda les marches que Christa-Marie avait descendues un peu plus tôt sous ses yeux. Elle avait besoin de s'éclaircir les idées. Elle avait besoin de réfléchir.

« Vous voulez que je vous dépose quelque part ? »

Jessica se retourna. C'était Michael Drummond.

« C'est Josh qui a ma voiture, dit Jessica.

— OK. Je demanderai qu'il passe vous chercher dès que les lieux auront été sécurisés. »

Drummond s'éloigna, passa un rapide coup de téléphone. Lorsqu'il eut raccroché, il s'avança vers l'endroit où se tenait Jessica.

« Je suis désolé que cela se termine ainsi.

— Je n'ai rien à vous dire.

— Pardon ?

— J'avais seulement besoin d'un peu de temps, Michael. C'est tout. Un peu de temps.

— Ce n'est pas moi qui ai décroché mon téléphone, Jessica.

— Ah, oui ? s'emporta-t-elle en levant brusquement la tête. Alors, comment se fait-il que la cavalerie se soit justement pointée ?

— Un policier a fait son métier, inspecteur.

— De qui parlez-vous ?

— Russ Diaz est retourné voir le cousin de Byrne, Patrick. Il s'est avéré que le monospace de M. Connolly était équipé d'un LoJack. »

Le LoJack était un système d'alerte électronique qui permettait à la police de suivre et de repérer un véhicule volé.

« Russ a signalé un vol ordinaire et a obtenu cette adresse, poursuivit Drummond. Je n'ai rien à voir avec ça. »

Jessica était partagée entre la colère et l'embarras d'avoir supposé que Drummond avait vendu son coéquipier.

« Et je veux que vous sachiez que j'ai parlé à l'inspecteur Diaz. Kevin sera traité avec respect. Je ne tolérerai aucun comportement de cow-boy. »

Jessica en avait tellement gros sur le cœur que rien ne sortait. Plus que tout, elle avait envie de crier.

« Il va nous falloir votre déposition complète dès ce soir », ajouta Drummond.

Jessica opina. Elle ramassa son arme de service, la glissa dans son holster.

« Je sais que c'est dur pour vous, inspecteur, mais la bonne nouvelle, au moins pour les habitants de Philadelphie, c'est que ce cauchemar est terminé. »

Tous les sentiments qui habitaient Jessica se mirent à enfler. Seul le doute manquait à la liste. Elle n'en avait aucun quant à son coéquipier. Sa mission, prouver l'innocence de Kevin Byrne, commençait sans plus attendre. Elle n'eut pas le temps de mettre sa résolution à exécution qu'elle remarqua quelqu'un sur sa gauche.

« Madame ? »

Jessica se retourna. Deux officiers de police du 14e district lui faisaient face. Celui qui s'adressait à elle était un grand gamin de 23 ans environ. Il était blanc comme un linge, mais ses mains ne tremblaient pas.

« Il n'y a rien à signaler, madame. »

Jessica leva la tête, contempla le haut plafond, les pièces immenses.

« Vous en êtes certain ? C'est une grande maison, monsieur l'agent. »

Le gamin parut un peu déstabilisé. Puis il se retourna pour regarder par-dessus son épaule. Quatre autres officiers de police se tenaient derrière lui, ainsi que deux inspecteurs de la division nord que Jessica reconnut. Il lui signifiait qu'un total de huit agents de police avait fouillé la maison sans rien trouver.

« Je suis désolée, s'excusa Jessica. La soirée a été mauvaise.

— En effet, madame, fit le gamin. Deux portes sont fermées à clé – une au grenier, une au sous-sol. À part ça, il n'y a rien à signaler. »

Il attendit quelques instants, peut-être le temps de voir si Jessica désirait autre chose. Elle lui fit signe que non. L'agent porta la main à la visière de sa casquette et, tous ensemble, en file indienne, les huit policiers s'éclipsèrent.

Tandis que le bruit des voitures de patrouille s'éloignait dans l'allée, Michael Drummond enfila son manteau. Il jeta un regard à Jessica sans prononcer un mot. Il franchit le seuil de la porte, la ferma derrière lui.

La maison était calme.

Jessica était seule.

97

Lucy posa la lanterne sur le banc et vit pour la première fois la pièce telle qu'elle était vraiment. Elle était plus petite qu'elle ne l'imaginait. Il n'y avait pas d'ouverture. La fenêtre avait été condamnée il y a longtemps. Il y avait de la poussière et des toiles d'araignées partout des crottes de souris le long du mur.

Peggy.

Lucy ferma les yeux, essaya de faire barrage à tous ces souvenirs.

Elle avisa la poignée de la porte. Elle aussi était couverte d'une épaisse couche de poussière. Elle prit un vieux chiffon, la nettoya. C'était un bouton de porte en porcelaine blanche à l'ancienne monté sur une plaque de métal. Elle tâta le col de la poignée et trouva la vis qui la retenait. Elle orienta le tournevis de biais, trouva l'encoche, tourna doucement. Quelques secondes plus tard, la vis tomba. Lucy ôta la poignée avec précaution, retenant le carré. Il ne manquait plus que la poignée de l'autre côté de la porte tombe par terre dans un vacarme de tous les diables. Puis elle entreprit de démonter la plaque. Quatre vis. Bien qu'elle ne distinguât pas grand-chose, il lui semblait que les têtes étaient presque totalement usées. Elle n'aurait qu'une seule chance.

Elle examina la pointe du tournevis, qui était également arrondie, émoussée par des années d'utilisation. Elle l'enfonça dans l'encoche, s'efforçant de maintenir l'outil perpendiculaire à la porte, pesa de tout son poids dessus.

Elle prit une profonde inspiration et essaya de tourner. Rien. Elle fit une pause, réessaya. Cette fois, elle sentit qu'elle avait une prise. La vis tourna. Peu, mais elle tourna.

Oui, songea Lucy.

Après tout, une serrure n'était rien d'autre qu'un ensemble de composants mobiles. Or qui disait composants mobiles disait rien d'impossible pour Lucy Doucette.

Elle s'attela à la tâche.

98

Il régnait dans la maison un silence comme il ne pouvait pas en exister dans un petit espace : un silence semblable à une présence. De temps à autre, le calme était rompu par la pluie qui frappait contre les immenses carreaux du grand salon ou par une branche qui raclait contre une gouttière.

Jessica avait passé la majeure partie de sa vie dans des logements exigus, des logements où le moindre cagibi, la moindre pièce supplémentaire se monnayait une fortune. Quiconque voulait habiter une maison mitoyenne à Philadelphie devait s'en accommoder. Mais cet endroit – avec ses hauts plafonds, ses grandes portes et ses pièces gigantesques –, c'était l'excès inverse. Elle ne voyait pas comment elle pourrait jamais vivre dans un lieu pareil, encore que la probabilité qu'une telle occasion se présente était à peu près égale à zéro.

Tandis qu'elle guettait l'arrivée de Bontrager par les fenêtres, pressée de rentrer à la Rotonde, son téléphone sonna. Le bruit la fit sursauter. Elle espérait que Josh voulait la prévenir qu'il était en route. Mais non. Le numéro lui était inconnu. Elle décrocha.

« Allô !

— Je voudrais parler à l'inspecteur Byrne. »

C'était une voix d'homme.

« Qui est au bout du fil ? demanda Jessica.

— Je m'appelle Robert Cole. Je cherche à joindre Kevin Byrne. Il m'a donné ce numéro au cas où je n'arriverais pas à le contacter.

— Je suis sa coéquipière, l'inspecteur Balzano. Y a-t-il quelque chose que je puisse faire pour vous ?

— J'ai le rapport qu'il voulait.

— Le rapport ?

— Il m'a demandé d'effectuer un test ADN de toute urgence. Une affaire classée.

— Je suis désolée, l'interrompit Jessica. Mais pour quelle agence travaillez-vous ? »

Sur ce, Cole lui expliqua qu'il dirigeait un laboratoire privé indépendant et que Byrne lui avait confié ce travail à titre officieux. Il ajouta que ce test concernait l'homicide de Gabriel Thorne, une affaire vieille de vingt ans.

« Quelle partie du dossier Kevin vous a-t-il communiquée ? demanda Jessica.

— J'ai des copies de tous les documents.

— Y compris les photos de la scène de crime ?

— Oui.

— Pouvez-vous me les envoyer ainsi que les conclusions du rapport ?

— Sans problème, dit Cole. Je peux vous envoyer les photos immédiatement, en revanche, il va me falloir quelques minutes pour scanner les conclusions. Elles se trouvent sur un autre ordinateur. »

Jessica lui communiqua son adresse e-mail. Trente secondes plus tard, le fichier arrivait sur son iPhone. Jessica l'ouvrit d'une tape de l'index.

Cole lui avait envoyé quatre photographies. La première représentait le couloir dans lequel elle se trouvait à présent. Elle eut la chair de poule à l'idée qu'elle avait été prise vingt ans plus tôt à l'endroit précis où elle se tenait.

La deuxième était une photo de la cuisine. Elle offrait une vision d'épouvante. Gabriel Thorne baignait dans une mare de sang, la poitrine en charpie, allongé sur le carrelage blanc près de l'îlot central.

En remontant le couloir, Jessica s'arrêta à la cuisine, alluma la lumière. La pièce n'avait pas changé. Même îlot central, même carrelage blanc, mêmes luminaires. Elle compara la photo et la pièce, point par point. Tout était étrangement identique, jusqu'à la couleur des torchons suspendus près de l'évier.

Les deux autres photographies montraient le sol entre la cuisine et le garde-manger ainsi que la salle de musique attenante à ce dernier. La salle de musique non plus n'avait pas changé, si ce n'est que le violoncelle posé dans l'angle n'était pas taché de sang.

D'après le bref résumé qui accompagnait les images, Christa-Marie Schönburg avait poignardé Gabriel Thorne dans la salle de musique avant de le poursuivre dans la cuisine. Quand il s'était effondré, elle avait continué à le frapper à la poitrine.

Jessica essaya de se représenter la scène. Elle n'y parvint pas. Mais il lui restait une dernière chose à faire avant de partir. Il n'y aurait plus personne dans la maison une fois qu'elle aurait fermé la porte ; elle avait intérêt à éteindre les bougies dans la salle de musique. Elle souffla méthodiquement la douzaine de bougies disséminées dans la pièce, l'odeur de paraffine lui montant à la tête.

Lorsque le salon de musique fut plongé dans le noir, uniquement éclaire par les lampes à gaz installées sur la terrasse à l'arrière de la maison, Jessica retourna dans le hall, consulta sa montre. *Où diable est passé Josh ?* Elle l'appela, tomba sur sa messagerie.

Le téléphone de Jessica sonna de nouveau. La connexion se mit à faiblir dès qu'elle décrocha. Elle courut vers la porte d'entrée sans parvenir à capter un meilleur signal. Le temps d'arriver au bout du grand salon, elle entendait son correspondant. C'était Robert Cole.

« Vous avez reçu les photos ? demanda-t-il.

— Oui.

— J'ai du mal à scanner le rapport ADN. Soit je persévère, soit je vous le lis. Qu'est-ce que vous préférez ?

— Lisez-le-moi. »

Tandis que Cole lui lisait le rapport, Jessica sentit un doigt glacé courir le long de son échine. En plus du sang de Gabriel Thorne et de Christa-Marie retrouvé sur l'arme du crime et sur le sol de la cuisine, il s'avérait que le laboratoire avait isolé deux autres empreintes génétiques différentes.

Autrement dit, deux autres personnes étaient présentes la nuit du meurtre.

Quelles implications cela avait-il sur l'affaire ? Quelles implications sur la culpabilité de Christa-Marie toutes ces années auparavant ?

Jessica sentit la chair de poule couvrir ses bras tandis qu'elle écoutait le reste du rapport.

Elle remercia Cole, raccrocha, le cerveau en ébullition.

Cela changeait tout.

Elle retourna dans le vestibule, ouvrit les deux portes

d'entrée, certaine de trouver une voiture de police du 14e district stationnée devant la grille. Il n'y en avait pas. C'était étrange. Aucune fouille exhaustive de la maison n'aurait lieu avant vingt-quatre heures au moins et une surveillance policière faisait partie de la procédure standard.

Elle enfonça le bouton de son talkie-walkie, parla dans le micro. Pas de réponse.

Qu'est-ce qui se passe ?

Elle referma les portes, regagna le hall.

Soudain Jessica Balzano entendit la musique.

99

Tandis que Jessica traversait le grand salon en sens inverse, le volume augmenta. Cela lui rappela la première fois où elle avait entendu ce morceau dans le monospace de Byrne, le *Nocturne* de Chopin.

Elle s'aperçut bientôt que la mélodie provenait du salon de musique mais qu'il ne s'agissait pas d'un enregistrement. On aurait dit que quelqu'un jouait.

« Il n'y a rien à signaler, madame. »

Depuis l'autre côté du hall, elle vit que la pièce baignait dans la lueur des bougies, bougies qu'elle venait d'éteindre. Sur le seuil, elle jeta un coup d'œil à la ronde et découvrit une personne assise sur une chaise de l'autre côté de la pièce. C'était Christa-Marie. Elle serrait le beau violoncelle entre ses jambes et jouait le *Nocturne*, les yeux fermés.

Cela n'avait aucun sens.

Qu'est-ce qu'elle fait là ? Qui l'a laissée revenir ?

Jessica dégaina son arme et, la tenant contre sa cuisse, passa le chambranle et découvrit une deuxième silhouette dans le petit couloir sombre qui menait à la cuisine.

C'était une personne qu'elle connaissait très bien.

100

La silhouette qui se tenait dans le couloir ne bougeait pas. Christa-Marie continuait de jouer, les notes montant et descendant avec le bruit du vent à l'extérieur. Lorsque le morceau atteignit un *crescendo*, Jessica pénétra pour de bon dans le salon de musique.

« Sommes-nous aujourd'hui ? » demanda la silhouette dans le couloir.

Jessica ne savait quoi dire. Une mauvaise réponse pouvait tout faire basculer.

La silhouette sortit de l'ombre.

Michael Drummond s'était changé. Le costume bleu marine qu'il portait à présent avait un col plus étroit. Ce genre de veste était sans doute en vogue chez les garçons de 15 ans à l'époque où Drummond avait été invité, et sans doute élève, dans cette maison.

Quelque chose dans l'une des poches de sa veste formait une bosse. Jessica surveillait ses mains.

« Le professeur est en colère contre moi », dit doucement Drummond.

Jessica jeta un regard à Christa-Marie. Elle était absorbée dans la musique.

« Sommes-nous aujourd'hui ? répéta Drummond.

— Non, répondit Jessica. Nous sommes en 1990, c'est le soir d'Halloween. »

Le visage de Drummond s'éclaira. Ses traits se radoucirent, indiquant à Jessica que son esprit retournait à cette nuit-là, quand tout était encore possible, que l'amour brûlait dans son cœur, encore intact, vierge de l'horreur à venir.

« Racontez-moi cette soirée, Michael, demanda-t-elle en initiant un mouvement d'approche.

— Nous sommes allés au concert. Joseph et moi.

— Joseph Novak.

— Oui. Lorsque nous sommes revenus, il était là.

— Le Dr Thorne ?

— Docteur Thorne ! »

Drummond assena le nom comme une épithète, jeta un coup d'œil vers la cuisine. Jessica se rapprocha.

« Que s'est-il passé ? demanda-t-elle.

— Nous nous sommes disputés. »

Tandis que Jessica comblait la distance entre eux de quelques centimètres supplémentaires, elle remarqua une ombre sur sa gauche, juste à côté de l'entrée de la cuisine, à quelques pas du procureur. Elle tourna la tête. Drummond l'imita. Quelqu'un se tenait là.

« Joseph ? » demanda Drummond.

Mais ce n'était évidemment pas Joseph Novak. Contre toute attente, il s'agissait de Lucinda Doucette. Lucinda Doucette de la maison Hosanna et du Jardin.

Drummond l'attrapa et l'attira contre lui d'un geste fluide. Il avait désormais un rasoir de barbier à la main. Il l'ouvrit d'un mouvement du poignet.

Jessica leva son arme.

« Ne faites pas ça, Michael.

— Zig et zig et zag. »

Tout ce que Jessica avait vu sur le visage de Drummond, tout ce qui lui avait laissé penser qu'il était peut-être sur le point de renoncer, avait disparu. L'homme qui se tenait devant elle était un tueur réfléchi, un prédateur.

« Laissez-la partir. »

À ces mots, Drummond serra Lucy encore plus fort contre lui. Jessica vit les jambes de la jeune femme flancher.

« Il me reste encore une dernière petite tâche à accomplir.

— Ça n'arrivera pas. »

Drummond leva le rasoir en un éclair. La lame étincelante se trouvait désormais à moins de trois centimètres de la gorge de Lucy.

« Regardez.

— Attendez ! »

Drummond jeta un coup d'œil à l'horloge. Il était 23 h 51.

« Le temps est écoulé, dit-il.

— Posez ce rasoir. Laissez-la s'en aller.

— Impossible, inspecteur, dit-il en secouant la tête. Il manquerait une note.

— Nous vous aiderons, intervint Jessica. Ce n'est pas le seul dénouement possible.

— Bien sûr que si. Ne comprenez-vous pas qu'il n'y en a pas d'autre ? »

Jessica jeta un nouveau coup d'œil en direction de l'horloge à balancier du hall d'entrée.

« Il n'est pas encore minuit. Laissez-la partir.

— Pensez à toutes ces symphonies incomplètes. Beethoven, Schubert. Hors de question que je laisse un tel héritage derrière moi. »

Jessica regarda Lucy. La jeune fille entrait en état de

choc. Jessica savait qu'elle devait faire parler Drummond.

« Pourquoi ces personnes, Michael ? Pourquoi les avoir choisies elles plutôt que d'autres ?

— Elles n'ont pas payé pour leurs crimes, Jess. Je suis sûr que vous pouvez comprendre ça. Elles ne manqueront à personne.

— Elles avaient des familles, fit Jessica. Des fils, des filles, des mères, des pères. Ce n'est pas à nous de décider. »

Drummond éclata de rire.

« Nous ne pouvons pas nous occuper de tout le monde, vous et moi. J'en ai été témoin pendant des années. Les policiers font leur travail, les procureurs font leur travail. Et pourtant, certains criminels s'en tirent. Ce soir, tous ces gens dansent avec les morts. Eddie Robles, Kenny Beckman, la truie qui lui servait de femme. Sans compter tous les autres.

— Et George Archer ? »

Drummond sourit.

« Je plaide non coupable pour celui-ci, Votre Honneur. Mais, croyez-moi, ce n'est pas faute d'avoir persévéré. Je l'ai traqué pendant des années. Depuis ma sortie de l'école de droit.

— Alors qui, Michael ? Qui l'a tué ?

— Faites votre boulot, inspecteur. J'ai fait le mien. »

Drummond s'écarta de Lucy, le rasoir s'éloignant momentanément de sa gorge. Jessica ajusta son angle de tir. Elle avait Drummond dans son viseur.

« Alors, pourquoi Lucy ? demanda-t-elle. Elle est innocente.

— Non, elle ne l'est pas. »

Au mot *pas*, Drummond resserra son étreinte, bloquant l'angle de tir de Jessica.

« C'est à cause d'elle que Peggy Van Tassel est morte.

— Je ne comprends pas.

— La petite Lucy aurait pu dénoncer George Archer à la police. Mais elle ne l'a pas fait. Or qui sait combien d'autres fillettes a tuées George Archer ? Cette petite traînée fait partie du problème. »

Drummond s'arrêta sur le seuil de la cuisine.

« Ça a assez duré, inspecteur. Posez votre arme. »

Jessica ne bougea pas.

23 h 54.

« Vite.

— D'accord, Michael, dit-elle en s'exécutant. Je l'ai posée. »

Jessica jeta un coup d'œil sur sa gauche. Par l'embrasure de la porte, elle apercevait les pieds nus et le pantalon retroussé d'un corps étendu sur le sol, quelques gouttes de sang sur le carrelage. Elle vit également le couteau sur le plan de travail. C'était exactement la même scène que vingt ans plus tôt au même endroit, une reconstitution du meurtre de Gabriel Thorne. À un détail près. L'intrigue comptait un nouveau rebondissement. Une bandelette de papier blanc et une bougie rouge se trouvaient à côté du couteau.

Jessica reporta son regard sur le sol de la cuisine.

Est-ce que c'est le corps de David Albrecht ?

Les horreurs s'accumulaient.

« Regardez, fit Jessica en pointant le doigt vers la cuisine. Le Dr Thorne est déjà mort. »

Drummond regarda par-dessus son épaule le corps allongé dans la cuisine. Il se retourna vers Jessica. Son esprit était ailleurs, perdu dans une sorte de vortex temporel, quelque part entre le présent et la nuit du meurtre.

« Alors nous sommes vraiment cette nuit-là ? demanda-t-il.

— Oui. »

Drummond se mit à hocher la tête à toute vitesse.

« Il allait l'emmener, vous comprenez. Pour de bon. C'est pour ça qu'il devait mourir.

— Je comprends. »

Drummond se tourna lentement vers le meuble d'une chaîne stéréo, appuya sur la touche « Lecture ».

Christa-Marie sembla revenir à l'instant présent. Elle entama un nouveau morceau, pinçant une des cordes – la même note, douze fois.

« Que serait *La Danse macabre* sans le chœur ? » demanda Drummond.

Il monta le volume.

L'instant d'après, un mélange de sons – des bruits de rue, des sirènes – se fit entendre sous les vibrations du violoncelle de Christa-Marie. Puis tout un chœur entonna un chant :

Zig et zig et zag, la mort en cadence
Frappant une tombe avec son talon,
La mort à minuit joue un air de danse,
Zig et zig et zag, sur son violon.

Étrangement, les gazouillements d'un bébé occupaient le premier plan de cette ambiance sonore.

« Ce soir, le monde appartient aux morts, déclara Drummond. Écoutez-les. Cela fait des années que je compile leurs voix. »

23 h 56.

Les voix commencèrent à gagner en volume. Cris, hurlements de terreur, vagissements de mort.

« Regardez, Michael », dit Jessica.

Elle se déplaça sur sa gauche en décrivant un arc de cercle. Il fallait qu'elle atteigne la cuisine.

« J'ai posé mon arme. Je ne peux pas vous faire de mal. Le docteur est mort. Laissez partir cette fille. Nous parlerons ensuite.

— Je ne le fais pas pour moi. Jamais il n'a s'agi de moi. »

Drummond se mit à transpirer. Il agita le rasoir, l'approchant dangereusement du visage de Lucy. Le concert de cris s'amplifiait. Le jeu de Christa-Marie se faisait plus fort.

La dame est, dit-on, marquise ou baronne.
Et le vert galant un pauvre charron – Horreur !
Et voilà qu'elle s'abandonne
Comme si le rustre était un baron !

« Elle s'est abandonnée à lui, dit Drummond en désignant le corps étendu par terre. Elle n'en a plus pour longtemps. Elle est mourante. Il fallait que cela soit fait.

— Qui n'en a plus pour longtemps ?

— Le professeur. Elle est en train de mourir. C'est la raison pour laquelle j'ai dû accélérer l'écriture. »

Drummond recula d'un pas, entraînant Lucy dans la cuisine.

« Écoutez-les, reprit-il. Vous entendez ?

— Je les entends, Michael. »

23 h 58.

Jessica avança.

« Et Gabriel Thorne ? demanda-t-elle en faisant un geste vers le corps gisant dans la cuisine. Christa-Marie ne l'a pas tué, n'est-ce pas ? C'était vous. Vous et Joseph Novak

— Thorne était amoureux d'elle. Il la manipulait. »

Drummond secoua la tête, ses yeux se remplirent de larmes.

« Joseph était faible. Il l'a toujours été.

— Mais vous avez laissé Christa-Marie porter le chapeau. »

Les larmes coulaient sur ses joues.

« Je vis avec cette culpabilité depuis vingt ans. »

Drummond se retrancha vers le centre de la cuisine tandis que *La Danse macabre* approchait de son finale éclatant.

Au milieu de cette cacophonie, une voix d'homme s'éleva de nulle part :

« Michael. »

Là où vit la musique, dans cet antre doré, j'attends, aux aguets. Le professeur sait ce que je dois faire.

Il reste une dernière note à jouer.

Une dernière note.

Au son de la voix masculine, tout ralentit. Drummond resserra encore son étreinte sur Lucy. Lentement, il leva le rasoir et s'entailla le front d'un geste vif. Du sang vermillon inonda son visage avant de se répandre sur la jeune femme.

La voix se fit entendre à nouveau : « Michael. »

Drummond hésita un moment, la tête penchée pour mieux écouter.

« Docteur Thorne ? »

Encore une note.

Encore une voix.

Drummond regarda Christa-Marie qui jouait passionnément dans le salon de musique.

On se pousse, on fuit, le coq a chanté
Oh ! la belle nuit pour le pauvre monde !

Minuit.

Il leva le rasoir à bout de bras. Il tira Lucy par les cheveux, exposant le blanc de sa gorge.

« Professeur… » commença-t-il.

Au moment où il abaissa le rasoir, Jessica vit le corps remuer sur le sol.

Ce n'était pas David Albrecht.

L'inspecteur Kevin Byrne roula sur le côté droit, leva son Glock 17 et tira, atteignant Drummond juste au-dessus de l'œil droit. Du sang et de gros morceaux de cervelle jaillirent de l'arrière du crâne du procureur pour aller tapisser le carrelage blanc du mur.

Drummond s'effondra la tête la première sur la bande de papier crème posée sur le plan de travail, son visage ensanglanté imprimant un simulacre grotesque de partition sur la feuille. Son corps s'affaissa sur le sol.

Jessica regarda dans la cuisine, la détonation sonnant dans ses oreilles. Tandis qu'elle se précipitait vers Lucy Doucette pour la prendre dans ses bras, elle croisa le regard de Byrne. Il était couvert de sang. Ce n'était pas le sien. Il était resté allongé dans l'attente du moment propice. Il la regardait mais ses yeux étaient ailleurs, fixant peut-être un événement ancien ayant eu lieu dans cette même pièce, un événement qui venait seulement de se terminer.

L'Homme aux échos était mort, sa symphonie achevée.

101

C'était la deuxième fois en une nuit que la police de Philadelphie se déplaçait à cette adresse. Des douzaines d'agents circulaient comme des fantômes silencieux à travers les pièces désormais vivement illuminées.

Dehors, Jessica et Byrne s'enfoncèrent dans la nuit. Quand ils furent seuls et que plus personne ne pouvait les entendre, Jessica se tourna vers son partenaire, bouillonnant de rage d'avoir été laissée sur la touche.

« Vous avez à peu près cinq putains de secondes pour me donner un début d'explication.

— Je sais que vous êtes en colère.

— En colère ? Vous plaisantez ? Quand avez-vous compris ? Hier ?

— Non, dit Byrne.

— Foutaises. »

Elle se mit à faire les cent pas. Byrne lui accorda un peu de temps.

« Jess, faites-moi confiance. L'arrestation était réelle. Diaz et son équipe détenaient la preuve que les tatouages avaient été envoyés à mon adresse. Ils avaient également des cheveux et des fibres prélevés dans mon monospace. Ils me sont tombés dessus sans me laisser la possibilité de réagir. J'ai été complètement pris de court.

— Alors, qu'est-ce que vous fichiez ici ? »

Byrne jeta un regard à la maison.

« Je ne sais pas si ma réponse sera à votre goût.

— Dites toujours. »

Nouveau silence.

« Je savais que la clé de cette affaire se trouvait emprisonnée dans l'esprit de Christa-Marie. J'avais beau savoir que le temps pressait, je ne pouvais pas écarter cette piste. »

Jessica s'abstint de dire à son coéquipier qu'elle était au courant de l'existence des preuves. Mais elle comprenait à présent que Drummond les avait falsifiées dans l'espoir de gagner du temps, misant sur le fait que Kevin Byrne serait arrêté.

« À mon arrivée à la Rotonde, poursuivit Byrne, j'ai été fouillé. Russ Diaz m'a confisqué mon téléphone. Il a parcouru mes appels de la journée. Il a également consulté le fichier contenant les photos. Et il est tombé sur celle-ci. »

Byrne sortit son iPhone.

« Je n'avais pas pris le temps de l'examiner en détail auparavant. Lorsque je l'ai fait, tout s'est éclairé. »

Byrne donna une tape sur l'écran, montra une photographie à Jessica. On y voyait Christa-Marie sur les marches d'un énorme bâtiment en pierre. À côté des portes en chêne balafrées figurait une inscription. Byrne donna une nouvelle tape sur l'écran pour l'agrandir.

Ce que l'on laisse derrière soi n'est pas ce qui est gravé dans la pierre des monuments mais ce qui est tissé dans la vie des autres.

Jessica regarda Byrne.

« Mais c'est la phrase que Michael a prononcée à sa fête de départ. »

Byrne acquiesça.

« Et cette photo a été prise à Convent Hill, ajouta-t-elle.

— Exact. »

Jessica reconnaissait l'endroit. Il figurait sur la photographie qu'elle avait trouvée dans le journal intime de Joseph Novak. Celle qui portait le mot *enfer* en guise de légende.

« Drummond avait rendu visite à Christa-Marie à Convent Hill. C'est de là qu'il tenait cette citation. Nous avons appelé l'institut Prentiss et demandé qu'ils consultent leurs archives. Michael Drummond a étudié avec Christa-Marie. Lui et Novak faisaient partie de ses élèves à l'époque où Gabriel Thorne a été assassiné. »

Jessica recula, digérant ces nouvelles informations. Elle se retourna, sa colère loin d'être dissipée.

« J'étais sur le point de tirer, Kevin. Plus d'une fois.

— Je sais.

— Tout aurait pu très vite très mal tourner. »

Byrne désigna les six agents du groupe spécial d'intervention présents sur le site. Ils avaient une vue directe sur l'est du manoir, où se trouvaient la cuisine et le salon de musique.

« À aucun moment vous n'avez été en danger, Jess. Drummond était dans leur ligne de mire. À la moindre menace, ils l'auraient abattu. Nous espérions juste qu'il parlerait avant ça. Il fallait qu'il avoue.

— Comment ça ? De quoi parlez-vous ? »

Byrne brandit un boîtier de CD.

« Qu'est-ce que c'est ? demanda-t-elle.

— Tout est sur ce disque. Christa-Marie possède un studio d'enregistrement très sophistiqué à l'étage. Le salon de musique est équipé de six micros. À l'heure qu'il est, Mateo se trouve là-haut. Il est comme un gosse dans un magasin de bonbons.

— Vous êtes en train de me dire que tout a été enregistré ? »

Byrne acquiesça.

« Lorsque Drummond est arrivé ici, il s'est glissé à l'étage pour lancer l'enregistrement. Rien ne manque. Christa-Marie jouant *La Danse macabre*, les hurlements morbides qui lui tenaient lieu de fond sonore. Finalement il le tient, son *magnum opus*. »

Jessica avait le tournis.

« Et Lucy ? tempêta-t-elle. Je me fous de savoir si les types du groupe d'intervention sont des pros – le rasoir se trouvait à ça de sa gorge. »

Byrne se tourna vers le fourgon du légiste garé dans la longue allée.

« Nous n'avions pas compté avec elle, avoua-t-il en reportant son regard sur Jessica. Je ne me doutais pas qu'elle était là. »

Une heure trente plus tard, la maison étant sous scellés et sous surveillance, Byrne attendait Jessica dans la grande allée circulaire. Ils retourneraient à la Rotonde pour commencer le long processus qui consistait à mettre bout à bout les horreurs des dernières semaines.

Jessica franchit le seuil, ferma la porte derrière elle. Elle regarda sa montre. Il était 2 h 52.

C'était la Toussaint.

102

Mardi 2 novembre

L'intérêt des médias ne tarissait pas. Pour les photographes comme pour les cameramen, la maison de style Tudor de Chestnut Hill représentait une manne d'images. Elle figurerait probablement au programme des visites guidées à la prochaine fête d'Halloween. La route qui passait devant chez Christa-Marie Schönburg grouillait d'équipes de journalistes nationaux et internationaux. Deux jours après le cauchemar, leur nombre continuait de croître.

Avant la police, il lui faudrait bien plus de temps pour reconstituer toute l'histoire.

L'enquête avait révélé que Michael Drummond et Joseph Novak avaient tous les deux étudié à Prentiss, de même qu'ils avaient tous les deux suivi des cours particuliers avec Christa-Marie Schönburg. Au fil des années, la rivalité entre les deux garçons avait grandi, non pas pour telle ou telle place de soliste mais pour l'affection de leur professeur.

Elle avait atteint son paroxysme le soir d'Halloween 1990. Les enquêteurs ne connaîtraient peut-être jamais la vérité, mais tout portait à croire que Michael Drummond et Joseph Novak avaient tué Gabriel Thorne cette nuit-là. Drummond, le dominant des deux, avait brandi cette épée de Damoclès au-dessus de la tête de son complice pendant vingt ans.

Plus tard, les deux hommes avaient créé une petite société peu rentable qui publiait des reproductions en édition limitée ; des fac-similés de partitions originales. Le papier qu'ils utilisaient était de marque Atriana.

Lorsque Drummond, qui avait accepté un poste au sein du cabinet de Benjamin Curtin – Paulson Derry Chambers –, avait appris la maladie de Christa-Marie, sa propre psychose l'avait fait basculer sur la voie de la destruction, dans un règne de terreur dont les répercussions mettraient longtemps à se dissiper.

Michael Drummond avait procuré le laissez-passer visiteur falsifié et les vêtements à Lucas Anthony Thompson pour qu'il s'évade.

Des documents de l'administration fiscale au nom de Drummond avaient conduit à un petit local commercial dans le sud de Philly. La police avait trouvé sa salle d'exécution pleine de matériel d'enregistrement, ainsi qu'un arsenal de près de deux cents CD et cassettes audio – tous méticuleusement datés – de bruits urbains et humains, dont certains étaient les cris de victimes à l'agonie. Il faudrait des mois, voire des années, aux spécialistes en acoustique de la police scientifique pour trouver un sens à ces enregistrements, si tant est qu'ils y parviennent un jour. Michael Drummond travaillait à ce dénouement maléfique de longue date.

Grâce aux indications de Josh Bontrager, les agents de la brigade canine avaient retrouvé un David Albrecht inconscient au fond du ravin longeant Sawmill Road. Le jeune homme avait perdu beaucoup de sang mais les secours étaient arrivés à temps. Tout portait à croire que Michael Drummond l'avait agressé et laissé pour mort, mais Drummond échapperait à titre posthume à ce chef d'inculpation.

Rien de tout cela n'expliquait le meurtre de George Archer.

Lucy Doucette, dans sa déclaration à la police, évoqua sa rencontre avec l'homme qui se faisait appeler Adrian Costa. Le Tisseur de rêves. La police vérifia auprès du syndic de l'immeuble situé sur Cherry Street. Le propriétaire raconta qu'un homme avait loué l'appartement 106 pendant six mois, lui payant d'avance le loyer en liquide. Il donna une vague description de son locataire à la police.

Ils avaient montré à Lucy les enregistrements effectués le soir d'Halloween à l'hôtel, les images du couloir du douzième étage. Jessica avait arrêté la vidéo sur un plan de l'homme affublé du déguisement et du masque de magicien.

Lucy dit qu'elle ne se souvenait pas.

Jessica était également retournée à Garrett Corners à la recherche d'un Adrian Costa. Personne sous ce nom n'avait jamais été inscrit sur les listes électorales dans le secteur. Les autochtones tenaient les Van Tassel pour des gens du voyage, des forains vivant entre eux. La seule photographie de la famille avait presque 15 ans. Lorsque Jessica s'était rendue sur la tombe de Peggy Van Tassel pour la deuxième fois, elle avait examiné les sépultures à côté de la sienne. L'une était au nom d'un homme nommé Ellis Adrian. L'autre était la dernière demeure d'une certaine Evangeline Costa.

Le Tisseur de rêves était-il le père de Peggy Van Tassel ?

D'après les informations que les enquêteurs avaient

pu rassembler, Florian Van Tassel traquait Archer depuis des années sans savoir s'il était bien le ravisseur de Peggy Van Tassel et Lucinda Doucette. Sous l'identité du Tisseur de rêves, Van Tassel avait incité Lucy à se soumettre à des séances d'hypnose grâce auxquelles il avait pu avoir la confirmation qu'il cherchait. George Archer avait tué Peggy. De toute évidence, Van Tassel avait également ordonné à Lucy, par le truchement d'une suggestion posthypnotique, de laisser un message dans la chambre d'Archer pour l'y attirer, puis lui avait donné l'ordre d'ouvrir la porte au moment propice.

Les images filmées ce soir-là dans le couloir du douzième étage, une fois retravaillées, avaient révélé que l'homme déguisé en magicien – que l'on pensait être Florian Van Tassel – tenait une ancienne cloche d'école à la main.

Du sang appartenant à George Archer avait été retrouvé sur la vieille photographie abandonnée dans l'appartement où le Tisseur de rêves avait donné rendez-vous à Lucy Doucette.

Le dossier George Archer attendait dans un classeur à la Rotonde.

L'affaire reste non résolue à ce jour.

103

LUNDI 8 NOVEMBRE

Byrne était assis dans la petite cantine située à l'arrière de la Rotonde. L'équipe du soir était déjà arrivée et repartie sur le terrain. Byrne, qui était temporairement suspendu de ses fonctions depuis la mort de Drummond, était seul dans son coin, une tasse de café froid posée devant lui.

Lorsque Jessica entra dans la pièce et s'approcha de lui, elle aperçut autre chose à côté de la tasse. Sa pièce fétiche.

« Salut, partenaire.

— Salut, répondit Byrne. Vous en avez fini avec ce formulaire de reconnaissance d'arme à feu ? »

Un formulaire de reconnaissance d'arme à feu était une demande adressée au Bureau de l'alcool, du tabac, des armes à feu et des explosifs pour connaître le parcours d'une arme.

« Terminé. »

Jessica se glissa sur la banquette en face de Byrne.

« Vous rentrez chez vous ? demanda-t-elle.

— Dans un moment. »

Ils se turent. Byrne avait l'air fatigué, mais c'était

sans commune mesure avec la mine épuisée qu'il avait affichée ces derniers temps. Il avait reçu tous les résultats de ses examens complémentaires. Il n'y avait pas de tumeur, rien de grave. Les médecins avaient dit qu'il s'agissait d'un mélange de fatigue, de mauvaise alimentation, d'insomnie, le tout arrosé de Bushmills. En consultant le menu affiché au-dessus du comptoir dans un coin, Jessica se dit que manger dans cet endroit faisait peut-être partie du problème.

Byrne leva les yeux vers les box éventrés, les fleurs en plastique, la rangée de distributeurs automatiques contre le mur, son lieu de travail depuis plus de vingt ans.

« Je n'ai pas fait mon boulot, Jess. »

Elle s'y attendait. Mais maintenant qu'il avait craché le morceau, tout ce qu'elle avait prévu de dire lui sortit de la tête. Elle décida de laisser parler son cœur.

« Ce n'était pas votre faute.

— J'étais tellement jeune. Tellement arrogant.

— Christa-Marie avait avoué, Kevin. Je n'aurais pas agi différemment. Je ne connais aucun flic qui l'aurait fait.

— Elle a avoué parce qu'elle était malade. Je n'ai pas cherché à creuser. J'aurais dû, seulement je ne l'ai pas fait. J'ai rendu mon rapport, il est allé au procureur. La procédure habituelle. Le patron t'ordonne de passer à autre chose, tu passes à autre chose.

— Exactement. »

Byrne fit faire quelques tours à sa tasse.

« Je me demande à quoi aurait ressemblé sa vie. Je me demande où elle serait allée, ce qu'elle aurait fait. »

Jessica savait qu'il n'existait pas de réponse à cette question, aucune qui aiderait. Elle attendit un moment, s'extirpa du box.

« Et si je vous payais un verre ? proposa-t-elle. La Miller Lite est à cinquante cents ce soir à Finnigan's Wake. On pourrait se mettre une mine, prendre la voiture, demander à quelques conducteurs de se ranger sur le bas-côté, se poster à un feu rouge. Ce serait comme au bon vieux temps. »

Byrne lui offrit un sourire empreint de tristesse.

« Peut-être demain.

— OK. »

Jessica posa une main sur l'épaule de son coéquipier. Arrivée sur le seuil, elle se retourna vers l'homme imposant assis en compagnie des fantômes de son passé dans le box du fond. Elle se demanda s'ils cesseraient un jour leurs murmures.

104

Il la trouva derrière l'hôtel. Elle était assise sur un banc en pierre, en pause-déjeuner, une salade intacte posée à côté d'elle. En voyant Byrne, elle se leva et le serra dans ses bras. Il la garda contre lui aussi longtemps que nécessaire.

Elle s'écarta de lui et épousseta le banc. *Toujours aussi prévenante*, pensa Byrne en s'asseyant.

Ils restèrent silencieux pendant quelques instants.

« Comment ça va ? finit-il par demander.

— Comme un jour à la ville, répondit Lucy Doucette avec un haussement d'épaules.

— Est-ce que tu as rencontré des problèmes au moment de donner ta déposition ? »

Il avait insisté pour qu'elle soit traitée avec le plus grand ménagement. On lui avait déjà confirmé que ça avait été le cas. Mais il voulait l'entendre de sa bouche.

« Non, répondit-elle. Mais je ne serais pas mécontente de passer le restant de ma vie sans jamais remettre les pieds dans un poste de police.

— Pour en revenir à cette histoire, dit Byrne à propos de la garde à vue de Lucy pour vol à l'étalage, j'ai parlé au bureau du procureur et au propriétaire du magasin sur South Street. Tout est arrangé. C'était juste un gros quiproquo. »

Byrne était intervenu avant que Lucy ne soit inculpée, lui évitant d'avoir un casier ouvert à son nom.

« Merci », dit-elle.

Un reflet argenté capta le regard de Byrne. Il s'agissait d'un pendentif en forme de cœur accroché au cou de Lucy.

« Joli collier, remarqua-t-il.

— Merci, répondit-elle en faisant coulisser le cœur le long de la chaîne. C'est un cadeau de David.

— David ?

— David Albrecht. Je suis allée lui rendre visite à l'hôpital. »

Byrne ne releva pas. Sentant peut-être le besoin de se justifier, Lucy ajouta :

« Nous avons un peu vécu la même chose, lui et moi, vous comprenez ? J'imagine qu'il va s'en sortir ?

— Les médecins disent qu'il en prend le chemin. »

Lucy lâcha le pendentif, le lissa sur son uniforme.

« Il a reçu des offres pour son film, vous savez.

— J'ai entendu ça. Alors, vous deux, vous êtes ensemble ? »

Lucy rougit.

« Arrêtez. On est juste amis. On se connaît à peine.

— Bon, bon, d'accord.

— Non, mais je rêve. »

Deux jeunes femmes passèrent devant eux, 18 ou 19 ans au maximum, impeccables dans leurs uniformes Le Jardin flambant neufs. Elles jetèrent à Lucy un regard empreint de déférence.

Lorsqu'elles furent passées, Lucy lança un regard à Byrne.

« Des débutantes. »

Ils restèrent assis en silence, absorbés dans leurs réflexions. Le soleil d'automne leur chauffait le visage.

« Qu'allez-vous faire, Lucy ?

— Je ne sais pas. Peut-être rentrer chez moi pour Thanksgiving. Peut-être rentrer pour de bon.

— Et où est-ce, chez vous ? »

Lucy Doucette leva les yeux vers l'hôtel, vers Sansom Street, puis vers Byrne. À cet instant, pour la première fois depuis qu'il l'avait rencontrée, elle ressemblait beaucoup plus à une femme qu'à une petite fille.

Elle répondit : « Loin d'ici. »

105

VENDREDI 12 NOVEMBRE

Les femmes étaient installées autour de la petite table devant une partie de gin-rami. Entre les cendriers, les tasses en polystyrène, les cannettes de Pepsi light et de Mountain Dew light, les sachets de grattons de porc et de chips goût barbecue, il y avait à peine la place pour les cartes.

Lorsque la jeune femme menue entra dans la pièce avec sa parka bleue trop grande pour elle, Dottie Doucette se leva. Dottie était atrocement maigre. Elle faisait plus que ses 40 ans, mais une flamme était revenue dans ses yeux, aux dires de tous ses amis. Il fallait la chercher, concédaient-ils, mais elle était là.

Lorsque Lucy serra sa mère dans ses bras, Dottie crut qu'elle allait se briser.

Lucy avait envie de l'interroger sur George Archer. Elle avait parlé à certaines des femmes qui avaient côtoyé sa mère à l'époque et elle avait appris que Dorothy Doucette était sortie avec lui à plusieurs reprises. C'était sans doute à ces occasions que l'homme avait repéré Lucy. Lucy savait que sa mère se reprochait énormément de choses. Elle n'avait pas besoin de ce poids supplémentaire.

Dottie desserra son étreinte, se sécha les yeux, plongea la main dans sa poche. Elle montra son jeton à Lucy. Sobre depuis six mois.

« Je suis fière de toi, maman. »

Dottie se retourna vers les femmes assises à la table.

« Je vous présente Lucy, mon bébé. »

Les femmes bichonnèrent Lucy pendant un moment et Lucy les laissa faire. Elle resterait environ un mois, prendrait une chambre dans une pension en échange d'heures de ménage. Dès l'instant où elle était descendue de l'autocar, elle avait su qu'elle ne resterait pas pour toujours, tout comme elle savait qu'elle n'était jamais partie. Pas vraiment.

Sa mère enfila le pull couvert de bouloches suspendu au dossier de la chaise pliante. Lucy reconnut un tricot qu'elle avait volé chez JC Penney il y a longtemps. Il accusait le poids des années. Sa mère en avait besoin d'un autre. Cette fois-ci, Lucy se promit de l'acheter.

« Tu m'emmènes faire une balade ? demanda Dottie.

— OK, maman. »

Dans le vestibule, Lucy aida sa mère à mettre ses bottines. Tandis qu'elle nouait ses lacets, elle leva les yeux. Sa mère souriait.

« Quoi ? demanda Lucy.

— Je faisais la même chose pour toi quand tu étais petite. C'est drôle comme la vie revient à son point de départ. »

Ouais, songea Lucy. *La vie est hilarante.*

Elles se promenèrent, bras dessus, bras dessous, dans l'allée qui menait au parc de la ville. La température baissait. Lucy resserra le pull autour du cou de sa mère.

L'hiver arrivait mais ce n'était pas grave. Au final, le soleil se trouvait à l'intérieur, se disait Lucy Doucette. Et maintenant qu'elle se souvenait de tout, elle pouvait commencer à oublier.

106

JEUDI 25 NOVEMBRE

Elle avait cuisiné pour vingt personnes. Comme dans beaucoup de familles italiennes, le repas de Thanksgiving commençait par un plat de pâtes complet. Cette année, avec l'aide de son père, Jessica avait préparé des raviolis frais selon la recette de sa grand-mère, farcis d'un subtil et savoureux mélange de bœuf, de porc et de veau.

Pour la première fois, Sophie aida à servir.

À 18 heures, les hommes ronflaient tout leur soûl, affalés dans le salon. La tradition exigeait d'eux qu'ils soient réveillés à 18 h 30 pour prendre part au deuxième round.

À 18 h 10, Jessica ouvrit la porte d'entrée. Avec les fêtes, le sud de Philly s'animait. Elle regarda à gauche et à droite sans apercevoir la voiture de Byrne. Elle se retint de l'appeler. Il était le bienvenu tous les ans, et cette année il avait dit peut-être. Mais avec Kevin Byrne, s'agissant d'événements comme celui-ci, « peut-être » signifiait généralement non. Qu'importe.

Jessica était sur le point de rentrer lorsqu'elle regarda à ses pieds. Sur le perron se trouvait un petit paquet blanc. Elle le ramassa, ferma la porte, se dirigea vers la cuisine. Elle trancha le Scotch avec un couteau. Le paquet contenait une pelote de laine. De la laine verte. Lorsque Jessica la plaça à la lumière, elle vit que la laine était de la même teinte que le pull-over à torsades bizarrement fichu que Kevin n'avait pas quitté ces derniers temps à la Rotonde, un pull, lui avait-il expliqué, que la grand-mère de Lina Laskaris, Anna, lui avait tricoté.

Jessica jeta un œil sur sa famille. Les hommes étaient toujours plongés dans un coma provoqué par la dinde et le chianti ; les femmes faisaient la vaisselle en fumant en cachette à l'arrière. Jessica monta dans sa chambre, ferma la porte.

Elle déroula la pelote, brossa ses cheveux en arrière, les rassembla en queue-de-cheval. Elle les attacha avec la laine, se regarda dans le miroir. L'automne avait depuis longtemps repris les reflets que lui avait conférés l'été. Elle se tourna de profil et, l'espace d'un instant, revit sa mère lui attacher les cheveux le jour de la rentrée des classes. Qu'est-ce que le monde pouvait être jeune à l'époque, qu'est-ce qu'il regorgeait d'énergie.

Elle avait bien besoin d'un peu des deux.

En tant que mère d'une petite fusée de 2 ans, Jessica allait devoir rassembler tout ce qu'elle possédait de vitalité et de vigueur.

Les papiers étaient arrivés une semaine plus tôt et, à l'heure qu'il était, Carlos Balzano charmait toute la famille au rez-de-chaussée.

Jessica jeta un dernier coup d'œil à la laine dans ses cheveux. En un sens, elle était presque aussi bien que l'originale.

Non, pensa-t-elle tandis qu'elle éteignait la lumière et descendait l'escalier. En un sens, elle était même mieux.

ÉPILOGUE

À chaque lumière correspond une ombre. À chaque son, un silence.

Dans cet espace gigantesque régnait le silence le plus complet. Sa profondeur était d'autant plus remarquable que le Verizon Center accueillait près de deux mille cinq cents personnes.

La dernière note de *Sinfonia concertante* se propagea dans la salle et les applaudissements retentirent.

Tandis que le chef d'orchestre se tournait face au public, Byrne vit des spectateurs reconnaître Christa-Marie, entendit leurs chuchotements. La vérité, le récit de l'innocence de la violoncelliste dans l'affaire du meurtre de Gabriel Thorne, avait été révélée quelques semaines plus tôt. Byrne n'arrivait pas à imaginer le courage qu'il avait fallu à Christa-Marie pour venir ici.

Les applaudissements se détournèrent bientôt de la scène pour se diriger vers la femme au dixième rang. La lumière feutrée d'un projecteur les trouva dans la salle. Le chef d'orchestre avança jusqu'à la rampe et salua. Les musiciens se levèrent.

Byrne ne savait pas combien de temps il leur restait, mais il savait qu'il demeurerait auprès de Christa-Marie jusqu'à la fin. Surtout, il se demandait quel sens ces applaudissements avaient à ses yeux. Il se demandait s'ils représentaient la même chose que vingt ans plus tôt, lorsqu'elle était l'étoile la plus brillante du firmament.

Kevin Byrne prit la main de Christa-Marie et la garda dans la sienne tandis que les applaudissements s'amplifiaient, leur bruit résonnant dans les abysses de la mémoire, la vaste et miséricordieuse étendue du temps.

Remerciements

Je remercie tout particulièrement : Meg Ruley, Peggy Gordijn, Jane Berkey, Christina Hogrebe, Don Cleary, Mike McCormack, Kristen Pini et la fantastique équipe de l'agence Jane Rotrosen.

Kate Elton, Susan Sandon, Georgina Hawtrey-Woore, Jason Arthur, Rob Waddington, Emma Finnigan, Claire Round, Glenn O'Neill et tout le monde chez Random House UK.

Darin Brannon, Tara Klein, Francis Gross, Jane Sembric, Ray Villani, Douglas Bunker, Diana Richardson, Sandra Brancaleone et Tacy Dooley.

Jennifer Kallend du Curtis Institute of Music ; Evan Evans au Meridien Philadelphie ; Emily McCarthy au Ritz Carlton Philadelphie ; Frank Thompson au Sheraton Society Hill.

Gino Rafaelli pour sa gentillesse et son temps, et les bibliothécaires des CH-UH pour avoir enduré mes nombreuses demandes.

L'inspecteur Eddie Rocks, le sergent Joe Rosowski, le lieutenant Edward Monaghan, ainsi que tous les hommes et femmes courageux des services de police de Philadelphie.

Mike Driscoll et le personnel de Finnigan's Wake ;

Patrick Ghegan, Dom Aspite, Joe Sickman, Bob Mulgrew, Al Kurtz, John Dougherty, Vita et Adjani DeBellis et le reste de l'équipe de Philly.

Mon père, Dominic Montanari. Neuf et des brouettes, p'pa.

La ville de Philadelphie et l'État de Pennsylvanie, pour m'avoir laissé créer des hôtels, des établissements et des cantons, et pour m'avoir laissé déplacer des rues, des bâtiments et des quartiers entiers. Je promets de tout remettre là où je l'ai trouvé.

Composition et mise en pages
Nord Compo à Villeneuve-d'Ascq

Imprimé en Espagne par
Liberdúplex
à Barcelone
en août 2014

POCKET – 12, avenue d'Italie – 75627 Paris cedex 13